軍記文学研究叢書9

太平記の世界

編者　梶原正昭・栃木孝惟・山下宏明・長谷川端（本巻主幹）

太平記の世界

軍記文学研究叢書全十二巻の刊行に際して

明治二十年代初頭をもって近代軍記文学研究の始発期と考えるならば、近代軍記文学の研究もようやく百年の歳月を経過した。折しも、文字通り激動の世紀と呼び得るであろう二十世紀も転換期の混沌のままにまもなく新しい世紀を迎えようとしている。そうした歴史の一つの節目に際して、私達は近代軍記文学研究百年の総点検を行い、一世紀に及ぶ軍記文学研究の軌跡を省みつつ、来るべき新しい世紀における新たな研究の地平の構築をめざそうと考える。先学の営々たる努力によって遺された様々な学問的見解のうちに、今日埋もれてしまった有用な提言はないか、研究の《進展》が言われ得るならば、その《進展》の具体相はどのような点にみさだめられるか、方法の上から、資料の発掘の上から、あるいは、解釈上、認識上の問題として、その様相の解明が期待される。そして研究史の現在においては、軍記文学諸作品の上で、どのような課題が研究者の解明を待っているか、そして、研究史の未来において、いかなる視座が新たな問題展開の拠点たり得るか、そうした諸点を考慮しながら、軍記文学の体系的、総合的考察をめざして、本叢書は刊行される。過去の研究史の達成を確認しつつ、なお残る過去の研究史の可能性をたずねながら、同時に新たな軍記研究の展開をめざし、新しい世紀の到来が軍記文学の研究にとって実りある、より豊かな発展の季節の訪れとなることを祈り、本叢書の刊行に関するおおかたのご支援をお願いしたい。

一九九六年四月一日

梶原　正昭　　栃木　孝惟
長谷川　端　　山下　宏明

軍記文学研究叢書9

太平記の世界　目次

『太平記』の享受

『太平記』の構想と表現

『太平記』の主題論・構想論について（研究史的展望）

大森北義

一

かつて、福田秀一は『太平記』の主題について、「この作品において作者が、南北朝の動乱という題材を借りて読者に示し訴えようとした内発的なものの中心は、一体何であろうか」と問い、その研究史を回顧して、

「太平記」を文学として見る場合、これは最も基本的な問題であろうと思うが、意外なことにこれについての明確な回答が、まだ周知されていないようである。

と述べた（「太平記論序説」「文学」昭41・7）。『太平記』の研究はその後さらに進展したが、主題そのものを論ずるという点に限っていえば、その情況は今日に至るもさして大きな変化はないように思われる。勿論、福田は、「主題追求が従来全く忘れられていたわけではない」として、主題論に関わる「注目すべき」発言を選り出し、次の三者の論を挙げた。第一は、尾上八郎の「太平記の主想」（『日本文学論纂』所収、昭7・6）である。それは、すでに『校注日本文学大系　太平記』の「解題」（大14・10）で説かれた、いわゆる三部構成説の論として早くから注目されたものであるが、そこで尾上は、ともすれば不統一で支離滅裂とみられてきた[1]『太平記』の内容や文学的仕組みについて、「作者はたゞ任意に、戦乱を」記述しただけでなく「全体の綱領をかゝげ」て「叙述し」ており、準備は「甚だ周到」であ

ること。また、『太平記』は戦乱で社会秩序が破壊されることについて四原因を挙げ、「人欲、時代、因果、魔障のために天下は大乱になって治まる時がないといふのが」「大綱領」であり、「作者はこの綱領を以て時勢の説明をした」と論じ、「それによって、一書は貫かれている」と説いた。ところで、この尾上説について釜田喜三郎は、「誠に卓説で、太平記の思想不統一をいふ旧説を一挙に粉砕」した（「民族文芸としての太平記の成長―因果論を中心として―」、「国語と国文学」昭18・3）として、

結局、人欲も魔障も皆因であり、如何なることも因果の二字に含まれる。従って、事々物々悉く因果に依って統一されてゐるのであって、太平記の思想は見事に一貫してゐるのである。

と述べて尾上論を承認し、さらに、『太平記』を「因果論に依る人世批評の文芸である」と評価したのであるが、そうした「因果論」に集約される尾上の「主想」論を、福田は、『太平記』の「主題を支える思想」を解明しようとしたものであり、「一つの主題論と解しておきたい」と位置づけたのである。

第二に、福田は、「正面から主題に言及」したとの評価を与えて永積安明の「太平記論」（「文学」昭31・9）を挙げ、

永積氏によれば、「太平への期待」がこの作品の「基本的モチーフ」である。けれども筆者の理解では、氏は「モチーフ」の語を主題の意に用いられた（中略）。ここに「太平記」の主題として「太平への期待」があることを知るのである。

と整理した[2]。そして、第三は、小松茂人の「『太平記』の主題」（『中世軍記物の研究』所収、昭35・9）である。小松は『太平記』の主題は「公家の運命の浮き沈み」を描くことにあると論じていた[3]。

さて、福田は、「太平記の主題に関」するこれらの「発言」を「⑴因果論、⑵太平への期待乃至欲求、⑶公家の運命の浮沈」の「三種」として整理する一方、「主題」や「モチーフ」という用語の意味や用い方が論者によって区々

であるとして、その概念について、新たに次のように提示した。すなわち、文学作品における「主題」とは「作家が表現しようとする中心的な思想内容、または中心的な観念」であり、「モチーフ」とはその作品において「作家の創作意欲をかきたてる根源的な力となるもの」である、と。そして、福田は『太平記』の主題について次のように述べた。

「太平記」が根源的に「太平への願い」をこめて書かれていることは疑なく、（中略）「太平」を妨げている現実の要因として政道の不正と因果論とを提示していることも事実であり、特にその因果論（やや広く運命観と言ってもよい）こそ、不十分ながら「太平記」作者の第一の思想的立脚点であって、それが「太平への期待」という、やや次元の異なる思想と表裏一体となって、前者が第一主題、後者が第二主題とでも言うべきものを構成していると思うのである。（中略）更にこの両主題即ち因果論もしくは運命観と太平への期待とを止揚している観念を求めれば、「歴史意識」とか「歴史主義」とか言うべきもので、それが本作の場合、統一的な主題と言えるかもしれない。（傍点福田）

以上、福田論についてみてみた。『太平記』の主題論の回顧と整理には別な見解がありえたかもしれないが[4]、福田論は正面から主題を取り上げ、その構造を論じた注目すべき成果であった。しかし、『太平記』の主題論は、その後福田論を継承する形では展開していない。そこで、改めて主題の検討は如何にあり、また、あるべきかを問うてみる必要があるが、福田は、文学作品の主題とは、作家がその「題材を借りて読者に示し訴えようとした内発的なものの中心」であり、「作家が表現しようとする中心的な思想内容、または」「観念」であるという。この場合、主題とは「作家が表現しようとする」「思想や観念」の「中心」が何であるかを言いあてるものだとすれば、右の福田論ですでにほぼことが足りているだろう。しかし、主題論とは、その「内発的なものの中心」が如何なる形質のものであるかを作品の実際に即して説くものであるとすれば、論ずべき課題はなお多い。たとえば、作者が「内発的なもの」を表現するために「題材」（南北朝内乱）をどう捉えたかの題材論。あるいは、それをどのような思想と構想によって構成し、表現したかの思想論・構想論・構成論・表現論。そして、それらの各論を総合した『太平記』論の、その「中心」に主題を見定めて論じる主題論である。福田は、「作家は、テーマを中心に素材を整理統一して作品を形成する」とも言う。これは、「テーマ」（主題）とは、「素材」を整理する作者の〈思想〉や、それを「統一」する〈構想〉と密接に関わり、しかも、形成された「作品」のその「中心」に位置することを説いたものである。そうであれば、主題論は、思想論や構想論などと不可分に結びあい、それらの各論を集約したところの総論の中から導かれるものであるということができるだろう。こうした理解にたつならば、ここに与えられた「主題論・構想論の検討（研究史的展望）」の課題は、「構想論」などを通して「主題論」がどう展開し深化したか、その研究史を回顧し、今後の課題を見通すことであるといいえようか。そうした課題を想定して、以下、戦後研究史における主題論の情況とその位相について、限られた論点の概観にならざるをえないが、考えてみたい。

二

1

最初に、福田が「正面から主題に言及」したという永積論に注目してみたい。永積はその「太平記論」（前掲）に先立って、『続日本古典読本　太平記』（昭23・10）を公刊したが、論の骨格はすでにそこに示されていた。したがって、『続日本古典読本　太平記』の論をまず確かめておく必要がある。それは、一つには、戦後の『太平記』研究がその著書から出発したという意味において。また、二つには、それからこれへ論が展開する過程で、永積論への批判がだされ、永積論自身も変化したわけであるが、戦後研究史におけるその第一の時期の『太平記』の主題論とその相貌を確かめておきたいと思うからである。

さて、永積はそこで『太平記』の内容を次のように捉えた。第一部（巻一〜十二）は後醍醐天皇の討幕計画から「公家政治の一時的で形式的な制覇まで」。第二部（巻十三〜二十一）は「足利氏を中軸とする武家政治の再建と勝利」、ならびに「公家方の徹底的な敗北」を描いた。そして、第三部（欠巻をとばして、巻二十三から四十）は「初期足利将軍を中心とする武家の消長」から義満が「三代将軍の地位につくまで」を描いた、と。これは戦後の新しい『太平記』観であった。(5) 永積はこうした認識のもとで現存四十巻本『太平記』の生成過程を論じ、それを基に作者の立場・構想・主題や文学性について説いた。まず、「太平記の成立」では、『難太平記』の記述をふまえて、直義の許に恵鎮が持参した「太平記」（＝原太平記）に、武家方の視点から「書入」や「書継」がなされて四十巻本が成ったという。そして、第一・二部の「作者」は「宮方深重」の立場から建武中興に「太平の結論を見出だし」たが、歴史の現実はそれを「否定し」て宮方は敗北した。それで、作者は「太平」を追求する歴史叙述を巻十二で「とどめることができ」ず、しかし、それ以後の「混沌」とした世界を整理する「主軸」が持てないまま、収拾できない状態になった。第三部は「足利・武家方に同感」する者の立場である。つまり、作者の立場が「宮方」から「武家方」へ移動し、それによって構想も「破綻」し、「主題の不統一」をきたして「文学的な失敗」作となったという論である。永積の主題論は、福田が説いたように「太平への期待」ということではあるが、その内容は、第一・二部と第三部とでその立場が異なり、相互に「矛盾」し「不統一」であると説くものである。また、その論は、成立論、思想論・構成論・「批評精神」論・文学的達成論などの諸論と呼応して、構造的ともいえる『太平記』論に仕立てられていた。たとえば、思想についてては、「序」の「思想」や「仏教的な因果観」は「作者が半世紀にわたる歴史の整理のためにたえず用意して」きた「基本的な世界観」であると認定するが、そうした思想によっては「発展し分裂する」情況を捉えられなかったという。あるいは、『太平記』の「批評精神」についても、「まっとうな歴史文学」としての質があると説く一方、それが「真の批判精神」でなかったとして、その「限界」を指摘する。総じて、『太平記』は「平家物語の持つことのできた緊密な高度の芸術性に」「対照的」であるという。つまり、主題の「不統一」、思想・批評精神の「限界」、構想の「破綻」などにより、『太平記』は『平家物語』に及ばない文学にとどまったと永積は定位したのである。

永積論には、このように『太平記』に対する厳しいまでの否定的評価が貫かれていた。それについては松本新八郎が「永積安明氏の『太平記』をよんで」（「文学」昭24・2）において適切な論評をした。松本はそこで、「玉砕精神の天皇主義を鼓吹」した「あの大戦争」があたえた「影響」をふり返り、「狂暴な学問への干渉」とともに、その情況下での永積の「学問的な良心」にふれたが、永積論にみられる一種の「厳しさ」は、そうした過去の情況と深く関わるものであったのだろう。ところで、松本も、『太平記』には「主題の一貫した発展」がみられず、「統一を失」った面があると述べて、永積の＜作者の立場「移動」論＞や、＜主題の「不統一」論＞を承認したが、一方、『太平記』には「歴史にたいする冷静で大胆な眼」があり、『平家物語』とは「対照される」と述た。そして、『太平記』作者が「向きあ」ったのは治承・寿永の乱のような「生やさしい現実」ではなかったとも指摘した。松本の『太平記』評価は、

南北朝の革命が生み出した唯一最大の文学である（中略）。これが中世革命の産物であるということを考えるならば、この冷静で大胆な太平記のリアリズムを著者にもまして、高く評価しなければならない。

ということろにあった。松本は、永積論の積極性は認めつつも、『太平記』の文学的評価については議論があること

をはっきりと語ったのである。(6)

永積はその後、「歴史文学の評価について—平家物語と太平記—」(「文学」昭26・10)を書くが、右にみたような論と『太平記』評価の構造には変化はなかった。たとえば、『太平記』は『平家物語』のように「歴史文学・軍記もののもたねばならなかった英雄叙事詩」の「形式を貫くことができ」ず、『平家物語』が「かちとりえた健康なロマンティシズムの精神をも生み出すことができなかった」という否定的評価は、依然として一貫していた。

2

しかし、永積は、『太平記』の精神や表現などについて肯定的な評価も随所に示してはいた。が、論の構造としては、主題の「不統一」論、構想の「破綻」論、文学的「挫折」論などの否定的な評価が貫き、論として矛盾もあったから、その後の『太平記』研究では永積批判は避けられなかった。たとえば、作者の立場「移動」論については、桜井好朗や社本武らが批判した。桜井は「太平記の社会的基盤—太平記論の序説として—」(「日本歴史」昭29・8)で、『難太平記』の「宮方深重」論を拠り所とした永積の<作者の立場論>を批判した。桜井は、『太平記』の「作者・増補者達」は「京の都市民」と「一体化した人々」であり、その立場から、「京童の抵抗の中で培われた集団的な芸術意欲」に基づいて「動乱」を描いたと論じ、『太平記』は「京童のドキュメント」であり、「町衆文化の先駆的形態」の文学であると説いた。

また、社本武は「太平記—制作の立場について—」(「文学」昭31・4)で、「今日ほゞ定説になっている」のは永積の「太平記制作者の立場が作品中で移動していて不統一だという考え方」であるが、「疑問」があるとした。社本は『太平記』中に「儒教的な道徳論による批評」が「目立って見える」ことに注目する。それは為政者に対してだけでなく、

「儒教的な批評が登場人物に」も加えられ、天皇・武家方といった党派的な「立場を越えて」批評されるといい、作者は「伝統的な身分観念」を拠り所に「現実」に対応した者で、それは「太平記制作の立場」と関連があると論じた。[7]したがって、その「立場」は、歴史が「新しい段階」へ「突き進むと」「解体」したと述べた。

桜井・社本に主題論としての特立した論はなかったが、永積が、作者の立場を「宮方」「武家方」という政治的な党派性の中にみて、それを基盤とした〈太平への期待〉を説いたのに対して、桜井は、その基盤を「京の都市民」の「抵抗」の場に見いだし、社本は逆に、「伝統的な身分観念と儒教的な道徳観」を「より所」とする側にそれをみた。それぞれ、作者主体の基盤がどこにあったかの見定めを異にしたから、主題としての〈太平〉の内実も相互に異なっていた。

3

永積に対する批判のいま一つの論点は、『太平記』を評価する基準に『平家物語』を据え、『太平記』がそれに及ばないという点にあった。永積論自身の中にも矛盾があったのだが、[8]その批判は歴史学の側から出された。戦後、歴史学の分野で『太平記』に論究した早い例として、「歴史の変革と愛国心」を総合テーマに掲げた日本史研究会の「一九五二年度大会」(昭27)があった。そこで、「太平記と南北朝内乱」をテーマに報告・討論が行なわれたが(大会報告集「日本史研究」別冊、昭28・9)、報告者の黒田俊雄は、翌年「太平記の人間形象」(「文学」昭29・11)を書き、永積論を指して、戦後の「戦記文学の研究の深まり」の中で「次第に一つの固定した傾向が生まれつつある」として、次のように述べた。

それは、戦記文学の最高峰ともいうべき平家物語に比べて、太平記となると、構想も大きく史実も正確でありながら、読者に感銘を与えること少なく、文学的には不成功に終わっている。全体からみれば、戦記文学の凋落期の作品だという評価である。

黒田は、『太平記』を「平家物語を最高峰とする」文学としてだけ評価しなければならぬ「理由」はないし、そうした評価では「太平記の文学的個性」を「見失」うことになる。また、『太平記』を評価するのに「戦記文学としてだけ扱う根拠」もないとして、次のように論じた。すなわち、「平家物語が戦記文学の白眉」で、その本質が「叙事詩的な語りもの」であるなら、戦記文学は「本来鎌倉武士独特の階級関係とその歴史的役割に固有なもの」である。また、南北朝の内乱が「鎌倉的な社会を否定するもの」として現われた以上、「平家物語的な〝戦記文学〟」を『太平記』に期待するのは無理な話である。しかも、南北朝内乱期には「鎌倉的なものとははっきり違」う、足軽・野伏らを含む「土豪・郷民らの新しい動き」が「中心」にあり、彼らが内乱を「主導」していた。ところで、その「動きの本質」を捉えるには、「うわべの形態」でなく、人間の「内面的な性格」の追求が必要であるが、歴史的に「足軽・野伏」は〝悪党的〟であったとして、黒田は、『太平記』が描こうとしたのはその悪党的人間像であったと論じた。黒田論を整理していえば、次のようである。

①「太平記がこの動乱を叙するにあたってえがき上げようとした主要なもの」は「悪党的な人間像」である。それは、素材が「悪党」であっただけでなく、戦いや描写の「ニュアンスも悪党的」で、鎌倉武士までが「悪党的な人間像の素材」にされ、「構想」も「悪党的なたくましさ、不敵な反逆性」を「意識」している。それゆえ、『太平記』は「真正面から革命と反逆をとらえようとした」「悪党的反逆的モチーフ」をもった作品といえる。

②しかし、そのモチーフによる『太平記』の構想は、次第に破綻し、不統一を暴露する。そして、「悪党」の形象は「第二次」、「第三次形象」と展開する。

③　結論的にいえば、当初の「新たな変革的、反逆的人間形象」から「最後の孤立した」人物像に至るまで、また、初めの「革命的構想」から後半の「収拾のつかぬ混迷」まで、どちらも「太平記らしい特質」であり、「太平記は

このモチーフとスタイルのゆえに、独特の文学史的意義」をもつ。

この黒田論は、歴史学の成果をふまえた新しい『太平記』論であった。ところで、『太平記』と『平家物語』の比較は、かつて芳賀矢一・野村八良・高木武らが論じ、その後岡部周三と後藤丹治が、『太平記』が『平家物語』の影響をうけて構想までも「模倣」したとする論を提示して以来、両者の関係の意味は深くなっていたが、戦後、永積はその論を継承して『太平記』の評価にまでつなげ、それに対して黒田が、『太平記』評価の方法に関して根本的な疑問を提示したのであった。以来、両者の比較は<軍記文学とは何か>という論点を含んで展開する可能性を開いた。黒田論は、「悪党」の歴史的様態と『太平記』の表現の分析、構想への洞察をふまえたものであり、<悪党的反逆性の形象>を単なる素材論としてでなく、「文学的モチーフ」の深みで捉えていたから、文学論として一定の説得性があった。

ところで、黒田は、「太平記がこの動乱を叙するにあたってえがき上げようとした主要なもの」は「悪党的な人間像」であり、「悪党的人間が革命と反逆という主題をつくってゆく」という。この「悪党的人間像の形象」という提示は新しい主題論であったが、先の福田論文はそれを主題論の一つとして数えなかったし、その後の主題論でも、この黒田論は十分な理解を得てこなかった。その理由は何であったろうか。思うに、一つには、その主題を支えるはずの作者像が抽象的であったことである。たとえば、黒田は「悪党的反逆的モチーフ」によって構成される構想上の"不思議な形象"を指して、「変革の規模の巨大さが民衆の間に物語らせる一つの幻想」と説き、それが「変革を期待する民衆の心情に文学的な形象を与えた」と述べるなど、豊かな把握を示していたが、そうした形象を実現していく

ところの主体としては、「民衆」以上の具体性を与えなかった。黒田は次のようにも言う。

太平記が新しいモチーフをもっており、新しい人間形象を意識していたということだけは、針小棒大にでも強調しなければならない。なぜなら、（中略）そこに新たな民衆的立場がはじまっているからである。

作者像を「民衆的立場」へと解放するこの論は、主題（「作家が表現しようとする中心的思想」）の主体を「民衆」の中に解消し、作者主体の像を抽象化するものであり、主題論としての説得性を弱めるものであった。

しかし、より大きな二つめの理由は、「悪党的人間像の形象」という主題性が〝変革〟とか〝反逆性〟といった質を前提にしたものであり、それと、従来の主題論（太平への期待）とがどう関わるかという問題にあった。すなわち、＜太平への期待＞という主題は〝秩序への指向性〟をもつものであり、＜悪党的人間像の形象＞というそれは〝変革と反逆〟を本質とするもので、相互に背反する質の主題であった。したがって、その両者は、然るべき論の媒介なしには『太平記』における主題として矛盾なく共存することはできなかったし、他を否定して一方が自立した主題性を主張するにしても、そこにも相応の論が必要であった。黒田の悪党論は、その後〝人物形象の論〟として継承されたが、＜主題論における背反性＞というこの新たな問題は未だ解決されてはいない。

4

さて、黒田論とは別に、『平家物語』と『太平記』の比較論は引き継がれて今日まで行なわれ、『太平記』の文学的個性論と主題論はそこで深化してきた。永積の「歴史文学の評価について―平家物語と太平記―」（前掲）のあと、むしゃこうじ・みのるは「民族文化の創造」という観点から「『太平記』と『平家物語』」（「文学」昭28・2）を書いた。むしゃこうじは、「封建的成長期の諸問題をあらわにし」た南北朝内乱の「時代が生んだ第一の文学」であるという立場から『太平記』を論じ、両者に共通する「かたりもの」という形質に注目する。そして『太平記』がその形式を『平家物語』の「伝統」として「うけつ」ぐことで争乱のエネルギーそのものに足場をおいた歴史叙述がなしえたのだという。一方、両者の違いにもふれ、『太平記』の技巧、「全体の構成を無視し」た部分の肥大化、「通俗的おもしろさ」などをあげて、その理由を、「大衆の成長とその性格」に対応したものと考えた。

同じ時、釜田も「平家物語と太平記」(「国文学　解釈と鑑賞」)を書いた。『平家物語』が「文学」として、『太平記』が「歴史として」受容されてきたところに両者の違いがあり、『太平記』には文芸として「異質の迫力」があるとした。そして、前者は「浄土欣求による人間救済の文芸」で、後者は「因果論による人間批判の文芸」となり、両者とも変革と不安な世相を描いて迫力があって、『太平記』は公武両者に「痛烈な批判を」する、「時勢への鋭い批判の文芸」となったと評価した。また、「平家物語と太平記・曽我物語」(『平家物語講座』2巻、昭32・10)では、『太平記』は「太平を主題」として公武に対して「痛烈な批判を加へ」、「平家物語の美的情趣的な伝統的文芸観に」「強い反発」を示したと述べた。そして、『平家物語』は「英雄的性格と情趣的性格」とを「書き分け」、思想でも「人間救済の感傷性」をもつが、『太平記』は「人間批判」の「知性」と「思想性」をもつという。『太平記』の独自な個性をいう釜田論は一貫しており、主題論も明快であった。

杉本圭三郎は「太平記論─平家物語との関連について─」(「文学」昭34・8)を書き、両作品を一層相対化し、「文学的構造」を「究明」するためにこそ両者の比較が必要であると述べた。そして、『平家物語』の「豊かな形象性」に対して、『太平記』が「文学的な迫力が欠乏した」のは何故かと問う。まず、「語り」の形態に違いがあるが、『太平記』の語りの「方法」は、歴史の過程に「批判的に対立する太平記の中核的な構造から生まれ」たといい、そうした視点から『太平記』の特質を指摘する。すなわち、①成立の仕方、②太平を希求する強靭なエネルギー、③多元的興味、

④変革の事件を主人公にする、⑤悪党などの素材の扱い、⑥政道談義の横溢、⑦未来予測の歴史認識、⑧歴史事実への関心、である。杉本の結論は、

歴史・政治・倫理に対する理論的な主張は談義ものという性格をうみだし、歴史的事件と武家の戦功の追求は記録的な方法となって、太平への希求を核に南北朝時代の変転する巨大な歴史の激動を追求していった。

ということであった。杉本論は永積とむしゃこうじの論を批判的に継承し、『太平記』評価の基準を『平家物語』におくのではなく、『平家物語』との比較を通して、『太平記』の個性的特徴究明の視点・論点を開拓したものであり、〈太平への希求〉という主題の位相についてもさらに明確にした。両作品の比較論は、その後も続けられている。

5

さて、『続日本古典読本　太平記』から八年後、永積は新たな「太平記論」（昭31）を書いた。そこでは、黒田の「太平記の人間形象」を「画期的な前進」と評価しつつ、黒田・桜井・社本らの批判にも答えた。それは旧論に比べても変化があった。まず、永積は『太平記』の「モチーフ」を問うて「序」文に注目し、そこに『太平記』の「全構想をたてに貫」く「一つの世界観」があると認めたが、それだけでは『太平記』全体を「追求するエネルギーは出来」ず、動乱期における「太平への期待」と「解放のねがい」に支えられてはじめて「変革期の全過程を」追求する「エネルギーを生み出」すことができたとし、それが『太平記』の「モチーフ」だという。永積のこの「モチーフ」論は〝主題〟論の意に理解できることは福田が説いたが（前掲）、永積のその発想には、黒田が「悪党的モチーフ」を発見して〝民衆的なもの〟の芽生えを指摘し、桜井が「都市人的基盤」を説いた論を承けた面がみられた。

さて、永積は「モチーフ」（＝主題）の展開を検討し、第一部はそれが「もっとも集中的につらぬかれ」、その「最

大・最善の英雄」が楠木正成であるという。それは、北条氏をたおして「太平」を実現させようとする「民衆」の期待を汲み上げたものであり、その歴史叙述は、

本来敵対関係にあるはずの悪党と荘園貴族とが、握手して行動した瞬間を巧みにとらえ、（中略）両者の矛盾をひとつの目標にそって、とにかく統一的にとらえることに成功（した）。

と論じた。「悪党」と「荘園貴族」の「握手」と論じたところに黒田論の影響がみられた。また、次のような第二部世界の評価にも、黒田論（悪党の第二次形象）が反映していた。すなわち、

さいしょのモチーフは、そのささえであった宮方の大敗によって、尊氏に頼るほか自ら貫徹できなくなるのであるが、一方尊氏はなお、第一部の宮方にとってかわって「太平」への期待を集中的に表現する人物となることが出来ず、同じ源氏仲間の新田義貞と対立する。（中略）継起する反乱のあれこれに追随し、これを平板に記録するほか方法をもたないという、もっとも非文学的な、したがって退屈な叙述におち入る。

旧論では、第二部の作者は「宮方深重の立場」にいながら、それに対して「反省的・批判的」になり、立場を移動させて歴史叙述を継続したといい、それは「歴史文学として」「敗北であると同時に勝利」でもあったと論じていた。しかし、この「太平記論」では、第二部世界は本来のモチーフ（太平への期待と、解放のねがい）を貫く視点人物がみあたらず、反乱状況を捉える「方法」もなくなって、「非文学的」で「退屈な叙述」になったと論じるのである。したがって、第一部世界の「典型」的な視点人物であった正成も、第二部世界では「転化」したという。旧論では、第二部の正成は「誠実」であったゆえに「悲劇」的になったと肯定的に捉えていたが、ここでは、「散文的」で「なえしぼんだ人物像に転化」したと否定的に評価する。この変化には黒田の「悪党的モチーフの第二次形象」論が反映していた。また、永積は〝『太平記』を評価するのに、『平家物語』と比較する根拠があるか〟とした黒田の批判に応え

て、『太平記』の「構想」は「『平家』をぬきにしてはかんがえられない」と旧論につづいていうが、ここでも、〝『太平記』の時代に『平家物語』的軍記文学は要請されていなかった〟とした黒田論をとりこんで、

『太平記』はその第一部においてほぼ成功した英雄叙事詩的（軍記もの）形式を、すでにその内容にとって、ふさわしくなくなりつつあった第二部においても、さらに、まったくふさわしくなくなっていた第三部においてもひきずって来たということになる。（中略）もはや、その新しい内容は、いわゆる「軍記もの」形式と鋭く矛盾してあいいれないところまで来てしまったのである。

つまり、第二・第三部は英雄叙事詩的な軍記形式は「ふさわしくなくなっていた」のに、その形式を「ひきずった」結果、文学的に失敗したというのである。

永積の「太平記論」は「悪党的人間像」の概念を取り込むなどの新しい装いがみられた。その論点は、基本的には、事態の進行と変化に作者の立場が対応できず、「モチーフ」（主題）を貫く「方法」と現実打開の「めどを見うしな」ったこと。また、第二・第三部の内容は軍記もの「形式」と矛盾して相容れず、それにふさわしい「芸術形式」は「劇詩」であったとしたことなどである。これを永積の旧論と比較してみると、『太平記』論としては問題性がかえって拡大したようにみえる。一つは、黒田らの論を取り込んで新しい人間像を定位するなどの新味はあったが、その人物像が抱懐する∧反逆∨という主題性と、∧太平への期待∨という永積自身の主題論とが相応せず、主題論としては混迷を深める形になった。また、構想論や文学的本質論などでは、旧論が示した一定の肯定的評価を後退させ、『太平記』の失敗面を厳しく査定して文学的可能性を細らせたし、特に、第三部世界の「内容」に対応する「形式」として「劇詩」がふさわしかったと述べたことなどは、十分な論もなく説得性が薄かった。

かつて、長谷川端は「この永積論文が与えた影響は大きく、その後の研究はこの論文を超えることを目標にした」

と述べた（『鑑賞日本の古典　太平記』「参考文献解説」昭55・6）。たしかに、戦後の研究史における永積の「太平記論」が占めた位置を過小に評価することはできないが、研究史上のそうした意義とは別に、主題論からみた「太平記論」の位置は必ずしも発展的に深化したとはいえない面があったことも注意深く見ておく必要があると思う。

三

1

長谷川は、また、戦後の研究史を二期に分け、第一期は「昭和二十八・九年から三十二年頃までに一つのピークがあ」り、第二期は「『岩波古典文学大系　太平記』が刊行された昭和三十五年〜三十七年あたりから始まる」と述べた。主題論からみればその画期は、永積の「太平記論」までとそれ以後に分けることができると思う。その第二期の『太平記』研究の特徴を概観すれば、第一は、鈴木登美恵が追求してきた、『太平記』の文学的問題を生成過程や本文の実態に即して解明することを展望して、伝本や本文についての新たな考察が始まったことである。第二は、増田欣の諸論考に集中してみられる成果で、それまでの出典論の課題を比較文学の方法で発展させ、作品形成の基盤と、作品そのものの個性的本質の解明を志向して出典論を展開するものである。それらは後に『太平記の比較文学的研究』（昭51・3）に纏められた。第三に、長谷川端が志向したもので、本文・伝本・成立問題から思想・構想・人物形象論など、その各論を総合して『太平記』世界の本質を総合的に解明しようとする仕事である。その成果は『太平記の研究』（昭57・3）に纏められた。主題論に直接関わることは少ないが、第二期の特徴的な成果として加美宏の享受史に関する集中的な論及がある。それも後に『太平記享受史論考』（昭60・5）に纏められた。第二期の出発時を代表するこれら四氏の研究領域と論究は、直接、間接に、『太平記』の主題論を豊かにしたが、そこに共通してみられたのは、『太平記』を統一した作品として把握する視点の探究であったといえよう。

たとえば、増田は、『太平記』と漢籍との関わりを比較文学の観点から具体的に分析して、〈作者主体〉の位相を究明し、動乱時代の歴史解釈と叙述の立場や視点を捉え、そこから『太平記』制作の仕組みについての見解も種々提示した。増田は、『太平記』に貫いてみられる特徴的なことは、「徳治主義的な政道理念」であり、それは「儒教的道義的な批評精神」であるという。そして「変革の歴史をいかに捉え、いかに語るか」についての「作者の儒教的な政道観・歴史観」と「歴史認識の方法」を端的に表明したものとして「序」の思想があり、また、作者には「社稷之臣」としての「自負に基づく政道補弼の使命感」があり、「史官」としての自覚もあったであろうと説く。こうした、作者主体の立場や思想を作品の構造・方法ともあわせて総合的に考究しようとする論（「出典から見た『太平記』の成立」など、『太平記の比較文学的研究』所収）を背景において、増田は、『太平記』の主題について、たとえば、「『太平記』作者の思想」（昭55）で次のように説いた。すなわち、『太平記』四十巻を通して「最もつよく印象づけられるのは」、「混沌として流動的な変革の時代の情況を末世濁乱とみる嘆きの深さであり、それと表裏をなす太平希求の切実さである」、と。永積の「序」に対する論を批判的に発展させて、「序」の思想を文学「方法」として示唆するとともに、主題論としても、「不統一」や「分裂」を説く永積論を克服する道が増田によって開かれたといえる。

『太平記』を貫く思想として「序」に注目し、それが「文学方法」として機能していることは大森北義も論じた（『太平記の構想と方法』昭63・3）。大森も『太平記』の主題は〈太平の希求〉にあるとし、その文学「方法」には、戦乱の原因を君臣の政道の可否において論じる「序」の思想による方法と、「変革の歴史過程を深い共感と驚きの目」で「不思議」と捉えて形象する「方法」とがあり、『太平記』の主題と構想はその二つの方法に支えられていると説いた。

2

さて、長谷川は、その主題の論を、後に『日本古典文学大辞典』（昭59）の「太平記」の項で集約して示したが、昭和三十八年当時、『太平記』研究の到達段階を概観して、「太平記がその南北朝期の特色をもっとも内包している部分は」第三部であり、「この部分に対する正しい全体的評価は今日まで出ていない」と述べていた（『国文学　解釈と鑑賞』昭38・3、特集「軍記物語の母体と環境」）。その第三部世界を対象に、その年、中西達次は『太平記』の構想論を書きはじめ、主題についても論じた。(9) その論は、「第二部」の「中心的主題が新田義貞を中心とする一族の、足利氏との抗争と滅亡の歴史」にあったと見做し、第三部の歴史は、その「結果としてえた武家政権」を「確立し安定させてゆく過程」であり、「京都における足利政権の『太平』をもとめてかかれて来た」という。つまり、

a　『太平記』第三部は、（中略）京において足利政権が確立されるまでの苦悩の歴史を記しているものであって、（中略）むしろ足利氏の体制内での「鑑戒的歴史」としての性格をみるべきであ（る）。

第三部の主題についてのこうした理解は、たとえば、永積の「太平記論」が、第三部について第一・二部と「同じ座標からではもはや事態の発展」をたどることができず、「ほとんど八あたり的な客観主義・批判主義に陥」ったと述べていたことと比べても、明らかに新しい主題論であった。中西は、次に「第二部の構想について」を書き、その「中心軸」は「新田・足利の武家の棟梁権抗争」にあるといい、

b　第二部は、（中略）建武中興を達成する途上でクローズアップされはじめた、源平二氏の武家の棟梁権抗争が源氏の勝利に帰した、という正にその事実を中心にすえて、そこから新たに展開する様々の事件や人間の運命を、

（中略）書きつづけたといえる。

と述べた。要するに、第一部の討幕合戦の中に「源平二氏」という対立の構図があり、それが、第二部の主題である＜新田・足利の抗争＞へと展開し、それをうけて第三部は、「足利政権が確立」して「太平」に至るまでの歴史を記したとした。つまり、「作者の本質的主題は」「足利氏の体制の確立をえがくにあった」と説いて、『太平記』の内容と構想筋を＜武家階層の戦いとその行方＞に焦点をあてて捉えるとともに、そこに主題の在処をみたのであった。

『太平記』の主題を足利政権との関わりで捉える論は、その後、小秋元段も提起した。小秋元は「『太平記』第二部の範囲と構成」（「三田国文」平7・6）で、『太平記』に展開する「武家批判と同種の批判記事」が「建武式目」にも見られることから、『太平記』の「政道批評の記事の中に政道確立の思念」を見るならば、「結果として」、『太平記』は「建武式目」の主張する世界を「具体的に描きだした作品といえるかもしれない」といい、

直義が自らの政道を実現するために法令上制定したのが「建武式目」なら、文学作品の形をとって姿を現したのが『太平記』である。

「と位置付け」うるのではないかと述べた。小秋元論は中西論をさらにすすめた形であり、足利政権・権力の企図を具体化した文学という視点から『太平記』の主題を見据えようとしたものである。

3

さて、中西はその後も主題・構想を追求し、「構造」論として展開した。それらは『太平記の論』（平9・10）にまとめられた。その第一論文「太平記の基本構造」は次のようである。すなわち、『太平記』の「序」を考察し、そこに「君主と臣下の双方を見すえて歴史事象の分析」をすすめる「君臣論」の「枠組み」があると捉え、それは「皇位

継承時と将軍交替時を基軸」にした記事構成の「枠組み」として展開するとみる。一方、その「記事の流れ」の中で「幕府成立以後の幕府内部の対立抗争には」、後醍醐他南朝方の「怨霊が関与しているという認識」があり、それが「全体の構想」にも関わっていて、その「深層には」、「後醍醐の死までの『ものがたり』と、死後の『もの』かたりの意識がある」という。つまり、『太平記』には〈天皇の即位と将軍の就任〉という「君臣論」を基軸に記事構成をする「構造」があり、これを第一の基軸とすれば、第二の基軸は、その構成の「深層」に、後醍醐の死までの「ものがたり」と、死後の「もの」の語りの意識があるという。この二つの基軸を『太平記』の構造解明の原理的な論点として中西は論じるわけだが、その第二の基軸について、たとえば、第二論文の「『太平記』の天龍寺造営記事について」でも、構想に関わる論点として、次のように語っている。

c　『太平記』は後醍醐天皇の国家草創の第一部、守文に失敗して京都を追われるまでの第二部をうけて、第三部が、辺境をさすらい、故地に帰ることを得ずして死んだ後醍醐天皇とその支配下にある怨霊が、京都の政権をおびやかすという構造になっていく（中略）。言いかえれば、『太平記』は第一部・第二部では、後醍醐天皇の「もの」化のプロセスを描いており、第三部は文字どおりその「もの」の活動「記」になり得るということである。

また、第一の基軸に関しても、それが『太平記』の記事構成法であることを指摘して次のように述べている。

d　『太平記』作者が、京都の朝廷の天皇の即位、将軍の代替りを構想の切れ目として考えていることはまちがいのないところである。

中西の構想論・主題論はここに新たな像を結んだといえよう。それは、「天皇の即位と、将軍の代替り」を記事構成の形式とみなし、記事構成の内実としては、第一・二部と第三部の二つに分かれ、その主題は、前者が後醍醐天皇の〈「もの」化へのプロセス〉を描き、後者が〈その「もの」の活動記〉であるとして、後醍醐天皇を軸に作品の主題をみようとする論である。主題論としては、先の論（a・b）は、〈(源平の抗争)→新田・足利の抗争→足利政権確立・安定の歴史〉という構想筋の中に主題を確認するものであったが、後の論（c・d）は、〈後醍醐天皇の「もの」化への過程→後醍醐の「もの」の語り〉という構想筋を想定して、作品世界の主題を〝後醍醐の「もの」化〟を軸にして見据えようとするのである。

4

主題論としては、中西論は前・後の論の間に質的変化があるが、そうした変化に関連して注意したいことは、後醍醐の在り様を軸にして『太平記』世界を分けてみる見方は、すでに長坂成行によっても提示されていたことと、『太平記』を二部に分けるその分岐点を「天龍寺造営記事」におく論（「『太平記』の天龍寺造営記事について」）が、後に五味文彦によっても論じられたことである。長坂は「帝王後醍醐の物語」（「日本文学」昭57・1）で、後醍醐を「核とした作品の組み立て」を考察し、その結論を次のように示した。

『太平記』全体の骨格として後醍醐が存在し、第一部・第二部では彼の意志力が物語の流れを領導する。死後の第三部ではさすがに登場場面は少ないものの、しかし、後醍醐を核とした構成意識は、彼が怨霊として登場する未来記的章段に生き続ける。

長坂論は「『太平記』私論」として提示されたが、以後、この視点から『太平記』の構造を解明しようとしている。たとえば、「『太平記』終結部の諸相―〝光厳院行脚の事〟をめぐって―」（「日本文学」平3・6）では、〈後醍醐天皇―光厳院〉という構図によって『太平記』の構造を解析しうる可能性を示唆し、天皇を軸としてみる『太平記』の構造把握の論を具体的に深めたものであった。

また、五味は、「後醍醐の物語―玄恵と恵鎮」（「国文学　解釈と教材の研究」平3・2）で、『太平記』が南北朝時代をどのように描こうとしたかを問い、巻四十の終結部の「中殿御会の記事」と『太平記』冒頭の後醍醐天皇挙兵事件との関係を問題にして、その両者は「後醍醐の理念が公武一統である」点において「照応している」こと。また、巻二十四の「天龍寺供養」記事も、「公武一統をめぐる重要な行事」であり、しかも、それは「後醍醐の菩提を弔う」ものであることなどの諸点を勘案して、次のように述べた。

『太平記』を二部構想でもって考えるならば、第一部は後醍醐の挙兵から天龍寺供養までの後醍醐の物語と見做せる（中略）。そして第二部はそれ以後に書き継がれたもので、公武一統の歴史を描いたものといえよう。

以上の五味論と長坂・中西の各論は、全体的には、共通する論点以上に相違点も多いわけだが、にもかかわらず、ここであわせて注目するのは、『太平記』の構成意識と構想筋を大きく二つに分けることと、その分岐点と前後の世界の主題性を、後醍醐の意志や存在様態にみようとする点で共通した主張があることを重視したいと思うからである。

そして、後醍醐を軸におくそうした構想・主題論の流れの中で、それを方法的視点からも定位して論じたのは、麻原美子の「『太平記』の時空―『愚管抄』を基軸にして―」（「日本女子大学紀要文学部」平3・3）である。麻原は、『太平記』の『愚管抄』からの影響を論じつつ、『太平記』は、「乱世の動向」に「内在的にひそむ道理を」「因果観という運命史観、徳治主義という儒教的政治思想で解釈」し、「序」において「君臣」論として具体化したという。一方、『太平記』は歴史叙述に「冥界の在り様を取り込」み、怨霊らの謀計によって「政治的濁乱」や「自然の変異」が起こるとする。この「冥顕」の「二元思想」と、先の「君臣」論とが対応しており、『太平記』の歴史叙述の方法は「冥顕君臣対応方式」であるという。そして、『太平記』を二部構成とみて、その構成と主題を次のように説いた。

第一部は、後醍醐天皇の顕の世界の覇王の治政の様相であり、第二部は天皇が崩御後に冥界の魔王となって顕界を支配し、敵対した臣下を次々に諍乱にまき込んで滅亡させるあり様を描いた。

『太平記』の作品構成を後醍醐を核にして捉え、その主題も後醍醐の存在様態を軸において論じる意味では、長坂・中西・五味論とも隣接するものであるといえよう。

四

上来、戦後研究史に焦点をあてて『太平記』の論と主題論を概観してみた。触れるべくして触れ得なかった論も多い。また、素描的な整理で論者の趣意を汲みつくせていない点もあるのではないかと恐れるが、ここでまとめて、今後の課題にも触れておきたい。その第一は、福田論に今日なお拠るべき原理的視点が示されていることである。第二は、戦後の『太平記』研究を出発させた永積論には、論理や論証面で批判すべき点が多いことは否めないが、永積論にはなおみるべき論点もあり、永積批判の論ともあわせて、さらに精密な総括が必要である。第三は、黒田論である。かつて増田欣は、「太平記研究、現在の話題と将来像」（『国文学　解釈と鑑賞』昭56・5）で黒田の「太平記の人間形象」にふれ、その論が「以後の『太平記』研究に投じた波紋は、きわめて大きなひろがりをもつ」と述べ、
『太平記』についての「常識」に、真向から対立してこれを打破する、もっとも直接的、具体的で、かつ有効な視点を提供した
と論じた。主題論からいえば、〈悪党的人間形象〉が主張する〝変革と反逆性〟という理念と、〈太平への期待〉がめざす〝秩序への志向〟という理念との背反性をどう理解するかという問題がある。そして、第四は、これまでの主題論を今後どのように継承するかという問題に関わることであるが、それらの論を最も単純に分ければ二つに分かれ

るであろう。一つは、〈悪党的人間形象〉論や〈太平への期待〉論で、いわば理念型の主題論である。二つは、〈源平二氏の棟梁権抗争〉や〈足利政権確立までの過程を描く〉、あるいは〈後醍醐天皇の存在様態や意志〉など、現実的政治的党派的権力や個人を軸にして主題を論じるものである。前者と後者では主題としての質に大きな懸隔があり、主題論としては共存しうるのかどうか、今後に残された大きな課題であり、それは、『太平記』をどのような作品として理解するかの根本に関わる問題である。そのことと関わって、あらためて思うが、主題論とは主題が何かを言いあてることだけではない。それ以上に、生成論、作者論、思想論、構想論、構成論、表現論などを総合した『太平記』論の、その集約として主題論があり、そうしたレベルの主題論がさらにダイナミックに展開される必要があるだろう。

注

（1）たとえば、藤岡作太郎は『国文学史講話』（明41）で『太平記』について、「描写は徒らに東西に彷徨して、中心の帰著を失ひ、支離散漫、読者はまたこれが為に屢々前後の脈絡を忘却して巻を覆うて退屈を訴ふ」と評していた。

（2）同じ主題論は、釜田が「名義」を論じて、『太平記』が「太平にならぬ原因を」追求し、「その立場から戦乱を眺め」て「主想」を説いた（「太平記の名義について」・「国語と国文学」昭14・8）ところにも、また、中西達治が『太平記』の第二部から三部への「構想」の展開を論じて「『太平』という中心主題」があると述べた（「太平記の研究(1)—第三部の構想について—」（「名古屋大学国語国文学」12号、昭38・3）。「太平記の研究(3)—第二部の構想について—」（同、第16号、昭40・6）ことの中にも窺うことができる、と福田はいう。

（3）しかし、福田は、小松論の「公家の運命の浮沈というような次元のものは」「主題と呼ぶべきではな」く、「モチーフとして検討すべきもの」であるとしている。

（4）たとえば、平田俊春は「太平記の成立」（昭12・8）において主題を論じ、「当時に於いて太平なる語は、直に建武中興の御代を意味した」として、『太平記』は「此の太平即ち建武中興の運動を中心として記述」したものと論じた。あるいは、後藤丹治は『朝日古典全書　太平記』（一）「解説」（昭36・8）で次のように述べた。

太平記の全篇を貫くものは戦乱の記述である。（中略）太平記を一貫するものは、実に吉野朝の特殊な時代相としての戦乱の記事に他ならない。（中略）太平記は戦乱の由来からその状態、最後にその終結を詳記してゐるのであり、その内容は戦争に終始してゐるといっても過言ではない。

後藤の主題論は「戦乱の記述」というところにあり、これらの論も主題論としては看過できないところである。

（5）三部世界の捉え方は、たとえば、尾上の把握では次のようであった（「太平記の主想」前掲）。

第一部は、後醍醐天皇の関東御誅伐の御企から、建武中興までである。第二部は、尊氏の謀反から、義貞の戦死までである。第三部は、後村上天皇の御即位のあたりから、細川頼之が義満を補佐するところまでであらう。

戦前までの『太平記』理解が多かれ少なかれこうであり、『太平記』が描く歴史過程を後醍醐・後村上天皇を軸にたどるものであったが、永積はそれとは違う理解を意識的にうちだそうとした。

（6）松本はすでに「南北朝内乱の諸前提」（『歴史評論』昭22・12）、「中世末期の社会変動」（『日本歴史学講座』昭23）を書いており、後者で『太平記』の評価にふれて「歴史文芸としても世界的な内容と高さをもっている」と評価していた。

（7）社本のこの批判に答えて永積は後の「太平記論」で次のように述べた。すなわち、社本論は『太平記』制作の立場を「単純に宮方とか足利方」に「直結」させた永積の「旧説の弱点をつい」たものではあるが、

社本氏のいう「中世人のかなり一般的な思考形式」にもとづく伝統的観念なるものを、いくら「徹底」させたところで、『太平記』の主題論・構想論について（研究史的展望）

楠をはじめとする悪党的人間像、つまり、『太平記』独自の積極的な形象は出て来ない。（中略）『太平記』が文学的に評価されるのは、氏のいうように、このような伝統的観念を「戦記物語の方法を媒介として徹底させることによ」ってえたものではなくて、むしろ逆に（中略）、そのような伝統的意識に反逆する人間群像を造形しえたからである。

（８）永積は高木武・後藤丹治らの先行研究をふまえて次のように主張した。

ア　太平記が平家物語を先駆的な作品とし（中略）、平家物語をとにかく模倣したという事実は、もはや動かしがたいのである。（中略）平家物語に見られる首尾一貫した統一的な組織をそのまま模倣することができず、ほとんど失敗に近い構想のまま、あの尨大な長編を投げ出してしまったところに、太平記の敗北がある。

しかし、永積は、そうした否定的評価とは別に次のような肯定的評価も出していた。すなわち、『太平記』は「古代的な天皇制政治の没落」と「その必然性」を「浮かびあがらせ」、「時勢粧の底知れない力」を「生き生きした現実の姿として」描きだした「まっとうな歴史文学」であり、「宮方深重」の立場に立つといわれ、「復古的な王政を礼賛したかのように宣伝されて来た太平記が、古代的な天皇制政治とその実質に対するむしろ批判の文章であった」。そしてそのことは「太平記の本質」として「見のがすことのできぬ」問題であると説いた。そして、『平家物語』との関係についても、『太平記』の思想を論じた箇所で、アの論とは違って『太平記』の自立した性格にふれたし、さらに、本著の「むすび」でも、

イ　太平記は平家物語の単なる亜流であることからまぬかれ、（中略）同じ時代の他のどのような作品も企ておよぶことのできないほど鋭いものでありえた。

と述べた。しかし、ア・イの論述は明らかに矛盾するものであった。

（９）（２）掲載の中西論文など。

太平記と歴史認識
――「南北朝時代史」という物語――

兵藤裕己

一　近代の「南北朝」認識

南北朝史研究の基礎文献である『大日本史料』第六編之一（元弘三年五月〜建武元年十月）が、東京帝国大学史料編纂掛から刊行されたのは、明治三十四年（一九〇一）二月である。その編纂作業で中心的役割を担ったのは、史料編纂掛委員で国史科教授の田中義成（一八六〇〜一九一九）であった。

田中義成の没後三年目の大正十一年（一九二二）、田中の東京帝国大学での講義ノートを整理して刊行されたのが、著名な『南北朝時代史』である。その第一章「時代の名称」は、「南北朝時代」という時代名称が「至当」であることを論じて、つぎのように述べている。

抑《そもそも》南北朝時代なる詞は、先年之を国定教科書に用ふるに就《つ》き朝野の間に問題起こりて喧《かまびす》かりしため、文部省に於てこの名称を排し、新に吉野朝時代なる詞を制定せるものにして、今は国定教科書並に中学校・師範学校・女学校等の教科要目等、すべてこの名称を用ふる事となり、即ち一の制度となれり。然れども本講に於ては、もとより学説の自由を有するを以て、この制度に拘泥せず、吾人の所信を述べむ。吾人の考ふる所によれば、学術的には、この時代を称して南北朝時代と云ふを至当とす。何となれば、当時天下南北に分れて抗争せるが故に、南北朝の一語よく時代の大勢を云ひ表はせるを以てなり。

ここでいう「朝野の間に問題起こりて」とは、明治末年に政治問題化した南北朝正閏問題をさしている。すなわち、南朝と北朝を併記する立場で書かれていた当時の国定教科書、『尋常小学日本歴史』にたいして、明治四十四年（一九一一）一月十九日付の読売新聞が、「南北朝対立問題――国定教科書の失態」と題した社説を掲載した。これをきっかけに、野党の立憲国民党が教科書問題に大逆事件をからめて政府の教育政策の責任を追求したため、「南北朝」という呼称はすべての教科書から廃され、以後（昭和二十年の敗戦まで）「吉野朝時代」という呼称が行なわれたのである。

このような南北朝正閏問題の記憶も新しい大正初年にあって、あえて「学説の自由」を根拠に「吉野朝時代」の呼称に「拘泥せず」とした田中の見識は、たしかに評価されるべきだろう。(1) たとえば、みぎの引用箇所につづく部分、

極端なる大義名分論者は、正閏の別を立つるをも許さず、朝廷は唯一にして正閏あるべきにあらずと云ふ。併しこは歴史上の事実を無視せるもの、吾人が歴史を研究する上に、大義名分の為に事実を全く犠牲にする必要を見ず。必ずや事実を根拠として論ぜざる可からず。

南朝と北朝という二つの朝廷が存したことは「歴史上の事実」である。その「事実」を「大義名分の為に」「犠牲にする必要を見ず」というのだが、さらに田中は、吉野の朝廷が当時「南朝」と呼ばれていた事例を列挙し、「南北

朝の名称は明かにその当時より用いられしもの」であることを強調する。室町時代や江戸時代など、「史家が便宜上時代を区画せるに過ぎざる」時代名称に対して、南北朝時代のみは「然らずして、当時既にこの名称存し」、それゆえ「この時代を称して南北朝時代と云うを至当とす」るのである。

ただしここで考えてみたいのは、田中義成が「事実」によって立証したと自負する「南北朝」という呼称の起源である。田中は、「南北朝」が「当時より用いられし名称」であることをもって、その学術用語としての正当性を主張する。だが「南北朝」とは、「事実」である以前に、鎌倉末以降の宋学の流行によってもたらされた名分論のタームであった。それはこの時代の内乱の当事者によって用いられた時代認識の枠組みであり、たとえば太平記の「君と君との御争い」(巻十五)、「国主両統の御争い」(巻十七)という抗争の図式を導きだしたことばであった。

たしかに田中がいうように、南朝と北朝の語は「当時より用いられし名称」である。だがそれは、「天下南北に分れて抗争せる」「事実」がまずあって、それを名づけるためにつくり出されたことばではなかった。まずことば(観念)があって、つぎにそれに対応する現実がつくり出されたのが、このすぐれてイデオロジカルな時代の特徴である。そこに「南北朝」という時代名称を採用する積極的な意義も見いだされるとすれば、「必ずや事実を根拠として論ぜざる可からず」とする田中の議論は、「南北朝時代」について考えるさいの、もっとも核心的な契機をとり落とすことになる。

歴史の認識が現実の推移に先行し「南北朝」時代は、わが国の天皇制がもっともイデオロジカルに問題化した時代でもある。「南北朝」という歴史認識の枠組みを問いかえすことは、そのまま、日本歴史、あるいは日本という枠組みをなりたたせた歴史の物語性について問いかえすことである。南北朝時代という枠組みをいかに相対化するかに、じつは今日の「南北朝」史研究の有効性も問われている。

二　太平記と名分論

南北朝時代史を叙述するうえで不可欠の史料でありつづけたのは、太平記である。太平記の史料的な信憑性については、明治二十年代の前半、帝国大学史誌編纂掛（史料編纂掛の前身）で吟味・再検討が行なわれ、その一応の結論として、明治二十四年（一八九一）に久米邦武の挑発的タイトルを付した論文、「太平記は史学に益なし」が『史学会雑誌』（第十七～二十二号）に掲載された。だが史料的な信憑性はともかくとして、太平記は十四世紀内乱を全体的・通史的にとらえた唯一の同時代史として、第二次大戦前の「吉野町時代」史の研究はもちろん、戦後のマルクス主義史学においても最重要の史料でありつづけたのである。

たとえば、皇国史観のアンチテーゼとして出発した戦後の南北朝史研究において、高師直や佐々木道誉などのバサラ大名にかんする太平記の印象深い記述は、いわゆる封建革命論や悪党論などのイメージ形成に少なからぬ影響を与えている。あるいは後醍醐天皇の専制君主としての異形性を指摘する論にあっても、太平記の建武政権批判の記事（とくに巻十二、十三）はつねに参照されてきたのである。

しかし太平記を史料として利用することは、その叙述の全体的な枠組みを不問に付すことで、かえって太平記の真にフィクショナルな部分を温存させる結果になったのではないか。それは、十四世紀内乱の研究が南北朝史研究とよばれ、その呼称じたいがもつ名分論的な枠組みがほとんど看過されてきた研究史を見てもよい。[2] 太平記の史料批判は、個々の事実考証の問題である以前に、それらを「事実」として構想した太平記作者の歴史認識の問題である。すなわち、史料としての恣意的・断片的な利用が行なわれるまえに、太平記の歴史叙述の枠組みが問われねばならないのだが、太平記の成立経緯については、今川了俊の『難太平記』（一四〇二年）がつぎのように伝えている。

昔、等持寺にて、法勝寺の恵鎮上人、この記をまづ三十余巻持参し給ひて、錦小路殿（注、足利直義）の御目にかけられしを、玄恵法印に読ませられしに、多く悪しきことも誤りも有りしかば、仰せに云はく、「これは、かつ見及ぶ中にも、もってのほか違ひめ多し。追って書き入れ、また切り出だすべき事などあり。その程は外聞有るべからざるの由」仰せ有りし。後に中絶なり。近代重ねて書き続けり。ついでに入筆ども多く所望して書かせければ、人の高名、数をしらず書けり。

太平記の原本は、法勝寺の恵鎮上人が、足利直義のもとに持参した「三十余巻」本だったという。それはしかし、直義が側近の学僧玄恵法印に校閲させたところ、多くの「悪しきこと」や「誤り」があり、よってそれらを改訂するまでは「外聞」が禁じられた。その改訂作業は「後に中絶」するが（「中絶」の理由はおそらく貞和五年〈一三四九〉の足利直義の失脚にあったろう）、しかし「近年重ねて」書き継がれ、そのさい大名たちの「所望」により「人の高名、数をしらず書けり」という。

太平記に記された「人々の高名などの偽り多」いことを難じる今川了俊は、今川家の功績を主張することを主たる目的として『難太平記』を執筆した。そして太平記に記されない父範国や兄範氏の高名を列挙し、「もしさる御沙汰もやとて、いま注し付するものなり」とその執筆動機を語っている。「御沙汰」の語は『難太平記』に計三例みられ、どれも足利義満の政治・政道をさして「御沙汰」とある。『難太平記』が執筆された応永九年（一四〇二）当時、太平記の改訂作業が足利義満の政治的判断にかかわる、公的な事業と考えられていたことに注意したい。

太平記の段階的な成立過程にもかかわらず、それが室町幕府の草創を語る正史として（少なくとも正史を意図して）最終的に整備・編纂されたことはたしかである。たとえば太平記冒頭のつぎのような序文である（本文の引用は、古本系の西源院本による）。

蒙ひそかに古今の変化を採つて、安危の所由をみるに、覆って外無きは天の徳なり。明君これを体して国家を保つ。載せて棄つること無きは地の道なり。良臣これに則つて社稷を守る。もしその徳欠くるときは、位ありと雖も持《たも》たず。いわゆる夏の桀は南巣に走り、殷の紂は牧野に敗らる。その道違ふときは、威ありと雖も、久しからず。かつて聴く、趙高咸陽に刑せられ、禄山鳳翔に亡ぶと。ここを以て前聖慎んで法を将来に垂ることを得たり。後昆顧みて誡めを既往に取らざらんや。

「明君」と「良臣」のありかたが、まずこのように規定される。鎌倉末から南北朝期にかけて流行した宋学の名分論だが、この序文が平家物語の序章「祇園精舎」をふまえていることは、その先例列挙の形式からあきらかである。平家物語の仏教的な因果論にたいして、太平記は、儒教的な名分思想をもとに悪王・悪臣の必滅の先例を説くのだが、序文につづく巻一「後醍醐天皇御治世事」の冒頭は、つぎのように書き出される。

ここに本朝人皇の始め、神武天皇より九十六代の帝、後醍醐天皇の御宇に当たって、武臣相模守平高時と云ふ者あり。この時、上、君の徳にそむき、下、臣の礼を失ふ。これにより四海大いに乱れて、一日も未だ安からず。……

太平記の「臣」は「武臣」であって、源平両氏をさしている。その「武臣」「平高時」を、「下、臣の礼を失ふ」としたのは、平家物語の枠組みからする当然の批判である。太平記の第一部（巻一～十二）[3]が北条（桓武平氏）の滅亡を平家物語の十二巻構成にならって構想した時点で、北条（平）高時の「悪行」物語の構想も（事実であるかどうか以前に）決定されていたのである。

しかし太平記の書き出しと平家物語のそれとを対比して注意したいのは、太平記が、武臣のみならず君（天皇）の名分についても言及することだ。すなわち序文で、「もしその徳欠くるときは、位ありと雖も持たず」といわれ、つづく「後醍醐天皇御治世事」には、「このとき、上、君の徳にそむき」とある。それは第一部の末尾（巻十二）で、建武政権の失政と乱脈ぶりが糾弾されることとも対応して、第二部における後醍醐の廃帝問題を射程に入れたものであった。

平家物語をふまえて構想された太平記は、開巻冒頭から、天皇の在位の根拠（帝徳）について言及している。太平記の歴史が君臣の上下、天皇と武臣（源平両氏）の二極関係を軸として構想された以上、「武臣」を滅ぼして親政を企てた後醍醐天皇とは、「天の徳」を体した「明君」ではありえない。「武臣」を蔑如する後醍醐の不徳は第二部（巻十三～二十一）にも語られ[4]、とくに第三部（巻二十三～四十）では、皇室・公家が衰微した原因について、「後醍醐院、武家を滅ぼし給ふによって、いよいよ王道衰へて、公家悉く廃れたり」としている（巻二十七「雲景未来記の事」）。太平記がイメージする「太平」の世とは、けっして後醍醐が理想とした公家一統政治なのではない。序文で表明される天皇と武臣（源平両氏）の名分論は、第一～二部の源平交替史とも連動して、武家政権を既成事実化する枠組みとして機能するのである。

名分を規準にして、過去・現在の政治社会に道義的な裁定をくだすのが、政治イデオロギーとしての名分論である。政治的な序列・身分の同義語としても使用される名分の語は、中国ではもともと法家の用語と考えられ、儒家ではあまり用いられなかったものらしい。それを儒学の中心テーマに位置づけたのは、朱子によって大成された宋代の儒学（いわゆる宋学）である。

三　「南北朝」の起源

宋代に形成された官僚国家のイデオロギーとしての宋学は、すでに十三世紀には、渡宋した禅僧らによって日本にもたらされ、鎌倉時代の末頃には、朝廷や寺院社会を中心にさかんに受容された。『花園院宸記』（花園上皇の日記）は、後醍醐天皇の宮廷でさかんに宋学が講じられたこと、宋学の流行に、比叡山の学僧、玄恵が関与していたことを記している（元応二年〈一三二〇〉閏七月二十二日、元亨二年〈一三二二〉七月二十九日、同三年七月十九日の条）。また一条兼良の『尺素往来』も、宋学流行の立て役者として玄恵法印の名をあげている。

近代、独清軒玄恵法印、宋朝濂洛の義を以て、正と為す。講席を朝廷に開いてより以来、程朱二公の新釈、肝心と為すべく候なり。次に紀伝は、……これまた、当世、玄恵の議に付き、資治通鑑・宋朝通鑑等、人々これを伝授す。特に北畠入道准后、蘊奥を得らる。

玄恵の講席をとおして宋学が朝廷に広められ、「紀伝」（史学）も「玄恵の議に付き」、宋代の「資治通鑑・宋朝通鑑等」が伝授されたというのである（なお、玄恵が後醍醐の宮廷で宋学を講じたことは、『花園院宸記』元応二年閏七月条にも記される）。

とくに「北畠入道准后、蘊奥を得らる」とあるのは、北畠親房の『神皇正統記』に、宋学の正統論の影響を認めた発言として注意される。[5] たとえば、建武三年（一三三六）冬の後醍醐天皇とその廷臣たちの吉野潜幸にしても、それを決断した背景には、壬申の乱における大海人皇子（天武天皇）の先例以上に、北方の偽朝にたいする南方（あるいは山間）の正統王朝――たとえば、三国時代の魏にたいする蜀、六朝時代の江南王朝、金・元にたいする南宋――という宋学の正統論の図式が意識されていただろう。

後醍醐の廷臣たちに宋学を講じた玄恵は、建武政権の崩壊後は足利直義につかえている。かれはまた、建武三年冬に編纂された足利幕府法、『建武式目』の起草に参加しているが、『難太平記』によれば、玄恵法印は足利直義の命で太平記の改訂に従事したという。太平記の歴史認識が宋学の名分論によって整序される条件は十分整っていたのである。

太平記が宋学の影響下にあることは、そこに引用された経書の傾向からもいえる。太平記が引用する経書について調査した宇田尚は、太平記は「『論語』を引用すること最も多く、これに次ぐものは『孟子』である」と述べている。[6]『論語』『孟子』に五経以上のウェートを置くのは、朱子の経学の特徴である。『論語』『孟子』『大学』『中庸』を、いわゆる「四書」として特立したのも朱子が最初だが、そのような四書の引用に関連して注意されるのは、太平記がしばしば臣下の立場から天皇の廃立に言及することだ。

太平記巻二「長崎新左衛門異見事」には、元弘元年（一三三一）六月、鎌倉幕府が後醍醐天皇の流罪を決定した評定の一節に、異朝には文王・武王、臣として無道の君を討ち奉りし例あり。……されば古典にも、君の臣を視ること土芥の如くするときは、臣の君を視ること寇讎の如し。

とある。「君の臣を視ること土芥の如く」云々は、不徳の帝王の放伐（追放と討伐）を是認した『孟子』離婁篇の一節である。また巻二十七「妙吉侍者事」には、『孟子』梁恵王篇の、「一人天下に衡行するをば武王これを恥ず」が引かれている。ともに、殷の紂王の放伐を正当化した『孟子』の一節だが、とすれば、太平記の序文が「殷の紂」の先例をあげ、「その徳欠くるときは、位ありと雖もたもたず」と主張する背景にも、やはり『孟子』離婁篇・梁恵王篇などの影響が考えられてよいだろう。宋学以前には経書として扱われなかった『孟子』本文を大量に引用したところに、太平記編者の宋学にたいする並々ならぬ関心がうかがえるのである。(7)

もっとも、太平記が不徳の天皇の交替を是認するとはいっても、それが中国ふうの易姓革命の是認に直結するものではないことは注意しておく必要がある。源平二氏が交替で覇権を握るように、二つの皇統が交互に天皇を立てていたのがこの時代である。十三世紀なかばの後嵯峨天皇の退位後、皇子の久仁（後深草天皇）と恒仁（亀山天皇）の確執から、鎌倉末期には、持明院統・大覚寺統の二つの皇統がほぼ交互に天皇を立てていた。天皇の交替は両統のあいだで行なわれることはあっても、皇統そのものが他姓に奪われることはありえない。北畠親房の『神皇正統記』が皇統の「一種姓《しゅしょう》」を前提に天皇の名分（帝徳）に言及したように、太平記の革命是認の思想も、日本的な家職、「種姓」の観念を大前提として表明されたのである。

しかし家職や種姓の条件付きではあっても、太平記が天皇の名分に言及したことの意味は重大である。「徳」なるものの評価に絶対的な規準が存在しない以上、帝徳に言及する名分論は、天皇の廃立に関するどのような便宜的・ご都合主義的な解釈も可能にするはずだからである。

たとえば、建武政権を離反した足利尊氏は、建武三年（一三三六）正月の京合戦にやぶれて九州へ敗走した。太平記は、尊氏が自らの敗因を分析したことばとして、つぎのように記している。

今度の京都の合戦に、御方毎度打ち負けぬる事、全く戦ひの咎にあらず。つらつら事の心を案ずるに、ただこれ、尊氏ひたすら朝敵たる故なり。されば、いかにもして持明院殿の院宣を申し給はって、天下を君と君との御争ひになし、合戦を致さばやと思ふなり。（巻十五「将軍都落事」）

負けいくさの原因が、「武臣」としての名分が立たない点に求められている。「ただこれ、尊氏ひたすら朝敵たる故なり」であるが、そこで尊氏は、「天下を君と君との御争ひになし」て、自己の「武臣」としての名分の回復を企てる。尊氏が敵対する後醍醐天皇とは、太平記によれば、すでに「天の徳」を体した「明君」ではないのである。

後醍醐天皇の不徳は、建武政権の失政を批判した巻十二、十三でくり返し語られている。はたして建武三年五月、京都を奪回した尊氏は、持明院統の上皇以下を自らの陣営にむかえ入れている（巻十六「持明院の本院東寺に潜幸の事」）。太平記はそれを「尊氏卿の運の開き給ひし始め」と位置づけている。「一方の皇統を立て」たことで、後醍醐天皇とその「武臣」新田義貞と戦うための名分が獲得されたのである。

大覚寺統（南朝）—新田義貞に対する持明院統（北朝）—足利尊氏という抗争の図式が成立したのだが、もちろん抗争の主役は、両統をいただく「源氏一流」（清和源氏の同じ流れ）の「武臣」である。たとえば、尊氏が京都を奪回

した翌月の東寺合戦において、新田義貞が尊氏に一騎打ちを挑んだときのことば、

これ国主両統の御争ひとは申しながら、ただ義貞と尊氏卿との所にあり。（巻十七「義貞軍事」）

たしかに「国主両統の御争ひ」は、義貞と尊氏が覇権を争う上での大義名分でしかないだろう。北条氏（＝平家）滅亡後の、新田・足利「両家の国争い」にあって、抗争を正当化する名分論上の図式が、「南北朝」時代史という枠組みの起源であった。

三　近世の「南北朝」認識

南北両朝の並立は、「歴史上の事実」（田中義成）である以前に、鎌倉末以降の宋学の流行とともに、まず観念としてもたらされた。それは足利尊氏にとって、不徳の帝王後醍醐を廃して持明院統を擁立する際の大義名分であった。まず観念（ことば）があって、つぎにそれに対応する現実がつくられたのが、このすぐれてイデオロジカルな時代の特徴である。たとえば、太平記の第二部は、北条氏滅亡後の新田・足利両氏の抗争を、「国主両統」をいただく「武臣」の抗争として図式化している。そのような名分論の図式において、その後の五十余年間におよぶ「南北朝」の内乱は戦われることになる。

ところで、北朝を擁立した足利氏の政権下にあって、南朝の四帝が「偽朝」「偽主」とされたことはいうまでもない。たとえば、『梅松論』は、尊氏が持明院統の擁立を決意したときのエピソードとして、「持明院統は天下の正統に

て御座あれば」云々という赤松円心の進言を記している。また、十五世紀後半に成立した『続神皇正統記』は、後村上天皇について「これは南方の偽主の御事にして、当朝の日嗣には加へ奉らず」と述べ、長慶天皇・後亀山天皇についてはその存在にすら言及しない。

しかし足利将軍が十五代でほろび、かわって将軍職を継承した徳川家康は、南朝に殉じた新田氏の一族を称している。近衛前久の書簡（近衛信尹宛）によれば、家康が最初に朝廷に提出した系図は、「源家にて二流の惣領の筋に、藤氏にまかりなる」というもの。「二流の惣領の筋」は、源氏の嫡流（清和源氏義国流）である新田と足利の二流、「藤氏にまかりなる」は、もとは源氏だが、いまは藤原氏ということ。以後の家康は、藤原姓と源姓を適宜つかいわけているが、近衛前久の書簡はさらに、家康が「将軍望むに付き」、藤原氏から「源氏にまた氏をかへ」たという裏話をあかしている。(8)

近世の徳川関係の文書によれば、徳川の初代は、新田義重（新田氏祖）の四男の得川義季である。上州世良田を本拠とした得川氏（家康の代に徳川）は、義季から九代目の親氏のときに足利氏の追求をのがれて三河国へ流浪し、松平氏の入り婿になったという。親氏が上州を出た時期は、正平十二年（一三五七）とも永享十二年（一四四〇）ともいわれて定かではないが、ともかくこのような由緒によって、家康は賀茂姓松平氏から清和源氏新田流に「復姓」したのである。

南朝と命運をともにした新田氏族の由緒をもって、家康は、足利にかわって、清和源氏嫡流の「家職」としての征夷大将軍職に任じられた。清和源氏新田流の由緒は、「南北朝」時代史という歴史認識の延長上に導かれたのである。またそのような新田流徳川系図の延長上で、『大日本史』の南朝正統論も構想されることになる。

水戸光圀の修史事業が、『新撰紀伝』百四巻として一応の完成をみたのは、明暦三年（一六五七）の事業開始から二十六年目の天和三年（一六八三）である。だがそれは、「其の書の体裁、公（光圀）の意に満たず」といわれ、ただちに改修が命じられた（藤田幽谷『修史始末』）。

『新撰紀伝』は、神代に起筆して、第九十六代の後醍醐天皇の治世までを記している。しかし紀伝の改修に従事した安積澹泊の回想によれば、かれが天和三年八月に彰考館入りしてはじめて目にした紀伝の稿本は、後醍醐天皇以下の南朝四帝を本紀にかかげ、「北朝五主は降して列伝と為」すものだったという（元文元年〈一七三六〉の打越樸斎宛手簡）。『新撰紀伝』が完成する三ヶ月前、すでに南北朝史の稿本は完成していたのだが、にもかかわらず、『新撰紀伝』は叙述範囲を後醍醐天皇までとし、南北朝史は未編修として光圀の上覧に供せられる。

「其の書の体裁、公の意に満たず」といわれた理由もそのへんにあったと思われ、とすれば、紀伝稿本の「北朝五主は降して列伝と為」すというラディカルな構成も、光圀の発案になる編修方針だったろう。

正徳五年（一七一五）に『新撰紀伝』を改修して成立した『大日本史』（初稿本）は、神武天皇から第百代の後小松天皇までを記し、南北朝については、本紀に南朝の四帝をかかげ、北朝五帝は後小松天皇紀の巻頭に列記するかたちをとっている。北朝の即位をいちおう認めたかたちで妥協がはかられたのだが、この方針を決定したのは、元禄二年（一六八九）に上申された『修史義例』である。

直接の提案者は安積澹泊だが、たしかに安積が危惧したように、「北朝五主は即ち今の天子の祖宗」である（打越樸斎宛書簡）。北朝を偽朝と断じることは、光圀の修史事業の存続そのものを危うくしかねない。それは光圀本人も従わざるをえない妥協案だったろう。

『大日本史』のいわゆる三大特筆――南朝を正統と認めて本紀に立てたこと、大友皇子の即位を認めて大友天皇紀を立てたこと、神功皇后を本紀に立てずに后妃伝に入れたこと――は、どれも光圀の「卓見」に出たものといわれる

（『修史始末』元禄四年五月）。「皇統を正閏」することが、光圀の修史事業の主要な関心事であったのだが、なかでも南北朝の正閏弁別に関する光圀の関心は、当時としてはかなり突出したものである。それは光圀の史臣、安積澹泊はもちろん、幕府史官の林鵞峰をもたじろがせる性格のものであった(9)。

だが注意したいことは、南朝を正統とする光圀の立場は、けっして徳川御三家としての水戸家の政治的立場と矛盾するものではなかったということである。それは安積澹泊が執筆した『大日本史』論賛のつぎのような一節からもうかがえる。

尊氏の譎詐・権謀、功罪相掩はず。以て一世を籠絡す可きも、天下後世を欺く可からず。果して足利氏の志を得たるか、あるいは新田氏の志を得ざるか。天定まれば、亦能く人に勝つ。豈に信に然らざらん。（「将軍伝」論賛）

南北朝の争乱を「譎詐・権謀」によって勝利した足利尊氏は、しかし「天下後世を欺く」ことはできなかった。はたして足利将軍が十五代でほろんだあと、足利にかわって将軍となった徳川家康は新田の後裔である。南朝と命運をともにした新田氏族の由緒をもって、足利将軍に代わる正当性を主張したのだが、そのような新田流徳川系図の延長上に、『大日本史』の南朝正統論は構想される。最終的に「志を得」たのは、たしかに叛臣足利よりも忠臣新田（＝徳川）であった。同様の主張は、「新田義貞伝」の論賛でより明確に述べられている。

その（新田義貞の）高風・完節に至りては、当時に屈すと雖も、能く後世に伸ぶ。天果して忠賢を佑けざらんや。その足利氏と雄を争ふを観れば、両家の曲直、赫々として人の耳目に在り。愚夫愚婦と雖も、亦能く、新田氏の忠貞たるを知る。

「能く後世に伸ぶ」とは、現在の徳川将軍が新田の後裔であるということ。「足利氏と雄を争」って敗れた新田一族は、しかしその「忠貞」ゆえに天佑を得て、家康の代に幕府を創業した。『大日本史』が南朝の正統性を主張することは、かつて南朝に殉じた新田一族の「高風・完節」を主張することであり、それはとりもなおさず徳川氏の政治的覇権を正当化する論理につながっていた。

『大日本史』の南朝正統論は、かつて家康がつくり出した新田流徳川系図の延長上に導かれたのである。皇統の不変性によって象徴されるわが国固有・不変の名分秩序とは、とりもなおさず徳川幕藩体制の不変性である。それは御三家の一としての水戸家の政治的立場とけっして矛盾するものではなかった。

四　近代の「南北朝」認識

「南北朝」という歴史認識の枠組みが、中世から近世にいたる政治史の現実をつくりだしてゆく。そこにこの時代名称のもつ特異性もあるとすれば、はじめに述べた田中義成の、「必ずや事実を根拠として論ぜざる可からず」といった議論は、この時代について考えるさいの、もっとも核心的な契機をとり落とすことになる。

まず事実があって、つぎにその名称（ことば）がつくられるのではないのである。現実を自由に記述できる（そうした考え自体が近代の幻想でしかないのだが）言文一致の文体が存在しない時代にあって、ことばは現実記述の道具である以前に、新たな現実をつくり出す方法であったはずだ。ことばと対象との関係は、歴史叙述の現場にあってしばしば逆転するのだが、そのような「歴史」のことばに十分に自覚的であったのは、近代史学が克服したはずの水戸の名分論史学である。

『大日本史』に定本化された南朝正統論は、十八世紀末以降の危機的な政治状況のなかで、水戸の史学者たちによって意図的に読みかえられてゆく。『大日本史』が導きだした皇統の普遍性（いわゆる万世一系）の議論が天皇を唯一・絶対化する思想となり、そこに後期（寛政年間以後）の水戸学を特徴づける「国体」の思想が生みだされる。たとえば、天明八年（一七八八）に十四歳の若さで彰考館入りした藤田幽谷は、寛政三年（一七九一）に執筆した「正名論」のなかで、つぎのように述べている。

赫々たる日本は、皇祖開闢より、天を父とし地を母として、聖子・神孫、世々明徳を継ぎ給ひ、以て四海に照臨す。四海の内、これを尊びて天皇と曰ふ。八洲の広き、兆民の衆き、絶倫の力、高世の智ありと雖も、古へより今に至るまで、未だかつて一日も庶姓にして天位を奸す者あらざるなり。君臣の名、上下の分、正しく且つ厳かなること、なほ天地の易ふべからざるがごとし。是れを以て皇統の悠遠、国祚の長久、舟車の至る所、人力の通ふ所、殊庭絶域、未だ我が邦のごときはあらざる也。

天皇の不可侵の権威をもって「未だ我が邦のごときはあらざる也」とする右の文章には、昭和にまで引きつがれた天皇制イデオローグの原型がうかがえる。天皇の不可侵の権威のみを強調するこの文脈には、すでに徳川将軍の名分が介在する余地はない。水戸学の国体思想が、幕藩体制下の身分制社会にたいするアンチテーゼとしての側面をもっていたことは別に詳論した。[10] 天皇の超越性を前提にして保証された四民平等の思想は、日本近代の「国民」概念さえ先取りするものであった。

だが周知のように、水戸学の国体論が鼓吹した一君万民（＝四民平等）の国体思想は、維新後に成立した天皇制国家のイデオロギーとして読みかえられてゆく。大衆を等しく天皇に直結させる大義名分の思想が、国家が大衆を無媒介的に把握する思想として読みかえられたのである。

田中義成の実証史学を起点とした近代の南北朝史研究は、「南北朝」時代という歴史認識のフィクショナルな枠組みを相対化できないままに、やがては昭和の皇国史観に手もなくからめとられてゆくだろう。たとえば「太平記は史学に益なし」（久米邦武）のレベルで議論した近代のアカデミズム史学よりも、水戸の史学者たちはより狡猾に（本質的に）歴史の何であるかを心えていた。太平記が「小説・物語の類」（久米）であるとするなら、しかし中世以降の歴史的な現実も、「南北朝」というフィクショナルなの枠組みのなかで推移してきたのである。

南北朝時代とは、過去の「事実」である以前に、日本歴史をなりたたせた物語的な枠組みである。「南北朝」という歴史認識の枠組みを対象化することは、日本歴史、あるいは日本という枠組みをなりたたせた歴史の物語性を問いかえすことでもある。それは近代の天皇制をその起源から問いかえす試みにもつながっている。

注

（1）佐藤進一『日本の歴史9・南北朝の動乱』（一九六五年、中央公論社）7〜9頁、佐藤和彦『日本の歴史11・南北朝内乱』（一九七四年、小学館）21頁。田中義成の『南北朝時代史』が評価される理由は、以下に述べるように、田中が南朝正統論を批判して両朝併記の方針をつらぬいたからである。しかしそれが、田中個人のオリジナルな見識といったものではなく、かつて田中の上司だった重野安繹・久米邦武らの『大日本編年史』（未完のまま廃絶）の修史方針を踏襲したものであったことは、注意しておく必要がある（拙著『太平記〈よみ〉の可能性』第九章、講談社選書メチエ、一九九五年）。

（2）「南北朝」内乱にかかわる「十四世紀内乱」の呼称については、海津一朗『神風と悪党の世紀』（講談社現代新書、一九九五年）、同「南北朝時代の成立に関する研究動向」（『歴史評論』一九九八年一一月）

（3）太平記の膨大な四十巻は、ふつう三部にわけて考えられているが、その第一部（巻一〜十二）については、巻一から巻十一までとする異説もある（鈴木登美恵他）。だが、第一部がもともと平家物語の十二巻にならって構成されたこと、そこから派生する問題の重大さを考えれば、やはり巻十二までとみるべきである。

（4）なお、巻十七「自山門還幸事」でも、後醍醐天皇の帝徳の欠如がいわれる。後醍醐が尊氏の和議をいれたことにたいして、義貞の家臣、堀口貞満が「帝徳の欠くる処」を直言したというエピソードである。この一節をもって、しばしば後醍醐の人格が論評されるが、しかし後醍醐は、堀口貞満にたいして、「尊氏超涯の皇沢に誇って、朝家を傾けんとせしとき、義貞もその一家なれば、定めて逆党にぞ与せんと覚えし……」と述べている。即位の当初から院政や摂関を廃してきたかれにとって、親政をはばむ最大の障害は「武臣」である。後醍醐が「武臣」新田義貞に隔意を抱いたのは当然なのだが、そのような後醍醐を太平記は批判的に記している。それは太平記の叙述の枠組みからする当然の批判であった。

（5）親房の正統論が宋学の影響下に形成されたことは、『神皇正統記』にみられる宋学ふうの言説からあきらかである（我妻建治『神皇正統記論考』吉川弘文館、一八八一年）。「正統記」という書名も、司馬光や朱子の正統論の影響下になったものだろう。

（6）『日本文化に及ぼせる宋学の影響』（一九七六年）。

（7）太平記に引かれる『孟子』本文については、それが博士家の旧訓によることから、宋学の影響を認めることには慎重な意見もある（増田欣『太平記の比較文学的研究』角川書店、一九七六年）。だが、伝統的な博士家の素養をもちながらも、あえて、宋学以前には経書とみなされなかった『孟子』を大量に引用したところに、太平記作者の宋学にたいするなみなみならぬ関心がうかがえる。

（8）もとは北三河の土豪、賀茂姓松平氏の家康が徳川に改姓したのは、永禄九年（一五六六）正月、家康が従五位下三河守に叙任されたときという（中村孝也『徳川家康文書の研究・上』一九六〇年）。以後の家康は、「藤原家康」「源家康」の署名を適宜つかい分けているが、それが清和源氏新田流に確定するのは、「慶長」年間、家康が征夷大将軍に任じられる直前の時期である。

（9）林鵞峰の『国史館日録』寛文四年（一六六四）十一月の条によれば、鵞峰の私邸をたずねた光圀は、二帝がならび立った時代として、安徳天皇と後鳥羽天皇、および後醍醐天皇と光厳・光明天皇に関して、正位・閏位の別をたずねている。この問いにたいして、安徳帝の崩御まではその在位を認めるとした林鵞峰は、「吉野の事に於ては未だ考えを決せず」とし、その理由として、北朝が「賊臣の意より出」た皇統ではあっても、「妄りに当時の帝王の祖を以て僭と為し、南朝を以て正と為」すことの憚り多いことを述べている。光圀の意を察した鵞峰は、安積澹泊が紀伝稿本を閲覧して抱いたのとおなじ危惧を表明したのである。また、『国史館日録』寛文九年（一六六九）五月の条にも、光圀が『本朝通鑑』の「疑問数条」をもちだしたことが記される。「疑問」の内容は不明だが、光圀はそのとき「執拗」に自説を主張したとあり、それを「公の癖なり」と記す鵞峰の書きぶりからは、あきらかに光圀の「執拗」な追求に閉口していた様子がうかがえる。

（10）兵藤『太平記〈よみ〉の可能性―歴史という物語』第八章（講談社選書メチエ、一九九五年）。

後醍醐天皇崩御と太平記の政道批判

鈴木登美恵

一

『神皇正統記』[1]の

サテモ旧都ニハ、戊寅ノ年ノ冬改元シテ暦応トゾ云ケル。芳野ノ宮ニハモトノ延元ノ号ナレバ、国々モオモイ〳〵ノ号ナリ。モロコシニハ、カヽルタメシオホケレド、此国ニハ例ナシ。サレド四トセニモナリヌルニヤ。大日本嶋根ハモトヨリノ皇都也。内侍所・神璽モ芳野ニオハシマセバ、イヅクカ都ニアラザルベキ。サテモ八月ノ十日アマリ六日ニヤ、秋霧ニオカサレサセ給テカクレマシ〳〵ヌトゾキコエシ。（○約一四〇字中略）カネテ時ヲモサトラシメ給ケルニヤ、マヘノ夜ヨリ親王ヲバ左大臣ノ亭ヘウツシ奉ラレテ、三種ノ神器ヲ伝申サル。後ノ号ヲバ、仰ノマヽニテ後醍醐天皇ト申。天下ヲ治給コト二十一年。五十二歳オマシ〳〵キ。

と述べるところに拠れば、延元元年（北朝建武三年、一三三六）十二月以来吉野の行宮に在つた天皇（○後醍醐天皇）は、延元四年（北朝暦応二年、一三三九）八月十五日、皇子義良親王（○後村上天皇）に三種神器を伝へ、翌十六日、崩ぜられた。

吉野の朝廷は、この〝新帝践祚〟〝先帝崩御〟を、諸国の南朝方の拠点へ、直ちに報じたと推定される。常陸小田城に籠って敵軍と交戦中の北畠親房（○法名宗玄）が神皇正統記を著したのは延元四年秋であること、征西将軍宮懐良親王を補佐する五条頼元宛に「自去比依有御悩事御譲国于陸奥親王了」の文辞を含む八月十五日付綸旨が下されてゐることなどが、それを示してゐる。延元三年、五月、北畠顕家和泉堺に討死、閏七月、新田義貞越前藤島に討死、九月、伊勢から東国へ向かった宗良親王・義良親王・北畠親房・結城宗広等の船団が海上で遭難、といふ悲運の続く中で、圧倒的に優勢な北朝方と対峙してゐた南朝方の人々にとつて、それは、絶望的な訃報であったにちがひない。

〃吉野の先帝崩御〃の情報は、敵方の地である京都にも、早々に伝へられた。『大日本史料』所収の史料によって知り得るところを綜合すると、暦応二年八月十八日、在京の征夷大将軍足利尊氏・左兵衛督足利直義兄弟の許に「南都両院家」（○興福寺の一乗院・大乗院）から「吉野御所十六日崩御」が報ぜられ、[2]幕府は、これを朝廷（○北朝。光明天皇在位、光厳上皇院政）に奏上した。[3]八月二十六日には「吉野院崩御事御教書」が鎌倉に到着してをり、[4]幕府は〃吉野の先帝崩御〃を速やかに諸国へ報じたと推定される。八月二十八日、幕府は、「吉野院崩御」によって七箇日雑訴を停めた。[5]同日、宣政門院懽子内親王（○後醍醐天皇皇女、光厳上皇妃）が、服喪のために仙洞御所から今出川実尹邸へ移られた。[6]宣政門院の許には、吉野の准后廉子（○阿野公廉女、洞院公賢養女、後醍醐天皇妃、後村上天皇母）から父帝崩御が報ぜられてゐたのである。[7]九月八日、北朝は、「吉野院」に「後醍醐院」の追号を奉り「廃朝五箇日」を宣下した。[8]初め、光厳上皇の側近の廷臣は、崇徳院・後鳥羽院の例に准じて廃朝は行はないと決めてゐたが、幕府の申奏によって、後醍醐天皇を光明天皇の「御外祖父」に准ずる待遇としたのである。[9]後醍醐天皇七七忌の十月五日、尊氏・直義の奏請によって、「後醍醐院御菩提」を資けるために亀山の故宮の地に夢窓疎石開山の仏閣建立を命ずる光厳上皇の院宣が下された。[10]この仏閣、即ち天竜寺の竣工は康永二年[11]（南朝興国四年、一三四三）、供養は貞和元年[12]（康永四年、南朝興国六年、一三四五）のことである。

尊氏・直義が、短時日のうちに、光厳上皇側近の意向を排除して、北朝における後醍醐天皇の待遇を変更し菩提のための仏閣開山の院宣奏請まで強引に事を運んだのは、後醍醐天皇に対する純粋な哀悼の心から出発したものとはいひがたい。『天竜寺造営記録』(13)の

> 後醍醐院号吉野新院、暦応二年八月十六日崩御事、同十八日未時、自南都馳申之、虚実猶未分明、有種々異説、終実也、諸人周章、柳営武衛両将軍哀傷恐怖甚深也、仍七々御忌殷懃也、御仏事記在別、且為報恩謝徳、且為怨霊納受也、新建立蘭若、可奉資彼御菩提之旨、発願云々、

といふ記述に拠れば、〝吉野の先帝崩御〟を事実と確認した尊氏・直義は、「哀傷恐怖甚深」であり、「報恩謝徳」「怨霊納受」のために寺院建立を発願した。延元元年十二月後醍醐天皇が密かに花山院御所を脱出し洛中騒動となつた時には驚いた様子を見せなかつたといふ逸話(14)を残す尊氏が、この時は、「哀傷」だけでなく「恐怖」したことになるが、その「恐怖」は、後醍醐天皇の「怨霊」に対してである。恐らく、この時〝吉野の先帝崩御〟として京都にもたらされた情報が、後醍醐天皇の亡魂が怨霊となつて尊氏・直義に祟りをなすことを示すものだつたのであらう。

このやうに、尊氏・直義に「哀傷恐怖甚深」の念を与へた後醍醐天皇崩御の情況は、実際にどのやうなものであつたのか、それについて、史料として重視される日記・記録類は、具体的な記述を残してはゐない。同時代の文献の中で、神皇正統記の「八月ノ十日アマリ六日ニヤ秋霧ニオカサレサセ給テカクレマシ〱ヌトゾキコエシ」よりも詳細に後醍醐天皇崩御の情況を物語つてゐるのは、日記・記録類とは性格の異なる『太平記』のみである。

二

太平記の古態の諸本は、[15] 後醍醐天皇崩御を巻二十一に記してゐる。[16] 古態の諸本の中で最も普遍的な本文を有する玄玖本[17]に拠つて、その後醍醐天皇崩御の段の一節を引用しておく。[18]

〔巻二十一　先帝崩御之事〕南朝ノ年号延元三年[19]八月九日ヨリ、吉野ノ主上御不予ノ御事有ケルカ、次第ニ重ラセ給ヒテ、（○約三〇字中略）玉体日々ニ消テ、晏駕期遠カラシト、見ヘサセ給ヒケレハ、大塔ノ忠雲僧正御枕ニ近付奉テ、泪ヲ押テ申サレケルハ、（○約一四〇字中略）万歳ノ後ノ御事、万叡意ニモ懸リ候ハン事ヲハ、悉ク仰置レ候テ、浸空、後生善所ノ望ヲ耳、叡心ニ懸ラレ候ヘシト、申サレタリケレハ、主上苦ケナル御息ヲ吐セ給ヒテ、妻子珍宝、及王位、臨命終時不随者、是如来ノ金言ニシテ、平生ノ朕カ心ニ有シ事ナレハ、秦ノ穆公カ三良ヲ埋ミ、始皇帝ノ宝玉ヲ随ヘシ事、一ツモ朕カ心ニ取ス、只生々世々、妄念ト成ヘキハ、朝敵ヲ悉ク亡スシテ、四海ヲ太平ナラシメヌ事ヲ、思計也、朕早世ノ後ハ、第七ノ宮ヲ天子ノ位ニ即奉テ、賢士忠臣事ヲ謀リ、義助カ忠功ヲ賞シテ、子孫不儀ノ行無クハ、股肱ノ臣トシテ、天下ヲ鎮ムヘシ、是ヲ思故ニ、玉骨ハ縦南山ノ苔ニ埋ル共、恨ハ常ニ北闕ノ天ヲ臨マント思フ、若命ヲ背キ、義ヲ軽クセハ、君モ継体ノ非レ君、臣モ忠烈ノ非レ臣、委細ニ綸言ヲ遺サレテ、左ノ御手ニ、法華経ノ五ノ巻ヲ持セ給ヒ、右ノ御手ニハ、御剣ヲ按リテ、延元三年八月十六日丑刻ニ、御歳五十二歳ニシテ、遂ニ崩御成ニケリ、

この中で、先にあげた尊氏・直義の「恐怖」に関連すると見ることができるのは、後醍醐天皇の遺勅の中の「只生々世々妄念ト成ヘキハ朝敵ヲ悉ク亡スシテ四海ヲ太平ナラシメヌ事ヲ思計也」「玉骨ハ縦南山ノ苔ニ埋ル共恨ハ常

ニ北闕ノ天ヲ臨マント思フ」といふ箇所である。この箇所は、諸本間の辞句の異同が複雑で、たとへば、「朝敵ヲ悉ク亡スシテ四海ヲ太平ナラシメヌ事ヲ思計也」（玄玖本）が、西源院本「朝敵ヲ亡シテ四海ヲ太平ナラシメムト思而已也」、天正本「朝敵尊氏カ一類ヲ亡シテ四海ヲ令レ泰平ト思フ」となつてをり、「恨」（玄玖本）が、松井本「朕カ多年ノ恨魂」、神宮徴古館本「恨魄」、西源院本「魂魄」、天正本「霊魄」、義輝本「霊魂」となつてゐる。このやうな諸本の本文異同を考慮するならば、この箇所は、〈死後の世界まで妄念となるのは、朝敵（尊氏の一類）を悉く亡ぼし得ず四海を太平に成し得なかつたことである。〉〈遺骨はたとへ吉野山に葬られても、恨を抱く魂魄は常に京都の天を臨まうと思ふ。〉と読み取ることができ、後醍醐天皇の遺勅には、尊氏・直義に対する深い怨念が籠められてゐることになる。

この遺勅の内容に加へて注目されるのは、「左ノ御手ニ法華経ノ五ノ巻ヲ持セ給ヒ右ノ御手ニハ御剣ヲ按リテ延元三年八月十六日丑刻ニ御歳五十二歳ニシテ遂ニ崩御成ニケリ」といふ記述である。こゝで後醍醐天皇が左手に持たれた「法華経」は、太平記の中では、たとへば巻五「北条四郎時政参籠弁才天之事」の〈前生の法華経霊地奉納によつて北条時政が天下の権を執つた〉といふ説話などによつて、その信仰の功徳は後生まで続くことが繰り返し説かれてゐる経典である。又、右手に持たれた「御剣」は、後醍醐天皇葬送についての天正本独自の記述の中に見える「玉体ニ添」て葬られた「後鳥羽院ヨリ御伝有ケル三菊ト云霊剣」と同一のものと読み取ることもできる。「御剣」が「三菊ト云霊剣」であるならば、後醍醐天皇は、死後の世界まで威力を発揮する法華経と、崩御から百年を経てなほ怨霊の祟りを恐れられてゐた後鳥羽院（一一八〇—一二三九）伝来の霊剣とを左右の手に持ち、遺勅の中に尊氏・直義への怨念を示して、崩御されたことになる。

もし、崩御直後に京都にもたらされた情報が、この太平記の述べる如くであつたならば、後醍醐天皇に叛いて持明院統の天皇を擁立し京都に幕府を開いた尊氏・直義が、後醍醐天皇の怨霊が京都を見おろして災厄を下すことを怖ぢ恐れたとしても不思議ではない。太平記の「先帝崩御之事」は、天竜寺造営記録のいふ尊氏・直義の「恐怖」の拠って来たるところを、具体的に示してゐるといへる。(20)

三

後醍醐天皇崩御の直後から、京都では、尊氏・直義の恐れてゐた怨霊の祟りかと思はれるやうな災厄が続いた。以下、大日本史料所収の史料に拠って、主要な災厄と、北朝・幕府の対応とを概観しておく。

暦応二年（南朝延元四年、一三三九）九月四日深夜、京都では甚しい地震があった。(21)北朝が幕府の申奏を容れて「廃朝五日」を内定したのは、地震の翌日九月五日のことであり、後醍醐天皇の菩提のための仏閣建立の院宣が下されたのは、それから一箇月後のことである。暦応三年（南朝興国元年、一三四〇）、正月二十六日地震。(22)三月四日彗星出現。(23)三月十二日から数日間「日月色赤事甚」といふ天変が続き、(24)北朝は種々の祈禱を命じ、三月十八日、尊氏は、崇徳院の粟田宮の例に倣って後醍醐天皇の御霊を京都に勧請して御廟祠を造営することを奏請した。(25)康永元年（暦応五年、南朝興国三年、一三四二）、正月二十七日、直義が傷寒を病み、三月上旬に平癒するまでの間、種々の祈禱が行はれた。(26)三月二十日法勝寺炎上。(27)四月二十七日「皰瘡天変地妖」により「康永」と改元。(28)七月から九月までの間「明星月中ニ入」といふ天変が続いた。(29)十月二日尊氏の息女（六歳）死去。(30)十二月二十三日尊氏・直義の母上杉清子死去。(31)貞和元年（康永四年、南朝興国六年、一三四五）、七月四日彗星出現。(32)八月一日尊氏の子息聖王（七歳）死去。(33)尊氏は、八月十六日に天竜寺で後醍醐天皇七回忌の仏事を行ひ、(34)更に、八月二十九日に天竜寺供養を盛大に行った。(35)十月二十一日

「彗星水害疾疫」により「貞和」と改元。[36]この後も、毎年のやうに天変地異が続いた。

やがて、幕府内部の権力抗争が激化し、観応元年（貞和六年、南朝正平五年、一三五〇）、直義が、尊氏党（〇高師直等）を討つために一時南朝に降参し、観応二年（南朝正平六年、一三五一）、尊氏が、直義党を討つために一時南朝と和睦して北朝を廃するといふ、複雑な事態となつた。その間の政治的情況については暫く措き、尊氏一家の私的な面にだけ目を向けると、貞和二年（南朝正平元年、一三四六）七月尊氏の息女（三歳）死去、[37]貞和三年（南朝正平二年、一三四七）十月尊氏の息女（五歳）死去、[38]観応二年（一三五一）二月直義の子息如意王丸（五歳）死去、[39]正平七年（一三五二）二月尊氏の軍門に降った直義が鎌倉で死去、[40]文和二年（南朝正平八年、一三五三）十一月尊氏の息女鶴王（〇頼子、崇光天皇妃）死去、[41]文和四年（南朝正平十年、一三五五）七月義詮（〇尊氏の嫡男）の嫡男千寿王丸（六歳）死去、[42]といふやうに、尊氏の近親者の死が相次いでゐる。これに加へて、尊氏の庶子直冬（〇直義の養子）は、観応元年（一三五〇）幕府に叛き、その後、南朝方となつて、尊氏・義詮に敵対し続けてゐる。

後醍醐天皇崩御の後、十数年の間に、子女五人及び甥・嫡孫が次々に死去し弟直義・庶子直冬が叛くといふ不幸に見舞はれた尊氏は、延文三年（南朝正平十三年、一三五八）四月三十日に五十四年の生涯を終るまで、後醍醐天皇の怨霊の祟りによつて一家一族が滅亡するかもしれないといふ恐怖から解放されなかったともいへよう。

四

後醍醐天皇崩御直後から続いた京都周辺の災厄のうち、暦応・康永の頃の災厄に関していふと、古態の太平記の記すところは少く、巻二十一「先帝崩御之事」から巻二十五末までの範囲では、次の二箇所に限られてゐる。[43]

⑴〔巻二十三　上皇祈精直義病悩之事〕暦応五年ノ春ノ比ヨリ、都ニ疫癘家々ニ満テ、人ノ病死スルコト数ヲ知ス、是直事ニ非ト、人怪ヲ成ニ合テ、吉野ノ御廟ヨリ車輪ノ如ナル光物出テ、遙ニ都ェ飛渡ト、夜々人ノ夢ニ見ケレハ、何様先朝ノ御怨霊ナルヘシト、人皆恐ヲ成ケル処ニ、果テ左兵衛督直義朝臣、二月五日ヨリ、俄ニ邪氣ニ侵レテ、身心常ニ狂氣シ、五体鎮ニ悩乱ス、（玄玖本）

⑵〔巻二十五　天竜寺建立之事〕武家ノ輩如此、諸国ヲ押領スル事モ、軍用ヲ支ェン為ナラハ、セメテハ、力無キ時節ナレハト、心ヲ遣ル方モ有ヘキニ、誹ナルバサラニ依テ、身ニハ五色ヲ飾リ、食ニハ八珍ヲ尽シ、茶ノ会酒宴ニ、若干ノ費ヲ入レ、傾城田楽ニ、無量ノ財ヲ与ヘシカハ、国弊人ノ疲レテ、飢饉、疫癘、盗賊、兵乱、更止時ナシ、是全天ノ災ヲ降スニ非ス、只国ノ政ノ無ニヨル物ナリ、而ルヲ愚ニシテ、道ヲ知人無リシカハ、天下ノ罪ヲ身ニ帰シテ、己ヲ責ル心無リケルニヤ、或人将軍ノ前ニ来テ申ケルハ、近年天下ノ様ヲ見ルニ、人力ヲ以テ、天災ヲ収ツヘシトモ覚候ハス、是ハ如何様、先帝ノ御神霊、御憤深シテ、国土ニ災ヲ下シ、禍ヲ作レ候カト覚候、哀レ然ヘキ禅院ヲ一所、御造営候テ、彼御菩提ヲ訪ヒ進セラレ候ハハ、天下ナトカ静ラテ候ヘキ、（○約七〇字中略）ト申ケレハ、将軍モ左兵衛督モ此儀可然トソ甘心セラレケル、左在ハ驪テ、夢窓国師ヲ開山トシテ、禅院ヲ建ラル可シトテ、亀山殿ノ旧跡ヲ点シ、安芸周防ノ両国ヲ寄セラレテ、天竜寺ヲ作ラル、（○約一一〇字中略）七十余宇ノ寮舎、六十四間ノ廊下、経営不日ニ事成テ、奇麗粧ヲ雑タリ、（玄玖本）

この⑴〈暦応五年春、都では疫癘で病死する者が多かった。「先朝ノ御怨霊」を人皆恐れてゐたところ、直義が二月五日から病に罹つた。〉⑵〈或人の「先帝ノ御神霊御憤深シテ国土ニ災ヲ下シ禍ヲ作レ候カト覚候哀レ然ヘキ禅院ヲ一所御造営候テ彼御菩提ヲ訪ヒ進セラレ候ハハ天下ナトカ静ラテ候ヘキ」といふ進言ヲ容れて、尊氏・直義が天竜寺を造営した。〉といふ叙述には、後醍醐天皇崩御後、京都では数年に亙つて災厄が続いたこと、その災厄を尊氏・

直義等が後醍醐天皇の怨霊の祟りと受け止めてゐたことが示されてゐる。

この「上皇祈精直義病悩之事」及び「天竜寺建立之事」の叙述の中で、後醍醐天皇の怨霊の祟りを信じてゐるのは、「人」「或人」「将軍（○尊氏）」「左兵衛督（○直義）」であつて、太平記作者ではない。「天竜寺建立之事」では、「或人」が後醍醐天皇の怨霊を鎮めるための禅院造営を尊氏・直義に勧める記述の前に、武家が諸国を押領して衣食を奢り遊興に耽つてゐることをあげ、太平記作者の考へを直接的に示す地の文で「国弊人ノ疲レテ飢饉疫癘盗賊兵乱更止時ナシ是全天ノ災ヲ降スニ非ス只国ノ政ノ無ニヨル物ナリ而ルヲ愚ニシテ道ヲ知人無リシカハ天下ノ罪ヲ身ニ帰シテ己ヲ責ル心無リケルニヤ」と論じてをり、災厄を怨霊の祟りと信じて天竜寺を建立する尊氏・直義を、道を知らぬ愚かな為政者であると批判することとなつてゐる。

「上皇祈精直義病悩之事」及び「天竜寺建立之事」は、史実に基づく記事ではあるが、史実そのまゝとはいへない。たとへば、史実では、暦応・康永・貞和の頃には天変地異及び尊氏の子女の死が続いてゐるが、「天竜寺建立之事」で取り上げてゐる災厄は、「飢饉疫癘盗賊兵乱」である。政治とは直接因果関係を持たない天変地異及び尊氏の子女の死には触れないことで、「天ノ災ヲ降スニ非ス只国ノ政ノ無ニヨル物ナリ」といふ論理が説得力を得てゐる。又、史実では、天竜寺建立は、怨霊の祟りを未然に防がうとした尊氏が後醍醐天皇七七忌に院宣を奏請したことに始まり、竣工までに四年の歳月を費したのであるが、「上皇祈精直義病悩之事」「天竜寺建立之事」の叙述を綜合すると、〈後醍醐天皇崩御後、数年に亙つて災厄が続いた。或人が「先帝ノ御神霊御憤深シテ国土ニ災ヲ下シ禍ヲ作レ候カト覚候」といつて怨霊を鎮めるための禅院造営を勧め、尊氏・直義はこれに従つて天竜寺造営に着手し、短時日で壮大な仏閣が竣工した。〉といふことになる。太平記は、尊氏の天竜寺建立発願を史実より数年後の如く記すことで、「飢饉疫癘盗賊兵乱」の続く中で天竜寺建立といふ大きな土木工事を起こした尊氏・直義の政道の愚かさを強調してゐるといへる。

このやうに、太平記は、「上皇祈精直義病悩之事」「天竜寺建立之事」の叙述において、尊氏・直義の後醍醐天皇の怨霊に対する畏怖の念を巧みに取り込み、天竜寺建立発願の時期に虚構を加へた上で、京都周辺の災厄を怨霊の祟りと信ずることを愚かであるとし、足利政権に対する批判を展開してゐるのである。

五

さて、先にも触れたが、後醍醐天皇崩御から三年後の康永元年（南朝興国三年、一三四二）、京都の法勝寺が焼失した。京都の人々に大きな衝撃を与へたこの事件を、古態の太平記は、巻二十一「先帝崩御之事」以後に記すことはせず、「先帝崩御之事」の直前の段に、次のやうに記してゐる。(44)

〔巻二十一　法勝寺塔炎上之事〕康永元年、三月廿日、岡崎ノ在家ヨリ、俄ニ失火出来テ、軈テ焼静リケルカ、纔ナル細煙一ツ、遙ニ十余町ヲ飛去テ、法勝寺ノ塔ノ、五重ノ上ニ落止ル、（○約四〇〇字中略）抑此寺ト申ハ、専ラ四海ノ泰平ヲ祈テ、殊ニ百王ノ安全ヲ得セシメン為ニ、後白川院、御建立有シ霊場也、サレハ堂舎ノ構ハ善美ヲ尽ス、（○約一二〇字中略）是ル霊徳不思議ノ御願所、片時ニ烟滅シヌル事、偏ニ此寺計ノ、荒廃ニ有ヘカラス、只今ヨリ後、弥天下静ナラスシテ、仏法モ王法モ、有テ無カ如ク成テ、公家モ武家モ共ニ衰微スヘキ、前相ヲ、兼テ呈ス物也ト、歎ヌ人ハ無リケリ、（玄玖本）

この「法勝寺塔炎上之事」の記述内容は、ほゞ史実に則ってゐると認められる。しかし、〈法勝寺炎上を「仏法モ王法モ有テ無カ如ク成テ公家モ武家モ共ニ衰微スヘキ前相ヲ兼テ呈ス物也」と歎かぬ人は無かった。〉と述べて直ちに「先帝崩御之事」に筆を進め、史実では法勝寺炎上の三年前である後醍醐天皇崩御を、法勝寺炎上を前兆とする仏法・王法衰微の最初の出来事として取り上げてゐることは、巻二十五「天竜寺建立之事」において尊氏・直義の天竜寺建立発願の時期を史実より数年後の如く述べてゐることと同様、太平記の虚構と見るべきである。

法勝寺と後醍醐天皇に関はる太平記の虚構は、この巻二十一だけではない。溯って、元弘三年（一三三三）鎌倉幕府滅亡直後の後醍醐天皇の新政について述べてゐる巻十二の次の記事の中にも、それを指摘することができる。

〈巻十二　大内裏造営之事付北野天神事〉去ル七月ノ初ヨリ、中宮御心地煩ハセ給ケルカ、八月二日ニ、終ニ陰サセ給ニケリ、是ノミ非ス、十一月三日東宮又崩御ナリニケリ、是直事ニ非ス、何様亡卒ノ、怨霊トモノ作ス処ナルヘシトテ、其怨害ヲ止メ、善所ニ趣シメンカ為ニ、四箇大寺ニ仰テ大蔵五千三百巻を、一日カ中ニ書セラレ、法勝寺ニシテ、即供養ヲ遂ラル、（玄玖本）

こゝに、「去ル七月ノ初ヨリ中宮御心地煩ハセ給ケルカ八月二日ニ終ニ陰サセ給ニケリ」とあるが、史実では、前年（〇元弘二年）から病床にあった後醍醐天皇中宮西園寺禧子の死は、この年（〇元弘三年）十月十二日のことであった。[45]又、「十一月三日東宮又崩御ナリニケリ」に相当する史実は無い。[46]太平記は、虚構を加へて、〈鎌倉幕府滅亡直後、中宮の死・東宮の死といふ不幸が続いたので、後醍醐天皇は「亡卒ノ怨霊」を鎮めるために、四箇大寺（〇東大寺・興福寺・延暦寺・園城寺）に命じて大蔵経五千三百巻を書写させ、法勝寺で供養を遂げられた。〉と述べてゐるのである。[47]

この「大内裏造営之事付北野天神事」は、法勝寺における大蔵経供養の記事に続いて、後醍醐天皇の大内裏造営計画について述べ、〈醍醐天皇の御代、藤原時平の讒言によって太宰府に流された菅原道真が、死後怨霊となり、時平とその子孫は亡びた。その後、北野に天神社を建てて道真を祭ったが、怨霊は鎮まらず、大内裏が二十五年の間に三度炎上した。〉といふ長文の北野天神説話(48)をあげ、「今兵革ノ後世未安カラス国弊ェ民苦テ」といふ情況の中の大内裏造営計画を、「神慮ノ趣ニモ違ヒ驕誇ノ端トモ成ヌト眉ヲ嚬ムル智臣モ多カリケリ」と批判してゐる。こゝで、大内裏造営批判に関連して挿入された北野天神説話は、〈讒言によって無実の罪を着せられた人物が、死後怨霊となって祟りをなす。〉といふ点で、巻十二末の「兵部卿親王囚之事付驪姫之事」以後の大塔宮に関る叙述の展開を暗示することとなってゐるが、それに加へて、〈怨霊の祟りによって、権力者の家族が死に、権力を象徴する建造物が焼失する。〉といふ点では、法勝寺と後醍醐天皇に関はる虚構と重なるところがあるといへる。

このやうに虚構を交へ北野天神説話をも取り込んでゐる、法勝寺と後醍醐天皇に関はる太平記の叙述と、〈権力闘争に勝った天下統治者が、近親者の死が続くことを、滅亡した者の怨霊の祟りと考へ、怨霊を鎮めるための供養を行った。その後も世の乱れは続き、供養を行った壮大な寺院が焼失した直後に、その天下統治者が死ぬ。〉といふ点で、ほゞ一致する出来事が、南北朝時代に実際に起こってゐた。それは、天竜寺と足利将軍家に関はる一連の事実である。後醍醐天皇崩御後に尊氏の近親者の死が続いたこと、貞和元年（一三四五）仏閣成った天竜寺で後醍醐天皇の怨霊を鎮める供養が行はれたことは先に述べたが、その天竜寺は、貞和元年から二十九年間に三度火災に罹った。そして、次に示すやうに、その三度の天竜寺炎上のいづれの場合も、一年を経ずして足利将軍もしくは北朝の上皇が世を去ってゐる(49)。

○延文三年（南朝正平十三年、一三五八）

正月四日　天竜寺炎上（第一回）

四月三十日　足利尊氏薨去

○貞治六年（南朝正平二十二年、一三六七）

三月二十八日　天竜寺炎上（第二回）
四月二十六日　足利基氏薨去
十二月七日　足利義詮薨去
○応安六年（南朝文中二年、一三七三）
九月二十八日　天竜寺炎上（第三回）
応安七年（南朝文中三年、一三七四）
正月二十九日　後光厳上皇崩御

後醍醐天皇の怨霊を鎮めるために尊氏が建立した天竜寺の炎上。その直後の尊氏の死。更に、義詮が再建した天竜寺の炎上。その直後の基氏・義詮の死。この繰り返しに、当時の北朝・京都の人々は、後醍醐天皇の怨霊の祟りを、あらためて意識せざるを得なかつたであらう。(50)太平記は、この、北朝・京都の人々に後醍醐天皇の怨霊を再認識させたと思はれる〈天竜寺炎上に続く足利将軍の死〉といふ事実を、巻十二から巻二十一に至る叙述の中に、時を移し形を変へて組み込み、〈法勝寺炎上に続く後醍醐天皇崩御〉といふ虚構によつて、後醍醐天皇の怨霊の祟りに結び付く〈天竜寺炎上に続く足利将軍の死〉を暗に示してゐるといへる。(51)

更に、巻十二「大内裏造営之事付北野天神事」において、大内裏造営の記事の中の「安芸周防ヲ料国ニ寄ラレ」といふ記述が巻二十五「天竜寺建立之事」の「安芸周防ノ両国ヲ寄セラレテ」といふ記述と類似してゐること、北野天神説話の中の〈大内裏が二十五年の間に三度炎上した。〉といふ叙述が〈天竜寺が供養から二十九年の間に三度炎上した。〉といふ事実を想起させることなどから、後醍醐天皇の大内裏造営と足利将軍の天竜寺造営とを重ね合はせるならば、太平記巻十二における後醍醐天皇の政道に対する批判は、実は、足利政権に対する批判をも兼ねてゐると読み取ることができるのである。

六

太平記は、延文三年四月三十日の尊氏の死を巻三十三に記してゐるが、その巻三十三に至るまで、後醍醐天皇の怨霊を、明らかな姿・声を現はす存在として描出することはしてゐない。(52) 太平記が、北朝・足利方に祟りを下す怨霊であると同時に南朝を守護する神霊でもある後醍醐天皇の亡霊の声と姿とを顕示してゐるのは、南朝正平十四年（北朝延文四年、一三五九）十二月から翌年五月に至る義詮の南方攻撃を記してゐる巻三十四の最後の段、たゞ一度である。

次に、その後醍醐天皇の神霊出現の段の一節を引用しておく。

〔巻三十四、吉野御廟上北面夢之事付将軍為始諸勢開陣之事〕 爰ニ二条禅定殿下ノ候人ニテ有ケル、上北面、寄ノ官軍彼様ニ利ヲ失ヒ、城ヲ落ル体ヲ見テ、（○約八〇字中略）責テハ今一ヒ先帝ノ御廟ヘ参リ、出家ノ暇ヲモ申ント思テ、唯一人御廟ヘ参タルニ、（○約一二〇字中略）終夜円岳ノ前ニ畏テ、倩ト浮世ノ間ノ成行ク様ヲ案続ルニ、抑今ノ世何ナル世ソヤ、有レ威無レ道者ハ必亡ト云置シ、先賢ノ言ニモ背キ、又百王ヲ守ント誓ヒ給ヒシ、神約モ是皆誠ナラス、何ナル賎者マテモ、死テハ霊ト成リ鬼ト成テ、彼ヲ是シ此ヲ非スル理明ナリ、況君既十善ノ戒力ニ依テ、四海ノ尊位ニ居シ給ヒシ御事ナレハ、玉骨ハ縦郊原ノ土ニ朽トモ、神霊ハ定、天地ノ間ニ留テ、其苗裔ヲモ守リ、逆臣ノ威ヲモ摧レンスラントコソ存スルニ、臣君ヲ犯シ申セトモ、天罰モ是無ク、子父ヲ殺セトモ、神忿モ未見ヘス、是ハ如何ニ成行ク世間ソヤト、泣テ是ヲ天ニ訴テ、五体ヲ地ニ投ケ、礼ヲ作ス処ニ、余ニ機モ労ケレハ、頭ヲ低テ少ト真寝タル夢ノ中ニ、御廟ノ振動スル事良久、暫有テ、円岳ノ中ヨリ、誠ニ堆キ御声ニテ、人ヤ有々々ト被召レハ、東ノ山峯ヨリ、後基、資朝是候トテ参ラレタリ、此人々ノ形ヲ見ハ、正ク昔見タリシ体ニテ有ナカラ、面ニハ朱ヲ指タル如ク、眼ノ光曜亙テ、左右ノ牙針ヲ立タル様ニ、上下ニ生違タリ、其後円岳ノ石ノ扉ヲ押開ク音シケレハ、遙ニ見上タルニ、先帝袞竜ノ御衣ヲ召サレ、右ノ御手ニ宝剣ヲ抜持テ、玉扆ノ上ニ坐シ給フ、此御形モ、昔ノ竜顔ニハ替テ、忿レル御眸逆ニ裂ケ、御鬚左右ヘ分テ、只夜叉羅刹ノ如ナリ、誠ニ苦氣ナル御息ヲ衝セ給フ毎レ度ニ御口ヨリ、火焔発ト燃出テ、黒烟天ニ立上ル、暫有テ、主上、俊基、資朝ヲ御前近ク被召テ、サテモ君ヲ悩シ世ヲ乱ル逆臣共ヲ、誰ニ仰付テカ罰スヘキト、勅問アレハ、俊基、資朝此事ハ既ニ、摩醯首羅王ノ前ニ議定在テ、討手ヲ被定テ候、（○約二六〇字中略）主上誠ニ御快氣ニ打咲セ給ヒテ、サラハ年号ノ替ラヌ先ニ、疾々退治セヨト被仰テ、又御廟ノ中ヘ入セ給ヒヌト見進セテ、夢ハ忽ニ覚ニケリ、（玄玖本）

　この巻三十四「吉野御廟上北面夢之事付将軍為始諸勢開陣之事」において、正平十五年（北朝延文五年、一三六〇）五月の頃、吉野の御廟に参り、夢の中に、後醍醐天皇の「誠ニ堆（ケタカキ）御声」を聞き「袞竜ノ御衣ヲ召サレ右ノ御手ニ宝剣ヲ抜持テ」「昔ノ竜顔ニハ替テ忿レル御眸逆ニ裂ケ御鬚左右ヘ分テ」といふ姿を見るのは、「二条禅定殿下（○南朝関白二条師基）ノ候人」の上北面である。太平記巻一から巻三十四までの叙述と、その背景にある史実とを併せ考へると、この上北面は、二条関白家の諸大夫で、正中の変（正中元年、一三二四）以前に院（○後宇多院か）の上北面となり、後醍醐天皇吉野潜幸の後、二条師基（一三〇一―一三六五）と共に吉野行宮に参じて天皇崩御の際に近侍し、その後、後村上天皇の賀名生行宮・天野行宮に伺候し、正平十四年十二月の足利軍侵攻の際の観心寺臨幸にも供奉するが、南朝方の敗戦が続き大塔若宮謀叛といふ事態に及んで、世を嘆いて出家を決意する人物といふことになる。

　この上北面の述懐の中の「玉骨ハ縦郊原ノ土ニ朽トモ神霊ハ定天地ノ間ニ留テ其苗裔ヲモ守リ逆臣ノ威ヲモ摧レンスラントコソ存スルニ」及び上北面の夢に現はれた後醍醐天皇の姿を述べる「右ノ御手ニ宝剣ヲ抜持テ」「誠ニ苦氣

ナル御息ヲ衝セ給フ」といふ文辞は、巻二十一「先帝崩御之事」の文辞と重なつてをり、この巻三十四の後醍醐天皇の神霊出現の段が、「先帝崩御之事」の叙述を継承する意図を以つて執筆されてゐることは、明らかである。

そこで、あらためて、巻二十一「先帝崩御之事」を振り返り、後醍醐天皇の怨霊出現を恐れる北朝・足利方の立場からではなく、この巻三十四の上北面の如く、後醍醐天皇の神霊出現を祈る南朝方の立場から、後醍醐天皇の遺勅を読み直してみよう。

「先帝崩御之事」の遺勅の中で、南朝方の人々にとつて重い意味を持つと思はれるのは、「只生々世々妄念と成ヘキハ朝敵ヲ悉ク亡スシテ四海ヲ太平ナラシメヌ事ヲ思計也朕早世ノ後ハ第七ノ宮ヲ天子ノ位ニ即奉テ賢士忠臣事ヲ謀リ義助カ忠功ヲ賞シテ子孫不儀ノ行無クハ股肱ノ臣トシテ天下ヲ鎮ムヘシ」「若命ヲ背キ義ヲ軽クセハ君モ継体ノ非君臣モ忠烈ノ非臣」といふ箇所である。これを、「先帝崩御之事」の後半の吉水法印宗信の言(53)と併せて読むならば、後醍醐天皇は、〈死後の世界まで妄念となるのは、朝敵を悉く亡ぼし得ず四海を太平に成し得なかつたことである。朕の死後は、第七の宮（○義良親王）を皇位に即け、新田氏嫡流（○義貞・義助とその子孫）の将を官軍の総大将として、朝敵追伐・四海太平の本意を遂行せよ。この命令を背き、義を軽んずる者は、天皇も後継の天皇ではない、臣下も忠烈の臣ではない。〉と、南朝の次代の君臣に、北朝・足利方に対する怨念を継承して〝朝敵追伐〟〝四海太平〟(54)を達成することを厳命してゐることとなる。

後醍醐天皇崩御の際に南朝に伺候してゐた公卿として、太平記が姓名を記してゐるのは、「北畠大納言」(55)（○親房）・「洞院左衛門督実世」・「四条中納言隆資」である。その親房（一二九三—一三五四）・実世（一三〇八—一三五八）・隆資（一二九二—一三五二）に代表される南朝の輔弼の臣は、太平記の叙述の中では、冥界にある後醍醐天皇の声を聞き姿を見ることはなかつた。巻三十四において、正平十五年、吉野の御廟に終夜祈願して後醍醐天皇の神霊の示現を得たのは、南朝伺候といっても、姓名を明らかにしない年老いた上北面である。そして、正平十五年以前に親房・実世・隆資いづれも他界してゐるが、上北面の夢の中で、冥界の後醍醐天皇の側近として登場するのは、親房・実世・隆資ではなく、元弘二年（正慶元年、一三三二）に鎌倉幕府によって処刑された日野俊基・日野資朝である。

この上北面の夢の中で、俊基・資朝が奏上する〝朝敵追伐〞、具体的には、〈楠木正成以下の諸将に命じて、南朝の本拠地に攻め入る足利軍を追ひ返し、敵将の仁木義長・畠山国清・細川清氏を滅亡させる。〉といふ計画は、巻三十四から巻三十八に至る叙述の中で実現する。しかし、こゝで追伐の対象となってゐる足利一門の諸将のうち、細川清氏は、正平十六年（北朝康安元年、一三六一）、南朝に降参し、南朝軍の大将として京都に攻め入って敗れ、翌正平十七年、四国に渡り足利方の細川頼之と戦って討死するのであり、清氏滅亡によって、南朝の勢力は衰退することとなる。

このやうに、降参の将を重用して却って衰運を招くこととなる南朝の政道を、太平記は、正平五年の直義降参を記した巻二十八以来、一貫して批難し続けてゐる。特に、巻三十七「可立大将之事付義帝立将之事」においては、足利一門の降将に大将の号を授けて京都を恢復することを繰り返した南朝の方策が悉く失敗したことを、総括し、

彼ヲ以テ是ヲ思ニ、故新田義貞、義助兄弟ハ、先帝股肱ノ臣トシテ、武功天下ニ双ナシ、其子息二人、義宗、義治トテ、今越後国ニ有、共ニ武勇ノ道、父ニ劣ラス、才智亦世ニ恥ス、此人々ヲ召テ、竜顔ニ咫尺セシメ、武将ニ委任セラレハ、誰カ其家ヲ軽シ、誰カ旧功ヲ捨ン、此等ヲ閣テ、降人不義ノ人ヲ以テ、大将ト為ラレハ、吉野ノ主上天下ヲ被召コト、千ニ一モ有ヘカラス、縦一旦戦ニ打勝タセ給フコト有トモ、世ハ亦人ノ物トソ覚タル

（玄玖本）

と論じてゐる。この中の〈南朝は、新田義宗（○義貞の子）・脇屋義治（○義助の子）を召し寄せて大将とすべきである。

「降人不義ノ人」を大将とするのでは、天下統一はできない。〉といふ主張は、「先帝崩御之事」の遺勅の中の「義助カ忠功ヲ賞シテ子孫不義ノ行無クハ股肱ノ臣トシテ天下ヲ鎮ムヘシ。[56]」を継承するものであり、遺勅に乖離し〝朝敵追伐〟〝四海太平〟を達成し得ぬ南朝の為政者に対する、太平記作者の直接的な批難となつてゐる。

南朝の上北面が夢の中で俊基・資朝の〝朝敵追伐〟の奏上を知るといふ設定のなされてゐる巻三十四の後醍醐天皇の神霊出現の段も、この、巻二十一「先帝崩御之事」の遺勅を起点として巻三十七・巻三十八に及ぶ、政道批判の叙述の一環であると見ることができる。

後醍醐天皇崩御を記す太平記「先帝崩御之事」は、このやうに、南朝の為政者に対する太平記作者の批判と直結してゐるだけではなく、先に述べたやうに、後醍醐天皇の怨霊を恐れて天竜寺を建立する尊氏・直義に対する太平記作者の批判とも、間接的に関はつてゐる。更に、巻一「先代草創平氏権柄之事」・巻三十五「北野詣人世上雑談之事」などとの関はりを考慮するならば、「先帝崩御之事」は、太平記全編の政道批判の叙述の中で、極めて重要な位置を占めてゐるといへるのだが、その具体的な考察は、こゝでは省略する。

注

（1）　日本古典文学大系本（岩佐正氏校注）に拠り、字体を新字体に改め、傍訓を省略して引用する。

（2）・（3）　中院一品記に拠る。

（4）　鶴岡社務記録に拠る。

（5）・（6）　玉英記抄・師守記に拠る。

（7）・（8）・（9）　玉英記抄に拠る。

(10) 天竜寺重書目録・天竜寺造営記録に拠る。

(11) 夢窓国師語録に拠る。

(12) 園太暦に拠る。

(13) 大日本史料(第六編之五)南朝延元四年北朝暦応二年十月五日の条に拠り、字体を新字体に改めて引用する。

(14) 梅松論(寛正本)に「大敵ノ君ヲニカシ奉テ驚キタル氣色見ヘサセ給ハサリシト不思議ノ事ト申セシ」とある。

(15) 神田本・西源院本・玄玖本・南都本等(巻二十二を欠く四十巻本。甲類本)。毛利家本・前田家本等(乙類本)、天正本等(丙類本)、京大本等(丁類本)、に比して、古態を保つ点が多い。

(16) 但し、神田本は巻二十一を欠く。

(17) 玄玖本の本文の特徴については、『玄玖本太平記』(影印本)の解題に述べた。同系統の諸本の中で、玄玖本は、松井本と共に一筆書写の完本である。神宮徴古館本も同系統であるが、完本では無い。

(18) 以下、太平記の本文は、玄玖本に拠り、必要に応じて諸本の異同に触れる。玄玖本の引用に当つては、字体を新字体に改め、傍訓を省略し、朱点を読点で示しておく。

(19) 太平記の古態の諸本では、後醍醐天皇崩御の年を、「延元三年」(玄玖本・松井本・相承院本等)もしくは「康永三年」(西源院本・織田本)と記してをり、史実(延元四年)とは異なつてゐる。

(20) 太平記の記述「葬礼ノ御事ハ兼テ遺勅有シカハ御終焉ノ御形ヲ改スシテ棺槨ヲ厚シ御座ヲ直シテ」(玄玖本)に、後醍醐天皇葬送は土葬であつたことが示されてゐる。皇室においては持統天皇以来火葬が通例であり、遺勅によつて、異例の土葬が行はれたといふことも、後醍醐天皇の怨霊に対する恐怖を増すものであつたと思はれる。

(21) 師守記に「今夜子刻許地震甚」とある。

(22) 師守記に「今日酉刻大地震」とある。
(23)・(24) 玉英記抄・師守記に拠る。
(25) 玉英記抄に「吉野院御霊、任崇徳院例、可被奉勧請云々、武家執奏之、此間武将辺有光物云々、」とある。
(26) 武家年代記・門葉記・通冬卿記に拠る。
(27) 光明院宸記に拠る。
(28) 師守記に拠る。
(29) 中院一品記に拠る。
(30)・(31) 師守記に拠る。
(32) 園太暦に拠る。
(33) 園太暦・常楽記に拠る。
(34)・(35)・(36)・(37)・(38)・(39)・(40)・(41) 園太暦・師守記に拠る。
(42) 賢俊僧正日記に拠る。
(43) 巻二十一から巻二十五までの太平記諸本間の本文異同は極めて複雑であるが、こゝでは言及を避ける。古態の諸本間では、記事構成はほゞ同一であるが、詞章には異同の大きい箇所もある。
(44) この記事排列は、古態の諸本は同一。〝法勝寺炎上〟を〝上皇祈精直義病悩〟の次に記す天正本等の記事構成は、史実の年代を重視した改訂によるものと考へたい。
(45) 増鏡・公卿補任に拠る。
(46) 元弘三年、後醍醐天皇は東宮（〇皇太子）を立ててゐない。諸皇子にも「十一月三日……崩御」に相当する事実は無い。

太平記の虚構と見るべきである。

(47) この記事の背景には、法勝寺慧鎮が勅命を受けて北条高時の冥福のために鎌倉に宝戒寺を開山したといふ事実(〇大日本史料建武二年三月二十八日の条に拠る)があり、完全な虚構とはいへない。

(48) 太平記中の北野天神説話には、「天徳二年ヨリ天元五年ニ至マテ廿五年ノ間ニ大内ノ諸司八省三度マテ焼ニケリ」など、太平記の叙述と関はる改変の形跡がある。

(49) 臥雲日件録抜尤に、文安四年(一四四七)七月の天竜寺炎上(第四回)後に天竜寺の季照中明が、「凡天竜創業、乃暦応二年己卯也、爾後二十年、延文三年戊戌正月炎上、同歳四月晦日等持院殿薨、爾後十年、貞治六年丁未二月廿九日又炎上、同歳十二月七日宝篋院殿薨、」と語つたことが記されてゐる。室町時代に、天竜寺炎上は将軍の死の前兆として記憶されてゐたのである。

(50) 愚管記応安六年九月二十九日の条「伝聞、去夜天竜寺回禄云々、草創以来卅个廻之間、回禄已及三个度、匪直事歟、今日相当開山国師之正忌時分、特以奇異也、併魔障之所致乎、」などに、当時の人々の意識の一端が窺はれる。

(51) 太平記は、延文三年の尊氏の死を巻三十三に記してゐるが、同年の天竜寺炎上(第一回)には触れてゐない。しかし、尊氏逝去の段の直後に、細川繁氏が崇徳院の怨霊の祟りで急死することを記してをり、これによつて尊氏の死と後醍醐天皇の怨霊との関はりを暗示してゐると見ることができる。又、貞治六年の天竜寺炎上(第二回)及び基氏・義詮の死を、「毎度天下ノ凶事」とされた中殿御会の直後に起つた凶事として、巻四十に記してゐるが、後醍醐天皇の怨霊と関連付けようとしてはゐない。

(52) 古態の諸本では、巻二十四「正成為天狗乞剣之事」に、大森彦七(足利方の武士)の見た南朝方の怨霊のことを記してゐるが、後醍醐天皇の怨霊については、「十二人ノ鬼ドモ玉の御輿ヲ舁テ捧タリ」と述べるばかりで、その姿も声も顕示してゐない。

はゐない。

（53）「吉野ノ執行吉水ノ法印宗信」の言の中に、「先帝崩御ノ刻勅ヲ遺サレ第七ノ宮ヲ御位ニ即進セ朝敵追伐ノ御本意ヲ遂ラルヘシト諸卿ニ親綸言ヲ含セ給シ事」とある。

（54）太平記中の「太平」もしくは「泰平」の用例は二十一例。その中で、「先帝崩御之事」の遺勅の〝四海太平〟は、「法勝寺塔炎上之事」の地の文の〝四海泰平〟と関連して、太平記の主題を考へる上で重要な意味を持つ。このことは、更めて論じたい。

（55）親房は、史実では、元徳二年（一三三〇）に出家してをり、南朝の公卿とはいへない。又、親房は、史実では、延元三年（一三三八）九月から興国四年（一三四三）末まで、東国を転戦してをり、太平記が、後醍醐天皇崩御の際に吉野行宮に伺候してゐたかの如く記すのは、虚構と思はれる。

（56）但し、新田氏嫡流のみを「股肱ノ臣」とする「先帝崩御之事」の遺勅には、潤色の加はつてゐる可能性がある。

人物形象と文学風土

『太平記』と合戦譚

安井久善

はじめに

『太平記』という文学作品は、言うまでもなく一往は合戦譚を中心にした物語であると言ってよいであろう。そして、その合戦譚の中心には、はなばなしい戦闘場面や勇壮な或は悲壮な武者気質や戦場心理などが、大きくとりあげられていると考えるのが通常である。だが、本来合戦譚の最大重要素としては「戦略・術面」言うなれば「運用の妙」をこそ、最も重要視して然るべきではないだろうか。『太平記』はこの点をいかに取扱っているであろうか。一口に言うなら、『太平記』がこの時代において、その点を明確に意識して記述しているとは到底信じ難い一面を持っている。だが、僅かではあるがその面を全く無視しているとばかりは断定し兼ねるふしもあり、さらに一考に価すると考えられるのである。

ところで、現代の欧米の「兵書・軍事書」の中には「戦略術はアートである」と明記するものが多くみられる。この場合の「アート」を普通に言う「芸術」と訳するのには、多くの抵抗があると考えられる。たしかに、従来の日本語で言う「芸術」という訳語には、この場合若干の違和感があると言ってよいであろう。だが、この「アート」を「至高至善の略・術にともなう美意識」と解すれば、それなりの意味は充分通ると考えられるのである。つまり、一般の常識では思いつかぬ、あるいはなし得ない「略・術」を、人間の心理の上から、あるいは形状の上で「美」とみなす観念は必ずしも否定することはできないと考えられるのである。本稿においては、このような観点から『太平記』の合戦譚について、今までかえりみられることの無かったその「美意識」について考えてみたいと思う。

一

『太平記』合戦譚の美意識表現が主としてその叙情面に集中されていることは、否定の余地がないものと思われる。君臣父子の情愛を中心に「もののふ」の美的な心情はどのように存在したか。そして、それは何故に讃美される要素であり得たのか、といった事例については、枚挙にいとまがないほどの記述がなされている。それが後世、特に江戸期に入ってから、朱子学を正学とする幕府の政策と相俟って、至高至善の美として評価されたことは否定すべくもないとすべきであろう。もっとも、これは人倫道徳上の問題が中心なのであって、広く合戦譚特に「略・術」の問題とは無関係であると言えなくはない。

たとえば、落合直文博士作詞にかかる「青葉茂れる」の小学校唱歌で名高い「桜井の別れ」の如きは、たしかに父子恩愛の情を尽した『太平記』の中の圧巻であり、また美意識と言えるものであった。だが、これは直接「政戦略」につながる美意識ではあり得ない。むしろ、「湊川合戦」そのものは楠木正成が死を賭して新田義貞の京への撤退をたすけ、それを見届けた上で自害するといった行為、そしてそのような構想の上にこそ、まだしも「略・術」をアートと呼ぶに近いものが考えられるのである。要するに叙情面における現象、つまり単なる義理人情、あるいは宋学的大義名分のみではなく、それに結びついて巧みに「略・術」の中にあらわされた構想に内蔵される美的な発露を叙事面からみたものを、ここでは問題にしているのである。
さらに別の具体例を検討してみよう。『太平記』巻一「無礼講事付玄恵文談事」には、いわゆる「天子御謀反」にからむ談合の様子が事こまかに記されている。すなわち

爰ニ美濃国住人、土岐伯耆十郎頼貞・多治見四郎次郎国長ト云者アリ。共ニ清和源氏ノ後胤トシテ、武勇ノ聞ヘアリケレバ、資朝卿様々ノ縁ヲ尋テ、昵ビ近カレ、朋友ノ交已ニ浅カラザリケレドモ、是程ノ一大事ヲ無左右知セン事、如何カ有ベカラント思ハレケレバ、猶モ能々其心ヲ窺見ン為ニ無礼講ト云事ヲゾ始ラレケル。其人数ニハ尹大納言師賢・四條中納言隆資・洞院左衛門督実世・蔵人右少弁俊基・伊達三位房游雅・聖護院庁ノ法眼玄基・足助次郎重成・多治見四郎次郎国長等也。其交会遊宴ノ体見聞耳目ヲ驚セリ。……（中略）……遊戯舞歌フ。其間ニハ只東夷ヲ可亡企ノ外ハ他事ナシ。

其事ト無ク、常ニ会交セバ、人ノ思咎ムル事モヤ有ントテ、事ヲ交談ニ寄ンガ為ニ其比才覚無双ノ聞ヘアリケル玄恵法印ト云文者ヲ請ジテ、昌黎文集ノ談義ヲゾ行セケル。彼法印謀反ノ企トハ夢ニモ不知、会合ノ日毎ニ其席ニ臨デ玄ヲ談ジ理ヲ折。彼文集ノ中ニ「昌黎赴潮州」ト云長篇有リ。此処ニ至テ、談義ヲ聞人々「是皆不吉ノ書ナリケリ。呉子・孫子・六韜・三略ナンド社可然当用ノ文ナレ」トテ、昌黎文集ノ談義ヲ止テゲリ。（岩波古典文学大系本、以下同）

この記述をみると、第一に討幕の計をなすべき人物が甚だ不揃いであることが理解できよう。武事を解せぬ公家・僧侶が大部を占め、武家は美濃・三河の地方武力にすぎない。大寺社の僧兵の武力は多少役立つかも知れないが、この程度の武力で討幕を計画すること自体、いささか誇大妄想の感をいだかざるを得ない。だが、無礼講の文談において、昌黎文集を嫌い、呉子・孫子以下大陸伝来の兵書をあげているのは、討幕の計事を隠蔽するという点から言うな

ら矛盾であるが、武事を理解するという点ではプラスとなっていることになる。しかし、『太平記』の記述では、これから、これら兵書の内容を学習するというのであるから、これまた認識不足と言うべきであり、まして、これらの兵書に内蔵されている「美意識」については全く言及するところがない。つまり、巻一の記述では『太平記』の筆者自身、兵書・兵法における略・術上のアートを理解した形跡はないと言って然るべきであろう。

ところが、その『太平記』も、巻が進むに従って、多少はこの点に理解を示すような表現があらわれてくるようになっている。すなわち、たとえば巻第十九「諸国宮方蜂起事」以下の記述はそのことを物語っている。

主上山門ヨリ還幸ナリ、官軍金崎ニテ皆ウタレヌト披露有ケレバ、今ハ再ビ皇威ニ服セン事、近キ世ニハアラジト、世挙テ思定ケル処ニ、先帝又三種ノ神器ヲ帯シテ、吉野ヘ潜幸ナリ、又義貞朝臣已ニ数万騎ノ軍勢ヲ率シテ、越前国ニ打出タリト聞ヘケレバ、山門ヨリ降参シタリシ大館左馬助氏明伊豫国ヘ逃下リ、土居・得能ガ子共ト引合テ、四国ヲ討従ヘントス。江田兵部大夫行義モ丹波国ニ馳来テ、足立・本庄等ヲ相語テ、高山寺ニタテ籠ル。金谷治部大輔經氏播磨ノ東條ヨリ打出、吉良・高田ガ勢ヲ付テ、丹波ノ山陰ニ城郭ヲ構ヘ、山陰ノ中道ヲ差塞グ。遠江ノ井介ハ、妙法院宮ヲ取立マイラセテ、奥ノ山ニ楯籠ル。

これは後醍醐天皇の吉野潜行にともない、各地の反武家方勢力が足利打倒の兵を挙げたことを記したものであるが、その挙兵の地名をあたってみると、越前・伊豫・丹波・播磨・遠江となっており、おのずから京を囲んで足利氏の占有する都を奮回する姿勢を示すこととなっている。むろん、これはたまたま反幕武力の根拠となる地が、そのような配置となっているというだけで、あえて吉野の廟堂に京包囲の秘策があったと断ずることはできない。だが、『太平記』巻第十九は前記の記事につづけて「相模次郎時行勅免事」「奥州国司顕家卿并新田徳寿丸上洛事」という項目を立てて、それらが大挙上洛する様子を詳述しているのである。これら一連の記述をみると後醍醐天皇の側が「京包囲の大策」「精鋭奥州勢の京奪回」を中心とした大戦略を立案し、その線に沿った行動を具現したのだとする説明も不可能ではない。むろん、そのように意識して書かれてはいないが、凡そこのような戦いの経緯がたゞ自然の成行きまかせであったとは考え難い。『太平記』の淡々とした記述とは別に、吉野廟堂からの然るべき指導がある程度加えられていることは、必ずしも否定し難いのである。しかし、『太平記』自体の中においてそれを意識した記述がなされていない以上、この事例における美意識は、あくまで叙情面だけにとどまるのであって、「略・術」をアートと認めるには至っていないとすべきであろう。

つまり、ここで言う叙情面にかかわる「美意識」とは、従来の軍記物語全体において捉えられてきた感動涕泣の類を言うのであり、「略・術」に秘められた深謀遠慮の偉大さにみえかくれする気品の如きものを言っているのではないことになろう。

二

さて、従来「軍記物語」の持つ美の意識について、見逃されてきているのは、「略・術」を中心とした叙事面にかかわるそれであると言えるようである。むろん、叙事面の美意識と一口に言っても幅広いのであり、たとえば文章表現的なもの、あるいは絵画的描写等に関して、従来からそれが認識されていることは否定できない。だが、それが「略・術」の内容に関しての美意識ということになると、殆ど評価の対象にさえなっていないと言ってよいであろう。たとえば、絵画的な美を例にとって説明するなら、両軍の各部隊の運動を図上に画いて、結果的に一方が他方を包囲撃滅するといった図を想像するとしよう。それがたとえ図化されていないとしても、叙述そのものによってそのような図形が容易に想起されるとすれば、人によってはそこに最高の美を認めることになるであろう。むろん、単なる部隊運動の曲線美などもさることながら、巧みな「略・術」そのものの存在が認知され、その内容が美意識そのものにつながるとしても、決して不自然とは言い得ないのである。前述したように、現代の西欧の兵書の多くが、巧みな「略・術」の運用をさして「アート」であると断じているのは、多くこのような面を捉えてのことと考えられるのである。

さて、そこでこのような意味での「美意識」は、日本の合戦譚、特に『太平記』の中ではどのように意識され、またいかに取扱われているであろうか。たとえば、「元弘ノ乱」の勃発（巻第二）に始まり、「建武中興」の成就（巻第十一）に至る一連の動きについて、この点を中心に検討を加えてみたいと思う。まず、世に名高い笠置における楠木正成の発言と言われるものに注意する必要があろう。後醍醐天皇が萬里小路藤房を介して

……時刻ヲ不移馳参ル條、叡感不浅処也。抑天下草創ノ事、如何ナル謀ヲ廻シテカ、勝事ヲ一時ニ決シテ太平ヲ四海ニ可被致、所存ヲ不残可申。

と問われたのに対し、正成が答えて言うに、

東夷近日ノ大逆、只天ノ譴ヲ招候上ハ、衰乱ノ弊ヘニ乗テ天誅ヲ被致ニ、何ノ子細カ候ベキ。但天下草創ノ功ハ武略ト智謀トノ二ニテ候。若勢ヲ合テ戦ハヾ、六十余州ノ兵ヲ集テ武蔵相模ノ両国ニ対ストモ、勝事ヲ得ガタシ。若謀ヲ以テ争ハヾ、東夷ノ武力只利ヲ摧キ、堅ヲ破ル内ヲ不出。是欺クニ安シテ、怖ルヽニ足ヌ所也。合戦ノ習ニテ候ヘバ、一旦ノ勝負ヲバ必シモ不可被御覧。正成一人未ダ生キテ有ト被聞召候ハヾ、聖運遂ニ可被開ト被思食候へ。

とあったと言う。正成が事実このように奉答したか否かは別にして、『太平記』の作者がこのように記していることは、一往注目してよいであろう。特に「天下草創ノ功ハ武略ト智謀」と断じている点に注目したい。武略とは現代風

に言うなら「戦略」であり、智謀とは「政略」乃至「謀略」と解すべきであり、併せて現代語で言う「政戦略」と言うことになろうか。これを局部的にみるなら、いわゆる「戦術」と「戦略」とであり、全部を総合して一口に言うなら「略と術」と言うことになろうかと思われる。『太平記』の作者の一つの見識とみてよいであろう。だが、作者がこの「武略と智謀」をある意味での美意識であると認めたか否かという点になると、いささか疑問なしとしない。

次に、『太平記』の記す「武略と智謀」の面での記述の一つに「赤松氏の動き」がある。巻第六の「赤松入道圓心賜大塔宮令旨事」には次のような記事がみえている。

……此ニ三年大塔宮ニ属纏奉テ、吉野十津川ノ艱難ヲ経ケル圓心ガ子息律師則祐令旨ヲ捧テ来レリ。披覧スルニ、「不日ニ揚義兵率軍勢、可令誅罰朝敵、於有其功者、恩賞宣依請」之由、被戴。委細事書十七箇條ノ恩裁被添タリ。条々何レモ家ノ面目、世ノ所望スル事ナレバ、圓心不斜悦デ、先当国佐用庄苔縄ノ山ニ城ヲ構テ与力ノ輩ヲ相招ク。……中略……頓テ杉坂・山ノ里二箇所ニ関ヲ居、山陽・山陰ノ両道ヲ差塞グ。是ヨリ西国ノ道止テ、国々ノ勢上洛スル事ヲ得ザリケリ。

赤松氏を朝廷側に引込むという事はたしかに大きな着眼であった。千早攻城に苦慮している幕軍の背後をおびやかす事になるし、又後に具体的な行動となってあらわれるように京六波羅攻撃の有力な武力であるし、また、西国よりの幕軍の上洛を阻止する役割を果すことになっている。このような大きな戦略上の着眼が、大塔官の令旨ということだけで処理されているのであるが、これは宮の単なる思いつきや赤松則祐の存在だけで片付けられる問題ではない。大塔宮が中心的存在であったらしい事は否定できないが、おそらく宮をかこむ戦略指導部の如き存在があったものと想定されるのである。後醍醐天皇の隠岐脱出、その後の船上山への兵力結集、組織的な京都の奪回、等々、単なる人心の離反、自然の成行といったことでは説明し切れぬ戦略上の要素・指導を考えて然るべきではなかろうか。『太平記』

はそれを千早三ヶ月籠城の成果に求めている観があるが、単なる現象面だけでこの事を説明するにはやゝ無理があるとすべきではなかろうか。やはり大塔宮～正成につながる然るべき戦略指導組織の存在を考慮すべきだと考えられるのである。一往、新田義貞の鎌倉攻めをそれに含めることは地理的な面からみても若干疑問があると考えねばなるまいが、畿内を中心とする一連の宮方の運動には一貫した指導性があると認めるのが穏当であろう。「自然に、時の勢でそうなった」とみることは、きわめて不自然だと言わねばならない。

かくして、建武中興の成立に一貫した政戦略上の指導性があったとするなら、その政戦略を「アート」として捉える考え方が発生したとしても決して不自然ではあり得ないのである。『太平記』が明瞭にそのあたりの事柄を、「アート」と認めているかどうかは必ずしも断定の限りではないが、事を成就させるための一貫した指導性の存在は認めているとみてよいであろう。そうなると、それを「アート」とみるか否かは読者の意識いかんによると言うこともできるのである。

次にもう一つ逆の立場に立った例として、楠木正成の奏上戦略論に対する、かの名高い坊門清忠の反論を検討してみよう。

正成ガ申所モ其謀有トイヘドモ、征罰ノ為ニ差下サレタル節度使、未戦ヲ成ザル前ニ、帝都ヲ捨テ、一年ノ内ニ二度マデ山門ヘ臨幸ナラン事、且ハ帝位ヲ軽ズルニ似リ、又ハ官軍ノ道ヲ失処也。縦尊氏筑紫勢ヲ率シテ上洛ストモ、去年東八箇国ヲ順ヘテ上シ時ノ勢ニハヨモ過ジ。凡戦ノ始ヨリ敵軍敗北ノ時ニ至迄、御方小勢トイヘドモ、毎度大敵ヲ不責靡云事ナシ。是全武略ノ勝タルニハ非ズ、只聖運ノ天ニ叶ヘル故也。然レバ只戦ヲ帝都ノ外ニ決シテ、敵ヲ鉄鉞ノ下ニ滅サン事何ノ子細カ可有ナレバ、只時ヲ替ヘズ、楠罷下ルベシ。

と、『太平記』巻第十六「正成下向兵庫事」にみえている。最も注目すべきは「武略の優劣よりは、聖運が天に叶うか否か」に問題があるとしている点であろう。つまり「略・術」の優れたる点よりも、天子の聖運つまり皇位の神聖さに「美意識」を求めている点が問題なのである。花鳥風月ともなればとにかく、皇位の神聖さに美を意識するというのは、いささか奇狂の表現かも知れないが、それは優れた武略に美を意識するのと共通点を見出すことができる。当時の公家達の中に存在した、有力な一つのものの見方と言ってよいであろう。ともあれ、当時の公家たちにとっては、「武略」などは逆に最も卑しむべき行為であり、その中に美を求めるなどおそらく想像の外であったであろう。

一方、鎌倉武士たちにとっても、おそらく「略・術」を美と考えることは、多分極めて稀であったであろう。卑怯未練を卑しめ、正々堂々名乗りをあげて個人的な武勇によって名を挙げることが美意識に通ずるのであって、それ以外は軽視される立場にあったものと思われる。『太平記』の記す千早・赤坂の幕軍つまり鎌倉武士の戦いぶりは、その事を如実に示していると言うべきであろう。時代が下って戦国時代ともなれば、明瞭に「略・術」を第一義とし、しかもそれに「美意識」をともなう考え方が有力となって行くのである。『太平記』の時代にあっては、その考え方は比較的稀薄であり、作品そのものにも、それが明確な意識としてあらわされることは、極めて稀だと言わなければならない。それは、後世の読者によって、僅かに読みとられる場合があるにすぎないと言うべきであろうか。

右の考えに該当すると思われる例を一つだけあげてみよう。『太平記』巻第十五「大樹摂津国豊嶋河原合戦事」には延元元年（一三三六）二月、関東より上洛した足利勢が京合戦に敗れて西走し、これを追った北畠・新田勢と豊嶋河原において合戦に及んだ事を記し、その戦に勝敗がつかぬ有様を述べた後、

爰ニ楠判官正成、殿馳ニテ下リケルガ、合戦ノ体ヲ見テ、面ヨリハ不懸、神崎ヨリ打廻テ、浜ノ南ヨリゾ寄タリケル。左馬頭ノ兵、終日ノ軍ニ戦クタビレタル上、敵ニ後ヲツヽマレジト思ケレバ、一戦モセデ、兵庫ヲ指テ引退ク。義貞頓テ追懸テ、西宮ニ著給ヘバ、直義ハ猶相支テ、湊河ニ陣ヲゾ被取ケル。

と記されている。つまり、あとから到着した正成が独断で敵の退路を遮断する作戦をとり、一方これに気付いた左馬頭直義は、一気に兵を引いて、正成の作戦を成立させなかったと述べているのである。たしかに、正成が正面の戦線に加入することなく、はるか西南方の神崎方面へ転進したというのは、一つの戦略上の着眼だと言える。そして、これを察知してその作戦を成立させぬように急速に兵を退いた直義の方策もそれなりに優れた処置だったということになるであろう。

この例にみられる『太平記』の記述は、比較的具体化されており、「略・術」の合戦における重要性を淡々と述べたものと言えるであろう。換言するならば、その重要性は後世の「美意識」と重大な関連性を持つものと言わねばならない。『太平記』の筆者の意識すると否とにかかわらず、結果的に微弱ながらその「美意識」を書き記すこととなっているのである。そして、それは武士気質の変遷にともない、後世の「太平記受容」においては、ある程度誇張された傾向さえ認められるに至るのである。

以上、検討してきたように『太平記』の叙事面においてはその「略・術」を称揚する意味での記述はあっても、これを「美」または「芸術性」という意味で評価する意識は稀薄であると考えてよいようである。たとえば「ナポレオンの戦略術には芸術的気品が備わっている。」などという言い方は西欧兵書においては、ごく一般的な表現であり、殆ど抵抗なく受け容れられているのである。千早籠城戦において採られた正成の戦術は、意表を突く卓抜さ、あるいは奇想天外な着想と受け取られ、また記述されてはいるものの、「芸術的気品」ありとする意識は極めて弱いと言ってよいであろう。この相違は単なる時代の差からのみ発生しているのであろうか。あるいは、前述のとおり、武士気質の変化によって生まれたものであろうか。西欧の戦例を引いて、これと比較しながら、もう少し検討を加えてみたいと思う。

三

『太平記』の記す合戦譚に「美的要素」ありや否やという事は、単なる表現上の問題ではない。合戦そのものの推移、そしてそれを作為している人間（指導者）の理念・理想の中にそれが存在するか否かが問われているのである。西欧兵学の中に、これらを説明するため、「内・外線作戦」という言葉がある。ナポレオンは「好んで内線に立ち、むらがる敵を各個に撃滅し……」などという使われ方がされているが、「内線作戦」とは被包囲的な立場に自らを置き、数方向より来攻する敵を個別に順序よく撃滅する作戦を言い、「外線作戦」とはその逆に包囲する立場にあって、敵を脱出させることなく完全に撃滅する作戦を言っている。前述した『太平記』巻第十九に述べられた後醍醐天皇側の立場は明らかに外線的なもので、京の足利方を完全に包囲撃滅しようとする意図を持っている。逆にこの場合の足利方は内線的な立場にあり、天皇側の兵力が相互に緊密な連絡をとるのを妨げ、各個々これを撃滅すればよいわけで、事実これに成功したものとみられるのである。

ここでは、この両作戦を巧みに駆使して大勝を博した戦例を具体的にとりあげ、『太平記』のそれを理解し、「美意識」の認知をどのように解決すべきか考えてみたい。一九一四年八月第一次世界大戦における東プロシヤにおける独露両軍の決戦「タンネンベルヒ会戦」を例にとってみよう。この会戦はヒンデンブルク及びルーデンドルフ両将軍の名将ぶりを世界に喧伝した結果をもたらしているが、その根底にドイツ帝国生みの親たるビスマルクと並ぶ名将「大モルトケ」の存在を無視することはできない。大モルトケのいわゆる「カンネゲダンケン」（カンネ思想）と呼ばれる一連の戦略思想を無視して、タンネンベルヒの圧勝はあり得なかったと言ってよいであろう。それはカルタゴとローマとが戦った第二回ポエニ戦役において、カルタゴの勇将ハンニバルがイタリア半島へ遠征し、カンネ（半島東南部の地名）においてローマの大軍を完全に包囲撃滅した戦例から採り、これを理想とする戦略思想であったのである。ビスマルクもルーデンドルフも、まさしくこのカンネゲダンケンに忠実に動き大勝を得たと考えられている。そして、そこにはナポレオンのそれと較べて、勝るとも劣らぬ「芸術的気品」を認めることができるのである。

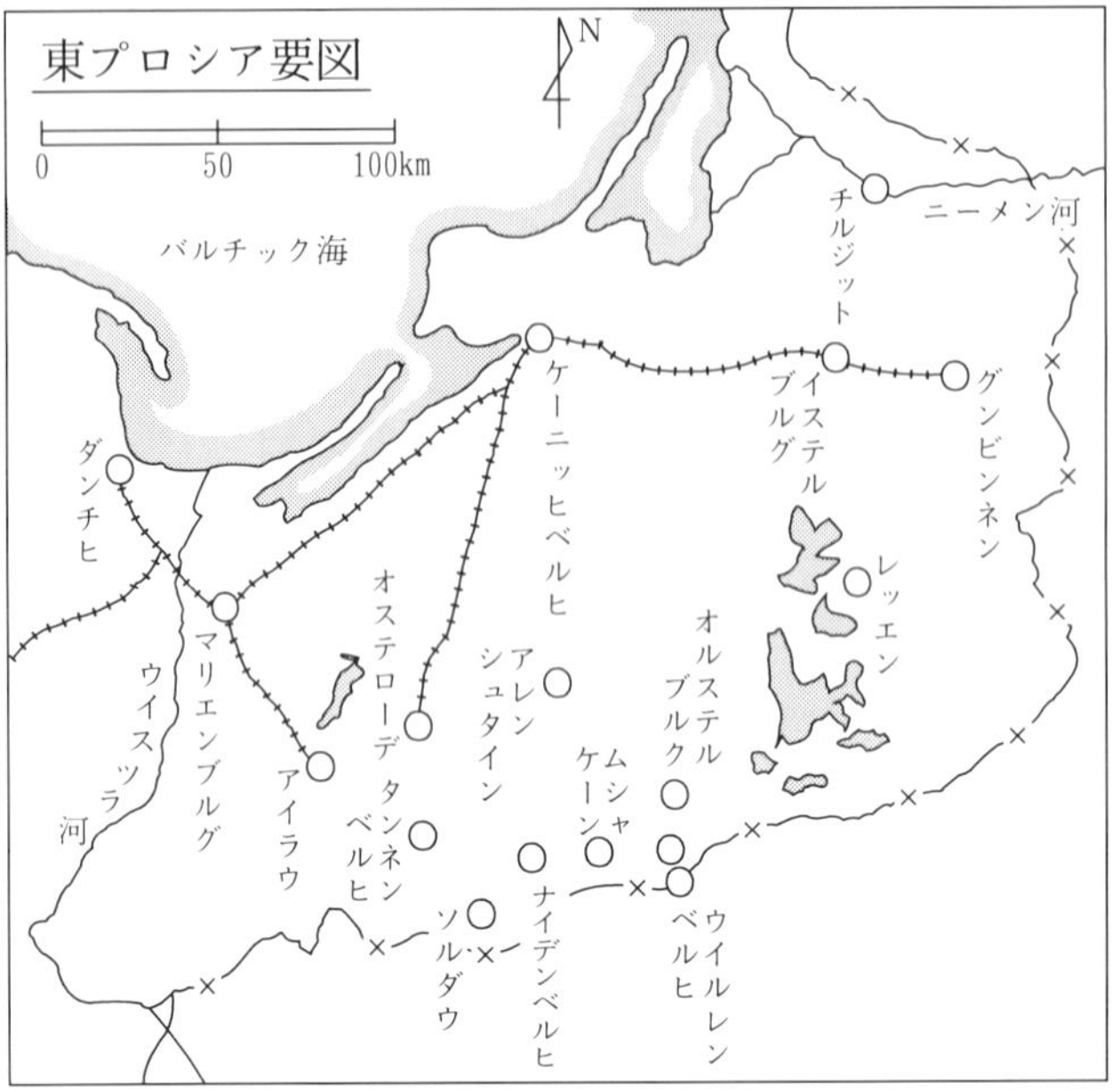

一九一四年八月初頭、ドイツ軍は「シュリーフェンプラン」に従い、全兵力の八分の七を西方戦場にむけ、まずフランスを撃砕する方略をとった。従って、東方露軍に対しては第八軍（兵力約二十三万）を東プロシヤに置いて、しばらくこれを防衛させようと企図したのであった。第八軍司令官プリットウィッツ及参謀長ワルデルゼーの両将軍は当初ウィスツラ河以東の全東プロシアを放棄して後退する策案を持ち、忽ち前記、ヒンデンブルク及ルーデンドルフと交代せしめられたのであった。むろん二人の新任将軍は東プロシアを固守する方針をとった。一方露軍は第一方面軍司令官シリンスキー将軍の指揮する二ヶ軍（兵力約五十万余）で、東方よりレンネンカンプ将軍の第一軍、南方よりサム

ソノフ将軍の第二軍が東プロシア攻略の任務を帯びて進攻した。出足は東方より進攻したレンネンカンプ軍が早かったので、ドイツ軍は第八軍全兵力の七割以上をこの方面にむけ、グンビンネン附近の会戦において露軍に大打撃を与え、一往はこれを国境外へ撃退した。つまり、独軍は内線作戦の一半に成功したことになるのである。しかし、これはきわめて不完全なもので、露軍が体勢を建て直して再び進攻してくるのは明瞭であった。一方、南のサムソノフ軍は着実な攻勢を独軍に加えつつあった。独軍は残された僅かな時間のうちに兵力を南方へ転用し、サムソノフの進攻を撃砕しなければならなかった。

ヒンデンブルクの決断は早かった。グンビンネンに勝った兵力のうち二ヶ軍団を徒歩行軍をもって急速に南下させてサムソノフ軍の右翼をつつむように攻撃させ、更に一コ軍団を鉄道輸送をもって遠く西方アイラウ方面へ送り、サムソノフ軍の左翼をつつむよう処置したのである。つまり、今迄進攻する露軍に対し内線的立場にあった独軍は、レンネンカンプ軍を撃破したのち、今度は露サムソノフ軍に対し外線的立場にあって、これを包囲殲滅しようとしたのである。まさしく、大モルトケの理想とした「カンネゲダンケン」をここに実現すべく企図したのであった。

八月二十八日頃になっても、露レンネンカンプ軍は全く動く気配なく、独軍のサムソノフ軍に対する包囲網は着々と圧縮されていった。特にサムソノフ軍の左翼へ廻った独第一軍団長フランソア将軍は、敵の左翼軍団を撃破した後、ソルダウ〜ムシヤケーン〜ウイルレンベルヒと真しぐらに東進し、サムソノフ軍主力の背後を完全に遮断包囲したのであった。これはフランソア将軍の独断によるものとされており、もし、これが行なわれなかったとしたら、タンネルベルヒの完全包囲戦は成立せず、またその成果が後世喧伝されることも無かったであろう。言うまでもなく、僅かな兵力で南北に通ずる露軍の退路を、大小となく完全に遮断占領して、その退却を待ち構えていたのである。八月二十九日から翌三十日にかけて、潰走に移った露軍はこのフランソアの網にかかってしまった。雄々しくも十字架を捧げるロシア正教の従軍牧師を先頭にこの包囲網の突破を試みたサムソノフ軍は殆ど独軍の銃砲火の阻止するところとなってしまったのである。八月三十一日、サムソノフ将軍は神とロシア皇帝とに対する責任感からナイデンベルヒに近い森林中においてピストル自殺を遂げ、その軍（約二十三万）の殆どが潰滅し、この包囲戦は独軍の完勝をもって終りを告げたのである。驚くべき事に、露レンネンカンプ軍の先頭は、この頃ようやくタンネンベルヒの戦場の北端に出現するという鈍重さを示している。かくして、露軍は負けるべくして負けたのであるが、独軍の大モルトケ〜シュリーフェン等によるその兵学の精随が発揮された勝利であったことも疑いを容れ得ぬところである。そして、この兵学の精随をさらに昇華させて「美の意識」まで到着させることは、それほど不自然ではなかったのである。

大陸においても、古くから『孫子』『呉子』『六韜』『三略』などの兵書において、勝利のための方策を簡潔に表現して後世に伝えている。それは言い換えればやはり「美意識」につながるものである。たとえば、「包囲」という現代兵学用語にしても、『三略』の如き「四方《よも》に網《あみ》して之を連《つら》ぬ」と記している。あるいは、タンネンベルヒ会戦が僅か旬日で大きな成果を収めたのは、一つには「兵勢」であり、『孫子』は「激水の疾《と》き、石を漂《たゞよわ》すに至るは勢なり」という美的な表現をとっている。このような点からみるなら、東西軌を一にして戦略術の中に「美意識」を求めることとなっているのである。『太平記』という古典軍記のうちにそれを求めることも決して不可能ではないと言うべきであろう。

む　す　び

紙幅の関係から、あまり多くの具体例を引用できなかったが、略・術に関してのみ言うなら、『太平記』の記述は、西欧戦史に強調されている諸点と比較して、大きな遜色は認められないと言えよう。個々の具体的な戦術・戦闘に関しては、楠木正成のそれが甚だ優れているという例を『太平記』はいくつも記述している。しかし、天下の大勢を決するような政戦略的な事柄に関しては、誰によってどのように決定実行されたか、南北いずれの側についても明確に記述されているとは言い得ない。南朝についてみるなら、後醍醐天皇個人にそのような能力があったとはどこにも記述されていない。護良親王かまたは親王を中心とし楠木正成をも含んだグループの存在を想定することが可能な程度である。後には北畠親房が登場し、それなりの指導力を発揮したかにみられるが、その政戦略に関する能力は必ずしも明確ではない。また、足利方についてもそれは同様で、尊氏個人の「略・術」なのか、弟直義や高師直らを含めたグループのそれなのか、その局面によって異なっており、特定の個人またはグループがあったようには受けとり難い。何となく自然の成行でそうなったという記述も少ないとは言えない。

結局、この「略・術」に関する「美意識」について、『太平記』が明確に意識して記述しているとは考え難いのである。その意識が皆無であったとは言えないにしても、稀薄であったことは明瞭であると言えよう。何故であろうか。極論するなら『太平記』の作者には、この作品を「兵書」とする意識が稀薄であったからに他ならない。少なくとも、この作品は兵学的要素を全く具備していないわけではないにしても、他の要素、たとえば文学書・史書としての性格の方に力点がかかっていることは明白である。「兵書」としての要素も勿論含まれてはいるが、多く後世の「よみ手」によって拡張解釈されている点が多い。つまり、享受の問題として捉える余地を多分に残しているのである。だが、従来殆ど見落されてきている『太平記』の兵書的要素、そしてその角度からみた「略・術」に関する「美意識」もまた、今後大いに注目されて然るべきであろう。「略・術」の構成にはそれなりに甘美な要素が含有されていることを肯定すべきである。

後醍醐天皇と側近たち

杉本圭三郎

一

西源院本太平記、第二十一巻、先帝崩御事は、「康永三年八月九日ヨリ、吉野之先帝御来線（不予）之御事有ケルガ」と書きだされて、やがて「八月十六日之丑刻ニ、遂ニ崩御成ニケリ」と記されている。高橋貞一氏の新校太平記は、凡例によれば「神田本によりて、その増補せられた所を去り、旧形に復し、又その欠失せる巻々を西源院本によりて補い、更に陽明文庫蔵の今川家本、南都本系統の前田家蔵相承院本等を参照して誤脱を訂正して、読み易くし、又一般研究者のために旧態の太平記を示さんとしたもの」ということである。この新校本は、「康永三年」に注して「康永は誤。延元三年がよい。南朝の年号延元（今、相）」としている（今は今川家本、相は南都本系統の前田家蔵相承院本）。ところで、後醍醐天皇の逝去は、（一三三九年）延元四年八月十六日であるから、この新校本の注も誤っている。

「太平記」が叙述する全歴史過程のなかでも、とりわけ重要な事件である後醍醐天皇崩御の年号を、古態系の西源院本が誤るということは、どのような事情によるものであるか、また、諸本においてこの年号がいかに記されているか、という問題は、太平記の原態成立から書き継がれていく形成のプロセスにおいて、諸情報が筆録の場に収集されていく経路や、本文が改訂される筋道を、かなり漠然としたかたちではあるが暗示しているのではないかと思われる。論題をいささか離れるが、太平記の記す事件の年号、年月日を総体的に検証し、他の史料などによって確認できる日付と、一致するところと乖離するところを弁別し、これを集約するとき、太平記叙述のどの部分が歴史的事実を正確に把握しているか、その輪郭が明らかになり、述作の場と情報源とのかかわりが、厳密ではないにしても推測することが可能となろう。

康永は北朝の暦応につぐ年号、その元年は一三四二年にあたるが、慶長八年古活字本による古典大系本では、「南朝ノ年号延元三年八月九日ヨリ、吉野ノ主上御不豫ノ御事有ケルガ」とあり、頭注に天正本、義輝本には「暦応二年」とみえることが記されている。南朝方のできごとはその年号で記述するのが本来であろうが、これを北朝方の年号で記すのは、編纂述作の主たる拠点が北朝の側にあってのことであろうか。後醍醐天皇が「重祚ノ御事相違候ハシト、尊氏卿サマ〳〵申サレタリシ偽ノ詞ヲ御憑有、山門ヨリ還幸」ののち、「花山院ノ故宮ニヲシコメラレ」（第十八巻、先帝吉野潜幸事）てから、「武家ノ許サレヲ得テ、只一人祗候シ」ていた刑部大輔景繁の提言によってひそかに脱出し、吉野へ臨幸、若大衆三百余人に迎えられ、楠帯力正行、和田次郎ほかの五百騎、三百騎の軍勢が参集して、足利尊氏の擁立する光明天皇の北朝に対しいわゆる南朝をたて、動乱は南北朝抗争の時代へと進行する。これより先、中先代の乱を契機に関東に下った尊氏が後醍醐天皇に叛き、「朝敵追罰ノ宣旨」（第十四巻「一節刀使下向事」）をうけて追討に向った新田義貞の軍を破って京へ攻め上り、第十五巻に叙述される京での激しい合戦ののち、建武三年一月三十日（「太平記」第十五巻一、主上自山門還幸事〈去月卅日ニ逆徒都ヲ落シカハ…〉）足利勢を敗走させるが、その後、「建武ノ年号ハ公家ノ為ニ不吉也トテ、二月廿五日改元有テ延元ニ移ル」（「太平記」同巻）とあり、由良哲次著「南北朝編年史」では、二月廿九日の条に「兵革により建武を延元と改元」として（皇年代私記、公卿補任は三月二日となし、太平記は二月廿五日となす）と記している。すでに南朝がひらかれる以前に、延元の年号が定められており、その後、吉野に後醍醐天皇が移ってからも南朝方の年号として、翌五年四月二十八日、興国と改元されるまで継続するのであるが、足利方北朝においては建武の年号は公家方が延元と改元した後も、光明天皇の建武五年八月二十八日に暦応と改るまで引き続くことになる。それから北朝明徳三年南朝元中九年（一三九二）南朝が北朝方に吸収されてこの対立に一応終止符が打たれるまで、両朝の年号が併行する。年号は、盛衰はともかく、権力の存在証明でもあり、両陣営はそれぞれの年号をもって暦を管理し、抗争が継起していくのである。この間、私年号（あるいは異年号）といわれるものがあり、「日本史大事典」（平凡社）は、「一三四五年（貞和元・興国六）能登に白鹿、駿河に応治の年号が現れ、いずれもそれぞれの地方における反北朝（南朝系）の人々の使用と考えられている」と解説されているが、反北朝とはいえ、南朝方の年号の伝わらない勢力の独自の活動がこの年号をたてたのではないかと思われる。

後醍醐天皇没年の「太平記」の記述に対する不審から、本稿の主題を離れた検討に逸脱したが、天皇の朝廷の動向を近臣との関係で考えていく場合、年号の問題もその重要な一環として言及したまでである。

後醍醐天皇が吉野に脱出したのは、延元元年（建武三年一三三六）十二月廿一日（皇代略記、公卿補任は廿四日とし、東寺王代記は廿六日とす――南北朝編年史）、その後、三年足らずで没している。既に延元二年三月には天皇方の主戦力が北陸金崎城で壊滅し（第十八巻、金崎城落事）事前に金崎城を脱出した新田義貞も延元三年（北朝暦応元年一三三八）閏七月二日、藤島の戦に敗れ自害するという勢力を失墜する情況のなかでの死去であった。

　妻子珍宝及王位、臨命終時不随者、是者如来之金言ニシテ、平生朕カ心ニ感セシ事ナレハ、秦穆公カ三老ヲ埋ミ、妄執共成ヘキハ朝敵ヲ亡シテ、四海ヲシテ太平ナラシメント思フ事而已、朕カ早逝之後ハ、第八之宮天子之位ニ即奉リテ、忠臣賢世事ヲハカリ、義貞、義助カ忠功ヲ賞シテ、子孫不義之行無者、股肱之臣トシテ可レ令二天下於鎮撫一、是ヲ思故、玉骨者縦雖南山之苔ニ埋マルトモ、魂魄者常ニ北闕ノ天ヲ臨ント思フ、若命ヲ背キ義ヲ軽ンセハ、君モ非継体之君、臣モ非二忠烈之臣一、

「大塔ノ忠雲僧正」に「萬歳之後ノ御事萬ツ叡慮ニ懸リ候ハン事ヲハ、悉ク仰置レ候テ後、ヒタスラ後生善處之御望ヲノミ、叡心ニ懸ラレ候ヘシ」とすすめられて、後醍醐天皇はこのように遺言し、「左之御手ニハ法華経之五巻ヲ持セ給ヒ、右ノ御手ニハ御劔ヲ按シテ、八月十六日之丑刻ニ、遂ニ崩御成ニケリ」（西源院本）と「太平記」はその場に臨んだ側近の記録によるかのような表現で記している。「太平記」における後醍醐天皇像の激越な性格の一面をうかがわせる叙述である。遺言によって第八宮憲良（のちに義良）が即位するが、「若命ヲ背キ義ヲ軽ンセハ……臣モ非二忠烈之臣一」と叱咤された臣下に動揺のみえたことが、第二十一巻　先帝崩御事　につづく、吉野新帝受禪事同御即位事　に記されている。「多年付纏マイラセシ卿相雲客、皆或者東海之流ヲ蹈テ仲連カ跡ヲ尋ネ、或ハ南山之歌ヲ唱テ甯戚カ行ヲ学ムト、思々ニ身之隠家ヲソ求メ給ヒケル」という「形勢」に、吉野執行吉水法印宗信が参内して、諸国に活躍する官軍を数へ、「此等ハ皆義心金石ノ如クニシテ、一度モ不レ翻者共也」と説き、「何様先御遺勅ニ任テ、継体之君ヲ御位ニ即マイラセ、国々ヘ綸旨ヲ被二成下一候ヘカシ」と進言して「諸卿」を説得したとき、「楠帯刀、和田和泉守二千余騎ニテ馳参リ、皇居ヲ守護」したので、「人々皆退散之思ヲ翻シテ、山中又無為ニ成ニケリ」と情況は落着する。この間の吉野朝の危機に登場する〈大塔ノ忠雲僧正〉や〈吉野執行吉水法印宗信〉は、南朝方天皇に近侍して重要な役割りをはたす人物であるが、その言動は、この局面に叙述されているだけで、事態の進行のなかにしばしば語られている存在ではない。作者が注目してその人物を全体像としてとらえ、言動を事件総体の進行のなかに追跡しようとする志向を「太平記」叙述は本来具有してはいないのである。

二

「太平記」は「四海大ニ乱テ、一日モ未レ安、狼煙天ヲ翳シ、鯨波地ヲ動ス、今至マテ卅余年、一人トシテ未レ得レ富二春秋一、万民無レ所レ措二手足一」という動乱のさなか、「其ノ濫觴ヲ尋」ねるところから起筆している。鎌倉幕府の成立以来、「武威下ニ振ハ、朝憲上ニ廃レン事ヲ歎キ思食」す後鳥羽院の討幕の企て、承久の乱が挫折したのち「朝廷者年々ニ衰テ、武家ハ日々ニ昌也」という事態のなかで、「代々之聖王」は「東夷ヲ亡サハヤト常ニ叡慮ヲ廻ラサレ」たが「或ハ勢微ニシテ不レ叶、或者時未レ到シテ黙止シ給ケル処ニ」北条氏最後の得宗、高時の代に実権を握った長崎高資の失政が続き、幕府体制の亀裂は深まり、高時の「行跡甚タ軽シテ人ノ嗤ヲ不レ顧、政道正カラスシテ民之弊ヲ不レ思、只日夜ニ逸遊ヲ事トシテ前列ヲ地下ニ辱シ、朝暮ニ奇物ヲ翫テ傾廃ヲ生前ニ致サントス」る行状が決定的となって、討幕の機が到来したと、公武の対立、抗争の歴史を概括し展望する視点で叙述がすすめられている。一方、朝廷側では文保二年（一三一八）「相模守カ計トシテ、御年卅一之時始テ御位ニ即」いた後醍醐天皇が「内ニハ三綱五常之儀ヲ正クシテ、周公孔子之道ニ順ヒ、外ニハ萬機百司ノ政ニ懈ラセ不レ給」善政を布き「誠ニ天ニ受ル聖主、地ニ奉タル明君也ト、其徳ヲ称シ、其化ニ誇ラヌ者ハ無リケリ」と称揚される。「太平記」の記述がそのまま史実を正確にとらえているのか否かの詮索は別個の問題として、ここでは「太平記」の語る情況に即して、その後半世記に及ぶ動乱の発端をとらえる、いわば「太平記」史観ともいうべきものにもとづいて公武の関係を考えようとするのであって、これがそのままこの時代をとらえる歴史学上の史観となるわけではない。扱うことがらは作品としての「太平記」の独自の世界であり、史料分析によって組みたてられる、史実にもとづくこの時代の史的把握から遠ざかることもありうるのである。史的な「日本中世の国家支配機構」を、公家、大寺社、武家など「複数の権門的勢力の相互補完と競合の上に成り立っているとみる」（平凡社・日本史大事典、黒田俊雄）権門体制論は、中世史の各時代の一時々を断面図としてみればその構造を把握する的確な論説とみられよう。しかし、「太平記」の世界においては、時間の経過とともに変動する相互の関係は、矛盾・対立する勢力の角逐であり、それが力関係の如何によって潜在的に進行していき、顕在化して武力による衝突をひきおこした時期が動乱となる。承久の乱、正中の変の挫折ののち、元弘の乱をひきおこし、一時的な建武の公家一統の政権が崩壊して、「公武水火の争い」が全国に及ぶ状況となったとみるのが「太平記」の史観である。その時代のまっただなかにあって、流動する情報を収集しながら、ある段階――これについては作品の綿密な内部分析と考証が必要であり、すでに学説が提示されているが――で原形が成立し、さらに事件の進展にともなって書継がれていったその加筆の基調となる史観も、おおよそ原初の姿勢を受けついでいったものと判断しうる。

北条高時の失政を批判する「太平記」作者の筆鋒は、建武の新体制・公家一統の政権が成就した時点での後醍醐天皇近臣の乱脈ぶりの告発にも向けられる。鎌倉幕府の崩壊も、建武の新政権の瓦解も、根本は権力者為政者やその座に連なる者の倫理の頽廃に起因するとみる批判が貫ぬかれており、権力機構とその施政内部の矛盾に由来するととらえる視点はこの時代の作者のもちうるところではなかった。同時代の兼好が、「徒然草」で、「いにしへのひじりの御代の政をも忘れ、民の愁、国のそこなはるゝをも知らず、萬にきよらを尽くしていみじと思ひ、所せきさましたる人こそ、うたて、思ふところなく見ゆれ。」と述べているところも、「ひじりの御代の政」に対置して政策そのものをとりあげるのではなく「萬にきよらを尽く」すという、為政者の奢侈・放埓を批判の対象としているが、これがこの時代の政道批判の常套であった。

しかし、後醍醐天皇の治政については、「商売往来之弊、年貢運送之煩」を除く為に、「所々之新関ヲ被レ止」たり「天下之飢饉」を救う為に「朝餉ノ供御ヲ被レ止、飢人急（窮）民之施行ニ被レ曳」たり、「富有之輩カ利倍ノ為ニタクワエ積ル米穀ヲ点検シテ」「直ヲ定テ被レ売」など、その施策を具体的に挙げ、「訴訟之人」に対しては「直ニ訴ヲ聞食シ明メ、理非ヲ決断」するといった施政が称えられ、幕府方の頽廃に対比されることによって、討幕の機が熟したことが、おのずから示されることになる。これが「太平記」第一巻、序につづく「後醍醐天皇可亡武臣御企事」の叙述するところである。

三

正中の変へと叙述がすすむ前に、「太平記」は、後醍醐天皇が、「関東之聞ヘ宜シカルヘシ」との思惑から幕府の「尊宗」する西園寺家から后を迎えながら「君恩自レ葉も薄」く、一方、「阿野中将公廉之女」を寵愛して「御前之評定、雑訴之沙汰マテモ、准后之御口入トタニ云ヒテケレハ、上卿モ忠ナキニ賞を与ヘ、奉行モ理アルヲ非トセリ」と恰も建武の新政の破綻のときに類似する乱脈ぶりを記して「傾城傾国之乱レ今ニ有ヌト覚テ、浅増カリシ事共ナリ」と難じている。善政をたたえながら、「惟恨ラクハ齊桓覇ヲ行、楚人弓ヲ遺シニ、叡慮スコシキ似タル事ヲ、是則所以下草創雖レ幷二一天、守文不レ超中二載上ナリ」と付記したところにつづく叙述である。「太平記」の後醍醐天皇観は、その冒頭から称揚と批難が背中合せとなっているのである。その側近たちも、討幕挙行の前段階と、公家一統の政権樹立の建武新政成就の時点で、矛盾するこの二つの方向のそれぞれを顕在化する行動をとることになる。

後醍醐天皇の皇子たちも、討幕から後の武家方＝北朝方との抗戦において重要な地位にたっての活動が展開するが、第一巻、「皇子達御事」で「螽斯ノ化行レテ皇后元妃之外、君恩ニ誇ル宮女甚タ多カリシカハ、宮々次第ニ御誕生アリテ、十六人マテソヲワシマシケル」として、第一之宮から第四宮までを紹介し、「此外ノ儲君儲王之撰、竹苑椒庭之備、誠ニ王業再興之運、福祚長久之基、時ヲ得タリトソ見ヘタリケル」と述べて、後醍醐天皇の政治的意図を実現していくうえでの皇子たちの役割りの評価を示している。とりわけ、「太平記」でいう「第三宮」は「民部卿三位殿之御腹」で「御幼稚ノ時ヨリ利根聡明ニヲハセシカハ、君位ヲ此宮ニコソト思食」したという天皇のもっとも信頼した皇子、大塔宮護良親王は、楠正成とともに、足利尊氏軍の六波羅攻略、新田義貞勢の鎌倉攻めによって幕府権力を崩壊させる決定的情況をつくりだすうえで、もっとも大きな功績をあげる活動を演じ、「太平記」のなかでも生彩を放つ存在である。「太平記」全巻において、この二人の行動を語る叙述が作品としての感興を与える最たる部分となっている。「太平記」の作者が、護良親王や楠正成の形象に力を尽し、波瀾に富んだその行動の軌跡を追って展開する、変化に富んだストーリーを構成しえたのは、もともと「太平記」全四十巻がほぼ五十年に及ぶ動乱の歴史を扱っているなかでも、元弘の乱から北条氏の滅亡まで元徳二年（一三三〇）から元弘三年（一三三三）の劇的な四年間を、第二巻から第十一巻まで、十巻あまりをかけて高い密度で叙述していることにもよると思われる。後醍醐天皇の志向を体して果敢に行動したこの人物像の、史的実像とのかかわりや、歴史的意義の検討は、それぞれ悲劇的末路を辿ることになる問題とともに別個の課題としておきたい。

正中の変の始動は、まず「元亨二年ノ春ノ比ヨリ中宮御懐妊ノ御祈トテ、諸寺諸山之貴僧ヲ被レ召、様々ノ大法秘法ヲ行ハセラル」という第一巻「関東調伏法被レ行事」の叙述する加持祈祷からである。法勝寺の円観上人、小野文観僧正の肝膽を砕いての祈りが尽されたが「三年マテ御産之御事ハ無リケリ」ということで「後ニ子細ヲ尋レハ、関東調伏之為ニ、事ヲ中宮ノ御産ニ寄テ、加様ニ秘法ヲ修セラレケルトナリ」という事実が判明する。「後ニ子細ヲ尋レハ」とあるが、誰が、どのようにして子細を尋ねたのか明らかではない。鎌倉方に察知されたのか、世間の風評によって知られるところとなったのか、事の露顕の経緯に作者は関心を向けてはいなかった。のちに、元弘の乱のはじめ、同年（と「太平記」がしるすのは元徳二年か）六月八日、「両三上人関東下向事」で、仲圓僧正とともに文観僧正、円観上人ら三人は捕えられて関東に下向し、「畫図ニ写シ」て註進された祈祷の「本尊ノ形、爐壇之様」が佐々目頼寶僧正によって「子細ナキ調伏之法ノ具足」と判断され、きびしい噉問の果に文観は「勅定ニ依テ、調伏之法行タリシ條子細ナシト白状」する。仲円は「天性憶病之人ニテ、責ラレヌ先ニ主上山門ヲ御語アリシ事、大塔宮ノ御振舞、俊基之陰謀ナムト、有事ヲモ無事マテ残ル所ナク白状一巻ニ載ラレ」いよいよ朝廷の企図は明らかとなるが、円観上人に関しては、高時に、叡山の二三千疋の猿が守護するという夢告があったり、上人の障子に映る影が「不動明王之貌」に見えたという奇端が現れたりして、「只人ニ非ストテ噉問ノ沙汰ヲ止ラレ」たという。きわめて説話的な円観をめぐる現象であるが、「太平記」がどのような由来の情報によってこれらの僧の三人三様の対応を語ったのか、根拠のない憶測か、作者の想像力による設定か、なんらかの伝承に依拠したものか、それぞれの僧の経歴や人物像にもとづく想定か、この場面のみならず「太平記」全篇にわたって、登場する人物の性格・気質、行動をとらえて表現する場合の方法にかかわる問題でもある。高時への夢告など、本人が語らぬかぎり他に知れようのない個人的な話題が叙述の一齣に組みこまれる具体的な、書く、という事実そのものの成り立ちが追求されなければならない。それぞれの細部の集成によって構造としての作品世界が形成されるからである。

幕府方の処置は、「文観僧正ハ硫礦島、仲円僧正ハ越後国ヘ」流罪、「円観上人計リヲハ遠流一等ヲ宥メ、結城上野入道ニ預ラレ」て「奥州」へ「長途之旅ニサソラ」うこととなった。北条氏滅亡の後、第十二巻「公家一統政道事」において、これらの人々も配流の地から上洛することになるが、文観僧正については、その「振舞ヲ伝聞コソ不思儀ナレ」として、公家一統の政権下、「只利欲名聞ニノミ趍」るありさまが指弾され、悪魔外道の「其ノ心ニ依詑シテ、振舞セケル歟ト覚タリ」と、解脱上人の逸話を挿入し、これと対比させて「ウタテカリケリ文観僧正ノ行儀哉」と難じたうえ、「遂ニ幾程無シテ建武ノ乱出来リシカハ、法流相続ノ門弟一人モ無シテ、孤独衰窮の身ト成、吉野ノ辺ニ漂泊シテ、ハテ給ケルトソ聞シ」と、その末路まで記しとどめている。

法力、霊験の現実世界を動かす効果が信じられていた時代、自から真言密教の行者としての風貌を示す画像の伝わる後醍醐天皇に深く信任され、法験無双の人と評された文観は宗教界での側近第一の僧であったが、吉野に下った天皇に従い、南朝の為に活動をつづけて正平十二年（一三五七）金剛寺で死去したにもかかわらず、「孤独衰窮ノ身」といい、「漂泊シテ、ハテ」たと述べるところに「太平記」のこの人物に対する酷評のほどがうかがえる。

四

討幕の策謀はこのうえない「重事」であったから、後醍醐天皇は「深慮智化之老臣、近侍之人ニモ仰合ラルヽ事」なく内密にすすめていたが、ただ「日野中納言資朝、蔵人左少辨俊基、四條中納言隆資、尹大納言師賢、平宰相成輔計ニ潜ニ仰合ラレテ、サリヌヘキ兵ヲ被㆑召ケル」（第一巻「俊基資朝々臣事」）とあって、側近のうち、とくにこの四人に信望の厚かったことが示される。いかに英邁な帝王であってもこの政治的決断を単独でおしすすめることは不可能であり、智略に富み実行力ある信任厚い側近の協力が不可欠であることは当然である。とりわけ、資朝、俊基の二人は「太平記」が最も重視する近臣であり、正中の変で囚われ、元弘の乱の当初、笠置で破れた後醍醐天皇が隠岐に配流中、楠正成が赤坂城を遁れて天王寺に出撃したころ、ともに幕府の手によって処刑され、新政の成就をみる前に犠牲となった。

俊基は、「山門横川之衆徒」の「奏状」を「諸卿」の前で故意に読み誤り、「恥辱ニ逢テ籠居スト披露シテ、半年計出仕ヲ止メ」山伏の姿に変装し、「大和河内」の「城ニ可レ成所々ヲ見置、東国西国ニ下テ、国ノ風俗、人ノ分限ヲソ伺見ラレケル」とあって、情況視察の潜行のことが記される。意図的に誤読して籠居したということが果して事実であるか否かの詮索は別として、「徒然草」が第二二六段に、白氏文集にある詩の論議で「信濃前司行長」が「七徳の舞をふたつ忘れたりければ、五徳の冠者と異名をつきにけるを、心うき事にして、学問をすてて遁世した」と書く時代であったことが想起されよう。全国各地の山岳霊地を行脚する修験道の行者が、ときには間諜としての活躍も荷っていた時代、諸国の実状の見聞を伝達する情報網の役割りを果してもいたので、この半年余の俊基の行動を追って、幕府体制下の末期症状＝反抗の動きは見出せない場合でも、いったん事が起ればそれに呼応するであろうような「国ノ風俗」の具体的な情況のいくつかを「太平記」がとらえ、内乱前夜の様相を伝えていたなら、作品としての深みをさらに増すことになったであろう。楠正成の「太平記」への登場も、笠置における後醍醐天皇の夢の告とは異なったものとなっていたかと思われる。

一方、資朝は「清和源氏之後胤」で「武勇之聞エ有」土岐頼時、多治見国長に「様々之縁を尋テ昵ヒ近ツカレ」たが、なおも慎重を期して、「能々其心ヲ伺見ン為」に「無禮講」という宴を催すことになった。

献盃之次第上下ヲ不レ云、男ハ烏帽子ヲヌイテ髻ヲ放チ、法師ハ衣ヲ着セスシテ白衣也、年十七八ナル女ノ、ミメ貌好ク、膚殊ニ清ヨラカナルヲ廿余人ニ、褊ノ單計ヲ着セテ酌ヲ取セタレハ、雪ノ膚スキ通リテ、太掖之芙蓉新ニ水ヲ出タルニ不レ異、山海ノ珍ヲ尽シ、旨酒泉ノ如クニ湛テ、遊ヒ戯レ舞ヒ歌フ

という、偽装の乱痴気騒ぎである。

この一件は「花園天皇宸記」元亨四年（一三二四）十一月朔日条に、

凡近日或人云、資朝・俊基等、結衆会合、乱遊或不着衣冠、殆裸形、飲茶之会有之、是学達士之風歟、嵆康之蓬頭散帯、達士先賢尚不免其殷教之譏、何況未達高士之風、偏縦嗜欲之志、濫称方外之名、豈協孔孟之意乎、此衆有数輩、世称之無礼講（或称破仏講）之衆云々

と記されており、「太平記」にはみえないが「其人数載一紙、去比落六波羅、（或云、祐雅法師染自筆書之）」という記事がこれにつづいている。落し文のかたちでこの参加者の名簿が六波羅に告げられたのであろう。

「花園天皇宸記」によれば、この記事より先、十月廿二日条には、

伝聞、資朝卿、俊基、祐雅法師等、為糺明、依召下向関東云々

とあって、祐雅法師の名がみえるところをみると無禮講の一件にかかわる尋問であろうと推測される。

無礼講の記事につづいて「其間ニハ只東夷ヲ亡スヘキ企ノ外ハ他事ナシ」と密議が重ねられたことが記され、これもまた「人ノ思イ咎ムル事モコソアレ」と警戒して「事ヲ文談ニ寄」て 玄恵僧都を招聘し「昌黎文集之談議」が行はれる。「太平記」作者の一人に擬せられ、「太平記」成立になんらかの関りがあったと推定される玄恵が「其比才学無双之聞ヱ有ケル」と紹介され、「彼僧都謀叛之企トハ夢ニモ不レ知、会合ノ日毎ニ其席ニ臨テ、玄ヲ談シ理ヲ別ツ」と、第三者の眼で客観的に叙述されていることには注意が必要である。

謀議としてひそかに進行する企てが、露顕するのは、資朝が接近して軍事力に頼み、かの無礼講にも加わった土岐左近蔵人頼員の妻が、「六波羅ノ奉行斎藤太郎左衛門尉利行」の息女であるという事情からであった。死を覚悟の名残を惜む頼員の「或夜ノ寝覚之物語」に異変を察知した妻が父に告げ、利行が「六波羅へ参テ事之子細ヲ悉ク告申」したので、土岐も多治見も忽ち六波羅勢の攻撃をうけ、討取られてしまう。「太平記」は元亨四年（一三二四）九月十

九日とその日付を記している。

「花園天皇宸記」にもこの日の条に詳細に事件の経過が記されている。

十九日、晴、伝聞、京中有謀叛者、於四条辺合戦、死者数多云々、未剋武家使者時知行兼向北山亭、民部卿資朝・少納言俊基可召給之由奏聞云々、自今朝人口紛紜、巷説無極、果奏聞、不可説々々々、謀反人源頼員与彼両人為刎頚交、故有此事歟、人口猶未息、有密詔故、此両人有陰謀之由風聞云々、後聞、今夜戌剋蔵人少納言俊基向六波羅云々、民部卿資朝丑剋行向云々、事之根元者、土岐左近蔵人源頼員、日来自禁裏被語仰、而恐事之不就、自首告六波羅云々、因茲張本土岐十郎不知実名等被誅了、此事資朝卿・俊基令奉行云々、仍為尋事之子細、所召取云々、実否未知、只以閭巷之説所記也、種々説等、雖満耳不能、非言詞之所及、翰墨不可記盡而已。後聞、今日所誅土岐十郎頼有・田地味（多治見）某国長二人云々。

とあって、この日の騒動のさまが如実に伝えられている。さらに、裏書に、

後日或語云、土岐左近蔵人頼員、去十六日俄上洛、向斎藤某俊幸（頼員為俊幸聟云々）宿所告云、去比田地味、国長伯耆前司、頼貞外戚之親族云々語頼員曰、資朝卿云、関東執政不可然、又運已似衰、朝威太盛、豈可敵乎、仍可被誅之由承綸言、或直承御旨、或資朝伝勅語云々、頼員可同心云々、当座憖以許諾、後日思関東恩之難謝、忽上洛欲告之、而先為聞事躯、向国長宿所相尋之処、来廿三日北野祭也、件祭礼有喧嘩、是恒例事也、仍武士等馳向、以件隙向六波羅可誅範貞、其後仰山門・南都衆徒等、可固宇治、勢多等云々、此事資朝卿・俊基奉行、近国武士等多可被召云々、武家聞此事、未明召国長・頼有等之処不参、両三度遣使者之処、不及返事放矢云々、仍武士等行向合戦、遂以自殺云々、即又奏聞資朝、俊基可被召下之由也云々、或談、主上（後醍醐天皇）頗令迷惑給、勅答等前後依違云々、彼両人早旦参北山、入夜向武家、即乍二人預置郎従等云々

と事の経緯が具体的に記される。資朝の言として伝える「関東執政不可然、又運已似衰、朝威太盛、豈可敵乎」という情況判断の言辞は、「太平記」にみられぬところであり、資朝の動きに「花園天皇宸記」は「太平記」より深い関心をよせていることが知られる。事の成り行きに対して、「主上頗令迷惑給、勅答等前後依違云々」と記される後醍醐天皇の態度も書かれていない。「平家物語」で、鹿が谷での謀議が露見したときの後白河院の「あは、これらが内々はかりし事のもれにけるよ、とおぼしめすにあさまし」といった表現もないが、「宸記」のこの記事はこれに類するものであろう。のちに、吉田中納言冬方に「如何カシテカ先東夷ノ心ヲシツムル謀ヲ可ㇾ被㆓仰下㆒ト勅問」あって冬方の策により、告文が下されることが第一巻　巻末の「主上御告文関東被ㇾ下事」にあり、これを読んだ斎藤利行が「七日カ内ニ血ヲ吐テ死」ぬという異変があって、遠国へ遷すという評定をまぬがれることになる。

元亨四年は十二月九日に正中と改元されるので、挫折に終った討幕のこの事件は「正中の変」と称されるが、「太平記」第一巻はもっぱらその顛末の叙述であり、主役を担った後醍醐天皇の側近が、日野資朝、日野俊基の二人であった。

逮捕されていた「俊基朝臣ハ罪ノ疑シキヲ軽クシテ赦免セラレ、資朝卿ハ死罪一等ヲ宥シテ、佐土国ヘソ流サレケル」の記事を以て第一巻は終り、第二巻はその六年後、元徳二年（一三三〇）二月四日、南都北嶺行幸の事から叙述が始められ、

今南都北嶺之行幸、叡願何事ソト尋ルニ、近年相模入道ノ振舞、日来ニ超過セリ、蠻夷之輩ハ、武命ニ順物ナレハ、召トモ勅定ニ不ㇾ可ㇾ応、唯山門南都之大衆ヲ語テ、東夷ヲ征罰セラレン為ノ御謀トソ聞コヘシ

とあって、ふたたび討幕の画策が練られ、とくに「時ノ貫首」であった大塔二品親王　護良の人物と行動がクローズアップされる。元弘の乱の始動である。

五

正中の変の折、いったん赦免された俊基は「又今度ノ白状共ニ、専ラ陰謀之企、彼俊基ニアリ」ということで、「七月十一日、六波羅ヘ召取テ関東ヘ下」ることになる。「七月廿六日」鎌倉へ到着するまでの道程を、囚われの身の心情を辿って行く地名を織りこんで綴った道行文は古来人口に膾炙するところである。おそらく「太平記」享受の過程でも、もっともひろく受入れられた部分のひとつであろう。やがて「謀叛之張本」として、「葛原カ岡」で、「古来一句、無レ死無レ生、萬里雲盡　長江水清」と辞世之頌を遺して斬刑される。第二巻「俊基朝臣奉斬事」の一章は、そのありさまをつぶさに語っている。

一方、佐渡の配流の地にあった資朝は、「其国之守護本間山城入道ニ下知セラ」れて、この地で斬られることになるが、ここに一篇の、その子「阿新殿」の、きわめて物語的な趣向に富んだ復讐譚が挿入されている。父の処刑を事前に知った阿新が「父ト共に斬レテ冥途之旅ノ共ヲモシ、又最後之御有様ヲモ奉レ看ヘシ」と母の制止もふりきって佐渡に渡るが、本間は対面も許さず、処刑してしまう。阿新は「親の敵」として本間を討ち果し、追跡されるが山伏の助けによって無事京都に帰還する、という、スリリングな展開をもつこの挿話は、第五巻「大塔宮入替大般若櫃事」で笠置城が落ちたころ「南都般若寺ニ忍テ」いた護良親王が北条方の捜索をうけ、身を匿した唐櫃から再度の探索のとき、すでに検分された別の唐櫃にうつって危く難を遁れた場面の設定や、第十八巻「一宮御息所事」で、金崎落城の際、自害を遂げた一宮尊良親王の「御息所御匣殿」の数奇な運命を語る物語などと共に、形象の豊かな、想像力の飛翔する出色の表現を獲得した部分といえよう。

資朝は、処刑を前に、「五蘊假成、四大今歸レ空、持レ首當二白刃一、截二断一陣風一」と辞世之頌をしたためるが、俊基も、同様、「平家物語」の時代の「最後の十念」をとなえて浄土への往生を願う浄土教から、禅宗へと転換した思想情況が背景にあった。この一端は「花園天皇宸記」元応二年（一三二〇）四月廿八条の、

入夜資朝参、相具禅僧一人参、隠遁之者也、而有得法之聞、仍召之、相談終夜及天明、其宗之為躯、誠思量之所可謂、猶龍者歟、可仰可信也

の記事からうかがうことができる。また、儒学についても、同記、元応元年閏七月四日条に、

入夜資朝参、召前談道、頗可謂得道之大躰者也、好学已七八年、両三年之間頗得道之大意、而与諸人談未称旨、今始逢知意、終夜談之、至暁鐘不怠倦、

とあり、同廿二日条にも、

今夜資朝・公時等、於御堂殿上局談論語、僧等済々交之、朕竊立聞之、玄恵僧都義誠達道歟、自余又皆談義勢、悉叶理致

とみえて、その学識と熾烈な求道精神を読み取ることができる。後醍醐天皇側近のうちでも、最も深く信任された逸材であったことは確かである。

しかし、「太平記」の叙述においては、その人物像や言動については、俊基ほどにも語られていない。「無礼講」を催して、人々の「心ヲ伺見ン」としたことは書かれていたが、その結果どのような判断のもとに、信頼しうる人物を選定したか、という展開はみられない。

「徒然草」には資朝の人物を伝える三篇の挿話が記載されている。外見だけで判断し崇拝する面園寺内大臣（実衡）を批判した第百五十二段、捕えられ六波羅へ率かれていく為兼大納言を見て「あな羨まし。世にあらん思出、かくこ

そあらまほしけれ」と言ったという第百五十三段、「植木を好て、異様に曲折あるを求て目を喜ばせていたが、「すなほに珍らしからぬ物にはしかずと」反省して「鉢に植ゑられける木ども、皆掘りすてられ」たという第百五十四段の話である。

資朝の性格、気質の一面を伝える説話であるが、西園寺家が親幕派であった事情――為兼の場合も、一三一五年の逮捕・土佐流罪は西園寺実兼の讒によるものという――が第百五十二・三段の背景にあるかと思われる。「徒然草」が語る資朝の人物像は具体的な形象をもって生彩を放っているが、「太平記」の場合は事が密議として進行した討幕の企てのなかでの資朝の役割りでありおもてだっての言動が語られることはないまま、幕府による処断へと事態は進んだのである。

六

元徳二年（一三三〇）三月廿七日の後醍醐天皇の比叡山行幸は、既述のように大衆の武力を頼んで再度の討幕を図るとしたものであったが、「時の貫首」大塔二品親王の「明暮ハ只武勇之御嗜ノ外ハ他事ナシ」という行動が「東夷征罰之為ニ御身ヲ習サレケル武芸ノ道」として、「禁裏ニ調伏之法行レシ事」と共に「一々ニ関東ニ聞ヘ」元弘の乱へと発火していくことになるのであるが、その間に、吉田定房がこの討幕計画を日野俊基を首謀とする企てとして幕府に密告したという事実があって、中村直勝「南朝の研究」、平田俊春「吉野時代の研究」に論があり、後醍醐天皇側近の一人として重要な位置をしめているこの人物の行動について「太平記」に触れることのないのはどのような事情によるものか、作品形成に依拠する情報の収集の問題としても追究されるべき課題のひとつとなろう。

元弘三年（一三三三）五月、北條一族の滅亡とともに鎌倉幕府は崩壊して、公家一統の政権が成立することになり、「解官停任セラルヽ人々、死罪流刑ニ逢シ其ノ子孫、彼此ヨリ被レ召テ、一時蟄懐ヲ開ケリ」と第十二巻「公家一統政道事」に述べられる一方、「今ノ如ニテ公家一統之天下ナラハ、諸国ノ地頭御家人ハ皆奴婢雑人ノ如クナルヘシ、哀何ナル不思議モ出来テ、武家四海ノ権ヲ執ル世中ニ又ナレカシト思ハヌ人ハナカリケリ」という忿懣も噴出し、矛盾する政策がさらに新政の混乱に拍車をかけることになる。「太平記」はその様相を批判的に叙述する。

「軍勢恩賞之沙汰」としてまず天皇側近の一人、洞院左衛門督実世卿を上卿と定めて処理に当らせるが、「事正路ニ非スシテ聽召返サレ」ついで萬里小路藤房卿が任じられるが

忠否ヲ正シ、浅深ヲ分チ、各申與ヘムトシ給ケル処ニ、内奏ノ秘計ニ依テ、只今マテ朝敵ニ成ツル者モ安堵ヲ給リ、更ニ無忠輩モ五ケ所十ケ所之所領ヲ給ケル間、藤房諫メ言ヲ入兼テ、則病ト称シテ奉行ヲ辞セラル

といった結果となる。さらに九条民部卿光経が上卿に任じられて「心計は無偏ノ恩化ヲ申沙汰セントシ」たが「内奏」と「決断所」の処置が「互ニ錯乱」して、「所領一所ニ四五人之給主付テ、国々動乱靜リ難シ」という情勢となったうえ、大内裏造営の企画が起り、

今兵革ノ後世未レ安、国幣ヘ民苦テ、馬ヲ花山之野ニ放テ、牛ヲ桃林ノ塘ニツナカルニ、大内裏作ラルヘシトテ、昔ヨリ今ニ至マテ我朝ニハ未レ用紙銭ヲ作、諸国ノ地頭御家人ノ所領ニ課役ヲ被レ懸之条、神慮ニモ違ヒ　驕誇ノ端共成ヌト、眉ヲヒソムル智臣モ多カリケリ

と、新政の失態に対する「太平記」の追究はきびしいが、さらに作者が二条河原落書の視点に立って当時の世情を諷刺し批判していくことが可能であれば、一段と鋭い告発となったことであろう。天皇側近のなかには「眉ヲヒソムル智臣モ多カ」ったというが、それら智臣の批判の声そのものを「太平記」にみいだすことができない。後醍醐天皇の

政治的理念は、この現実の前に霧散してしまい、さらに側近の千種頭中将忠顕や文観僧正の豪奢を極める頽廃ぶりが失政に輪をかけたうえ、塩冶判官高貞が献上した龍馬をめぐって後醍醐天皇が「我朝ニ未天馬ノ来レル事ヲ聞ス、然ニ朕カ代ニ当テ、此馬不レ求ニ自レ遠来レリ、吉凶如何ト」不問があり、洞院公賢は「仏法王法ノ繁昌、宝祚長久ノ奇端」と讃えるが、萬里小路中納言藤房は中国の故事を引き「今政道ノ正シカラサル所ニ依テ、房星ノ精化シテ此馬ト成テ、人ノ心ヲ蕩サムスル者也」と難じて「只奇物ノ翫ヲ止メテ、仁政ノ化ヲ致サレンニハ如シ」と「誠ヲ尽シ言ヲ残サテ」諫言する。「龍顔少逆鱗之御気有」てこれを受入れず、「自レ是後モ藤房卿連々ニ諫言ヲ上マツリケレ共、君御許容無リケルニヤ、大内造営ノ事ヲモ止ラレス、蘭藉桂莚ノ御遊猶シキリナリケレハ」藤房は「臣タル道我ニ於テ盡セリ、ヨシヤ今ハ身ヲ奉シテ退クニハ如シ」と決意して「八幡ノ行幸」の供奉を最後に出仕を断ち遁世してしまう。「北山ノ岩蔵ト云所」で「不二房ト云僧ヲ戒ノ師ニ請シテ、遂ニ多年拝趨ノ儒冠ヲ解テ、十戒持律ノ法体ニ成」ったという。その後の行方も消息も「太平記」には記載がない。元弘の乱の当初、笠置に籠った後醍醐天皇が夢告によって楠正成を召されたとき、勅使として向った人物が藤房であり、近臣として最も重要な位置にあったのであるが、その離反は新政の危機が一段と深刻となったことを物語るものである。

一方、天皇の意を体して一途に討幕の活動を続けてきた護良親王が、すでに新田義貞に鎌倉攻害の令旨を発したとき「綸旨ノ文章ニテ書タリ」と「太平記」が記すところに親王の越権行為の一端が示されるといってよいが、新政成就ののち、征夷大将軍をめぐって後醍醐天皇の政治構想との対立が生じ、さらに足利尊氏を警戒するところでも、天皇との溝を深めて、ついにその身柄が足利氏に渡され、中先代の乱に鎌倉で殺害される結果となった。この悲劇も新政の胚胎する矛盾の現れとみられよう。中先代の乱を契機に、足利尊氏と新田義貞の抗争、さらに足利一族の叛乱から南北朝動乱へと時代はすすみ、建武新政権はたちまち瓦解することになるが、この過程で、北畠親房の人物と行動など、取扱わなければならない問題がなお多々あるがまた別箇の課題としたい。

正成と義貞

中西達治

はじめに

楠正成と新田義貞は、元弘、建武の内乱のさなか、終始後醍醐天皇を支えた忠臣として知られている。元弘の変当初から、彼らとその一族は、戦記文学としての『太平記』世界の根幹に関わる人物であり、現在世上に流布している両者にまつわる説話、伝承の類も、そのほとんどは『太平記』に淵源する。しかしながら、『太平記』を子細に読んでみると、両者を描く作者の視点、姿勢は、必ずしも同じではない。そのあたりに注目しながら、『太平記』のいわゆる第一部から第二部にかけての文学性について考えてみたい。

一

よく知られているように楠正成は、後醍醐天皇の夢想によって『太平記』の世界に登場する（巻三「主上御夢事付楠事」）[1]。天皇の夢解きと、それに答える成就坊の、

此辺に其様の名字付たる者有ともいまた承及はす候、河内国金剛山の西にこそ楠多門兵衛正成とて、弓箭執て名を得たる者は候なれ、是は敏達天皇四代孫、井出左大臣橘諸兄公の后胤たりといへとも、民間にくたつて年久、

其母若かりし時志貴毗沙門に百日参詣し、夢想を感して儲たる子にて候とて幼字を多門とは申候也

という言葉を整理してみよう。紫宸殿の緑樹といえば、俗に言う右近の橘である。ところが天皇は南に枝を張る木という点から、楠を発想する。橘と楠とは、正成の出自をふまえたダブルイメージとして提示されており、正成は、天皇によって、現世の身分秩序や他者との関わりを排除する形で、『太平記』中に呼び込まれていることが分かる。

次の問題は、生誕に関する秘蹟である。母親が、志貴に参詣し、夢想を得て（諸本の中には、玉を与えられたとするものもある）生まれたということは、彼が毘沙門天の申し子だということである。(2) 志貴山には、聖徳太子が物部守屋の討伐の折り、この山で毘沙門天に祈り、勝利を得て後ここに毘沙門天をまつったという寺伝がある。毘沙門天は、別名多聞天、四天王の随一で、北方守護の武神である。天皇の夢の中で楠が、南面する天子の背後から枝を伸ばすという構図は、正成の、怨敵降伏の霊力を持つ北守将軍毘沙門天の申し子としての属性をも暗示していることになる。

二

藤房を通じて倒幕の是非を問われた正成は、「天誅を致れむに、何子細か候へき、」と言い、さらに「但天下草創の功は、武略・智謀の二にて候、」と言葉を続け、「合戦の習にて候へは一旦の勝負をは必も御覧せらるへからす、正成一人生て在と聞食され候はゝ、聖運は終に開かるへしと、思食され候へ」と言う。ここで正成は、天皇の行動の是非を判断し、自分の運命を天皇の運命に重ねており、後の、「正成已に討死すと聞なは、必将軍の代と成へしと得意へし、」（巻十六「新田義貞兵庫取陣事付楠遺言事」）という正行に対する遺言と見事に呼応して、『太平記』中における自分の位置を明らかにしている。しかしながら正成のこうした超越的性格が、どういう場面で有効であるか注意する必要がある。

正成のこうした超越性の描かれる場面が今一カ所ある。それは、この後赤坂城に挙兵し、破れた正成が再起し、四天王寺において秘蔵の「聖徳太子未来記」を披見する場面である（巻六「楠望見未来記事」）。四天王寺は、聖徳太子の創建にかかる佛教興隆の聖地であるが、その一方、天狗道の発生地という位置をも与えられてきた。毘沙門天の申し子である正成にとって、四天王寺は、自分の聖性の源泉ということになろう。ここで正成は、自分の関わる「草創」期の記事を解読、「後に思合に正成か所勘更に一も違わす、」とその内容が的中していることを作者に確認されている。

この、「聖徳太子未来記」については、巻五「都鄙間有恠異事」にも関連する記事がある。

田楽に熱中する高時の所行を聞き、南家の儒者仲範が、

天下正に乱むとする時に、妖霊星といふ悪星下て災をなすといへり、而も天王寺は是仏法最初の霊地にて、聖徳太子みつから日本一州の未来記をとゝめ給へり、されは、彼媚物共か天王寺の妖霊星と哥けるは、何様天王寺辺より天下の動乱出来て、国家敗亡しぬと覚る、哀国主徳をおさめ武家仁をほとこして、妖をけす謀を致れよかし

と時勢相を観じたことばの中に出てくるのがそれで、高時のもとに現れた、「異類・異形の媚物共」といわれているものは、天王寺に淵源を持つ天狗の同類である。正成の挙兵と天王寺布陣こそ、作者が先説法で「彼仲範誠に未然に凶を鑒ける博覧の程こそ難有けれ、」といっていることの本質であり、「聖徳太子未来記」をふまえた仲範の予言を証明する、国家敗亡の因となる動乱の開始（持明院系天皇の失脚と鎌倉幕府滅亡、すなわち後醍醐天皇復辟による新国家体制の成立に向けての動き）を告げるものである。仲範と正成は、「聖徳太子未来記」を介して、緊密に繋がっているのである。

三

中世における聖徳太子信仰の実体に即して、『太平記』の記事におけるこの両者の関係の意味するところを、成立論的に追求したのが、牧野和夫氏である。(3)詳細は牧野氏の論考に譲るが、氏の指摘に従えば、巻一から巻十一あたりまでの記事の作者圏は、構想上太子伝口伝、秘事を伝える仲範の所説に関わりがあり、今問題にしている志貴の毘沙門、霊木としての楠、兵法など、正成の存在の根幹に関わる「楠木正成の不思議の基底」には、当時の南河内、四天王寺に、秘事、絵伝として展開されていた、聖徳太子信仰の影響が歴然としてあるということになる。従来追求されてきた史実に基づく正成像という視点を一変する卓論で、氏の所説に従えば、ここで取り上げた正成像の拠って来るところは明らかであり、本来正慶元年末から翌年はじめにかけての、赤坂、千早の戦闘と密接に関わる天王寺合戦を、史実とは異なる展開としているのも、こうした聖徳太子信仰との関係で未来予知をするための必然で、これを要するに、『太平記』作者は、実在の人物である楠正成に依拠しながら、後醍醐天皇との関係で、事実と全く異なる楠氏の物語を形成したということになる。このように考えるならば、正成が、『増鏡』や『神皇正統記』のほか、当時の記録の伝えるこの時期の軍事行動の実体を無視して、「正成一人生て在と聞食され候はゝ、聖運は終に開かるへしと、思食され候へ」と断言するのも納得がゆくのである。

四

『太平記』中正成の活躍が事細かに描かれている合戦は、

① 赤坂城合戦（巻三「赤坂城合戦事付楠偽落城事」）
② 湯浅孫六入道定仏を攻めた後の、天王寺攻略戦（巻六「楠出張天王寺事」）
③ 千剣破合戦（巻七「千剣破城合戦事」）

④　鎌倉から西上した足利軍を迎え撃つ、一連の京合戦。（巻十四「将軍御進発事付京都手配事」、巻十五「正月廿七日京合戦亨」、「接津合戦事」）

⑤　湊川の合戦（巻十六「経嶋合戦事付正成自害事」）

の五件である（このほか、建武新政時には、残敵掃討に派遣されたなどと言う記事があるが、それらは実戦の記事はないため取り上げない）。勝利のためには、彼のいう「武略」と「智謀」との関係が当然の事ながら問題になるが、明らかに正成は、彼我の実力差から、「智謀」による勝利を期している。ではその「智謀」の本質は何か。

五

元来正慶元年末から翌年始めにかけての戦いであった天王寺合戦を始め、正成合戦譚の時間の経過や記事の内容が、史実と異なるということについては、従来から様々な形で指摘されている。(4)これは先に見たような構想上の必然という要素を無視できないが、ここでは、それとは別の視点から問題を考えてみたい。天王寺合戦譚の眼目は、少人数の楠勢が、六波羅の大軍を陽動作戦で敗退させ、次いで派遣された宇都宮とは「大敵を見ては慚き小敵を見ては恐よ」、「良将は不闘して勝」、「懸も挽も節による」という言葉に示されるように、あえて決戦を挑まず、勢力を温存したというところにあろう。この戦闘場面で正成は、最初の湯浅攻略では、味方の兵二、三百人を敵の兵粮運搬の兵卒と入れ替え、宇都宮との戦いでは、毎夜周囲の山野に無数の篝火を焚くという偽計を用いている。これが「智謀」ということになるのであろうが、この時には、「正成二度天王寺に打ていて、威猛を逞すといへとも、民屋に煩をも成す、士卒に尚礼を厚しける間、」と、周囲に対する対応の姿勢についても言及されていることが注目される。

一方二つの籠城戦のうち、最初の赤坂城の場合は、端的に言って再起を図る撤退にいたる敗北戦、千剣破城の場合は、決着のつかない持久戦であるが、いずれの場合にも正成が奇想天外な作戦を実行して、大軍を翻弄、破滅させるという点で共通している。

赤坂合戦の冒頭、「陳平・張良か肺肝の間より流出せるか如の者」と紹介される彼の作戦は、二重塀の仕掛けや熱湯攻めであり、機を見ての見事な脱出であった。千剣破攻城戦では、敵二百万騎の姿を「相撲見物場」の混み具合にたとえるという卑近な比喩で描く一方、「纔に千人にたらぬ小勢」の対照的な楠勢を、「誰をたのみ何を待としもなき城中に怺て、防戦ける楠か心程こそ不思議なれ」と評する。ところが楠は、最初、何の準備もなく攻め上る敵兵に対して櫓から大石を落とし矢を射て追い払い、次いで陣を構え抜け駆けを禁じた寄せ手が、城の水源を断とうとして見張りを立てるとその旗を奪って敵を挑発し、攻撃を仕掛けた兵士に大木を投下して敗退させる。さらに攻撃側が持久戦体制をとると、「いてさらは又寄手共を忖寄て眠覚さむ」とわら人形を作って敵を翻弄、最後に攻撃側から広さ一丈五尺、長さ二十余丈の架け橋をかけると松明を投げ、油を注いで大軍を谷底に転落させた。この結果、攻撃軍はいつの間にか十万余騎に激減したというのである。

六

これらの合戦譚、特に、二重塀、熱湯の計、俵の中に武器を隠し敵の兵卒と入れ替わって城内に入る作戦、さらにはわら人形の偽計、攻撃側の架け橋とそれにたいする対応策など、正成の神謀奇策といわれるものが果たして現実的なものかどうか。一方、水源を押さえるための彼我の攻防は念が入っていて、平野将監は赤坂城の水源を押さえられて自滅したということになっているのに、同じく水源の管轄権が問題になった千剣破の場合は、先見の明ある正成が対応策を講じたため、逆に攻撃側を嘲弄したという展開になっており、話のおもしろさを倍加させている。「理尽鈔」

など、その戦術の有効性について縷説しており、いずれも不可能というわけではないけれども、実際にこうした作戦が有効に機能するかどうかは考慮の余地があろう。従来正成の合戦譚について史実との関係を考察する際には、例えば大石の投下という戦法は、「楠木合戦注文」や「光明寺残篇」などの、攻撃軍兵士が石礫にあたったたという記事に即して、事実の側に引き寄せて考えるのがふつうであるが、もっとはっきり虚構ないしは創作と考えてもよいのではなかろうか。[5]長谷川端氏は、こうした楠合戦譚について、「①寄手の威容とそれに対する僅かな城兵、②正成の奇計・奇襲、③寄手の敗走、④寄手に対する嘲笑あるいは楠軍への讃辞、という四つの型を持っている」と分析されたが、[6]こうした特徴が見られるのも、正成の神謀奇策そのものが、俗流兵法書に基づくフィクションであり、あくまで物語化された世界でのみ有効性を持つからだと考えると納得がいく。そういう意味では、岡見正雄氏がいみじくも喝破しておられるように、全体を「太平記の講談」というべきであろう。[7]

七

本来籠城戦は受け身の戦いであり、華やかさに乏しい過酷な戦いである。しかもこの籠城は日本各地の大変動を引き起こす原因の一つになったとはいえ、籠城の主体である正成が勝利して中原に駒を進め、幕府を打倒したというわけではない。それにも関わらず正成が圧倒的共感をかちえたのは、これらの場面では世界は正成の支配下にあり、それをふまえて事態が、先に見たような形で文芸化されていることによると言えるのではなかろうか。それ故後醍醐天皇の新政によって朝廷という制度の中に取り込まれたとき、正成の戦いは、これまでとは全く異なる様相を持たざるを得なくなる。

建武内乱の京合戦に際しても、正成は、

一枚楯の軽々としたるを五百畳作せて、板の端に壺と懸金とを打て、敵のかゝらんと欲する時は、此楯の懸金をかけ、城の掻楯の如く一二町か程衝並へて、透間より散々に射させ、敵挽けは究竟の駆き武者五百余奇勝て、同時に颯と駆させける（巻十五「正月廿七日合戦㕝」）

という作戦を駆使し、合戦の翌日には、律僧達に自分の首を探させて足利方を混乱させるというような奇策で意表をついたりしている（巻十五「将軍都落㕝」）。一見すると奇策縦横の正成健在であるかのように見える。しかしながら、ここは京都市中であり、楠・結城・伯耆のいわゆる三木がそろって足利軍と対戦しているところである。非現実的と言わざるをえない。また、尊氏を迎える正月七日の陣立てで正成は、義貞の手配のもと宇治に出陣、敵に陣を取らせぬため、橘小嶋・平等院の渡りを焼き払ったが、その際平等院の仏閣、宝蔵が焼失したとある（巻十四「将軍御進発事付京都手配事」）。これなど、他の人物ならば、「悪行」と言い立てられてもおかしくはない。おかれた状況の変質は明らかであろう。次に登場する、戦評定の場では、顕家の指揮のもとで、大館左馬助の提言に義貞と共に同意している。立場が相対化されれば、自分の行動をみずから律することは不可能になる。それ故、朝廷で西下した尊氏を迎えるための作戦会議において、戦術上の必要性から天皇の叡山への蒙塵を唱える正成に対して、坊門清忠のように全く別の視点からの反論に対抗できなくなる。藤房のように諫言してみずからの存在を湮滅させる事の出来ない彼に残されている道は、一つしかない。そうなれば、確かに正成は存命無益なのである。「勝負を全せむとの智謀叡慮にてはなく、無弐の戦士を大軍に当られむと計の仰なれは、討死せよとの勅定御察なれ、義を重して死を顧ぬは忠臣勇士の所存なり」（巻十六「新田義貞兵庫取陣事付楠遺言事」）という言葉の出てくるゆえんである。倒幕の前と後における後醍醐天皇像の変質にも関わらず、正成は一貫して天皇を支える役割を担わされている。しかしながら彼は、自ら、将軍の世の到来をも口にしている。正成は自己を否定することによって、足利方にとっても予言者たりえているのである。

正行に天皇の敗北と将軍の世の到来を予言する庭訓を残し、義貞に向かって、

「衆愚の愕々たるは一賢の唯々たるに不如」と申事候へは、道を知さる人の譏をは、必も御心に被懸ましきにて候、只闘へき所を見て進み、叶ましき時をしりて退くを良将とは申候なれは、「暴虎憑河死而無悔者吾不与也」と孔子は子路を誡られ候とかや、其上元弘の初には平大守の威猛を一時に摧かれ、今年の春は尊氏卿の猛卒を九州え追下され候ふ事、聖運とは申なから、偏に御計略の武徳によりし事にて候はすや、合戦の方におゐては誰か編申候ふへき、殊更今度御沙汰の次第、一々に其道に当てこそ存候へ

と解説する正成の姿は、『梅松論』に伝える正成像とは全く異質であるけれども、登場の際、神話的存在として正成を造形した『太平記』の作者にとっては、これ以外に選択の余地はなかったといえよう。かくして、巻十六「経嶋合戦事付正成自害事」における、

正季からからと笑て、「七生まても只同人間に生して、朝敵を亡はやとこそ存候へ」と申けれは、正成余にも快気なる気色にて、「罪業の深き悪念なれとも、正成も彼様に思ふなり、誘さらは同く生をかへて、此本懐を達せむ」と契て、兄弟刺違て同枕に伏けれは、

という、伝説化され人口に膾炙する忠臣の姿が完成することになる。

しかしながらここに描かれた正成の最後は、当然のことながら当時の人々にはまた後世とは異なる反応を引き起こした。「罪業の深き悪念」にとらわれ、現世に執着する人間の死がもたらすもの、それを恐れる人々の指向は明らかである。『太平記』中にも大森彦七の名剣奪取に関わる正成の怨霊供養譚が出てくるが、『太平記』に於ける正成譚の背景には、中世律僧の正成供養が関係するという、砂川博氏の説(8)が出てくるゆえんである。

八

一方、新田義貞が、『太平記』に登場するのは、巻七「新田義貞賜綸旨事」においてである。千剣破攻撃の幕軍中にある新田義貞を『太平記』は、「源家嫡流の名家」と紹介する。源平交代思想に基づく朝政参画の意向を持ち、時勢を観じて倒幕戦に加わるため大塔宮と連絡をつけたいというわけである。新田と足利とは八幡太郎義家の三男、義国を祖とする同族であり、しかも義国の長男義重が新田、次男義康が足利を称したということからいえば、『太平記』が新田氏を「源家嫡流」とするのは当然であるが、『増鏡』や『神皇正統記』などの扱い方を見ると、当時の社会通念としては嫡流は足利であり、新田はその支流という扱いを受けている。『太平記』のこの位置づけ方は、そういう当時の社会通念とは異なっており、作者は、正成とはまた異なる形で、義貞を記事の中に取り込んだということである。

義貞は、「勅命」を受けるために令旨を得たいといっていた。ところが大塔宮から届けられたのは、「令旨には非て綸旨の文章」であり、日付も元弘三年二月十一日となっていた。この綸旨の事実関係については諸氏に説があるが、鈴木登美恵氏の説(9)が興味を引く。氏は、この綸旨が護良の作った謀綸旨であり、義貞も承知の上でこれを受け取ったとも読みとれるとした上で、義貞が五月八日の挙兵以前に、令旨ないしは綸旨を得ていたことは確かであろうが、ここに掲げられた綸旨の文言から判断して、この内容は作者の創作であり、「綸旨の形式を借りてみずからの理念を陳べ、義貞をその実践者として描こうとしたのではないだろうか。」と推論された。これは見事に事の本質をついていると思われるが、では作者はなぜこの綸旨を謀出しなければならなかったのか。

一つには諸氏の説のあるとおり、尊氏との対立関係を明らかにし、尊氏より先行して倒幕行動に参加したということとを示し、主体的に歴史に参画しようとする意欲に満ちた義貞像を描き出すためであろう。今ひとつ、これは全くの憶測でしかないが、義貞のもともと得ていたものは令旨だったのだが、建武以降の事件展開の中で、大塔宮との直接的関係をあからさまに示すことが不都合になったため、義貞の鎌倉陥落時の功績をふまえて、こういう記事になっているということも考えられる。[10]「楠木合戦注文」に記された千剣破攻撃軍の中に、「新田一族」があることを見れば、この時期義貞が攻撃に参加している可能性は否定できず、虚病、帰郷という行動それ自体は、それなりにつじつまが合うからである。

九

鎌倉攻略戦の一部始終は、巻十に描かれている。三月十一日付の綸旨を得て挙兵の機をうかがっていた義貞は、幕府から過分の課役をかけられ、使者が横暴を極めたことに腹を立てて五月八日挙兵、百五十騎で新田庄を出発、途中勅使と称する山伏[11]の催告を受けて駆けつけてきたという越後の同族や甲斐の源氏を糾合して、南進を開始した。迎撃する幕府軍と、小手刺原、久米川に戦い、五月十六日分倍川原の戦いに大勝、五月十八日鎌倉総攻撃を開始、激烈な戦いの末、五月二十二日の未明に鎌倉に攻めいった。名剣を海に投じて神に祈ったという、有名な稲村ヶ崎渡渉のエピソードはこの時のものである。

この一連の戦いを描く『太平記』の筆致には、幾つかの特徴がある。

その一は、戦いの基本的枠組みを、源氏と平家の戦いととらえていることである。前章で見たように、義貞の挙兵には源平交替意識があるとされていたから、ここはそこを受けてのことになるが、実はこの捉え方は、すでに足利高氏の謀叛・挙兵と六波羅の滅亡を描く巻九以来のものであり、巻十の義貞対幕府軍の戦いはこうした一連の流れの中に位置づけられているのである。

今ひとつの特徴は、源平両者の対戦経過を、対等の実力を持つにも関わらず、時の「運」によって勝敗が決せられるという視点でとらえていることである。例えば、初度の小手刺原に次ぐ久米川の合戦を、作者は「時の運にや寄りけん、源氏は僅に被討、平家は多く被亡にけり」といい、次の分倍川原の合戦で源氏が敗れると、「もしこの時、こうしていたら、こうはなっていなかったはずなのに」と鎌倉方の作戦を批判し、義貞が勝者となったのは「運」が味方しているからだとしている（「小手刺原幷久米川合戦㕝付分倍川原合戦㕝」）。この筆法は、いわゆる第二部における、新田足利の対立を、義貞が負の運命を担っているとして描く際の一つの定型となっており、注目される。

また両者の合戦模様は、「黄石公か虎を縛する手、張子房か鬼を拉く術、何れも皆存知の道なれは、平家も源氏に取籠られす、源氏も平家に不破、」とか、「平家は魚鱗に麗てかけ破んと為れは、源氏は鶴翼に開て前後を打つ、源氏抜連てかくれは、平氏是を射白ます、」（「鎌倉合戦之㕝」）とか、集団の戦いとして表現されているけれども、例えば後者の戦いの現場が、鎌倉に入る隘路であることに注目するならば、ここに見られる「魚鱗」「鶴翼」の陣立てそのものが、舞文曲筆であること一目瞭然であろう。一方義貞に即して具体的に語られるのは、名剣を投じて龍神に祈り、和漢の例を挙げて、配下の将兵を励ます稲村ヶ崎の渡渉場面や、戦場で死に狂いする長崎二郎基貞にねらわれるという場面などがあるが、これ以外に全軍の指揮者としてその姿が描かれる場面はほとんどない。それよりもむしろ義貞については、「安東昌賢自害之㕝」の次のようなエピソードが注目される。

鎌倉総攻撃の最中、義貞の妻は伯父昌賢のもとへ降参を勧める書状を寄せた。そのとき昌賢は、「武士の女房と成者は、」と、漢楚軍談中の孝子王陵の例をひいてその非を説き、「其れは北台縦女性の心にて、彼様の㕝を云はるゝとも、新田殿、其る事や可有被制へし、新田殿縦ひ敵の志奪ん為に、自然又宣へるとも、北台は我方様の名不失と被思へし、似るを友の方見てさ、子孫の為に不被頼」と恨み泣きして自害して果てた。

これを見ると明らかなように、鎌倉攻略戦のクライマックスで義貞は、武将としての資質を身内の側から批判されているのである。

鎌倉攻防戦の最後は、

嗚呼此日何なる日そ、元弘三年五月廿二日と申に、平家九代の繁昌、片時に亡終り、源氏多年の蟄懐、一朝に開亘を得たり、

という言葉で源氏の勝利が説明されているが、その中心たる義貞が、今見たような描き方をされていることは注意すべきであると思われる。

ともかく、こうした形で義貞は中央政界に登場する資格を得たのである。

十

義貞は、鎌倉陥落の第一報を天皇に伝えた後、上京する。義貞・義助は、武将としては尊氏・直義、長年、結城、正成らとともに、新政権内部で功労者として厚遇される。しかしながら、尊氏が大塔宮との関係でその後もしばしば記事中に登場するのに対して、義貞は、ほとんど取り上げられない。義貞が再度記事に取り上げられるのは、建武二年、中先代の乱後離反した尊氏追討によってである。以後義貞はその死まで、武家の棟梁権を争う尊氏の究極的な敵として描かれることになる。

『太平記』によれば、新田、足利の対立抗争の原因は、反乱が鎮圧された後、一族の将兵が、尊氏を征夷大将軍として扱う一方、尊氏は天皇との事前の約束に従い乱後関八州を管領し、新田側の所領を闕所にし、恩賞として他に与

えたため、新田側も対抗策として自領内の足利方の所領を押さえたことにある。八カ国の管領は尊氏が確かに下向に際して、天皇から許可を得ているから（このあたり、護良の暗殺を含め、義貞の告発にかかる将軍の僭称その他、後に尊氏が直義との関係で、自分に問題はないと言い切るための情報がさりげなくおかれている）、新田の所領を尊氏が闕所にすることは、制度上出来ないことではない。これに対して新田側が、領国内の足利方の荘園を押さえたのは明白な横領行為ということになる。一見すると新田・足利は対等の関係で、足利側の専横に端を発した抗争が始まっているかのように見えるけれども、実はあくまで足利側に理があるという描き方になっている。しかも、両者の不仲の原因はすでに鎌倉陥落時に胚胎していて、後れて鎌倉に入った幼少の義詮に武士の衆望が集まった事を義貞が遺恨に思ったためというのである。流布本ではこれに、義貞が若宮の神殿の宝蔵を破った際、足利方に関係のある宝物を懇望されても引き渡さなかったという理由が付加されている。これは、新田側に対する悪材料の追加という点で注目される。このようなトラブルが顕在化する中、尊氏叛逆という風聞が流れる。事実確認のため恵鎮下向と決まったところへ、尊氏の奏状が到着、足利方の新田追討奏状に対するに、新田側の反対奏状、両者のやりとりの中で明らかにされる護良親王暗殺を、鎌倉から帰京した南御方が確認するという展開を経て、新田義貞は、初めて官軍の武士団の総帥という位置を得る。新田・足利の武家の棟梁権争いの出発点がここにある。

十一

この一連の記述には、奏状の応酬、その内容など構想上の問題が多い。例えば義貞は、足利奏状に対応する奏状を、その内容公表以前に察知して提出している。また義貞の告発した護良暗殺は、朝廷すら事実を確認していない。あれこれ考えるならば、これらの奏状はいずれも事実というよりは、作者の構想上の産物であるというべきであろう。

尊氏追討軍の東下に際して、尊氏は叛逆とされた事実について自分の責任ではないとして、当初戦いを放棄した。この間義貞は、戦陣における対応策指示など、他にあまり類例を見ない威風堂々とした姿で描かれている。だがようやく伊豆の国府に到着した義貞に対して、『太平記』は、「官軍此時足をも撓す追懸てたに寄たりしかは、敵鎌倉にも不可撓かりしを、今は無何とも東国の者寄えそ参すらん、其上、東山道より下る搦手の勢をも、此にてこそ侍めとて、伊豆国府に逗留して、七日まで徒に被居けるこそ、不運の至とは覚たれ、」（巻十四「手越合戦事」）という。後の結果をもとに、運命の分岐点で、逆の仮定をするのは、鎌倉合戦の時に見たのと同じ論法であり、尊氏に対してもこうした批評がなされる場合があることを見れば、これは『太平記』作者の口癖とでも言うべきであろう。ここでは、評価の方向が鎌倉合戦の場合とは正反対になっており、これが、以後の義貞、尊氏対決の運命を言挙げするときの『太平記』における標準的な形になるのである。

その後、直義の画策した偽綸旨により尊氏が闘いに参加すると情勢は一変、箱根、竹ノ下に破れた追討軍は、浮き足だって天竜川まで退却、さらに三河まで戻ったところで、義貞は、諸国蜂起の報に慌てた朝廷によって、京都に呼び戻されてしまう。

十二

以後義貞の死までを『太平記』の記事によりたどると、以下のようになっている。

建武三年一月、足利軍は京都に侵入、天皇は叡山に蒙塵した（巻十四）。官軍は北畠顕家率いる奥州勢の応援を得て足利方を攻撃して京都奪回に成功、尊氏らは兵庫から海路九州に向かった（巻十五）。三月、奥州勢は帰国、義貞は中国地方平定に向かうが赤松攻略に失敗、この間、多々良浜に菊池武俊の軍勢を破った尊氏は、海陸二手に分かれて東上、五月二十五日、兵庫で義貞、正成の軍勢と対戦、正成は自害、義貞は敗退して京都に戻る。天皇は再度叡山に逃れ、代わって尊氏は持明院統の天皇を擁して京都に入った（巻十六）。叡山の宮方は、しばしば足利軍を攻撃するが近江からの補給路を断たれ、天皇は義貞に内密で足利氏との和睦に動く。途中で気付いた堀口貞満の糾弾によって、天皇は譲位して春宮を義貞に託し、自らは京都に戻る。義貞は、春宮と共に北陸に下り、酷寒のさなか敦賀に到着、金崎に立て籠る（巻十七）。花山院に幽閉されていた後醍醐天皇は吉野に逃亡、金崎にもその知らせが届いた。瓜生一族は金崎救援に動くが全滅し、食料のつきた金崎城では、事態打開のため義貞、義助が杣山城に移る。建武四年三月六日金崎は落城、一宮以下城兵は自害、恒良親王はとらえられて京都に送られた（巻十八）。持明院の朝廷成立後、越前の国府を落として意気あがる義貞は、吉野に向かおうとするが、建武五年閏七月二日、藤島の城で不慮の死を遂げる（巻十九、二十）。

十三

正成の項でも述べた通り建武の内乱時は、義貞も他の武将達と相対化されており、全軍の総大将というわけではない。それ故、尊氏との対決にしても、「何処にか尊氏卿は有る、撰み討に討ん」と単騎で戦場を駆け回ることにもなる（巻十五「正月廿七日京合戦㕝」）。その後九州落ちした足利勢が再起して東上、正成の戦死直後に湊川で対陣したときには総力戦のさなか、「助兵已に尽て其闘いまた決せす、是義貞かみつから所可当也」と圧倒的な足利軍の中に突入、「官軍の大将にて而も新田の家嫡」と「武家の上将にて亦足利の正統」と対比されてはいるが、最後には、馬を射られてたった一人で、『平家』の矢切りの但馬さながらに奮戦する様子が描かれる（巻十六「湊川合戦事」）。

義貞と尊氏の直接対決の最後となる延元元年（建武三）六月十三日の合戦では、

天下の乱無休して、罪なき人民までに身を安せさる事年久、これ国主両流の御諍とは申なから、只義貞と尊氏との所にあり、僅に一身をたてんか為に徒に多人を苦めんよりは、独身にして闘を決せんと思ふ故に、義貞みつから此軍門にむかひて候也、某はあらぬ歟、矢一つ受て知給へ（巻十七「山門牒南都事付東寺合戦事」）

と対決を呼びかけると、尊氏も、

我此軍をおこして鎌倉を立しより、全君の御位を奉傾と思ふにあらす、唯義貞にあふて憤りを散せしめむ為なりき、然れは彼と我、独身にして闘を決せん事、元来所悦なり、其関開け、打出む

と応じようとするのだが、周りの幕将に将としての心得を諭され、対決は回避される。こうした傾向は最後まで変わらず、結局の所義貞の運命を決めていくことになる。義貞の最後を描く、巻二十「義貞朝臣自害事」にはその関係が集約的に表されているといえよう。

黒丸城より細川出羽守・鹿草彦太郎両大将にて、藤嶋城を責らる寄手を追払はんとて、三百騎の勢にて横縄手を廻けるに、義貞朝臣覿面に行合たまふ、細川か方には陸立にて楯を衝たる射手共多かりけれは、深田に走下り、前に持楯を衝並て、鏃をそろへて散々にいる、左中将の方には、射手の一人もなく、楯の一帖をも持せされは、先なる兵義貞の矢面にふさかりて、只的に成てそ被射ける、中野藤内左衛門大将に数目して、「千鈞の弩は鼷鼠のために不張」と申けるを、義貞聞合す、「士をうしなつて独免れは、何の面目有てか人に視」とて、尚敵中え懸入と、駿馬に一鞭を勧らる、

尊氏におけると同様に、忠言を呈する部下が居ないわけではない。しかしながら義貞は、それを押し切ってしまう。その結果、

此馬名誉の駿足なりけれは、一丈二丈の堀等をは前々には輒く越けるか、五筋まて射立られたる矢にや弱たりけ

ん、小溝一を越煩て、屏風をかへすか如く、岸下にそ倒たりける、義貞弓手の足を敷れて、起上とし給ふ処に、白羽の矢一筋、真向の外、眉間の只中にそ立たりける、義貞今は不叶とや思給けん、腰刀をぬいて、自頸を掻落し、深泥の中にかくして、其上に横てそ伏給ける、

と、自ら自分の運命を窮地に追いつめてしまうことになる。

十四

義貞については、こうした造形の他にも、注目すべき点がいくつかある。その一つは、優柔不断とも思える性格の設定であり、今一つは女性に関する話題である。

九州から攻め上る尊氏を迎撃する場面で義貞は、次のように紹介される。

其程に、将軍尊氏卿筑紫え没落たまひし刻、四国・西国の朝敵共、機を損し度を失て、或は山林にかくれ、或は所縁をたつねて、新田殿の御教書を給ぬ者も無かりけり、此時若早速に下向せられたらましかば、一人も降参せぬ者は不可有かりしに、例の新田殿の長僉議なる上、其比世にきこえし勾当内侍を貴寵せられけるに依て、暫時の別をも悲て、三月の末に至るまて、西国下向の事延引せられけるこそ、誠に傾城傾国の謂なりけれ、（巻十六「西国蜂起官軍進発事」）

ここにいわれる「例の新田殿の長僉議」というは、全軍の指揮官として求められる決断力不足をいうものであり、「例の」というのは、作者の周辺にあった批判意識の表れであろう。この直後の赤松責めでは、赤松則祐に翻弄され、天皇の意向を聞くために攻撃を中断し、挙げ句に赤松に天皇の身勝手さを批判されて時間を空費しているし、天皇が義貞には内密で尊氏と和睦して比叡山を出ようとしているときにも、身勝手な天皇を責めるのは義貞配下の堀口貞満

であり、本人ではない。湊川出陣を命じられた正成が、自らの立場をはっきりさせるのとは明らかに異なっている。その他、多少事情が異なるけれども、金崎落城の際に、彼は春宮以下とは別行動をとっていたとあって、付託された任務を果たしているとは言えないのである。さらにまた、巻二十の冒頭では、上京の準備をせずに、当面の敵斯波高経と闘う義貞について、「詮なき少事に目をかけて」と、大局的な判断の出来ないことが批判されている。しかしながら、これらの事態は、義貞自身の問題もあろうが、それ以上に自分の判断で主体的に行動することの出来ないという、建武政権の中で義貞が置かれた立場に起因するところが大きいように思われる。正成の項でも見たように、湊川における二人の対話には、「衆愚の愕々たるは」と義貞を慰める文言があり暗示的である。

勾当内侍の問題にしても、義貞の死後にはわざわざ勾当内侍を主人公とする哀話を一章立てている。少し前には、金崎で自害した一宮に関わって、その御息所の物語が語られているが、武士の場合は、このような女性の哀話が物語られることはほとんどなく、非常に特異な例と言える。これは、天皇が義貞に与えた女性という特別な関係によるものであり、義貞に傾城傾国の思いがあったということにはなるまい。出発延引の原因については、この記事の少し後に、義貞が瘧を患ったとあり、先遣隊は予定通り三月四日に京都を出発し、その後病の癒えた義貞も出発したと書かれている。これを見ればこの部分は作者の意図的な設定ということになるのであるが、こうした設定は既に鎌倉陥落の際にもみたところであり、義貞は、女性との関わりでも、将としての姿勢を批判されているわけである。

十五

一方に自らの死を前提にした正成の、将軍の世の到来の予言があり、他方に自己中心的で身勝手な、微運、薄運の天皇に従う、将として不適切な源氏の嫡流が関わる戦闘行為がある。勝敗の帰趨は明らかであろう。こうした義貞についての人物評価が、新田足利両者の戦いの背景にあって、いわゆる『太平記』第二部の世界全体の構想を規定していくのである。作者によって、「新田・足利国の争ひ」と位置づけられた両者の対決ではあるが、これまで見てきたことで明らかなように、両者は決して対等には描かれていない。義貞は、将軍尊氏の勝利を荘厳するために、負けるべくして負けるという設定になっているのである。従来問題とされてきた巻十九前後の新田系合戦譚のフィクション化にしても、巻頭で語られる新政権の成立との関係でそうなったもので、その前後での事件の継続性とは異なる論理が働いているのである。義貞死後、南朝系の不振が云々される際に、朝廷が義貞の子孫を正当に評価しなかったためだというような論評が表れることがあるけれども、それは、後醍醐天皇がこの世を去った後のことであり、不慮の死を遂げた義貞は、この時もしもという形で、徹底的に批判されているといってよい。かくして、義貞は、再度の天皇親政復興の夢を託されながら、自らの軽挙によって期待に応えることが出来ずに終わってしまった。同じように忠臣として位置づけられながら、その死が賞賛される正成と、批判される義貞と、後世の軍学者流が俗に徹した講釈を始める原因は、『太平記』記中のこうした記述姿勢そのものに胚胎していると言えよう。

注

(1)『太平記』本文は、和泉書院刊、神宮徴古館本による。
(2)一九八〇年、尚学図書刊、鑑賞日本の文学13『太平記』解説中鈴木登美恵氏担当分。兵藤裕己氏、一九九五年講談社刊、『太平記〈よみ〉の可能性』等。
(3)一九九四年、新典社刊、長谷川端氏編『太平記とその周辺』所収「『太平記』巻一至巻十一周辺と太子信仰」。
(4)一九八二年、汲古書院刊『太平記の研究』所収「楠正成天王寺合戦の虚構性」。

（5）例えば安田元久氏は正成合戦の中身について、地理的関係以下全体に潤色が多く、天王寺合戦の隅田高橋戦について『太平記』筆者の舞文曲筆の可能性を示唆するなど、様々な点で「『太平記』筆者が漢籍所載戦法の影響を受けて創作したとも言うべき部分の存在を認めてよいように思われるのである。」と論じられた。（一九八一年、桜楓社刊『太平記合戦譚の研究』第一章「天子御謀反」）

（6）注4に同じ。

（7）角川文庫『太平記』（一）その他。

（8）一九八七年十一月刊、「北九州大学文学部紀要」三九所収「楠正成譚と中世律僧」他。

（9）注2の鈴木登美恵氏担当解説に同じ。

（10）『太平記』における正成の籠城、鎌倉攻略に、大塔宮の影が全く見られないこと、藤房の言う赤松氏の功績と恩賞の関係（巻十三「龍馬進奏事付藤房卿遁世事」）を考えてみるとよい。赤松氏は大塔宮の配下として働いたのであれば、恩賞の沙汰は将軍宮からという論理は成り立つ。

（11）本文中には山伏とあるが、章の題名は「新田義貞謀叛之亨付天狗催越後勢亨」とあり、流布本系は本文も天狗山伏とある。この鎌倉攻略戦には、大塔宮の指揮のもと、全国的な規模で将士が参加している形跡のあることが知られている。そうした背景が、天狗によって象徴的に表現されていることは注目される。酔乱の高時に唱和して仲範に内乱の予兆とされたものが、宮方にとっては味方になっているという構図は、先の牧野和夫氏の指摘の四天王寺との関係を彷彿させる。

『太平記』諸本の生成

『太平記』諸本と細川氏

長谷川　端

一、

今川了俊の『難太平記』の一段にいう。

九州に御退の時の事、御供申たりし人もおほく太平記に名字不入にや。子孫の為不便の事歟。如此事ハ諸家の異見書なとにてもしるされたき事也。すへて如此の事ハそしり有事也。号夢想記て、細川阿波守注したる物も、さらぬやうにて私曲有とこそ、其代の人々はかたられしか。自九州御上洛有て、所々戦にも高名もらされたる人多きよし申めり。（京大本）

貞享三年版本(1)（力石忠一序　内題『校正難太平記』）に「従《シカタヒシ》ニ尊氏九州退陣《タイヂン》一ニ人数漏《モル、》ニ於太平記一ニ事」と題し、「太平記ニ多《オホキ》レ謬《アヤマリ》事」に続く一段である。長文の前段は太平記の作者・成立が論ぜられる時に、必ずといってもよい位引用される文章であり、本段は前段の具体的な例証としての役割を、この後の数段とともに果していると見ることが出来よう。文中、「諸家の異見書」は、版本では「諸家《ショケ》ノ意見書《イケンガキ》」とあるが、節用集に「異見《イケン》又作意見」（黒本本）・「異見《イケン》異与意同」（天正本）」などとあり、『意見』の原義により『異見』とも書かれるもの」とする日本国語大辞典の説明は認められよう。

ところで、引用文中の「細川阿波守」について版本では「按ニ和氏ナリ」という校正者（力石忠一）による註が付されている。

細川和氏（永仁四（一二九六）～康永三（一三四二））は、建武三年（一三三六）二月、尊氏の九州敗走にあたって、弟頼春・師氏、従兄弟の顕氏らと共に一族をあげて四国にとどまり、『梅松論』に「阿州（注和氏）・兵部（注顕氏）為両人ノ成敗一、於国一ニ依勲功ノ軽重二ニ、可被宛行恩賞一ヲ之旨被仰付一畢」（天理本）とあるように、尊氏から四国における勲功の賞の宛行を委ねられ、国人の統一に成功している。この『梅松論』の記事の正しさは、かつて小川信氏によって厳密に検討・証明された（「『梅松論』諸本の研究」(2)）。今、私に一例を『南北朝遺文中国四国編第一巻』(3)によって挙げるならば、次のようである。

二四五　細川和氏・同顕氏連署奉書　〇下総染谷文書

阿波国勝浦庄（勝浦郡）公文職大栗彦太郎跡肆分壹事、為勲功之賞所被宛行也、守先例可致沙汰者、依将軍家仰、下知如件、

建武三年二月十五日　兵部少輔（細川顕氏）（花押）

阿波守（細川和氏）（花押）

漆原三郎五郎殿

「和氏はおもに政治面を、顕氏は軍事面を担当した」(4)とされるように、四国経営に当って、細川公頼系を代表する和氏と公頼の弟頼貞系を代表する顕氏は車の両輪の如く機能した。右の文書と同日に讃岐の秋山孫次郎宛に出された和氏・顕氏連署奉書写（讃岐秋山家文書）の存在や、五月十五日に阿波の村岡武藤三郎入道跡に宛行われた和氏・顕氏連署奉書案（阿波菅生文書）は、細川一族の連繫の強さを物語っている。もっとも、この時期、顕氏は畠山貞国とともに備後国因嶋に関する連署施行状（『南北朝遺文中国四国編第一巻』二七一・二七二）を発給しており、瀬戸内海制圧に従事していたことがわかる。ただし、こちらの二紙の署名は源貞国・源顕氏とあって、和氏との場合のように兵部少輔

となっていない。この兵部少輔あるいは和氏の阿波守なる官名は建武政権による論功行賞を、尊氏の黙認のもとに名乗っていたのかも知れない。小川信氏は『足利一門守護制度の研究』第一編で和氏の阿波国守護を認め、和氏から弟頼春に譲られたとするが、佐藤進一氏は小川氏の著書に「依拠しつつ、二、三の史料を補って（守護の）沿革を辿る」として、和氏の守護在職については触れず、暦応四年（一三四一）十一月十三日の将軍家執事施行状案（天龍寺重書目録）をもって頼春最初の阿波国守護に関する在職徴証とされている。[5] 和氏の阿波守護職については、『細川三将略伝』の「初和氏参二政幕府一、依レ事罷レ職退居、其子皆幼而不レ可レ立也、故譲二阿州於頼春一、譲二淡路於師氏一」とする記事の影響もあろう。

引用文中に見える『夢想記』なる作物については何ひとつ詳かにし得ないが、了俊は父範国（至徳元（一三八四）年九〇歳で没か。）の世代か兄範氏（貞治四（一三六五）年没。五〇歳）の世代の者から聞いていたのであろう。大勢力の細川氏だからこそ、『太平記』の編纂者（たち）に『夢想記』なる作物を送って改訂を迫ることも可能であったし、また将軍家からの諮問もあろうというものである。了俊の「無念」さの聞きとれる文言は、この項のほかにも、長文の「青野ヵ原合戦ノ事」（版本の篇目）の末尾に、「是も太平記にハ書たれとも、故入道殿（注、了俊の父範国）なと如此随分手をくたき給し事注さゝるは無念也。但、作者不尋問、又我等も不注進間、書入さるにや。後代にハ高名の名知る人有へからす。無念也。申ても可書哉（版本）書入《カキイル》ベキ哉。」とあるのをはじめとして、五ヶ所ほど挙げられる。

近時、加美宏氏は、今川了俊が抱いた「無念」さが、「了俊の兄範氏から数えて五代目の氏親に至っても」持ち続けられていることを、中御門宣胤に宛てた今川氏親の礼状（『宣胤卿記』永正十五年八月六日条）から探りあてて、今川氏が「『太平記』の増補改訂についての沙汰あるいは申し入れの機会を、先祖代々ずっと待ち望んできたらしいこと」がうかがえるとして、次のように結論しておられる。

このこと（注、右の願望）は、足利方の守護大名・武士たちの『太平記』に対する書き入れ・増補改訂の要求が、室町期ばかりでなく戦国期に至るまで根強く続いてきたことを物語っており、例えば佐々木氏の功業・事績を大幅に増補した天正本のような異本があらわれてくる背景の一端を示しているといえよう。[6]政治権力との密着度の高い『太平記』は、物語としての完成が同時に諸本の誕生の幕あけとなる宿命を背負っているのであり、語られる歴史が百年を過ぎようとも、ある程度の力のある氏族、より具体的には大名家が続く限り増殖を続けるのである。

二、

今川氏や細川氏の許には、どのような『太平記』が存在したのであろうか。陽明文庫に今川家本が蔵されている。活字本『参考太平記』の凡例は誤りが多く、ここでは高橋貞一氏の翻字を参考にして、[7]巻一の巻末に付された別葉の奥書を紙焼から起こしてみたい。これは巻一の本文、奥書（永正二年乙丑五月廿一日右筆丘可老年五十四）と同筆である。

右此本甲刕胡馬縣河内南部郷ニテ書写畢、
御所持者当国主之伯父、武田兵部太輔、受領伊豆守、
実名信懸、法名道義、斎名臥龍ト号、書籍数
奇之至リ、去癸亥之冬、駿州国主今川五郎源氏親
ヨリ有借用、雖令頓写之、筆之達不達欤、又智之熟

不熟软、損字落字多之、誂予一筆令為写、年既及
六十、眼闇手疼、辞退千萬、雖然依難背貴命、
全部書之訖、雖然鳥焉馬之謬、猶巨多也、然處」
爰伊豆之国主伊勢新九郎、剃髪染衣号早雲庵
宗瑞、臥龍庵主与給盟事如膠漆耳、頗早雲庵
平生此太平記嗜翫、借筆集類本糺明之、既事成
之後、関東野州足利之学校へ令誂、学徒往々糺明之、
豆州還之、早雲庵主重此本ヲ令上洛、誂壬生官務
大外記、点朱引読僻以片仮名矣、実我朝史記也、
臥龍庵伝聞之借用、以又被封余也、依応尊命重
写之早、以此書成紀綱号令者、天下至祝

本書は甲斐国胡馬郡河内南部郷（南巨麻郡西河内の南部）において、武田信懸（臥龍斎。信玄の父）の命によって右筆丘可が書写したものである。はじめ信懸は文亀三（一五〇三）年の冬に、今川氏親から『太平記』を借用して河内郷内の僧侶に写させた（これは巻三十九の巻末にある略同文――ただし半ば以上欠損――の奥書にある）けれども、「損字・落字」が多かったために、改めて丘可に命じて書写させたのである。ちやうどその頃、信懸と親密な間柄の、伊豆の北条早雲は『太平記』を愛好して諸本を集め校定をすませたところであったが、その本を足利学校に送って校訂させ、さらに京都の壬生官務大外記（高橋氏、小槻伊治とする）に依頼して点・朱引および片カナによる読僻《よみぐせ》を振ってもらった。

『太平記』はまさに「我朝の史記」であるが、この早雲本を信懸は借用して、丘可に改めて写させたというのである。従って、今川家本は北条早雲による校定本の写しということになるが、今川氏親所蔵本の写しが現在巻四十を欠いて三十九巻存在する陽明文庫蔵今川家本の中に入っているかどうかは、この奥書からは判然としないところがある。巻一から巻十七までと、巻十九・二十の十九巻には永正二年五、六月の丘可筆の奥書（本文一筆）があり、巻二十一・三十九は別筆（本文・奥書とも）による永正元年の奥書が存在する。また巻二十四と三十四にはそれぞれ「天文十三甲辰小春吉辰」「天文十三甲辰十月吉辰」の奥書があるが、本文・奥書とも丘可の筆になるとおぼしい。永正元・二（一五・四、五）年と天文十三（一五四四）年とは距りすぎており、永正年間の奥書を持つ大部分の巻々は今川氏親から「癸亥之冬」に借用したものの写しではなかろうか。本文から明確に出来るかどうかは、今後の研究に委ねられる。

　次に、細川氏の許にどのような『太平記』が蔵されていたかを考えたい。流布本の祖本とも考えられている梵舜本（前田家尊経閣文庫蔵）は、長坂成行氏によって伝存が整理された八十三部(8)の『太平記』写本の中で、最もしっかりした奥書を持っている。各巻に洩れなく記された奥書から、巻一と巻四十とを見てみよう。

太平記第一
　本云
　長享二年七月書之

その裏、左隅に、

　右朱点以梅谷和尚本重而写了
　　文禄三甲午年三月十七日　　梵舜（花押）

太平記第四十

本云

長享三年七月一日書写之訖　交了

天正十四丙戌年六月十日此本之内七冊書之訖

右朱点前南禅寺梅谷元保和尚以自筆本写了先年天正十四歳比

四十四冊全部遂書功者也　梵舜四十二才（花押）

文禄三甲午年五月十一日

本奥書に「延徳元年十月十六日」（巻二十六）、「延徳元年十二月十二日」（巻二十七）の二巻があるけれども、長享三年八月に改元して延徳となっているので、親本は長享二年から三年にかけて書写されたものである。これらの奥書の中で、巻三十九は巻末に

太平記第三十九

長享三年八月廿日書写之訖　交了

とあって、次紙に

写本云

此写本者奉借自細河右馬頭殿令書之其間纔十五ヶ

日也然者尽言於諸方同友分巻於数輩群客而終全

部之功早因茲不撰筆迹善悪无正文字実否定

而誤可多欤唯是為知公武之盛衰欲弁時代

之転反而已

寶徳元年八月日　　但馬介旱部宗頼

とある。本書を古典文庫で世に紹介（昭和四十〜四十二年）された高橋貞一氏は、より詳しくした解説の中で、[9]

以上の奥書によれば、この太平記は長享三年頃の古写本を、梵舜が天正十四年の四、五、六月頃に書写し、南禅寺の梅谷和尚自筆本を以て文禄三年朱点校合したものである。巻三十九の宝徳年間書写の奥書は他より附加したものであらう。

とされた。私に読み取りの誤りがあるのを恐れているのであるが、引用文中の第二文のように考える必要はないのではないか。「長享三年頃の古写本」に既にあった奥書を本奥書として、正確に書写したものではなかろうか。そのように考えて良いならば、次に「細河右馬頭」とは誰かが問題となろう。宝徳元年（一四四九）に右馬頭であった細川氏の人物は応永十九（一四一二）年から同二十八（一四二一）年の十年間管領を任めた満元（法名道観）の息、持賢である。

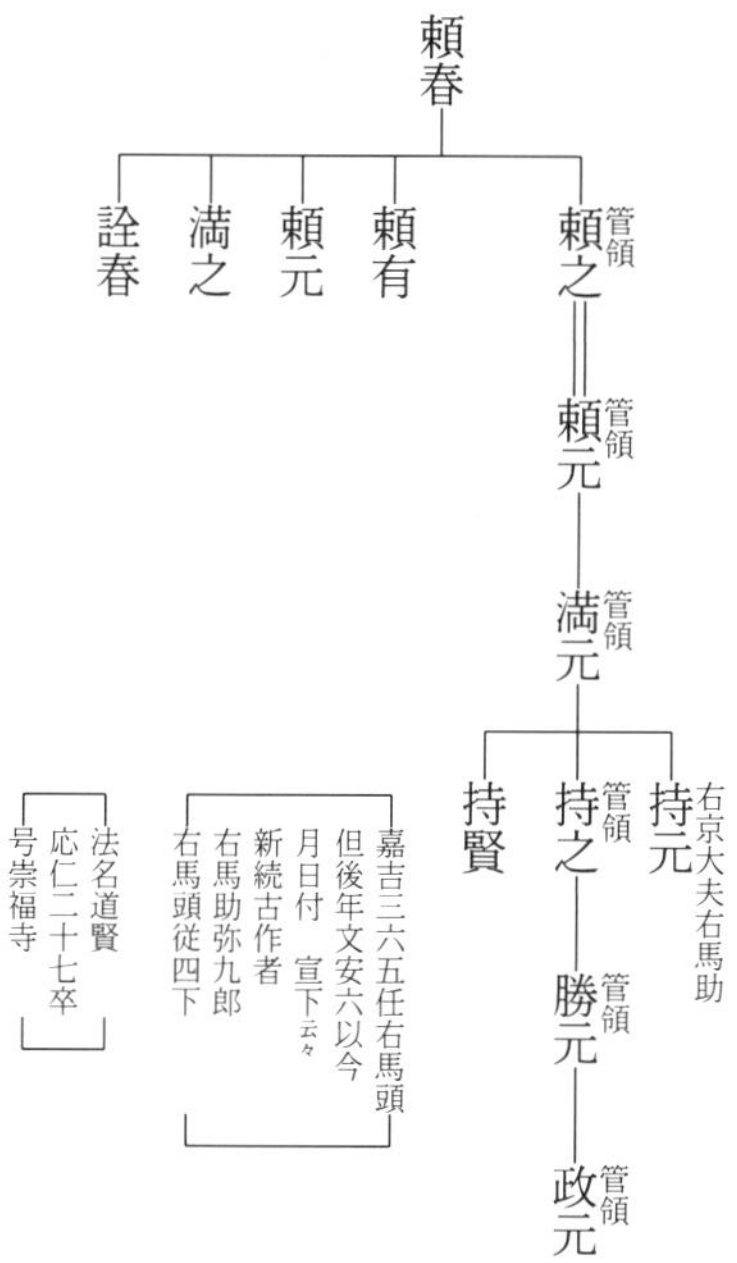

『尊卑分脈』によって、持賢の項はそのまゝ掲出した。なお、『鎌倉・室町人名辞典』には次のようにある。

細川持賢　?―一四六八（応仁二）

室町中期の武将。通称弥九郎。右馬頭。父は細川満元。守護には在職しなかったが、一族の間には重んぜられ、右馬頭を管途とする典厩家の初代となる。嘉吉三年（一四四三）入道して道賢と号す。詩歌を愛好し、和漢連句の会など主催した。応仁の乱が起ると東軍の将として参戦したが、応仁二年（一四六八）。十月七日に没した。[10]

（小川信氏執筆）

井上宗雄氏の『中世歌壇史の研究室町前期（改訂新版）』所収の「室町前期歌書伝本書目稿」によれば、細川持賢（道賢）は永享七（一四三五）年五月の「赤松満政（注刑部大夫・播磨守）母三十三回忌詠法華経序品和歌」に詠出しているのをはじめとして、翌八年には四月の「日吉社法楽百首続歌」、五月の「北野・日吉・石清水法楽百首続歌」、七月の

「石清水・住吉・新玉津嶋社法楽百首続歌」に詠出し、宝徳三（一四五一）年には正月の幕府月次歌会に出席するようになり、長禄二（一四五八）年には正月・二月・五月・十一月の幕府月次会に連続して出席するほどの実力者と見做されるようになっていったことが判明する。

細川持賢は公頼系の細川氏の文化的サークルの中心に位置する人物であり、早部宗頼は恐らくは持賢秘蔵の『太平記』を十五日間だけ借り受けて、友人らを召集して書写に励んだのであろう。筆跡の上手下手、文字遣いの正否を問うている暇はなかった。ただ「公武の盛衰」を知り、「時代の転反《てんぺん》」のありようを知りたいと念願しただけであった。すさまじい知識欲というべきであろう。

宝徳元年に宗頼が友人たちと共に書写した細川持賢所持本は、さらに長享三（一四八九）年に書写され、それを梵舜が天正十四年に書写し、天正二十年に「或本」を用いて「脇小書并朱点等」を加え、もう一度、二年後の文禄三年に前南禅寺梅谷和尚自筆本を使って丁寧に朱点校合している。傑出した神道家吉田兼右の子息たるに恥じない入念な校正作業といえよう。

次に、西源院本は、宝徳二年に管領細川勝元が創建した京都龍安寺の塔頭として、勝元の子政元によって本寺再興とともに創立された西源院に蔵することは刀江書院刊『西源院本太平記』の解説に詳しく説かれ、校訂者鷲尾順敬氏によって、「大永天文の頃（注一五二一〜一五五五）に書写せられしものたることは疑ひなかるべし。」とされ、西源院本の原本は細川満元（法名道観）の「管領就任の応永十九年以降、同職辞任の同二十八年以前に書写せられしものなることを推知すべし。[12]」と断ぜられた。

細川氏の管領家および管領家に近い典厩家に『太平記』の古写本が存在したことは、細川氏がいかに深く『太平記』の成立に関わりあっているかを如実に物語っている。私はさきに、本叢書第八巻『太平記の成立』に収めた拙論の末尾で、『『太平記』の完成が同時に諸本の誕生の幕あけであったことは、清氏討伐の際の頼之に微かな揺れがある（巻三十八）ことを見ても理解されるところである。[13]」と述べたが、巻三十八「相模守清氏討死事付西長尾城落事」（神宮徴古館本）において、貞治元（一三六二）年将軍義詮の命を受けた頼之は従兄弟清氏討伐のために讃岐へ渡るが、清氏の軍勢は強大であった。

此時若相模守、敵の舩より上《ん》とする所え駈向て闘はゝ、一戦に利有へかりしを、右馬頭は飽まて心に智謀ありて、機変共《ときとども》時に消息する人なりけれは、兼て使者を相模守の許えたてゝ云遣されけるは（下略）

頼之は清氏の心情に訴えて時をかせぎ、兵を割いて宮方の公卿大将の立て篭る西長尾城を攻撃させ、清氏を陽動作戦にはめこみ、手薄になった白峯西麓の清氏の本陣に攻め寄せた。「何《ツ》も己か武勇の人に超たるを憑み、軍立余リに大方（注、いい加減）なる人」である清氏は小具足すら身につけず単騎で飛び出してきて討ちとられてしまう。右の傍線部分と同文を有するのは、宝徳本、神宮徴古館本・玄玖本、西源院本、天正本の類、梵舜本などである。

一方、南都本、米沢本、吉川家本、前田家本、今川家本、相承院本、毛利家本、松浦本、古活字本・整版本などの流布本では、「兼テ母儀ノ禅尼ヲ以テ、相模守ノ許ヘ言遣ケルハ」（大系本）となっている。直情型の清氏の心情に訴えることをねらっての改変であろう。はやくに小川信氏は、「敗残の身をかこつ清氏よりも幕命を受けて追討に当った頼之の方が劣勢であったなどということは考えられず、これは頼之の戦果を印象づけようとした『太平記』の創作に違いない。」とし、続けて傍線部分の流布本本文を指して、「老母を敵の陣中に送って清氏をあざむいた話なども、後に永和三年（一三七七）母里沢禅尼を喪ったとき頼之がいかに悲歎に暮れたかが知られるので、孝心の厚い頼之が老母を戦場に伴い、しかも敵陣に送りつけるなどというのは夢にも考えられない。[14]」と結論されている。

三、

『太平記』諸本に関して、戦後最も大きな発見は、高乗勲氏による、いわゆる永和本の発見・紹介[15]であった。鈴木登美恵氏は永和本の本文を検討して、神田本巻三十二の二行書きの一方が永和本系の本文であり、もう一方が玄玖本系の本文であることを明らかにして、この巻については「神田本は永和本と玄玖本との混合形態であり、梵舜本は永和本と西源院本との混合形態であることになる」とし、「(一)太平記にはかなり古くから、少くとも二系列の本文が存在してゐたと推定されること」「(四)その二系統の本文の混合によって、性格の異る数多くの伝本が生じたと考えられるのであるが、その中でも最も独自性の強いものは天正本であること」を強調された[16]。

いわゆる古態本をめぐる諸氏の研究の中で、長坂成行氏が宝徳本を復原する試みを行い、巻三十二について詳細な報告を発表した[17]。寛永頃刊無刊記整版に尾張藩の儒臣河村秀頴によって丹念に書き込まれた宝徳本との本文異同は少くとも巻三十二に関する限り、永和本は宝徳本と同じ本文を有することが証明され、鈴木論文を実証する形になったことは大きな収穫であった。

今後のテキスト研究は分類にとらわれることを出来るだけ排除して、一本一本の特性を探り出し、『太平記』作者の営為がどのようなヴァリエーションをもって継承され、次世代の文学にどのような影響を与えていったかを考えたい。

注

（1）序によれば、水戸藩主光圀の蔵本をもって「校二正シ訛謬ヲ一」たものという。旧本になかった篇目を加え、氏のみで名を記してない人名には註を加え、疑問のある箇所には「臆見」を註したという。校正の業を元禄三年冬に終え、翌四年二月に上梓している。篇目二十三条、「追加三条」で、「已上総計二十三条」と記している。新井白石は版本を写し、版本註に加えて、「美按」（「美」は白石の本名「君美」の略）として二ヶ所に注して私見を述べ、版本の誤りを訂正している（書陵部蔵（新）一・五〇六・九一）。

（2）小川信「『梅松論』諸本の研究」（『日本史籍論集』下巻、吉川弘文館、昭和四四年）。

（3）松岡久人編『南北朝遺文中国四国編　第一巻』（東京堂出版、昭和六二年）。

（4）今谷明藤枝文忠編『室町幕府守護職家事典 下』（新人物往来社、昭和六三年）細川氏・細川氏の系譜と事歴、二八〇頁。

（5）佐藤進一『室町幕府守護制度の研究 下』（東京大学出版会、一九八八年）第七章南海道、阿波　一九五頁

（6）加美宏「『太平記』と守護大名」（軍記文学研究叢書8『太平記の成立』所収、汲古書院、平成十年）一一六頁。

（7）高橋貞一『太平記諸本の研究』（思文閣出版。昭和五五年）五七五頁。

（8）長坂成行「『太平記』諸本の現在」伝本『太平記』写本一覧（軍記と語り物・33。一九九七年三月）二二一―二二四頁。

（9）（7）五七五頁。

（10）安田元久編『鎌倉・室町人名事典』（新人物往来社。昭和六〇年）五六五頁。

（11）井上宗雄『中世歌壇史の研究室町前期［改訂新版］』（風間書房。昭和五九年）。

（12）鷲尾順敬校訂『西源院本太平記』（刀江書院。昭和一八年再版本）。解説五頁。なお、加美宏氏も（6）の一二二―一二三頁でこの問題を扱っている。

（13）拙稿「太平記の成立と作者像」（軍記文学研究叢書第八巻『太平記の成立』汲古書院。平成十年）五六頁。

（14）小川信『細川頼之』（吉川弘文館。平成元年、新装版）七八頁。なお、巻三十八末の「大元軍事」の末尾の頼之に対する『太平記』諸本と細川氏

批評「尺寸の謀」については、加美宏氏（前掲（6））に新たな意見がある。

（15）高乗勲「永和本写本太平記（零本）について」（国語国文二四巻九号昭和三〇年九月号）

（16）鈴木登美恵「太平記諸本の先後関係—永和本相当部分（第三十二）の考察—」（文学・語学、40号、昭和四一年六月）

（17）長坂成行「宝徳本『太平記』復元考—河村秀頴校合本による—」（奈良大学紀要14号、昭和六〇年十二月↓佐伯真一・小秋元段編『日本文学研究論文集成⑭平家物語 太平記』（若草書房、一九九九年）に収録）。同「宝徳本『太平記』巻三十三本文割記」（奈良大学紀要、15号。昭和六一年十二月）

〔付記〕横井清氏は、「永和三年の『太平記』関係史料の検討—法勝寺執行法眼慶承書状について—」（文学、隔月刊第一巻・第二号、二〇〇〇年三・四月号）において、長谷川が本叢書第九巻『太平記の成立』に収めた「太平記の成立と作者像」の中で、「「慶承書状」を取り上げて縷々説」き、その注（11）で、横井氏論文「「小嶋法師」と「外嶋」について——『興福寺年代記』記事の復権——」（文学季刊9巻1号一九九八年冬）を参照されたい。」と書き添えたが、横井はその論文の中では、「「慶承書状」に関することはいっさい言及していなかったのであり、（中略）「慶承書状」をめぐる私見と論拠はすべて、この稿（注 文学二〇〇〇年三・四月号）で初に記すところである。」から、「いずれ好機を得て長谷川論文所収書の該当部分に然るべき訂正が施されるよう、念願してやまない。」とされた。

幸いに、本叢書第九巻に、このような場所を得たので、横井清氏が論文発表に支障をきたされたのではと考え、一言お詫び申しあげる次第である。

天正本『太平記』の成立
——和歌的表現をめぐって——

長坂成行

はじめに

本文異同が比較的に小さい『太平記』諸本の中にあって、天正本系諸本は最も特異な本文を有する異本として注目され、早く『参考太平記』にも多くの異文が掲出されており、『大日本史料』第六編も「天正本ニアリ」として特に引用する。そうした事情も与ってか、『太平記』の諸伝本の中では例外的に現在までに相応の研究の蓄積を持つ。小稿は先行の成果を確認しつつ、それに加え得るささやかな知見を述べ、天正本生成の機構の究明のための礎石とするものである。

一　天正本系諸本と研究史

巻数および巻の区切り方を基準として諸本を甲・乙・丙・丁の四類に分ける鈴木登美恵の分類[1]に従えば、天正本は丙類本（甲類本の巻三十二相当部分を二巻に分割し、甲類本の巻三十五のうちから所謂〝北野通夜物語〟を別に一巻として巻三十八にあて、さらに甲類本の巻三十六・三十七の二巻を併せて一巻として、全体を四十巻に分割している本）に属し、また近年の、諸本を二大系統に大別する稿者や長谷川端の試案では天正本系（編纂本系）に分類される。後者は天正本には全巻にわたって表現・構成・思想面において他本とは著しい差違が見出せることや、独自の編纂意識が認められることに着目した新しい分類法である。

まずはこの系統に属する伝本を概観しておく（書誌については龍谷大学本以外は多く旧稿および先行論文に譲る）。

(1)天正本（水府明徳会彰考館蔵）

四十巻二十冊。巻一巻末に天正二十（一五九二）年三月書写の奥書。巻三十六以外は一筆書写。新編日本古典文学全集『太平記①〜④』（小学館）は本書を底本にして校訂を加えたもの。

(2)義輝本（国立国会図書館蔵）

全三十九冊（総目録が一冊あり、巻二・四十の二巻を欠く）。室町末期の一筆書写、各巻末に「義輝」の墨印あり、室町幕府第十三代将軍足利義輝（一五三七―六五）旧蔵と伝える。勉誠社から影印刊行（巻二・四十は天正本で補なう）。静嘉堂文庫蔵『太平記七』（松井別本）は体裁・筆蹟等から本書のツレで巻四十に相当（但し尾題と「義輝」印はない）。

(3)野尻本（国立公文書館内閣文庫蔵）

四十二巻四十一冊（巻三は欠、第一冊目は総目録および巻一）。巻三十一・三十二は巻二十九・三十と内容的に重複（巻三十一以降の諸巻は天正本系統ではない）、巻四十二は『八幡愚童訓』からの抜書。巻八・三十七を除く各冊末に、出雲国三沢庄亀嵩（島根県仁多郡仁多町亀嵩）の住人、野尻蔵人佐源慶景の識語があり、天正六（一五七八）年二月に出雲国造千家義広蔵の四十二巻本を借用して一旬の間に書写したものという。

(4)龍谷大学本（龍谷大学附属図書館蔵）

◦架蔵番号　〇二一・三七〇・一二

◦巻一から巻十二までの十二冊現存（第一冊目は総目録および巻一）。

◦紺色表紙。縦二八・七センチメートル、横二一・七センチメートル、表紙中央に元題簽（縦一六・六センチメートル、横三・四センチメートル）を貼り、「太平記幾」と墨書。

◦本文は漢字片仮名交り、一面十一行、字面高さ二三センチメートル、一行約二四字詰。振仮名・附訓・朱句点・朱引あり、室町末期の一筆書写。

◦各冊第一丁表右下に「写字台之蔵書」（二・三センチメートル×三・五センチメートルの長円形に二行刻）の朱印。「写字台」は西本願寺の門主の文庫印。

右の四本が天正本系統の主要伝本である。このうち義輝本と龍谷大学蔵本とは本文が近く、長谷川端は「共通の祖本を有するテキスト[5]」と認定する。

この他に抄出本ながら天正本系統の本文は『管見記・太平記断簡』・『御願書并御告文旧草』中「太平記詞」（いずれも宮内庁書陵部蔵）にも見える。前者は巻十三の本文の一部を室町中期の永正・大永（一五〇四―二八）を降らない頃に書写したもの[6]、後者は巻一から巻六までに相当する部分の辞句を抄出した抜書でこれも大永に近い頃の書写と推定される[7]。いずれも西園寺家・伏見宮家という公家に係る伝本で、十六世紀初頭における天正本系本文の流伝を窺う上で貴重な資料である[8]。天正本系統の本文の成立時期については、梵舜本（天正本より後出）の本奥書や右の抜書類などの資料を根拠に「いかにおそくとも長享以前であろう[9]」と推測されており、室町初期から中期にかけての『太平記』の本文流動を考える上で鍵となる伝本と言える。

こうした天正本に関する論考は、他の諸本についてよりは多く、それらの中で最も概括的に述べたのは鈴木登美恵

「天正本太平記の考察」[10]であろう。これ以前に天正本の佐々木道誉称揚の姿勢に着目した氏は、改訂の最終的な仕上げは佐々木京極家に関係のある人物によってなされたのではないかと述べ[11]、当該論文において天正本の性格を次の四点に要約した。

①歴史的事実への接近
②編年体的意識に基づく改訂
③通俗的な抒情性・物語性の増加
④政道批判に関する記事の簡略化

その上でこうした特徴を持つ天正本の評価については、古態本の持つ批判性など『太平記』独自の文学性から後退したものであるとの、やや否定的なものであったが、その後、天正本に南朝を正統とみなす叙述姿勢が見え隠れしていることを指摘、そこに現存しない古態本の投影を認めており[12]評価に微妙な変化が窺える。

以後、天正本に関する論考は多かれ少なかれ鈴木論文を意識しつつ各自の見解を展開した。例えば大森北義は、合戦記を詳述しようとする天正本の〝描写性〟に注目、そこに一定の方法意識の顕現をみ[13]、稿者は古態本に比べて天正本には叙述の連続性・記事の集中化に配慮する傾向があること、『増鏡』などの資料をとり込むあり方の他[14]、悲傷的場面における記事の増補、会話による場面進行、後日譚に対する興味などの特徴にふれたが[15]、結局の所、従来の指摘からさして踏み出すものではなかった。如上の成果は比較的目に留まり易い傾向を抽出したもので、今後は今少し微細な箇所にも検討を及ぼした上で生成改訂の場についても再考が必要かと思われる。ここ数年、偶々天正本を少しく丁寧に読む機会に恵まれたので、その際気づいた点を中心に私見を述べてみたい。

二　『太平記』の地の文と和歌

『太平記』の出典探索という分野において、ある程度の分量を持つ説話や中国故事に関しては後藤丹治[16]・増田欣[17]を筆頭にかなりまとまった成果[18]が認められる。その一方で、粗筋を要約した程度の短い故事や辞句、語り手の言葉（地の文）の中にも先行文献に依拠した表現は少なくなく、これらに関する注解は想外になされていないように思われる。旧稿（注15）で天正本の文章表現が美文化している現象をめぐって、

。歌語・漢詩句を挿入した表現。
。道行・名所尽し的表現。
。様式的な比喩表現。

の三点にまとめてみたが、具体的な検討をほとんどなし得なかったので改めてとりあげてみたい。

天正本の表現の特徴に及ぶ前に、他の諸本にも共通してみられる『太平記』の和歌的表現について例をあげる。足利尊氏の没後、各地の宮方もまた劣勢にあった状況を、

勢の微々に成りぬと聞えしかば、宮方の人々は①月を望むに暁の雲に逢へるが如く、あらまほしき末に悲しみあって、②意に叶はぬ世のうさを歎きければ、[19]（巻三十四「八座羽林将軍の宣旨を給ふ事」4 143頁）

と叙述する（神田本・徴古館本等諸本もほぼ同）が、傍線部①は『古今集』仮名序の六歌仙の喜撰評に、

ことばかすかにして、はじめをはりたしかならず、いはば、秋の月を見るに、暁の雲にあへるがごとし[20]

とあるのに共通し、②は『小町集』五八番の、

心にもかなはざりける世の中の憂き身は見じと思ひけるかな

の影響を受けているかと思われる。①②とも新編以外は未注であるが、竹中本『太平記』巻三十四の本条に、おそらくは竹中本書写者の注記として①の仮名序の指摘がなされている（未刊国文資料、㈲69頁）。

徴古館本などでは巻三十七になるが、畠山道誓の謀叛に関連して安禄山の反乱が語られ、その中で楊貴妃が殺される場面がある。

（玄宗）兎角の御言にも及ばず、御胸ふさがり御心消えて、鳳輦の中に倒れ伏させ玉ふ。霞の袖を覆へども、荒き風には散る花の、隠るる方もなかるべきに、楊貴妃さてもや脱るると、君の御衣の下へ御身を側めて隠れさせ玉へば、（巻三十六「楊貴妃の事付楊国忠の事」4 286頁）

とある傍線部（徴古館本等も同）は『好忠集』の八一番、

わがために霞は花を隠せども荒き風にはしたがひにけり

に依拠し、貴妃を花に、霞の袖を玄宗に、荒き風を禄山の軍兵に喩えているかと思われる。

吉野を訪れた光厳院が、南朝の後村上天皇と対面し波瀾の人生を回想するくだりに、

前業の嬰《かか》る所に旧縁を離れ兼ねて、①住むべきあらましの山は心にありながら、②遠く待たれぬ老の来る道をば留むる関守もなくて歳月を送りし程に（巻三十九「光厳院法皇山国に於いて崩御の事」4 407頁）

とある（徴古館本等も同）。傍線部①は『続千載集』巻十八・雑下の源隆泰の歌（一九九〇番）、

浮世をばいとひぞはてぬあらましの心は山のおくにすめども

を、②は『新拾遺集』巻十九・雑中の藤原成藤の詠（一八四〇番）、

つひに行く道はありともしばしだに老をとどむる関守もがな

を意識した表現とみてよいだろう。「すむべきあらましの山」「老を留むる関守」というやや特徴的な辞句が共通するということの認定が許されるならば、『太平記』は『古今集』などの古典的な歌集だけでなく、近い時代の歌人の詠歌にも目を配っていたと言える。『勅撰作者部類』に「五位若狭守、源」とある源隆泰は『続現葉集』に「二品法親王覚家五十首に、歳暮」と詞書して出詠（巻六・冬、五四二番）している。この聖護院覚助法親王（後嵯峨院皇子、一二五〇—一三三六）は延慶・正和・文保年間に五十首歌を召しており、隆泰はその頃の二条派歌人[21]である。藤原成藤は二階堂四郎左衛門盛行の子で、同左衛門尉時藤（鎌倉幕府政所執事）の養子となる（尊卑分脈）。『建武年間記』の「武者所結番事」（延元元年四月日）の五番に「三河守成藤」と見え、康永三年の『金剛三昧院奉納歌』に「六の道いつかは出でん小車のわずかなる世に又むまれぬる」以下が載る当代歌人である。

既に大系以下諸注に指摘があるが後醍醐天皇の歌をあげてみる。隠岐配流後の天皇の日常を描いた部分に、

武士の番をもよほす声はかり、御枕上に近けれは、夜御殿にいらせ給ひても露真寝せ給はす、萩の戸の明をまちし朝政無けれとも、巫山の雲の雨の御夢にいる時もなきままに（巻四「先帝御下着事」[22] 徴古館本110頁）

とある傍線部は、『続後拾遺集』巻十六・雑に「上のをのこども三首の歌をつかうまつりしついでに、朝草花」と詞書がある御製、

露よりもなほ事しげき萩の戸の明くれば急ぐ朝まつりごと（一〇九八番）

に依る表現であろう。作者は朝政に精励する様を主題にした御詠があることを知悉しており、その上で今は配流の身となり政務から切り離された後醍醐の生活を叙す場面において、巧みにこの歌を転用し地の文の中にとり込んだのである。なかなかにしたたかな手法と評すべきであろう。以前わずかに触れた巻十五「賀茂神主改補事」における『兼好法師家集』[23]の利用の例などとも併せ、作者の当代およびそれに近い時代の和歌への関心は並々ならぬものがある。

軍記文学というジャンルの故か、『太平記』と和歌との関係は従来さして注目されなかったが、この点は今少し検討されるべきだろう。さらには採歌傾向等に及ぶ考察が必要だろうが、依拠歌か否かの認定など慎重な判断が要求され今は問題提起にとどめたい。

三　天正本の和歌的表現

前節でふれた和歌への関心を一段と増幅しているのが天正本の改訂の方向の一つである。後醍醐天皇の近臣である万里小路藤房が、女房左衛門佐の局と恋に陥る場面を、天正本は次のように描く。

中納言藤房卿、風《ほの》かにこれを見給ひてより、①人しれず思ひ初めにし心の色、日に深くのみなり行けども、云ひ知らすべき便りもなかりければ、いたづらに心をこめて②葦垣の、間近けれども甲斐ぞなきと嘆き悲しみ給ひしが（巻四「笠置城の囚人罪責評定の事」1 172頁）

徴古館本等諸本（毛利家本も）にはない二重傍線部②は、『古今集』巻十一・恋一読人しらずの、

人知れぬ思ひやなぞと葦垣の間近けれども逢ふよしのなき（五〇六番）

を踏まえて、藤房と女房とが近接した場に居ながら逢うすべのない様を巧みに表現している。また天正本の独自異文ではなく諸本に共通した箇所だが、傍線①の部分は『千載集』巻十一・恋一、源季貞の、

人しれず思ひそめてし心こそ今は涙の色となりけれ（六八七番）

に依拠するものであろう。

以下、こうした例をいくつか挙げてみる。巻六の冒頭、後醍醐天皇の隠岐配流を嘆く民部卿三位殿の御局に関する

一節に、

百司の旧臣ことごとく愁ひを抱いて所々に跡を隠し、三千の宮女同じく泪を滴でて面々に臥し沈［む消息、誠に浮世の中の習ひ、迂れば変る理なれば、歎くべきにはあらねども、故哀れに聞えしは、］民部卿三位殿の御局にて止めたり（巻六「民部卿三位殿神歌の事」①二八五頁）

とある。徴古館本は［　］内を「たまふ、中にも」、流布本は傍線部を「と云ながら」とし、いずれも天正本よりは大幅に簡略である。傍線部は天正本の独自異文で、おそらく『源氏物語』若菜上の紫の上の和歌、

目に近く移れば変はる世の中を行末遠くたのみけるかな

が意識されているかと思われる。ただ、「うつれば変る理」という辞句は、『平家物語』巻十「熊野参詣」で那智籠りの僧が平維盛の閲歴を語る場面に、

うつればかはる世のならひとは言ひながら、哀なる御事哉（新大系・下237頁）

とあり、また『義経記』巻七「判官北国落の事」に弁慶の言葉として、

あはれ、人の御心としては、上下の分別は候はず。移れば変る習ひの候に、さらば入らせおはせまして（大系305頁）

とみえ、他にも散見する（舞曲『信太』・『松姫物語』）当時の諺の如き表現で、必ずしも紫の上の歌と限定するものではないが、隠岐へ流された帝の前途について「歎くべきにはあらねども」とかすかにでも希望を持つというあたりには、下句の「行末遠くたのみける」という状況に通じるものがあろう。

巻七で隠岐島の御所を脱出した後醍醐天皇が千波湊へと目指す場面に、

主上を軽々とかき負ひ進らせて行く程に、誰に問はましと思ひて、道芝の露踏み分けて程もなく、千波の湊へ着

きにける（巻七「土居得能河野旗を挙ぐる事」[1]359頁）

という描写があるが（毛利家本も同文）、傍線部は古態本・流布本にない。この箇所は『狭衣物語』巻二上の狭衣大将の和歌、

たづぬべき草の原さへ霜枯れて誰に問はまし道芝の露

を踏まえている。因に、伊予国の大森彦七を襲う鬼が美女に化けて彼を誘なう場面で、

道芝の露打払ふ人もなし行べき方を誰に問はまし（巻二十三「伊予国より宝剣進る事」[3]124頁）

という歌を詠む（諸本に共通する）が、これも『狭衣物語』の前掲歌を本歌としており、道案内がいなくて途方にくれるという場面になると『太平記』作者および改訂者は『狭衣』歌を連想したようだ。

高師直の軍勢が吉野の皇居を急襲するとの知らせに南朝方の天皇・公卿らがさらに山奥の賀名生をさして出立するくだりに、

取る物も取りあへず、あわて踢き倒れ迷ひ、習はぬ山の岩根を踏み、［思ひを篠の下路や、①世は春ながらふる雪に、②跡をもいかが隠すべき、げに山下風に③袖さえて泪のつらら結ぼほれ、夢現とも分きかねて、泣き迷ひ行く程に］主上勝手の宮の御前を過ぎさせ玉ひける時、（巻二十五「芳野炎滅蔵王霊験の事」[3]252頁）

とある。このうちの［ ］内の部分を徴古館本等諸本は、

重なる山の深雪をわけて、吉野の奥え迷入る、おもへは此山中とても心を留へき所ならねとも、年久しく住馴ぬる上、行末は尚山深き方なれは、其社《さこそ》は住憂からんすらんと（巻二十六「正行討死事付吉野炎上事」787頁）

とする。一読して判るように徴古館本は散文的で説明的な文である。これに対し、天正本は七五調で歌語を用い、地名はないものの一種の道行文的表現を作りあげ、南朝方が置かれた危機的状況を抒情的な叙述でより一層強調してい

る。①〜③のあたりの表現には次にあげる和歌の影響がみられるかと推される。

①桜ちる花の所は春ながら雪ぞふりつつ消えがてにする（古今集・巻二・春下、承均法師、七五番）

②御狩野に猶かきくれて降る雪や疲れの鳥の跡隠すらん（延文百首、前大僧正賢俊、九六八番）

③誰かまた涙のつらら袖さえて霜夜の月に物思ふらん（続古今集・巻六・冬、侍従行家、六一七番）

これらの和歌を援用しつつ酷寒の中で追いつめられた南朝の貴紳が逃げ場を求めて山中を彷徨する様を抒情的に表現している。②は狩場で疲れた鳥の足跡を、降る雪が隠すであろうとの意だが、天正本は春になっても降る雪に残る足跡をどのようにして隠せようか、とこの状況に合わせた意味に転用する。天正本が三宝院賢俊の和歌である②を踏まえているという判定が認められるならば、当代歌人でしかも足利政権と密接な関係を保った仏教界の重鎮の作を、改訂者はわざわざ南朝方の危難の場面に使用したわけで、その巧妙なやり口は注目に値する。

高師直の悪行を語る一連の話のうち、彼が建てた豪華な殿舎に関する記事は次のようである。

この師直は、棟門・唐門四方に立て、釣殿・泉殿、殿閣棟を双べ、二階の桟敷三棟四棟に幸種の奇麗壮観を逞しくせり（巻二十六「師直師泰奢侈の事」③290頁）

このうち傍線部は徴古館本等諸本になく、天正本系の増補と認められる。『古今集』仮名序は歌のさま六種のうち「いはひ歌」として、

この殿はむべも富みけり幸種の三葉四葉に殿づくりして

をあげるが、この歌について『古今和歌集序聞書三流抄』（以下『三流抄』と略称）は次のような付注をする。

ムベモ富ケリトハ、宜《マコト》哉ノ義也。サキ草ハ檜木也。又ハサチ草トモ云也。三ツバ四ツバニ殿造シテハ、三ツ棟四ツ棟ニ殿造シテト云義也。サレバ、此殿ノトミ栄ヘタルハ道理也。ヒノ木ヲ以テ三棟、四棟ニ家ヲ数多作テ栄

タリト也。文集云、楊貴妃依二天朝之寵一、楊国忠早階《カナヘリ》二星林之位一、而間、家雖レ栄二三棟四棟一、梟悪之計《ハカリゴト》身ニ余リ安禄山ニ滅サルト書ケリ。サレバ、三ツ四ツバトハ、三棟四棟也[24]（二・253頁）

「三葉四葉」を「三ツ棟四ツ棟」の豪華な家造りの意に解釈しており、「幸種」というやや特殊な語句が共通することとも併せて天正本の独自異文と『三流抄』の世界とは同趣の理解によるものと考えてよいだろう。さらに「文集云[25]」以下の部分は、この豪奢な建物の主を、例えば楊貴妃の縁で異例な出世をしそして没落した楊国忠とみなしている。高師直兄弟を楊国忠に重ね合わせて捉えるという考え方は、巻二十七で足利直義の出家後、義詮が世務に携ったものの、

万事ただ師直兄弟の計らひたりしかば、高家の権勢、宛も魯の哀公の時に季桓子が威を振るひ、唐の玄宗の世に楊国忠が驕りを恣にするが如くなり（巻二十七「土岐周靖房謀叛の事」③379頁）

という状態であったとあり、『太平記』にも共通した認識と言えるだろう。なお『三流抄』と同趣の注は『毘沙門堂旧蔵本古今集注』にやや詳しく、『竹園抄』にも簡略に載る。

『古今集注』と『太平記』との関係については、巻十六「日本朝敵事」の藤原千方が四鬼を使った話などを例に、『三流抄』に近い内容を持つ『毘沙門堂旧蔵本古今集注』が中世文学のさまざまな分野に大きな影響を与えたことを具体的に示した片桐洋一の論考[26]に拠るべきだが、そこでの、

『毘沙門堂本注』を講ずる人と講釈を聞く人、『太平記』を講ずる人とその講釈を聞く人、このそれぞれの人々の人間関係のどこかに、たとえば寺院、僧侶、寺院出入りの歌僧というような、何らかの接点があったのではないか、

という提言を肯定的に受けとめる一つの材料として、天正本の「三棟四棟」の増補記事をあげてもよいのではなかろ

うか。

以上の諸例から窺えるように天正本は地の文において和歌をふまえた表現を大幅に増補し、その取材範囲は『古今集注』の世界にも及び、特に例えば巻十五「賀茂神主改補の事」・巻十九「一宮御息所の事」・巻二十「義貞寵妾勾当内侍の事」・巻二十一「塩冶判官讒死の事」・巻二十二「佐々木信胤敵になる事」などのように、女性描写や恋愛譚に係る場面になると、改訂者は王朝物語や和歌に関する知識のすべてを動員し、古態諸本を遥かに上回るように文章の整備に努めている。改訂者の修辞に対する興味は和歌的側面だけでなく仏語や漢詩句を用いた慣用表現にも及ぶ。一例にとどめるが、京都での新田義貞との合戦（建武三年正月晦日）に敗れた足利尊氏が丹波篠山へのがれた場面に、

親子・兄弟、骨肉・主従、互ひに行方を知らず落ち行きければ、打たれる物をも生きてぞあらんと憑み、生きたる物をも打たれてぞあらんと悲しむ。尽大地、怨憎会苦、今さら思ひ知られたり。されども、将軍は正しく別の事なくて（巻十五「大樹摂州打ち越え給ふ事」②257頁）

とある。傍線部は天正本の独自異文である。ことを叙した後にそれに対する批評言を付加するのは天正本の一特徴であり、ここでは合戦が人々にもたらした悲苦を、「尽大地、怨憎会苦」という仏語で総括する。やや衒学的な態度と評すべきだろうが、天正本にはこうした増補改訂がそここここにみられる。

四　天正本と近江国

『太平記』の成立に関する外部徴証のうち、近江国との係りを示す材料は、後藤丹治によって紹介された（全書解説）『興福寺年代記』の、

太平記ハ鹿薗院殿ノ御代外嶋ト申シヽ人書之近江国住人

という記事が唯一であろう。「外嶋」を「小嶋」の誤写（伝）として、『洞院公定日記』の小島法師と同一人とみなす意見が次第に主流となった経緯については、原本等を悉皆調査の上、抹消されかけていた「外嶋」の復権を決定的なものにした横井清の最近の論[27]に詳しい。

「小嶋法師」ならぬ、実は当人が僧形なのか否かすらも無論不明である「近江国住人」の「外嶋」という人が実在した可能性は、まだ誰の手によっても抹消できず、抹消してはならないはずである。

という発言の持つ意味は限りなく重い。

ところで釜田喜三郎は、小島法師を増補改訂を加えた四十巻本の中の一系統本（具体的には天正本をさす）の改訂者と考えたようだが[28]、この説について増田欣は、

小島法師が円寂した応安七年（一三七四）のころに、すでに天正本のごとき『太平記』諸本のうちでももっとも特異な本文が、たといその原型的なものにせよ、成立していたかどうか、はなはだ疑問の存するところである。[29]

と懐疑的である。しかし「外嶋ト申シヽ人」＝「小島法師」と考える制約から解き放たれた現在、「鹿薗院殿ノ御代」すなわち義満将軍時代（一三六八―九四）の間に「近江国住人」「外嶋」が『太平記』の成立あるいは改訂に携わったとし、それが天正本であったかもしれないと推測することは可能であろう。

さて「外嶋」の問題はさておき、ここでは天正本の記事の内部徴証から近江国に関係する痕跡がないものか探ってみたい。従来、近江というと特に佐々木京極家との関係が注目されて来ており、稿者もそれを否定するものではないが、そうした党派性以外の面での徴証となると意外に少ないのである。巻二で花山院師賢が後醍醐天皇の身替りとなって山門臨幸を装う場面がある。諸軍勢が争って天皇方に馳せ参じるくだりに、

山上・坂本は申すに及ばず、大津・松本・志那・梢浜・仰木・衣川・和尒・堅田の者までも、我劣らじと馳せ参るの間（巻二「主上御出奔師賢卿天子の号の事」1 107頁）

とある。「梢浜」は諸本になく天正本の異文である。現在の何処に該当するのか未詳だが近江のこの辺りに土地勘のある人物の手による増補かと推察される。同様に些末な例だが、康安年間に琵琶湖が干上がったことを叙した記事に、

見る人日に群集す。また高嶋や、かち野の浜より遥々と、湖上二、三里が間、馬碯の如くなる切石を広さ二丈ばかりに布き連ねて（巻三十七「犯星客星出現湖水旱の事」4 298頁）

とある。徴古館本等諸本は傍線部を「竹生嶋より箕浦まで水上」とする。ここは湖水の干によって湖中に道が生じたことを描くが、諸本に従えば、琵琶湖の北方の竹生島から東岸の近江町箕浦の辺まで、天正本では高島町の鵜川の沖から道が顕れたことになる。どちらでも矛盾はないが、引文の前に白髭明神の前の奥に橋が現じたことを記しており、同明神の所在（高島町）から天正本はそれに近い場所に道が顕現したとしたものか。近江国への地理的理解があることは確かだが、「高嶋や」は「かち野」にかかる枕詞的な使い方であり、そうした修辞的な興味に基づく改訂とみた方が妥当であろう。

巻二十九「八重山蒲生野合戦の事」は天正本独自の増補であり、長谷川端は、

地理の詳細さ、近江国の国人層の活躍する記述などから、佐々木京極氏からの資料提供はもちろんであるが、天正本作者あるいは改訂本製作グループ内の人物に相当この地域の地理にも明るい人物がいたことが推測される。（新編4 10頁）

とする。ここでは地理的な面について、一、二ふれてみたい。佐々木道誉父子が舟岡山に登り敵状を視察した上で自軍を三手に分ける場面に、

一方へは五郎左衛門尉高秀を大将として二百余騎を指し分けて、蒲生野・小椋の一族どもを案内者にて、悪事高丸が壊塚を後に当てて陣を張る（③468頁）

とある。壊塚の場所については八日市市市辺町の辺りらしいが、問題はこれが悪事高丸と関連づけて示されることである。悪事高丸は坂上田村麻呂に誅伐された奥州の逆賊のことかと思われ、『神道集』巻四「信濃国鎮守諏訪大明神秋山祭事」に詳しく、また『義経記』巻二「義経鬼一法眼が所へ御出の事」に、

本朝の武士には、坂上田村丸、これを読み伝へて、あくじの高丸を取り、藤原利仁これを読みて、赤頭の四郎将軍を取る（大系82頁）

とあり、『吾妻鏡』文治五年九月二十八日条には「悪路王」の名で載る。しかし高丸と壊塚とを結びつけた記述としては、『和漢朗詠集和談鈔』（以下『和談鈔』と略称）の跋文に次のようにあるのが管見の唯一である。

爰ニ江州神崎郡大谷山ニ、白二王ト云事アリ。他寺替タル［金］剛力士也。此寺ハ、昔、上宮太子之叔父、良正上人開基也。法華［講読之］時、白花雨レリ二虚空ヨリ一。其花留タル所ヲハ、花留原ト名付タリ。坂［上田村］丸、為三退治二悪事高丸一、蒲生野破塚《コホチ》ニ発向之時、当寺ニ［祈願］有テ得タリレ勝コトヲ。彼帝釈ノ、修羅ニ勝テル准テ得勝堂二一、号ス善勝寺。[30]（㈢582頁）

坂上田村麻呂が悪事高丸を退治するために蒲生野の破塚に向かった際、善勝寺に戦勝祈願をしたというのである。時代はかなり下るが、高丸が近江国で乱を起こしたことは、天理図書館蔵『鈴鹿の物語』下に、

あふみのくに、かまふのゝはらに、あくしのたかまつ《るイ》とてまわうの候にしか、おほくの人たねを、とりうしなふあひた、きせん上下のなけき、これにすきます（『室町時代物語大成』七、527頁下）

とみえ、悪事高丸は蒲生野に係る人物であるという何らかの伝承が存在したことが窺える。わずか一例ではあるが天正本の悪事高丸に関する独自異文が『和談鈔』跋文の内容と一致することは、両者の伝承基盤の共通性を示すもので

あろう。『和談鈔』『三国伝記』が善勝寺を中心とする近江文化圏で生成されたらしいことは、諸先学(31)の明らかにしつつあるところで、天正本の改訂もまたその圏内に何らかの接点を持つ環境でなされたのではあるまいか。この事象を天正本と近江国との関係で捉えるか、あるいは『和談鈔』など注釈書の世界との接点として理解するかは弁別の困難なところであるが、強いて分ける必要はなく天正本の生成基盤の一つとして右の如き世界があったと考えておいてよいだろう。

蒲生野合戦で足利直義方の佐々木五郎左衛門尉定詮（六角）に追われた佐々木道誉が敗走する場面に、

五郎左衛門尉、案内は知つたり、急ぎ拉いで追ひ懸くる間、その隘半丁もなかりけり。この時道誉も遁れじとや思ひけん、社前にてすでに腹を切らんとし玉ひけるを、一家の氏族（中略）二人一所にて打死しけるその間に、道誉はその身恙く小脇山の麓を廻つて、その夜甲良庄に着きにけり。（3 470頁）

とある。傍線部「社前にて」とあるが、引文の前（後）に神社の記述はない。この社がどこをさすのか不明で読者はとまどうが、蒲生野合戦の事の執筆者にとってはあまりにも自明の事柄であるが故に社名を記すまでもなかったのではあるまいか。この社前を『近江蒲生郡志　第九（軍事志）』は「金柱宮中野村小脇の社前」（158頁）、『八日市市　第二巻中世』も同様に「金柱宮（八日市市小脇町）の社前」（146頁）とする。右の例も天正本改訂者が近江国について土地勘を持っていたことを示す一端であろう。

以上掲げたいくつかの例は天正本と近江国との関わりを積極的に強調する徴証としてはやや物足りないものだが、徴古館本等通行の諸本よりは近江との関係の深さが認められるのが天正本であるとみてよいだろう。

五　結び――天正本と守護大名

上来検討してきたのは『太平記』の主に表現に係る問題で、天正本の成立を考える際に欠かせないのは各氏族に関する記事が他本とどのように相違するのかという点である。これが佐々木京極家だけの問題ではないことは既に大森北義に、

天正本には合戦記を具体的に詳しく描こうとする性格があること。そして、その叙述は（中略）佐々木氏という一氏族の立場にひきつけてみるだけでは把えることができない程の幅の広さを示しており、合戦記として質的にみても、いわば構造的な詳しさをもつ部分が多い(32)

という発言があり基本的に同調するものである。ただ、氏族に関する記事の諸本による増減の細部に渉る抽出、室町初期の政治状況にからめての分析は今後に残る大きな課題である。

天正本の合戦記事ではかなり多くの氏族について記事の増補がみられる。例えば観応三（一三五二）年閏二月二十二日、南朝軍が京都を攻略した際の合戦で幕府政所の細川頼春が討死する。その様子を天正本は、

讃岐守が乗つたる馬、太刀の影にや驚きけん、弓杖三杖ばかりぞ飛びたりける。讃岐守鞍壷に乗り直つて、鐙を踏み直し玉ひける時、敵透間をか伺ひけん、鑓の柄を取り延べて、内甲へぞ込みたりける。込められて振り仰ぎけるところに、運命や尽きたりけん、小家の軒に出でたりける竹のはなに、甲の錣かかりて、抜かんとしけるところを、鑓持あまた走り寄り、馬の太腹さして、はね落させ、透間もなく取り囲みたり。頼春は臥しながら、敵二人の諸膝薙いで切り居ゑ、起き直らんとするところを、敵あまた寄り懸かり、（巻二十九「南方の官軍京攻め并び

に再び勅使具忠入洛の事付けたり頼春討死の事」[3]495頁）

と、敵に討たれる経過をも説明し具体的に叙述する。これに対し徴古館本等諸本は傍線部を「飛時鞍に余されて真倒に百とおつ、頓て敵三騎下合て起しも立す切けるを」として簡略である。細川頼春は後の管領頼之の父で、細川氏が室町幕府の中で要職にあったことを考慮すれば、名誉の討死の様を詳述するのは理解できるし、「小家の軒に出でたりける竹のはなに、甲の錣かかりて、抜かんとしけるところを」などという細部に及ぶ描写は、都での合戦であり目撃者・伝聞者からの情報によるものという可能性は十分に考えられる。

　この他、有力な守護大名・氏族に関する記事で増補が認められる箇所の一部を左に示す。

○赤松氏―[2]202頁注一〇[33]
○斯波氏―[1]436頁注七・[2]224頁注三・[3]537頁注一四・538頁注四・[4]88頁注三
○畠山氏―[4]314頁注三
○山名氏―[4]78頁注一
○渋川氏―[2]121頁❖・135頁注一八
○石塔氏―[3]481頁注二〇
○仁木氏―[2]281頁注一三

これらのうち赤松・斯波・畠山・山名・渋川氏などに係る増補記事は、『太平記』の成立時あるいはそれ以降に室町幕府内で三管・四職など要職にあった氏族で、『太平記』の修訂作業が基本的には足利政権の監督下に行われたらしい（天正本の場合も事情は大きくは変わらないであろう）という事情を勘案しても納得できる。しかし観応の擾乱以降、足利直義方や南朝方に走り足利政権と敵対し、結果没落していった石塔・仁木氏の、合戦における活躍の記事の増補という現象はどう捉えたらよいのだろうか。一つの見通しとして、こうした現象は天正本が足利政権草創の歴史を叙述する中で、その後の向背はともあれ合戦などでの活躍が認知される武士やその行動については広く採録するという、一種の記録意識を持っていたことによるもの、と考えてみたい。そして単に「勢ぞろへ斗《ばかり》に書入」（難太平記）れるのではなく、戦場での行動の逐一にまで及ぶのは、全般にわたって事を具体的に描くという天正本の性格のなせるわざとも言えよう。多岐にわたる氏族に、肯定的な記事が増補されているのは、単に佐々木氏関係だけでなく、幕府草創に係った氏族を広く見わたして、記録すべきは書き留めておくという、天正本編者の公平な歴史意識の反映であろう。具体的な分析・検討はすべて今後の課題としたい。

注

（1）「玄玖本太平記解題」（『玄玖本太平記（五）』、一九七五・二、勉誠社）。
（2）長坂「『太平記』諸本研究の現在」（『軍記と語り物』33号、一九九七・三）。
（3）「太平記」（『日本古典文学大事典』一九九八・六、明治書院）。
（4）長坂「太平記の伝本に関する基礎的報告」（『軍記研究ノート』5号、一九七五・八）。
（5）「天正本太平記校本（一）」（『中京大学文学部紀要』28巻3・4号、一九九四・三）凡例。同校本は（二）（巻三まで）『同紀要』29巻1号、一九九四・六）まで既刊。
（6）長坂「宮内庁書陵部蔵『御願書并御告文旧草』中『太平記詞』・翻刻」（『青須我波良』34号、一九八七・十二）。
（7）長谷川端「宮内庁書陵部蔵「管見記・太平記断簡」について」（『日本文学説林』一九八七・九、和泉書院）。
（8）この他、個人蔵（矢野有氏）古活字本零本（巻三・四のみの一冊）には、異本との校合の結果が朱書されており、この異本が天正本系統と推測される。

(9) 鈴木登美恵「古態の『太平記』の考察――皇位継承記事をめぐって――」(『国文学』36巻2号、一九九一・二)。

(10) 『中世文学』12号、一九六七・五。

(11) 「佐々木道誉をめぐる太平記の本文異同――天正本の類の増補改訂の立場について――」(『軍記と語り物』2号、一九六四・十二)。

(12) 注(9)に同じ。

(13) 「天正本太平記の一性格」(『中世文学 資料と論考』、一九七八・十一、笠間書院)・「天正本太平記の合戦記について」(『鹿児島短期大学研究紀要』22号、一九七八・十)。

(14) 長坂「天正本太平記成立試論」(『国語と国文学』53巻3号、一九七六・三)。

(15) 長坂「天正本太平記の性格」(『奈良大学紀要』7号、一九七八・十二)。

(16) 『太平記の研究』(一九三八・八、河出書房)。

(17) 『『太平記』の比較文学的研究』(一九七六・三、角川書店)。

(18) 黒田彰『中世説話の文学史的環境』(一九八七・一〇、和泉書院)・同『同続』(一九九五・四、和泉書院)、柳瀬喜代志『日中古典文学論考』(一九九九・三、汲古書院)など。

(19) 本文は天正本を引用(諸本と同じ本文の場合)する。新編日本古典文学全集(以下「新編」と略称)により冊・頁を示す。なお以下『太平記』校注書は括弧内の略称で示す。日本古典全書(全書)・日本古典文学大系(大系)・新潮日本古典集成(集成)・角川文庫(角川)

(20) 歌集等は原則として『新編国歌大観』(角川書店)に拠り、適宜漢字をあてるなど私に表記を改めた。

（21）井上宗雄『中世歌壇史の研究　南北朝期』（一九八七・五改訂新版、明治書院）177頁。
（22）この箇所は天正本には脱文があると思われる（新編1231頁注二）ので徴古館本を引く。
（23）長坂「戦後『太平記』研究の展開と課題――注釈史と最近の動向を中心に――」（『太平記の成立　軍記文学研究叢書8』、一九九八・三、汲古書院）。
（24）片桐洋一『中世古今集注釈書解題二』（一九七三・四、赤尾照文堂）二五三頁。
（25）『白氏文集』に「三棟四棟」の記述はない。
（26）「中世古今集注釈書と説話――『毘沙門堂本古今集注』を中心に――」（『説話論集　第三集　和歌・古注釈と説話』、一九九三・五、清文堂出版）。
（27）「「小嶋法師」と「外嶋」について――『興福寺年代記』記事の復権――」（『季刊文学』九巻一号、一九九八・一）。
（28）「太平記」（『増補新版日本文学史　中世』、一九七七・四、至文堂）。
（29）「太平記の成立」（『増訂版日本文学新史3中世』、一九九〇・三、学燈社）。
（30）伊藤正義・黒田彰編著『和漢朗詠集古注釈集成　第三巻』（一九八九・一、大学堂書店）。［　］内は底本判読不能箇所を対校本で示したもの。
（31）池上洵一『修験の道――『三国伝記』の世界――』（一九九九・三、以文社）・黒田彰注（18）所引著書・牧野和夫『中世の説話と学問』（一九九一・十一、和泉書院）など。
（32）注（13）の『鹿児島短期大学研究紀要』22号の論文。
（33）『新編』の冊・頁・注番号を示す。

流布本『太平記』の成立

小秋元　段

はじめに

流布本『太平記』は、京都の医師五十川了庵（天正元年〜寛文元年。一五七三〜一六六一）が慶長八年（一六〇三）に刊行した古活字本を祖とする。それ以降に刊行された古活字本や整版本には、多少の記事の増補を行うものが例外的にあるもの(1)の、それらは基本的には慶長八年刊古活字本の本文を踏襲している。

わが国の古典作品は近世初期、古活字本として印行されるに及び、本文を「固定化」させたものが少なくない。これらの作品はそれ以前、書写伝流の過程において本文の変化を生み出し、複数の異本を派生させた。『太平記』の場合も同様で、慶長八年刊本の本文は神田本・神宮徴古館本・西源院本などの古態本に対して大きな距離を持ち、室町期における本文流動の果てに流布本が成立したことが窺い知られる。

さて、流布本『太平記』の本文については、室町期の写本でいえば梵舜本がその「前段階」に位置することはよく知られている(2)。しかし、その両者の関係を実証し、梵舜本から流布本に至る本文流動の実相を明確にとらえるためには、慶長七年刊古活字本の存在を抜きにすることはできない。慶長七年刊本は慶長八年刊本と同様に五十川了庵の手によって刊行されたものだが、その本文は慶長八年刊本に比して梵舜本により近接しており、梵舜本と流布本をつなぐ位置に立つ貴重な伝本といってよい。すでに拙稿「五十川了庵の『太平記』刊行―慶長七年刊古活字本を中心に―」(『文学・語学』第一六四号、一九九九年)において説いたが、慶長七年刊本は現存の梵舜本を底本に採用してこれを基底とし、数系統の本文による増補を行って成立したものである。了庵は天正七年(一五七九)に七歳で父了任に死別し、以後医師盛方院浄慶によって養育され、自身も医道に進むことになるのだが、この浄慶は母を梵舜の姉妹(吉田兼右女)とするから、梵舜の甥に当たる人物なのであった。梵舜と浄慶の親密な交流の様は梵舜の日記『舜旧記』に窺え、例えば梵舜が石田三成から『源平盛衰記』の書写を依頼されたとき、浄慶は梵舜のために一巻を分担書写している(慶長二年五月二十六日条)。両者の間には書物の往来も時として行われたことが十分に想定され、前稿では了庵が『太平記』開版にあたり梵舜所持本を底本とした背景に、養父浄慶を介した梵舜との「縁」を考えてみたのであった。

慶長八年刊本の本文はこの慶長七年刊本を底本とし、さらに若干の増補改訂を行ったものである。従って、従来漠然と考えられていた「梵舜本から流布本へ」という流布本成立の概念は、「梵舜本→慶長七年刊本→慶長八年刊本」という二つの階梯を考えることにより、明確に跡づけることが可能なのである。本稿は梵舜本から慶長七年刊本へ、そして慶長七年刊本から慶長八年刊本へと展開する際、その本文がいかに増補改訂されていったかを具体的に見てゆき、流布本『太平記』の本文の形成過程を概観しようとするものである。

一、梵舜本

まずはじめに、慶長七年刊本の底本となった梵舜本の本文について略述しておこう。

梵舜本『太平記』は四十巻四十冊、前田育徳会尊経閣文庫に儲蔵され、影印が古典文庫に九冊で収められている

（高橋貞一氏解説。一九六五年〜六七年）。天正十四年（一五八六）に梵舜ほか数名の手によって書写されたもので、書写奥書が巻六など七つの巻に残されているが、その日付としては巻六の「天正十四 年卯月廿二日ニ写之」とあるのが最も早く、巻四十の六月十日とあるのが最も遅い。天正十四年の夏とその前後に書写されたものとおよその推測がつく。そしてこの書写奥書のほかに二種類の本奥書が存している。一つは巻三十九のみに残された宝徳元年（一四四九）八月の年紀を持つ長文のもので、但馬介日下部宗頼[3]なる人物が細河右馬頭（持賢）より『太平記』を借り、十五日の内に数名で書写を終えた旨が記される。もう一つは、例えば巻一に「本云長享二年七月書之」のごとく書されるもので、同種の奥書が巻一のほか巻三、五、六、九、十三、十四、十六〜十九、二十一〜二十四、二十六〜二十九、三十一〜三十三、三十五、三十六、三十八〜四十の計二十七巻に残されている。このうち最も早いのが巻一の長享二年（一四八八）七月のもので、巻二十七の延徳元年（一四八九）十二月十二日とあるのが最も遅い。つまり、梵舜本の本文は巻三十九に関しては宝徳元年まで遡れ、他の巻も同時期か、または遅くとも長享・延徳までは確実に遡れる古い素性を持つものなのである。

　しかし、その本文形態は必ずしも古形を保っているわけではない。梵舜本は甲類本が欠巻とする巻二十二を有し、甲類本の巻二十六・巻二十七に相当する巻を三分割してこれを巻二十五・巻二十六・巻二十七に当てており、鈴木登美恵氏の四分類法による乙類本に属する。[4]つまり梵舜本は古態をとどめる甲類本に対し、増補改訂を経た後出の本文を伝えているのである。例えば、巻四「笠置囚人死罪流刑事」には甲類本にある源具行の最期、殿法印良忠の捕縛を伝える記事がなく（第一冊一六二頁相当部）、巻七「船上臨幸事」には布志名義綱が塩冶判官に捕らわれる記事が存し（第二冊一二〇頁）、巻十一では甲類本が巻末に置く「金剛山寄手等被誅事」が章段としては前から三番目、即ち「筑紫合戦事」の前に移されている。また、巻十二「神泉苑事」後半には『高野大師行状図画』による増補が見られ（第三冊一六七頁〜一六九頁)、巻二十一「塩冶判官讒死事」の一段は諸本には類を見ない本文と記事構成である。巻二十七の本文は神田本・西源院本に類する本文と天正本に類する本文との混合形態で、巻三十二は全体として永和本（巻三十二相当部のみを伝える最古態の一本）のごとき本文を基盤としながら、「鬼丸鬼切事」には鬼丸・鬼切両剣の由来を西源院本系により増補している（第八冊九六・九七・一〇〇・一〇一頁）[5]。また、巻三十六「志一上人調伏法事」には甲類本が持つ志一上人上洛の真相を伝える記事、細川清氏が八幡に籠めた願書に関わる記事がともにない（第九冊三三・三七頁相当部）。このほか梵舜本の本文を特徴づける箇所は枚挙に遑ないほど存するが[6]、それらの多くが時に宝徳本や乙類本の前田家本・毛利家本などと重なる面を持っていたり、巻二十七や巻三十二に顕著なように複数の系統の本文の混合化が見られることなどから、梵舜本の本文が後出本としての性格を強く持っていることが認められる。

そして、銘記しておかなければならないのは、梵舜本の巻八、十、十四、十八、二十二〜二十四、三十三、三十八の九巻は天正本と同一の本文をとる巻となっていることである。このうち巻八と巻十を除く全ての巻に長享の奥書があることから、それ以前の段階でこれら九巻が何らかの事情で脱落し、天正本系の本が補配されたと理解できる。その結果、梵舜本では巻二十一に諸本同様「法勝寺炎上事」を持ちながら、巻二十三を天正本系によったため、そこにも同記事を重出させている（天正本系では「法勝寺炎上事」を編年順を意識し、巻二十三に配置）。また、これは天正本系との関係によるものではないが、梵舜本ではもともと巻十五を「賀茂神主改補事」で終え、巻十六を「江田大館両人播州下向事」から始めている。従ってここには、その間にあるべき「棟堅奉入将軍事」「少弐菊池合戦事付宗応上司事」「多々良浜合戦事付高駿河守異見事」の三章段が脱落している。もっとも梵舜はそのことに気が付いたようで、天正二十年（一五九二）にこの三章段の記事を追写し、巻十五の末に加えている[7]。このように本来の梵舜本が巻十五と巻十六の間に脱落を持つことは、諸本によって巻十五と巻十六を区分する位置を異にすることに起因する。即ちこの両巻の区分は甲類本と乙類本によって異なり、甲類本は「賀茂神主改補事」の三章段あと「多々良浜合戦事付高駿河守異見事」までを巻十五としている。これに対して乙類本は「賀茂神主改補事」までを巻十五、「棟堅奉入将軍事」からを巻十六としている。つまり梵舜本は祖本の段階で、巻十五を乙類本諸本と同形態の本文により、巻十六を甲類本と同形態の本文によったために、「棟堅奉入将軍事」以下三章段の記事を欠いてしまったのである。これなども梵舜本が本来、複数の系統の本文を取り合わせて成立したことを端的に示す例といえる。従って、梵舜本は全体に整った本文を伝えているとは言い難く、この点は梵舜本の延長線上に成立する流布本の本文を手にするとき、我々が最も留意しなければならない事柄になってくる。

なお、梵舜本には全巻に墨筆と朱筆で詳細な校異が書き入れられている。巻末の識語によれば、梵舜は天正十五年（一五八七）、天正二十年（一五九二）、文禄三年（一五九四）の三度にわたり朱点校合を行ったようである。このうち天正十五年の識語は巻十三に「天正十五年五月十七日重而以余本加朱点了」と墨書されるほか、巻二十五に見えるのみであるから、この折は朱点を施しただけの可能性が高い。また、これが当該巻のみを対象としたものなのか、全巻に及ぶものなのかも不明である。一方、天正二十年の識語は巻二をはじめ全部で十巻に、「重而朱点又脇小書以或本是付畢／天正壬辰廿年三月吉日　梵舜（花押）」（巻二）のごとく墨書されるもので、おそらくこの折はほぼ全巻にわたる校合が行われたものと思われる。本文に墨筆で示された校異は天正二十年の校合によるものと考えられ、例えば巻二、一オ（第一冊四七頁）の「供奉ノ行粧、路次ノ行列ヲ被レ定、三公九卿相従ヒ、百司千官列ヲ引ク」とあるくだり、右傍に、

佐々木備中守廷尉《テイイ》ニ成テ橋ヲ渡シ、四十八ヶ所ノ篝甲冑ヲ帯シ辻々ヲ堅ム　イ

とあり、これが南都本系の独自記事であることから、南都本系統の本が対校本に用いられたことがわかる。(8)校異は本

文右傍に小書されるだけではなく、長文に及ぶ場合は巻末にその章段の全文が記されることもある。巻十四巻末に記された「将軍入洛事親光討死事」をはじめ、巻二十一の「蛮夷僭上事」の後半の記事、巻二十五の「自伊勢進宝剣事」などは南都本系の本文に一致し、これらが天正二十年の校合の際に記されたことは疑いない。また、巻十五巻末に本来欠いていた三章段を写したのもこのときで、これも本文的に南都本系に一致する。次に文禄三年の識語であるが、こちらは巻一に「右朱点以梅谷和尚本重而写了／文禄三甲午年三月十七日　梵舜（花押）」と朱書されるごとくで、全部で三十二巻に残されている。ただし、巻四十の識語だけは墨書で、

　右朱点前南禅元保和尚以自筆本写了、先年天正十四歳比／四十冊全部遂書功者也／文禄三甲午年五月十一日　梵舜（花押）　四十二オ

とあり、この記述から対校本とされたのが、南禅寺二六四世梅谷元保の自筆本であったことがわかる。元保は文禄二年（一五九三）六月八日に寂しているから、梵舜はその旧蔵本を譲り受けたか、借りたかしたのであろう[9]。本文に朱筆で示された校異がこの際書き入れられたものと思われ、前回同様、長文の異文は巻末に墨書されている。この梅谷元保自筆本の本文は、現存本でいえば神宮文庫本[10]に酷似のもので、梵舜本巻二十四巻末に記された「日野勧修寺意見事」のうち摩羯陀国の僧の故事および「天竜寺供養之落書」と題する七言絶句や、巻二十八巻末に記された「在登卿被逢夭死事」「土岐周済房謀叛事」とそれに続く注は神宮文庫本にあるものに一致する。

二、慶長七年刊古活字本

お茶の水図書館成簣堂文庫に蔵される無刊記古活字本の一本が、五十川了庵が慶長八年刊本の刊行に先立ち、その

前年に刊行した『太平記』だと考えられている。このことを初めて明らかにされたのは川瀬一馬氏で、[11]氏は林鵞峰撰文の「老医五十川了庵春意碑ノ銘」（『鵞峰先生林学士文集』巻六十七所収）に、

慶長六年了庵従テ二細川興元一ニ赴ク二豊州小倉一ニ、羅山作テレ詩餞スレ行ニ、数月ニシテ而旋ルレ洛ニ、明年壬寅了庵初テ刻シ二太平記ヲ於梓一ニ便ス二於世俗一ニ、事聞フ二於幕府一ニ、癸卯東照大神君使テ下二了庵ヲ一新タニ彫ラ中東鑑ヲ上、而シテ許シテ戯ス二官本ヲ一、歴テレ年ヲ功成テ以テ献スレ之ヲ[12]、

とあるのを指摘され、了庵が慶長七年に『太平記』を開版し、翌八年（癸卯）に徳川家康から『吾妻鏡』の刊行を命ぜられ、後にこれを刊行したという伝のあることを紹介された。一方、成簣堂文庫蔵『太平記』と同一活字を用いるものに、「慶長癸卯季春既望　冨春堂　新刊」の刊記を有する『太平記』（慶長八年刊本）と、慶長十年三月の西笑承兌の跋文と「冨春堂　新刊」の刊記（巻首「新刊吾妻鏡目録」の末に見える）を有する『吾妻鏡』が存在する。これらのことから、成簣堂文庫の無刊記古活字本『太平記』が「碑銘」にいう了庵が慶長七年に刊行した『太平記』であること、冨春堂の刊記を有する『吾妻鏡』が了庵が刊行の事に当たった所謂伏見版であること、『吾妻鏡』とともに慶長八年版の『太平記』の刊記に見える冨春堂の号が了庵のものであること、などを川瀬氏は指摘されている。

ちなみに、管見の史料にも慶長七年の段階で、古活字本の『太平記』が巷間に流布していたことを証するものが存する。『鹿苑日録』慶長七年十一月四日条には、

……松勝右向予曰。太平記之点無之。予ニ点之ヨト云。無異儀領之。本書四十巻。印本四十巻。合八十巻。予僕ニ擔頭帰去。……[13]

とある。この日、記主である鶴峰宗松は松勝右（松田勝右衛門政行。もと前田玄以の臣。慶長五年、家康の臣となり、京都にあって加藤正次・板倉勝重を補佐。二千石）の邸に出向き、政行より無訓の『太平記』に訓点を施すよう依頼されてい

る。これが古活字本であったことはいうまでもなく、宗松は「本書四十巻」（訓点のある写本のことであろう）と「印本四十巻」を持ち帰っている。そして、同年十一月三十日条には、

> 自朝未明ニ赴松勝右。太平記朱点出来故持参。則対顔。四十冊相渡。同本（印脱カ）四十冊渡。合八十冊分渡。

と見え、二十日余で作業を終えた宗松はこの日、写本・刊本の『太平記』を政行に返している。この史料により、了庵の『太平記』刊行がこの年の十一月以前であったことが確実となる。

　このように成簣堂文庫本が了庵によって慶長七年に刊行されたものだとすると、その本文は慶長八年刊本の成立を考える上で大きな意味を持ってくる。しかし、慶長七年刊本の本文をめぐっては、長らく等閑に付されてきた観がある。慶長八年刊本を底本とする日本古典文学大系『太平記』（岩波書店、一九六〇年～六二年）は、その第一・二冊の頭注で古活字諸版との校異をしばしば示し、その中には慶長七年刊本のものも見えている。校注者後藤丹治氏・釜田喜三郎氏は、作業の上で慶長八年刊本と慶長七年刊本との校合を綿密になされたものと推察するが、その成果は残念ながらまとまったかたちでは著されなかった。ただ、第一冊に付された「解説」の中で、

> 流布本は本来、慶長古活字本を代表とする。これより先に、鵞峯文集所載の了庵碑銘に所謂慶長七年五十川了庵刊かと推定される無刊記の片仮名交り十二行古活字本（川瀬一馬氏「安田文庫古版書目」書誌学、昭和八年五（九カ）月号）があるが、これは厳正な意味の流布本とは称しがたく、毛利家本・西源院本・天正本等の異文を含み、特に毛利家本に近似し、その異文を省いて流布本に近接する形態を持つので、整版本と比較すると一々の字句について相違甚しく指摘するのに煩わしいから、底本として採用しなかった。

と触れられ、慶長七年刊本の本文が厳密には流布本と異なること、またその本文が毛利家本・西源院本・天正本の異文を含み、中でも毛利家本に近似することなどを指摘された。

しかし、慶長七年刊本の本文が流布本と異なることは確かだが、それは毛利家本に近似するのではなく、先述のように梵舜本に最も近いものである。この点は前掲別稿にも詳述したが、例えば慶長七年刊本では巻十一「金剛山寄手等被誅事」を「筑紫合戦事」の前に置き（この点は毛利家本も同じ）、巻十八を上下に分割して「先帝芳野潜幸事」から「春宮還御事」までを上、「一宮御息所事」から「比叡山開闢事」までを下とすることなどは、梵舜本と一致する。また、巻二十七は天正本の影響を受けた梵舜本の本文に等しく、これが慶長八年刊本になると記事配列の改変が行われる。一方、巻三十二は「神南合戦事」で終え、続く「京軍事」「八幡御託宣事」を巻三十三とし（諸本は「八幡御託宣事」までを巻三十二とする）、同様に巻三十六は「道誓落鎌倉事」で終え、続く「清氏正儀寄京都事」から「南方官軍落都事」を巻三十七に入れている（諸本は「南方官軍落都事」までを巻三十六とする）。こうした区分も梵舜本に一致しており、この特徴はさらに慶長八年刊本以下の流布本へと受け継がれてゆく。また、梵舜本では比較的こまめに章段分けをし、殊に巻十六、三十、三十五、三十八などは一章段が諸本に比べて非常に短くなっているが、慶長七年刊本は梵舜本の章段名とその立て方をほぼ全面的に踏襲している。他にも、慶長七年刊本において一見誤植と思われる字句が、実は梵舜本の誤写をそのまま引き継いだものであることや、了庵が養父盛方院浄慶を介して梵舜に親昵し得たことなどから、慶長七年刊本の底本はこの梵舜本であったと考えられるのである。それでは以下に慶長七年刊本の本文が、梵舜本にどのような手を加えて成立したのかを中心に見てゆき、梵舜本から流布本への展開の跡を辿ってゆくことにしよう。

まずはじめに、慶長七年刊本では巻十九から巻二十一までを除く全ての巻で梵舜本を基底とすることが明らかである。巻十九から巻二十一までは南都本系の本文を基底としている。梵舜本による巻のうち、巻三、五、七、八、十一〜十三、十五、十七、二十二、二十五〜二十八、三十〜三十四、三十六、三十七、三十九、四十などでは、微細なものはさておき、目立った改変は行われていない。一方、梵舜本の本文に対して記事の増補改訂を行った主要な箇所は以下の通りである。

1　巻二　「長崎新左衛門尉意見事」のうち、阿新が佐渡に下るくだりが西源院本系により詳細な詞章となっている（十三オ）。「俊基朝臣関東下向事」「俊基被誅事并助光事」にも西源院本系の混入が見られる。

2　巻四　「笠置囚人死罪流刑事」に源具行の最期、(14)殿法印良忠の捕縛を伝える記事（二オ〜四オ）を、「一宮并妙法院二品親王御事」に尊良親王の配所、土佐国畑の有様を伝える記事（九オ）を西源院本系により増補。

3　巻九　「足利殿御上洛事」に北条高時が足利尊氏に源家の白旗を賜る記事を神宮徴古館本系、もしくは南都本系により増補（三ウ）。

4　巻十　「三浦大多和合戦意見事」末尾に六波羅滅亡の早馬到来の記事を神宮徴古館本系、もしくは南都本系により増補（十ウ）。その他、本巻には神宮徴古館本系、もしくは南都本系の詞章の混入が随所に見られる。

5　巻十四　「箱根竹下合戦事」の途中「義助是ヲ見給テ、死タル人ノ蘇生シタル様ニ悦テ、今一涯ノ勇ミヲ成シ」（二十ウ・二十一オ）までが梵舜本を基底とする。以後の本文は神宮徴古館本系による。梵舜本によった部分でも、「矢矧鷺坂手超河原闘事」の佐々木道誉降参の記事（十四オ）や「箱根竹下合戦事」の十六騎党の奮戦の記事（十八オ）などは神宮徴古館本系によるものと思われる。

6　巻十六　巻頭「将軍筑紫御開事」から「高駿河守引例事」まで（梵舜本が本来欠いていた部分）は梵舜本巻十五末に補写された本文にはよらず、概ね現存諸本とは一致を見ぬ本文。吉川家本としばしば一致し、

「多々良浜合戦事」の大高伊予守の記事は西源院本系による増補か（四ゥ）。「西国蜂起官軍進発事」からは梵舜本を基底とする。

7　巻十八　「比叡山開闢事」に山王二十一社に関する記事を西源院本系により増補（四十一ゥ〜四十三ォ）。

8　巻二十三　梵舜本に重出の「法勝寺炎上事」はとらない。

9　巻二十三　「上皇八幡宮御願書事」末尾に梵舜本が欠く「吉野殿方ヲ引人」の評言を増補し、諸本と同形態にする（十二ゥ）。

10　巻二十四　「天龍寺建立并供養事」冒頭に梵舜本が欠く武家批判の記事を増補し、諸本と同形態にする（三ゥ〜四ォ）。

11　巻二十四　「日野勧修寺異見事」に摩羯陀国の僧の故事を梵舜本巻末に補写された本文により増補（十ゥ〜十一ゥ）。

12　巻二十九　梵舜本が簡略な「越後守自石見引返事」を神宮徴古館本系の本文に改め、諸本と同形態にする（十ゥ〜十三ォ）。「慧源禅巷与吉野殿御合体後京攻事」末尾の「桃井ヲ引者」の評言（三ォ）、「師直師泰出家事」の薬師寺詠歌の記事（二十五ゥ）を神宮徴古館本系により増補。

13　巻三十五　梵舜本が簡略な「擬討仁木義長事」末尾を西源院本により増補し、諸本と同形態にする（二ゥ〜三ォ）。「政道雑談事付西明寺禅門修行事」の問民苦使・日蔵上人・北条泰時の故事を西源院本系により増補（十二ォ〜十六ゥ）。

14　巻三十八　「西長尾軍事」のうち、真壁孫四郎の奮戦の記事を南都本系により陶山三郎・伊賀掃部助の記事に改める（十八ォ）。

この一覧より、慶長七年刊本の本文が甲類本に属する西源院本系・神宮徴古館本系・南都本系の異文を多く摂取していることがわかる。例えば、1の巻二「長崎新左衛門尉意見事」のうち、阿新が佐渡に下る条は、

此資朝ノ子息国光ノ中納言、其比ハ阿新殿トテ未十三歳ニテヲハシケルカ、父資朝卿召人ニナラレシヨリ仁和寺辺ニ隠レテ居給ケルカ、父誅セラレ給ヘキ由ヲ聞テ、今ハ何事ニカ命ヲ惜ムヘキ、父ト共ニ斬レテ冥途ノ旅ノ伴ヲモシ、又最後ノ御有様ヲモ見奉ルヘシト思立テ、母ニ御暇ヲソ請レケル、母御頻ニ諫テ、一日路二日路ノ国ニテモナシ、佐土トヤランハ嶋国ニテ、万里カ奥ニアムナルニ、甲斐甲斐シキ若党ノ一人モツレスシテ、只独リ尋下ランニ、行著マテモアルマシ、道ニテ思ノ外ナル事アテ命ヲ失カ、又人ヲ売リ買所ナレハ、売レテ人ノ僕ト成テ、習ハヌ業ニ仕ン時ハ、何ニ嘆キ悲トモ叶マシ、其トキノクヤシサヲハ何トシ給ヘキ、父ヲモ見ス、母ニモ離レテ身ヲ徒ニ成シ給ン事コソウタテケレ、資朝卿ニコソ別タリトモ、其ニカクテマシマセハ、資朝ノ忘形見トモ成リ、且ハ又閑ル事アラハ、父ノ跡ヲモ継キ、父ノ菩提ヲモ訪奉ルヘシト、憑シクコソ覚ヘ侍ト、カキクトキ止給ケレハ、（以下略）

とあって、傍線部以下、母の諫めを最も詳細に語る西源院本の詞章に同じである。本章段、西源院本は以後も独自の記事を持つが、慶長七年刊本はこの母の諫めから阿新が佐渡に下着するまで（「自本間カ舘ニ致テ中門ノ前ニソ立タリケル、境節僧ノ有ケルカ立出テ」あたりまで）を西源院本系によっており、以後は梵舜本と同じ本文に戻っている。ちなみに慶長八年刊本はこの条、

……母御頻ニ諫テ、佐渡トヤランハ人モ通ハヌ怖シキ嶋トコソ聞レ、日数ヲ経ル道ナレハイカントシテカ下ヘキ、其上汝ニサヘ離テハ、一日片時モ命存ヘシトモ覚ヘスト、泣悲テ止ケレハ、ヨシヤ伴ヒ行人ナクハ、何ナル淵瀬ニモ身ヲ投テ死ナナント申ケル間……　（十三ウ、第一冊七二・七三頁）

とあって、簡略な詞章に変わっている。これは神宮徴古館本系や南都本系に同じ本文で、慶長八年刊本は南都本系により、慶長七年刊本の長大な異文を改修したものと思われる（後述）。この他、慶長七年刊本が西源院本系により増補したことが明らかな箇所は、前掲一覧のうち、2・6・7・13等である。

これに対して、3・4の事例などは神宮徴古館本系、もしくは南都本系によって増補されたものである。この両系統は、神宮徴古館本系が古態を示し、南都本系はそれより後出の本文を持つが、両者の関係は極めて近しく、多くの部分で共通の本文を持っている。(15) しかし、例えば5の巻十四「矢矧鷺坂手超河原闘事」の佐々木道誉降参の条は、

佐々木佐渡判官入道太刀打シテ痛手数ヶ所ニ負フ、舎弟五郎左衛門ハ手超ニテ討レシカハ、世ノ中サテトヤ思ケン、降参シテ義貞ノ前陳ニ打ケルカ、後ノ箱根ノ合戦ノ時、又将軍ヘソ参ケル、

とあって、増補部である傍線部の詞章（梵舜本は「憑ム方ナク成テ箱根マテコソ引タリケレ」とのみある。道誉に配慮した天正本系の本文そのまま）は神宮徴古館本のものに一致し、「今ハ、サテトヤ思ケン……」とする南都本系諸本とは微妙に異なる。また、梵舜本を基底としない同巻後半部「将軍御進発大渡山崎等合戦事」のうち「供御ノ瀬、セ、カ瀬二箇所ニ大木ヲ数千本流シ懸ケテ」（三十ウ）の一節、「主上都落山門臨幸事」のうち「車馬東西ニ馳違フ、蔵物財宝ヲ上下ヘ持運フ」（三十八ウ）の一節に相当する詞章はともに南都本系にはないことから、本巻に関与したのは神宮徴古館本系の本文であると思われる。これと同様のことが12の巻二十九についてもいえ、これらの巻には南都本系の関わりは想定できない。しかし、14の巻三十八「西長尾軍事」には、

其鋒ニ廻ル者、或ハ馬ト共ニ尻居ニ打居、或ハ甲ノ鉢ヲ胸板マテ被破付、深泥死骸ニ地ヲ易タリ、爰ニ備中国ノ住人陶山三郎ト備前国ノ住人伊賀掃部助ト二騎、田ノ中ナル細道ヲシツ〳〵ト引ケルヲ、相模守追付テ切ント諸鐙ヲ合セテ責ラレケル処ニ、陶山カ中間ソハナル溝ニヲリ立テ、相模守ノ乗給ヘル鬼鹿毛カ草脇ヲソ突タリケル、

と、傍線部のように南都本系の独自記事が混入している。神宮徴古館本や梵舜本では陶山三郎・伊賀掃部助の名はなく、代わりに備中国住人陶山孫四郎が相模守（細川清氏）を見つけ、長槍で鬼鹿毛の草脇を突いたとなっているから、ここでは南都本系の本文の影響を受けたことは間違いない。また、前述のように巻十九から巻二十一までの本文は全体に南都本系の本文を基底とするから、この点からも慶長七年刊本の本文の成立には南都本系の本文が深く与っていたことが確認できる。

以上のように慶長七年刊本には神宮徴古館本系と南都本系の極めて近い二系統の本文が利用されているのであるが、この現象はどう理解すべきだろうか。例えば、慶長七年刊本の成立に関わったのは、神宮徴古館本系から南都本系へ移行する中間形態の本文を持つ一つの本だったのか、あるいは巻ごとに神宮徴古館本系と南都本系の本文が混合した本だったのか、などの可能性も考えられる。しかし、ここで用いられたのは、神宮徴古館本系・南都本系の別々の二つの本であったと結論づけておくのが、さしあたり妥当なようである。それは、神宮徴古館本系によった慶長七年刊本の巻二十九「越後守自石見引返事」の本文（前掲一覧12参照）が、慶長八年刊本になると南都本系の本文によって増補改訂されるという事例がみられるからだ。例えば、本章段中の、

……矢一筋射違ルホトコソアレ、大勢ノ中ヘ懸入テ責ケレトモ、△須臾ニ変化シ万方ニ相当レハ、……（十一オ）

という一節の△部には、慶長八年刊本になると「魚鱗鶴翼ノ陣、旌旗電撃ノ光」（十二オ、第三冊一一三頁）という詞章が増補される。また、慶長七年刊本の「長谷寺ト一原八郎左衛門」（十二オ。神宮徴古館本「長谷寺与一、原八郎左衛門」八六五頁）という読解に苦しむ人名表記は、慶長八年刊本では「長谷與一、原八郎左衛門」（十二ウ、第三冊一一三頁）と訂されている。これらはいずれも南都本系の本文に一致するから、慶長八年刊本は南都本系により増訂を施したものと見られる。本来神宮徴古館本系に基づいた本文が、後に南都本系の影響を受けるということは、了庵がその

両方の系統の本を手にしていたことを意味するものである。恐らく双方の系統が了庵の座右に備えられ、二度の『太平記』刊行にあたり利用されたものと思われる。

このように慶長七年刊本には西源院本系・神宮徴古館本系・南都本系の三系統の本文が増補に用いられたのであるが、他に天正本系による増補の可能性も考えられる。巻十九は全体に南都本系によった巻であるが、巻末「青野原合戦事付嚢沙背水事」にある北畠顕家の青野原合戦以後の動静を伝える記事（二十二ォ〜）は、天正本系が持つほかは他に類を見ない。慶長七年刊本の段階で増補した可能性が高いが、依拠した南都本系の本文にすでに存した可能性もあり（ただし、現存の南都本系諸本にそうした形態の伝本はない）、なお追尋すべきである。また、11の巻二十四「日野勧修寺異見事」には摩羯陀国の僧の故事が載る。この記事は神宮文庫本・天理本、天正本系の義輝本に存し、梵舜本の巻末にも天正二十年の校合の際、神宮文庫本に類する梅谷元保自筆本にあったものが写されている。慶長七年刊本の本文はこの梵舜本に補写されたものに最も近く、恐らくこれを取り入れたのであろう。

以上、慶長七年刊本が梵舜本に対し、どのように増補改訂を行ったかを見てきた。西源院本系・神宮徴古館本系・南都本系のほか、天正本系の本文まで混合している可能性があることから、了庵は開版にあたり複数の系統の本を座右にしていたことがわかる。[16] その増補の様は見てきたように積極的であったことが知られるが、それでは了庵にはどのような増補の方針があったのだろうか。梵舜本には見えない他本の記事を収集し、本文的に詳細なものへと集成しようとしたことは——極めて自明なもの言いながら——確かであろう。同時に、9・10・12・13のように、梵舜本が簡略な本文をとって諸本に対して孤立した箇所を他本を用いて補い、諸本と同形態に復元する事例が散見することは、了庵が諸本通有の本文形態を尊重していたことを表しているのではなかろうか。少なくとも了庵は、『太平記』開版にあたり、座右の諸本を丹念に読み比べていたようである。勿論、慶長七年刊本は、梵舜本にはなくて他本にはある記事の全てを拾い得たわけではない。しかし、ここでは梵舜本の不備を補い、さらに諸本の記事を集成してゆく了庵の方針を最低限認識しておくことが重要である。その姿勢が了庵による二度目の『太平記』刊行にも受け継がれてゆくからである。

三、慶長八年刊古活字本

慶長八年刊本は東洋文庫・鎌田共済会郷土博物館・早稲田大学図書館・栗田文庫等[17]に所蔵される。その本文は慶長七年刊本を底本とし、さらに増補改訂を加えたものである。そのうち最も顕著な違いは本文中の章段の立て方、および章段名であろう。先述の通り、梵舜本は本文中に細かく章段を立てる巻が多く、特に祖本段階での混合のためか、複数の巻で本文の分量に対して過剰ともいえる章段分けを行っていた。そして、慶長七年刊本は梵舜本に手を加えず、聊か均衡を欠いたこの章段区分を概ね継承している。それに対して、慶長八年刊本では章段分けの頻度を減らし、他の諸本の形態に近づけている。例えば、巻一では、

慶長七年刊古活字本	**慶長八年刊古活字本**
序	序
後醍醐天皇御治世事付武家繁盛事	後醍醐天皇御治世事付武家繁盛事
御即位事	
関所停止之事	関所停止事
立后事	立后事付三位殿御局事

三位殿御局御事	
儲王事	儲王御事
中宮御産御祈之事	中宮御産御祈之事付俊基偽籠居事
俊基偽籠居事	
無礼講事	無礼講事付玄恵文談事
昌黎文集事	
頼員回忠之事	頼員回忠事
資朝俊基関東下向事付御告文事	資朝俊基関東下向事付御告文事

のごとくで、慶長七年刊本が序を含め全部で十三段に分けているのに対し、慶長八年刊本は九段に減らしている。「無礼講事付玄恵文談事」などの新たな章段名は南都本系によるもので、章段区分や章段名の改変が、他本を睨みつつ行われたことが推測される。ちなみに、改変の甚しい巻としては、巻十七（25章段→14章段）、巻二十三（7章段→3章段）、巻二十四（10章段→5章段）、巻三十（20章段→8章段）、巻三十五（16章段→5章段）、巻三十六（14章段→7章段）、巻三十八（18章段→8章段）などが挙げられる。章段区分や章段名の改変は、勿論本文に直接影響を与えるものではないが、慶長七年刊本と慶長八年刊本とが印象を異にする最も大きな要素となっている。

一方、本文上の増補改訂で、主要な箇所は以下の通りである。

1　巻一　「儲王御事」の後醍醐天皇の四皇子の略歴を、慶長七年刊本は一宮尊良親王、二宮静尊法親王、三宮尊雲法親王、四宮尊澄法親王の順で語るが（六オ〜七オ）、これを一宮尊良親王、二宮尊澄法親王、三宮尊雲法親王、四宮静尊法親王の順に改める（六オ〜七オ、第一冊四〇・四一頁）。慶長七年刊本は梵舜本の特殊な配列に基づくが、慶長八年刊本は諸本と同形態となる[18]。

2　巻二　「長崎新左衛門尉意見事付阿新事」の阿新が佐渡に下るくだり、慶長七年刊本は西源院本系により詳細な詞章であったが、これを南都本系により簡略化（十三ウ・十四オ、第一冊七二・七三頁）。本巻、他に「南都北嶺行幸事」「俊基朝臣再関東下向事」などにも南都本系の増補、混入が見られる。

3　巻四　「一宮并妙法院二品親王御事」中の尊良親王の配所、土佐国畑の有様を伝える記事（慶長七年刊本が西源院本系によって増補したもの）のうち、後半の詞章を削除（九オ、第一冊一三四頁相当部[19]）。

4　巻十一　慶長七年刊本が「筑紫合戦事」の前に置く「金剛山寄手等被誅事付佐介貞俊事」を巻末に移す。これにより甲類本諸本と同形態になる。

5　巻十三　「藤房卿遁世事」に万里小路藤房の詳細な行粧記事を南都本系により増補（七オ・ウ、第二冊一八頁）。

6　巻十六　「小山田太郎高家刈青麦事」の一段を、梵舜本巻末に補写された本文により増補（三十七ウ～三十七補入ウ、第二冊一六二・一六三頁）。

7　巻十八　慶長七年刊本は本巻を上下に分割していたが、これを廃す。

8　巻二十二　「義助被参芳野事并隆資卿物語事」の隆資の物語のうち、慶長七年刊本に欠けていた秦穆公の故事を増補し、諸本と同形態にする（十オ・ウ、第二冊三七五頁[20]）。

9　巻二十七　「雲景未来記事」の末にあった天変関連の記事群を分割し、「天下妖恠事付清水寺炎上事」の末（一ウ、第三冊五四・五五頁）と「田楽事付長講見物事」の末（五ウ・六オ、第三冊五八・五九頁）に移す。同類の記事、関連する記事を集約的に配列する。

10　巻三十三　「八幡御託宣事」の末に、慶長七年刊本が欠く三首の落首を増補し、甲類本と同形態とする（八ゥ・九ォ、第三冊二四七・二四八頁。詞章は神宮徴古館本・南都本のものに近い)。

11　巻三十三「新田左兵衛佐義興自害事」のうち、「有為無常ノ世ノ習……努々人ハ加様ノ思ノ外ナル事ヲ好ミ翔フ事有ヘカラス」の評言を西源院本系により増補(三十四ォ・ゥ、第三冊二七三頁)。

12　巻三十四「宰相中将殿賜将軍宣旨事」に佐々木氏の功績を伝える記事(一ゥ〜二ゥ、第三冊二七六・二七七頁)を、「紀州龍門山軍事」に塩冶六郎討死の記事(十一ゥ、同二八六・二八七頁)、祢津小次郎自讃の記事(十二ォ、同二八七頁)を西源院本系により増補。本巻、他に「銀嵩軍事付曹娥精衛事」「吉野御廟神霊事付諸軍勢還京都事」などにも西源院本系による増補が見られる。

13　巻三十六「清氏叛逆事付相模守子息元服事」の細川清氏の八幡願書の記事を西源院本系、もしくは神宮徴古館本系、南都本系により増補(十九ォ・ゥ、第三冊三六〇頁)。

14　巻三十七「畠山入道々誓謀叛事付楊国忠事」のうち、方士と面会した楊貴妃の様を述べる「含情凝睇謝君王……蓬莱宮中日月長トナン恨給ヒテ」という一節を「長恨歌」により増補(二十六ォ、第三冊三九五頁)。なお、方士の名を「道士楊幽通」とするのも独自の特徴(二十五ォ、同三九四頁注一二参照)。

右の通り、慶長八年刊本の本文は慶長七年刊本を基底に西源院本系・南都本系を中心に用いて、底本にはない記事を増補してゆくというかたちで成立している。これは慶長七年刊本における本文形成のあり方と同一のものであることはいうまでもない。

2の巻二「長崎新左衛門尉意見事付阿新事」の事例は前節にも示したが、西源院本系により増補された慶長七年刊本の詞章が慶長八年刊本では簡略になっており、神宮徴古館本系や南都本系のものと同じになっている。ただし、この巻は例えば巻頭の「南都北嶺行幸事」に、元徳二年二月四日、行事ノ弁別当万里小路中納言藤房卿ヲ召レテ、来月八日東大寺興福寺行幸有ヘシ、早供奉ノ輩ニ触仰スヘシト仰出サレケレハ、藤房古ヲ尋、例ヲ考テ供奉ノ行粧路次ノ行列ヲ定ラル、佐々木備中守廷尉ニ成テ橋ヲ渡シ、四十八箇所篝甲冑ヲ帯シ辻々ヲ堅、　（一オ、第一冊五八頁）

とあって、傍線部に南都本系の独自の詞章の混入が認められる。本巻に直接影響を与えたのは、神宮徴古館本系ではなく、南都本系のものであったと考えられよう。また、5の巻十三「藤房卿遁世事」は、

藤房モ時ノ大理ニテ坐スル上、今ハ是ヲ限ノ供奉ト被思ケレハ、御供ノ官人悉目ヲ驚ス程ニ出立レタリ、看督長十六人、冠ノ老懸ニ袖単白クシタル薄紅ノ袍ニ白袴ヲ着シ、イチヒハハキニ乱レ緒ヲハイテ列ヲヒク、（中略）馬副四人カチ冠ニ猪ノ皮ノ尻鞘ノ太刀佩テ左右ニソヒ、カヒ副ノ侍二人ヲハ烏帽子ニ花田ノツチ絹ヲ重テ、袖単ヲ出シタル水干著タル舎人ノ雑色四人、（以下略）

と、石清水行幸の際の万里小路藤房の行粧を伝える記事が詳細である。これは西源院本系と南都本系に見られる増補記事だが、右の本文の傍線部には脱文があり、南都本系の諸本にも同様の脱文が存在している。西源院本にはここに「布衣ニ上タ《（ク）》、リシテ右ニ副、其跡ニハウハ」（三三〇頁）の一節があることから、慶長八年刊本は本条を南都本系によって増補したものと考えられる。

西源院本系による増補は後半に多く、11・12などの事例は西源院本系にしか見えない独自記事を増補したもので、13の記事も詞章的には西源院本のものが最も近い。西源院本系が慶長七年刊本同様、本文形成に大きく与っていたことが窺える。また、6の巻十六「小山田太郎高家刈青麦事」の増補についても一言しておかなければならない。本章段は前田家本・毛利家本・書陵部本が有するほか、梵舜本の巻末に校合時に写されたものが伝わっている。[21] しかし、梵舜が用いた対校本と同系統の南都本系諸本や神宮文庫本には「小山田太郎高家刈青麦事」はない。恐らく対校本と

なったのは、このいずれかの系統の本のうち、今日見る形態とは多少異なる、巻十六に「小山田太郎高家刈青麦事」を含む一本であったと想像される。慶長八年刊本の本文はこの梵舜本巻末に写されたものに同一と認められ、了庵はこれより取り込んだものと考えられる（毛利家本・書陵部本とは少異あり、前田家本のはやや頽落した本文である）。このとき注目しなければならないのは、本章段を含む丁の丁付である。本章段は「新田殿湊河合戦事」のあと、三十七丁裏の五行目より始まるが、現存本はいずれも次丁の版心に丁付として「卅七次補入」と墨書している（栗田文庫蔵本のみ未見）。そして、補入された丁の裏の六行目までが本章段の記事で、七行目からは「聖主又臨幸山門事」が始まり、次の丁には版心に「卅八」と刻されている。つまり、本巻が当初摺刷されたときには「小山田太郎高家刈青麦事」はまだなく、三十七ウには「新田殿湊河合戦事」につづいて「聖主又臨幸山門事」があった。しかし、その後了庵は梵舜本巻末の「小山田太郎高家刈青麦事」の一段を取り込むことに方針を転じ、三十七丁の版を改め、さらに一丁を追加して本章段を取り込んだ、という経緯があったものと推測される。[22] 了庵の本文集成への強い意欲を垣間見ることができるのではあるまいか。

以上、慶長七年刊本から慶長八年刊本への変化の概略を見てきた。そのあり方は梵舜本から慶長七年刊本へ展開するときと同じで、西源院本系や南都本系などの本が了庵の座右には置かれ、底本とした慶長七年刊本と見比べつつ、時には欠を補い、時には異文を取り込み、記事の整備と集成を図るものであった。また、章段区分を改め、梵舜本・慶長七年刊本の独特の臭を除く方向へ傾いたのも、座右にある複数の本に通有の形態を意識したからであろう。慶長七年の『太平記』開版の際の了庵の方針は、ここに発展的に継承されたというべきである。

おわりに

慶長七年刊本が梵舜本を底本に、慶長八年刊本が七年刊本を底本にして、それぞれ複数の写本との対校を行い、異文の集成を不断に試みてきたことがわかった。五十川了庵には二度の『太平記』刊行を通して、「定本」を追求し提供する意図があったものと認められよう。勿論、それが良質の本文であるかとなると話は別であるが、ともかくも以後の刊本が慶長八年刊本の本文を踏襲したことには、偶然という要素だけでなく、それなりの必然性があったと考えてよいのかもしれない。それにしても、ここまで『太平記』にこだわった了庵とは、いかなる人物であったのだろうか。

了庵は京都で医道の修業に励み、細川興元や松平忠輝に仕えた医師であるが、当時貴顕に近侍する医師には文芸の方面の素養も必要とされた。彼らは「お伽衆」とも認識され、かかる「お伽の医師」による文芸活動が近世初頭において極めて重い意味を持っていたことは、近年、福田安典氏によって明らかにされてきた[23]。また、『貞徳文集』七月廿一日状には、お伽衆に相応しい人材として「太平記東鑑等仮名交之草子読ム者[24]」が挙げられていることは夙に有名である。『太平記』や『吾妻鏡』の刊行に携わり、両者の本文に通暁した了庵は、当時のお伽衆の一典型を示しているといってよいであろう。一方、『戴恩記』下には林永喜の邸で松永貞徳と林羅山・永喜が和歌について語っていたところに、了庵が一花堂乗阿や遠藤宗務などとともに同席していたことを示す記事がある。遠藤宗務は、慶長八年に羅山や貞徳が公開講義を行った際に、『太平記』の講釈をした人物である。この時期、羅山を中心とする新進の学者たちの間では『太平記』に関心が寄せられていた。了庵の『太平記』刊行が、こうした気運と無関係であったとは考えられない。了庵が『太平記』の本文の整定に注いだ熱意は、彼の「お伽の医師」としての属性と彼を取りまく学的環境を念頭に置くと比較的理解しやすくなるのではあるまいか。[25]

注

（1）例えば、慶長十五年刊古活字本には天正本系の記事の混入が若干見られるが、古活字諸版の調査は全てこれからの作業である。長坂成行氏「『太平記』諸本研究の現在」（『軍記と語り物』第三十三号、一九九七年）参照。

（2）亀田純一郎氏『岩波講座日本文学　太平記』（岩波書店、一九三二年）、高橋貞一氏『太平記諸本の研究』（思文閣出版、一九八〇年）。

（3）日下部姓の八木宗頼。但馬守。山名氏の被官で、但馬国養父郡八木庄を本貫とし、和歌にも秀でた。系譜は内閣文庫蔵『寛永諸家系図伝（真名本）』第二十七冊「日下部・朝倉・八木」所収のものが詳しい。参考文献として八鹿町教育委員会編『史跡八木城跡』（一九九四年）、片岡秀樹氏「『一条殿御会源氏国名百韻』の詠者八木宗頼について」（『ぐんしょ』再刊第三十九号、一九九八年）があることを、渡邊大門氏よりお教えいただいた。

（4）鈴木登美恵氏「玄玖本太平記解題」（『玄玖本太平記（五）』勉誠社、一九七五年）。

（5）鈴木登美恵氏「太平記の本文改訂の過程―問題点巻二十七の考察―」（『国語と国文学』一九六四年六月号）、同氏「太平記諸本の先後関係―永和本相当部分（巻三十二）の考察―」（『文学・語学』第四十号、一九六六年）参照。

（6）拙稿「梵舜本『太平記』より中世「太平記読み」をのぞむ」（『太平記とその周辺』所収、新典社、一九九四年）参照。

（7）巻十五奥書に「重而以類本朱点脇小書付并又奥此目録ヨリ書入／棟堅奉入将軍事先之写本ニ無之故書／天正廿年五月三日梵舜（花押）」。

（8）南都本は巻五まで欠。本稿では巻五までは同系統の筑波大学本・相承院本・内閣文庫本・簗田本を参看した。

（9）長坂成行氏「太平記の伝本に関する基礎的報告」（『軍記研究ノート』第五号、一九七五年）参照。
（10）神宮文庫本は梵舜本系統の一本。天理図書館本が兄弟関係にある伝本だが、巻一、六、八、九、十、十五、二十一、二十四、二十八、三十五等は神宮文庫本と異なる。
（11）川瀬一馬氏『古活字版之研究』（安田文庫、一九三七年）。
（12）内閣文庫蔵元禄二年刊本による。
（13）続群書類従刊行会刊本による。以下同。
（14）西源院本には具行辞世の歌「消カヽル露ノ命ノハテハ見ツサテ吾妻ノ末ソユカシキ」（八二頁）があるが、慶長七年刊本にはない。神宮徴古館本・南都本等にもないが、慶長七年刊本の本文は他の微細な点で西源院本に一致する例が多く、慶長七年刊本がよったのは具行辞世歌が増補される以前の西源院本系の本文だったか。拙稿「慶長七年刊古活字本『太平記』覚書（上）」（『日本文学誌要』第六十号、一九九九年）参照。
（15）拙稿「南都本『太平記』本文考―天正本系本文との関係を中心に―」（『駒木原国文』第九号、一九九八年）参照。
（16）なお、念のため補足すれば、慶長七年刊本には西源院本系・神宮徴古館本系・南都本系・天正本系の四系統の本文が混入しているわけだが、これは必ずしも了庵が座右にした対校本が四本あったことを意味するものではない。極端なことを言えば、西源院本系と神宮徴古館本系、さらに天正本系の対校本は混態の一本であった可能性もあるが、詳細はわからない。ただ、西源院本系の影響を受けた慶長七年刊本の巻二が、慶長八年刊本になると南都本の影響を受けることや、神宮徴古館本系と南都本系との対校が別々の本によってなされたことなどを考えると、対校本は南都本系の一本とその他の一本以上の少なくとも二本以上あったことは確かである。
（17）巻十一・巻十二のみ古活字別版を補配。高木浩明氏の御教示による。

(18) 詞章の面でも慶長七年刊本と差がある。注（14）所引の拙稿参照。

(19) 注（14）所引の拙稿参照。

(20) それゆえ末尾に「……理ヲ尽テ宣ラレケレハ、サシモ大才ノ実世卿、言ナクシテソ立レケル、何ソ古ノ維盛ヲ入道相国賞セシニ同セン哉ト被申シカハ、実世卿言ハ無シテ被退出ケリ」のごとき詞章の重複が見られる。

(21) 松井本にも存するが、これは後に流布本によって書写し綴じ込んだものである。本章段のみ筆跡と紙質を異にする。

(22) 三十八オは「聖主又臨幸山門事」の途中から始まっており、改版を最低限にとどめるべくそこにうまく繋げるためには、三十七丁および三十七丁次の補入の丁で二行文の節約が必要であった（「小山田太郎高家刈青麦事」が一丁と二行分を要したため）。それゆえ、両丁にはしばしば詞章の節略が見られる。例えば三十七オの一節は「其有様譬ハ△四天王須弥ノ四方ニ居シテ同時ニ放ツ矢ヲ捷疾鬼△走廻テ、未其矢ノ大海ニ不落著前ニ四ノ矢ヲ取テ返ラン△モ角ヤト覚許也」のごとくで、慶長七年刊本には△部に順に「多聞持国増長広目ノ」「ト云鬼カ」「早サ」（三十六ウ・三十七オ）が入る。

(23) 福田安典氏「武田科学振興財団杏雨書屋蔵『今大路家諸目録』について―お伽の医師の蔵書―」（『芸能史研究』第一二九号、一九九五年）。

(24) 『往来物大系』第二十一巻による。

(25) 拙稿「近世初期における『太平記』の享受と出版―五十川了庵と林羅山を中心に―」（『山田昭全先生古稀記念論文集』収載予定）参照。

*本稿では便宜上、西源院本には刀江書院本、神宮徴古館本には和泉書院本、梵舜本には古典文庫本、慶長八年刊本には日本古典文学大系本の冊数・頁数をその都度明記した。

『太平記』の享受

『太平記』の古注釈・抜書
——付・キリシタン版『太平記抜書』

青木晃

(一)

長崎にて刊行のジョアン・ロドリゲス『日本大文典』三巻（一六〇四〜八年　土井忠生訳）においては、「立派な言葉で広く通用するもの（＝文体、筆者注）を学ぶべき我々は〝舞〟や〝草子〟などの学習に没頭しなければならない」と言いながら、更に『日本小文典』（一六二〇年　マカオ刊）では、この舞や草子の言葉をば「第一階程のもっとも低いもの」として、西行法師『撰集抄』や鴨長明『発心集』を第二階程、『保元・平治・平家物語』を第三階程、最もすぐれた文体の第四階程として『太平記』をあげているのである。

「日本の言葉と歴史を習い知らんと欲する人」のためにローマ字の『平家物語』が出版されており（一五九二年）、また一方で『大文典』に「物語は二つの文体に分れる。一つは荘重であって、『平家物語』『平治物語』『太平記』などのような歴史の文体である。今一つは『伊勢物語』などのような〝草子〟風のものである。」などとあって、彼らキリシタン宣教師にとって、『太平記』は格調高い歴史の書であったことが確かにわかる。

そして、この評価は彼ら独自のものであったとは考えにくいのである。日本へやって来た彼らが感じとった当時の情況が、かようなる評価をさせたのであろうと考えたい。即ち、『太平記』は歴史を学ぶ書なのである。

(二)

「太平記聞書」写本一冊（天理図書館現蔵）が最も古い注釈書であろう。かつて私は、その全冊を翻刻紹介した。(1)その折、旧蔵者斑山文庫主人（高野辰之博士）の表紙裏付箋の識語をも紹介している。即ち――

此ノ書一巻、太平記四十巻ノ難語ヲ註セリ。其ノ語ニヨリテ判ズルニ、流布本トハイタク異ルカ如ク、コレニヨリテ太平記ノ古体ヲ覗フ一階梯トモナスベシ。作者明カナラズ。サレド室町末期ノ筆写タルハ明カ也。第十二ニ宗祇ノ夢想遠里小野云々トアレバ、明応文亀ヨリハ後、大永永正ノ頃ニ成レリトモナスベキカ。書体ハ当時代ノモノトシテ認メ得ラル、カ如シ。註言簡約ニシテ古拙、処々失笑ヲ禁ジガタキモノアリ。但第廿三ニ「真性覚一座頭ノ源也」トアルハ、流布本第廿一ニ「真都《シンイチ》ト覚一検校ト二人ツレ平家ヲ歌ヒケル」トアル、ソレヲイヘリ。真都トアラズ、真性トアルコト注意スルニ足ル。此ノ類ナホ他ニ少シトセズ。編次ニモマタ一二巻ヅツノ先後アリテ、此ノ書ノ巻四十ハ流布本ノ三十九四十ニ当レリ。

とあって、この書の特徴がほぼ尽されている。この書の底本は、高野氏や亀田純一郎氏の研究(2)により、天文本系統の一本であることが明らかにされており、成立も室町末期（永正の頃）が認められているが如きである。

難語というが、人名・地名はじめ普通の名詞類、中国故事や仏教の用語など全巻にほぼ二千語を註して簡約、しかし『太平記』を読むに最低限必要な注釈とは云えよう。誰かの講釈を聞いて書き留めた体の注釈書＝聞書の、『太平記』における出現である。

この系統の注釈書として考えられるものに、「太平記人名」一冊・「太平記在名」一冊（ともに島原文庫蔵）や「太平記音訓」などがある。内容は、それぞれ書名の如くで、人名や地名・寺社名等を抄出して、その読みを示しつつ説明を加えたものである。

㈢

天文一二年（一五四三）成立の「太平記賢愚抄」（釈乾三　慶長一二年刊）から「太平記鈔」（世雄房日性　慶長一五年刊）に続く仕事が、古注釈の主流と認められよう。

例えば加美宏氏は、この「太平記賢愚抄」の出現を本格的注釈書による読解（研究）開始の時と位置づけられた。(3)著者乾三については江州住侶（近江国在住の僧）という以外詳らかにしえないが、注釈内容は前の「聞書」に較べて格段詳しく、特にその出典考に特色があると認められている。

その一例として、冒頭部から――

「社稷」

。春秋ノマツリゴト（聞書）

。史註曰社ハ主土稷ハ主穀字書曰社土地神主也稷為五穀之長（賢愚抄）

「狼烟」

。ノロシノ事（聞書）

。ノロシ　万花谷三十八云諸侯時中国有事焼狼糞為煙以達諸侯　五代殷文圭集注　世話云狼糞ヲ焼ク事ハ火直ニ揚テ不斜遠方ニ達セン為也　匀府曰狼糞烽火用之烟雖風不斜（賢愚抄）

の如くである。典拠は漢籍・仏典から本朝古典などに至るまで博く求められてはいるが、しかしその内容は不充分・未整理とも云われている。増田欣氏は、「もともとは釈乾三が架蔵の『太平記』の欄外や行間にほどこした書き入れをもとにして作成し、形式をじゅうぶん整えないまま上梓したのではないかという印象が強い。[4]」と発言されているが、大変興味深い。

「太平記鈔」四〇巻八冊は、「太平記音義」二冊と共に慶長一五年（一六一〇）刊行で、京都要法寺の学僧世雄房日性の著作とされる。そして、これこそが『太平記』古注釈の主柱と認められるものなのである。とり上げられた語句・事項は「賢愚抄」と大差ないのに、書冊の分量はほぼ三倍にふくれ上っているからには、単純に考えても内容が豊かに詳細になっていることが知られよう。一々に具体例を示さぬが、典拠引例が「賢愚抄」を承けつつ、更に詳細に展開されているのである。考証は漢籍・仏典や本朝古典などの引用に博く及び、特に法華の僧徒であった著者日性にして、仏典引用における宗派的片寄りはみられないことを申し添えておくべきだろう。

「太平記鈔」は、中近世における『太平記』研究史の上で、頂点《ピーク》に位置するものであり、現代にいたるまで後続の諸注釈に影響を与え続けていると評価されている。[5]

「太平記音義」は、「太平記鈔」と同種活字・同版式の刊行がいわれており、難語・人名・地名の音義を読注したもの、著者も同じ日性であろう。

そして、これらと同種の注釈書として、元禄期までにみられるものに、「太平記系図」（明暦元年刊）や「太平記年表」（元禄四年刊）などがある。例えば、系図といい年表といいながら、系図は帝王略系図に北条家・新田足利・新田・足利・仁木の六種で「在名類例鈔」が付され、年表は記事の年月錯雑を弁じつつ人名をあげてその伝を識そうとするが如く、同じ類の注釈なのである。

★「古注釈」という論題を与えられて勘うるに、古写本・古活字本という時は、江戸初期の慶長元和までの写本（あるいは文禄末年までとも）、文禄から慶安までに出版された活字本を謂うといわれ（長澤規矩也『図書学辞典』）、古注釈の古もこれに準ずべきかとも思うが、いま少々範疇をひろげて元禄期までを対象とする。

「太平記評判秘伝理尽鈔」（正保二年〈一六四五〉刊）、「太平記評判私要理尽無極鈔」（慶安三年〈一六五〇〉刊）――太平記評判の世界は、太平記読みとよばれた人々の講釈と深くかかわっている。例えば、「理尽鈔」の場合、法華法印日応こと大運院陽翁が楠正成の伝を唐津城主寺沢広高に三年間講義したものを、寺沢家祐筆が写し伝えたものだというが如きである。この陽翁は他家の武将たちにも講じたらしい。その基本姿勢は、「太平記之評判」は「武略之要術、治国之道也」とその奥書にあって、『太平記』をば軍術・政治の参考として読むべしと講じたのであった。

内容としては、語義の解釈の他に、「伝」として歴史的事情を詳述し、「評」は軍術・政治など万般を評論しつつ聞き手を教訓し、「通考」として類話を示したりもする構造になっているのである。要するに、「伝」「評」「通考」などの部分が太平記読みの腕のふるい所で、講釈者の博識見識を示しうる所となるのである。

類書として、和田助則の評だという「無極抄」の場合、刊行時も近く、内容的にも同種のもの故、「理尽鈔」と混同されたり同一本とみなされたりすることが多かったようでもある。

いずれにせよ、太平記評判の本が実際的な政治思想として指導層を動かし、民の常識ともなって、近世の民衆文化の構築にかかわっていくという構想の若尾政希氏の近来の仕事は(6)、興味深く注目に価しよう。

その外、主だった評判の類を掲げると――
「太平記評判秘伝鈔」四〇巻一〇冊（沢正博）
「太平記補闕評判蒙案鈔」二冊（小野木秀辰）
「太平記評抄秘訣」四〇巻七冊
「太平記之評」四冊
「太平記批判記」（立花入道）

など。（岩波『図書総目録』による）

×　×　×

「太平記理尽図経」（大橋貞清、明暦二年刊）、「太平記大全」（西道智、万治二年刊）、「太平記綱目」（原友軒、寛文八年刊）などは、『太平記』古活字版から整版本が繰り返し盛んに刊行された元禄期頃までに、注釈書や評判書を集成したような形で刊行された大部の書である。「太平記鈔」や「理尽鈔」などを引きながらも、独自の項目をも加えて、ある意味で太平記読みのよき種本のようであったことは間違いない。要するに、単なる語義・出典考から、娯楽性とでもいうべき要素を広く加味して行く太平記読解の実態を、これらは示している。

(五)

より研究的姿勢を保つ書として取り上げるべきは、「参考太平記」（元禄四年〈一六九一〉刊）である。周知の如く、水戸に於ける『大日本史』編纂のための基礎作業として諸資料が集められた内に、『太平記』諸本一〇種が集められ、その本文校異と史実考証などが今井弘済・内藤貞顕両人によってまとめられた成果である。この書によって、太平記の諸本研究が意識的にはじめられたと云え、例えば島津家本などはこの本によってのみ今日その古態の一端を知りうるものとなっているのである。

そして、「首書太平記」は全巻頭注の型式で、「太平記演義」五巻五冊（岡島冠山）[7]は全巻をダイジェストした白話訳という型で、これらも広義の研究書として読解の助けになっているものと認めえようか。

× × ×

「太平記抜書」なるものが作られた。先行の軍記（『保元物語』『平治物語』など）にも抜書があって、類例を見ぬわけではないが、それらを総じて如何なる意図による作品なのか。

「太平記抜書」に関していえば、その内容を二大別して、⑴全巻のダイジェスト版と⑵島津家本『太平記』のもつ異文抄出版との二種になると考える。そして、それらとは別に、キリシタン版抜書（六巻六冊）が存し、それは単なる抄出ダイジェスト版ではなく、独自の意図をもった「抜書」として編集された作品であるという宮嶋一郎氏の見解[8]は、その特色を適確に認めて魅力がある。

ところで、⑴全巻ダイジェスト版と認められている四種の抜書[9]のうち、島原松平文庫蔵本を底本に、蓬左文庫本・小浜図書館本の校異を示して、私が翻刻紹介したことがある[10]。四〇巻に及ぶ大部の『太平記』を、文学的ともいえる枝葉を切り落して、歴史叙述の幹のみで理解しようと意図する作品であると認めえようか。

⑵島津家本異文抜書にも四種の本が列挙されているが、そのうちの一本天理図書館本は以前に私が翻刻した[11]。これは「参考太平記」とも関連して、異本異文への興味関心と単純にもとれるし、家や個人の利害的関心から『太平記』を切り取っていったものとも考えられよう。

抜書の世界は、決して研究的とはいえなかろうが、『太平記』をいかなる目的でどう読むか、それを端的に示している享受といいえよう。

(六)

キリシタン版「太平記抜書」（天理図書館蔵）については、先の宮嶋氏及び大塚光信氏[12]の秀れて詳細なる論考がある。カトリックの正規の出版物には、全て認可文がつくのだそうだ。それは教会が出版するに支障のないことを認めるもの、これを得て独自の意図をもって編まれた『太平記（抜書）』とは、具体的にいかなるものをいうか。慶長八年古活字本を底本として、その本文を省略したり、増補・改変したりして成した作品が、キリスト教及び良風美俗に悖るところ一つもなく、日本の歴史と言葉を学ぶための教材として、また一般信徒にも読ませるに適当で、積極的に布教に役立つようとの意図もいきている――その様なものと考えれば、それは単なるダイジェストとは違う。

イギリス公使アーネスト・サトウが金沢にて発見、以後何某氏の手を経て天理図書館に架蔵されるようになったこの「太平記抜書」は、六巻一四九章（流布本太平記四〇巻三四〇章）の作品なのである。

×　　　×　　　×

『太平記』の享受の流れは、大きく二分すると私は考えている。即ち、その一は『太平記抜書』的世界へ、他の一は『三国伝記』や『壒嚢鈔』など様の方へ……そして、その途次で、真面目な読解・注釈から娯楽性豊かな講釈まで、さまざまな世界が展開をみせるのであった。

注

（1）天理図書館「ビブリア」59号（昭五〇・三月刊）所収。

（2）高野辰之「太平記作成年代考」（『古文学踏査』昭九　大岡山書店収録）、亀田純一郎「太平記」（昭七　岩波日本文学講座）参照。

（3）加美宏『太平記享受史論考』（昭六〇・五月　桜楓社刊）参照。

なお、「太平記賢愚抄」の識語（刊記）は、左の如くある。

天文十有二龍集癸卯冬十一月上旬

江州住侶乾三作之

慶長十有二丁未暦仲夏如意珠日

於医徳堂以乾三正本刊行

（4）増田欣『「太平記」の比較文学的研究』（昭五一・三月　角川書店刊）参照。

（5）加美宏『太平記の受容と変容』（平九・二月　翰林書房刊）参照。

（6）若尾政希『太平記読みの時代―近世政治思想史の構想』（平一一・六月　平凡社刊）参照。

若尾氏は、近世の儒学的思想と民衆的文化とが融和する接点として「太平記読み」と『理尽鈔』を据えている。それは又、中世と近世をつなぐ〝橋〟ともなりうるか。

（7）享保四年刊。元禄期をすぎているが、参考に。

（8）宮嶋一郎「きりしたん版『太平記抜書』の編集態度について」、天理図書館「ビブリア」63号（昭五一・六月刊）。

（9）加美宏前掲の『太平記享受史論考』第三章―（一）「太平記抜書」の類ノート　参照。

『太平記』の古注釈・抜書

(10) 青木晃稿、『室町ごころ―中世文学資料集』(昭五三・九月　角川書店刊) 所収。
(11) 帝塚山短大「青須我波良」10号 (昭五〇・五月刊) 所収。
(12) 大塚光信『天理図書館善本叢書49』「きりしたん版集二」解題。

☆本稿に於いては、本文を引いて例示したり、データを掲げて具体例を示すが如き方法を、あえてとらなかった。その分、補注に示した諸先学のご論考に詳細にあたって御確認いただきたい。
加美宏氏の総合的ご論考に、特なる学恩を蒙った。深謝の次第である。

『太平記評判秘伝理尽鈔』「評」の世界
――正成の討死をめぐって――

今井正之助

はじめに

『理尽鈔』は『太平記』から生まれた。『理尽鈔』編著者が自己の所説を披瀝する舞台として『太平記』の世界を借りた、といった関係ではなく、兵法・政治論評の両面において、『太平記』には『理尽鈔』の基本的な道具立てや発想がすでに用意されている。具体的項目として、兵法論議については、『六韜』『三略』等の引用（岩波大系。巻十三「時行滅亡事」等）、「鳥雲ノ陣」等種々の陣形への言及（巻卅一「笛吹峠軍事」等）、千破剣城における兵粮・水の周到な用意・管理（巻七）、正成による義貞の合戦の論評（巻十六「正成下向兵庫事」）、語り手による作戦・布陣等の解説（巻廿九「将軍上洛事」他）等々があり[1]、政治論評には、巻十三の藤房の諫言、巻廿七「雲景未来記」、巻卅五「北野通夜物語事」等を見ることができる。その意味で『太平記』と『理尽鈔』の世界とは地続きなのである。しかしもちろん、『太平記』の単なる延長線上に『理尽鈔』の世界があるわけではない。『理尽鈔』が『太平記』読み込みの成果を駆使して周到な、時に奔放な創作を行っている様相を、「伝」を中心に論じた前稿に続き[2]、ここでは、『理尽鈔』のもう一つの柱である「評」（政道・兵法に関わる側面の論評）の特質を考えたい。中心とするのは、乱世における政治のあり方に関する議論である。

一　正成討死に関する論評

抑元弘以来、忝モ君ニ憑レ進セテ、忠ヲ致シ功ニホコル者幾千万ゾヤ。然共此乱又出来テ後、仁ヲ知ラヌ者ハ朝恩ヲ捨テ敵ニ属シ、勇ナキ者ハ苟モ死ヲ免レントテ刑戮ニアヒ、智ナキ者ハ時ノ変ヲバ弁ゼズシテ道ニ違フ事ノミ有シニ、智仁勇ノ三徳ヲ兼テ、死ヲ善道ニ守ルハ、古ヨリ今ニ至ル迄、正成程ノ者ハ未無リツルニ、兄弟共ニ自害シケルコソ、聖主再ビ国ヲ失テ、逆臣横ニ威ヲ振フベキ、其前表ノシルシナレ。（巻十六「正成兄弟討死事」）

右は『太平記』の論評であるが、『理尽鈔』はこれを次のように評する。[3]

○正成智仁勇ノ事　○伝云、古ヨリ和朝ニ正成程ノ智仁勇ヲ備ヘタル男ナシ。先数箇所ノ新恩ヲ給ヒシニ侈ル事ナク諸人ノ貧苦ヲスクイテコソトテ前々ノ公納十ニシテ二ツヲユルス。賦斂以テ然也。如レ之摂津河内ノ両国ニテ所々ニ池ヲホラセテ新田ヲ余多仕テゲリ。（中略。入植した百姓の保護育成、柳・栗・桑等の植樹、新法設置に慎重な政治姿勢、専断を排した評定、適正な調査に基づく貧者・病者の扶助）如レ是セシ程ニ人皆其恩ヲ深キ事ヲ思ヒシ。是皆智仁也。勇ハ勿論也。去レバ正成被レ討タリト聞ヘシカバ河内・摂津・和泉・紀伊・大和等ノ人民、親子ノ死シタルガ如ク家々サケビ歎キテ声ヲ不レ惜ト也。（この後さらに、情理を尽くした裁き、行政責任者の管理の話題が続く。）

（十六77ウ）

『太平記』が正成の、君への「忠」を問題として、その智仁勇を評価していたのに対し、『理尽鈔』は領民への、為政者としての智仁勇を賞賛している。

さらに、『太平記』は、自らの献策が退けられながらも、兵庫への下向を命ずる朝議に従って討死にした正成の態度を、「死ヲ善道ニ守」ったと評価するのであるが、『理尽鈔』は正成に、次のような判断があったという。

（叡智は浅く、尊氏が滅びたとしても義貞が天下を奪うであろう。義貞から天下を奪回することは困難だが、尊氏相手ならば可能性がある。）正成生テ有ランニハ、尊氏ハ可シレ亡ブ。新田ガ手ニ死ン事無シレ疑。家共ニ亡ナン。王法モ亡給ヒナンズルゾ。然ラバ正成死スベキ時ハ今也。（十六52ウ）

ここでは、兵藤裕己氏が指摘するように、「兵法・軍学の立場から」討死が意味づけられている。(4)

しかも、『理尽鈔』には、そうした正成の判断に、批判を浴びせる「評」が存在する。

評云、楠申セシ所義ニ当レリ。去レ共一命ヲ生テ、先尊氏ヲ退ケテ後、新田又朝敵共ナラバ、如何様ニモ謀アルベシ。早世シケルハ最無キ二心元一トニヤ。（十六56ウ）

巻卅二には、次のような記事もある。尊氏が、楠正儀を調略しようと、天龍寺の僧を使者に立てる。僧は、渡辺九郎を介して丹下・志貴等を語らう。彼ら家臣は「王法ト共ニ当家ノ破滅セン事近ニ有リ。トテモ亡給フベキ君ヲ亡シテ、楠殿ノ家ヲ残シ給ヘカシ」と訴えるが、正儀は容れない。「当家ノ存亡、王法ト共ニスベシ。（中略）如何ナル御ヒガ事在リトテモ争カ上ノ御事ヲ下トシテ、ハカライ申スベキ」、これに背こうとならば吾が首を切れ、と激高。事の根本は、渡辺が正儀に告げることなく、皆に知らせたことにあるとして、渡辺と僧の首とを吉野殿に差し出した。

これに、以下の「評」が続く。

正儀ガ挙動《フルマイ》ノコトハ上代ニハ然也。末代不二相応セ一。不ル二相応セ一則バ善ニハ非ズ。上代ニサヘ邪ヲバ邪ヲ以テ禁ズルト云事在リシ。況ヤ末代ヲヤ。三代ノ楠何《イヅレ》モ智タラズシテ二代ハ打死セシ。正儀又然也。異国ニ周武ノ挙動在リ。其比正成謀ヲ以テ天下ヲ執センニ、新田足利共ニ不レ亡ト云フ事ヤ在ルベキ。然ラバ北条ガ例ニマカセテ楠治天ノ君ヲハカラヒ、天下ヲ如クレ常法ノ立テ治メンニ、万民安楽ナランカ。無運ノ悪王ニ与シテ家ヲ失ヒシハ小人ノ専トスル所、大人ノセザル所ナリ。正儀又然也。（中略。一旦尊氏に与して、時を見て尊氏を亡ぼし、君を位につけ）上宮太子ノ古ヲ顕シ、延喜ノ政ヲナサバ日本ノ安楽ナラン。豈善政ニアラザランヤ。今楠モ武ノ謀コソ親兄ニハ劣リタレ、富デ不レ侈《ラ》、国ヲ不《ル》レ奪志ハ今ノ世ニハ又ナラビモナケレバ也。所詮邪ヲ禁ズルニ邪ヲ以テスル道ヲ不《ル》レ知故ニ小人ノ行跡ニヤ。（卅二34オ）

巻十六の評が、別の謀（戦法）もあり得たとの論評であるのに対し、これはまたおそろしく激越な論調である。北条の例にならって（後鳥羽院配流を指していよう）正成自身が直接政治を執り行うべきであったのに、そのようにしなかったのは「小人ノ行跡」ではないか、というのである。『理尽鈔』において正成は最大の存在であるが、絶対的ではない。巻卅二に通じる批判は、赤松則祐の、養子範実への発話の中にも見える。

楠ノ正成ハ今ノ世ノ賢人ナリシガ思ヘバ又愚ナリシゾカシ。兎シテモ角シテモ吉野殿《ノ》御政道、今ノ諸卿《ノ》御智恵ニテハ争《イカデカ》天下ニ満タル朝敵ヲ亡シテ、公家安穏ニ御在《セ》ンヤ。兎シテモ叶ハヌ公家ノ政道ナレバ、公家ノ愚ト邪トヲ捨テ家ヲ扶《ケ》ンニハ不《ト》レ然思成テコソ、此一類（赤松一族）ハ尊氏ノ御味方ニ参《リ》タリ。正成是ヲ不《ヤ》レ見不《ヤ》レ知、亡君ノ邪ナルニ随《ヒ》テ父祖《ノ》家ヲ断絶ス。是不孝ノ至ニ非ズヤ。（卅七18オ）

巻卅二の、正成に国政担当を期待する考えに呼応するのが、正成自身の口から語られる為政方針の存在である。ある時、正成は、万里小路藤房に次のように語ったという（卅五53ウ）。

『かつて泰時は、その為政が賞罰共に古よりも重すぎるとの批判に対して、無道の進んだ世に応じてのことであると答えたが、現在のような乱世は容易には治りがたく、以下の事柄に留意すべきである。《①先正成から摂津国を没収し、河内一国の国司・守護職を給うべきであり、他の公家、武家も同様に処する。(5) ②諸国の武士を上洛させ、「皆位ヲ与ヘテ朝家ノ武士」として君が直接掌握すべきである。③君は、下情に通じるため、譲位して身軽になり、直接諸民の歎を聞き、「和殿（藤房）ヲ上卿ニ成シ参セテ、智化ノ老臣達ヲ召集テ僉議」するよう計らえば、諸人の欲も消え、君への信頼が醸成される。④賞罰を泰時の時よりも厳重に行う。⑤御遊を止め、人々の侈りを止めさせる。⑥速やかに内奏を禁ずる。⑦忠孝の道を廃れさせないよう、帝王は仏神を崇敬すべし。』これら七つを始め、多くの禁を念頭に置いて政治を行えば、世の治まる可能性もあろう』と。藤房はいたく感心した。

これに「然レバ泰時ノ賞罰ヲ本トシテ今ノ世ニ行ヒタランニハ、何レモ軽シテ世ハ治リ難カランカ。此故ニ今ノ世ニハ、論訴有ラバ尋ネサグリテモ理非ヲ決シ、非ノ方ヲバ咎ニ被レ行侍ラデハトコソ覚ヘテ侍レトニヤ。」という論評が続くのであるが、要は、主が政治を臣下に委ねてしまうことのないよう留意し（②③⑥）、臣の威を抑える方途を講じ（①②）、自らの身を慎んだうえで（⑤⑦）、泰時の時代よりも一層厳正な賞罰（④）を行うということであろう。類似の主張は、舎弟等への正成の教訓としても見られる。(1)君主は下民の訴を直接聞くことが肝要、(2)下情に通じることにより主の威が益す、(3)人の本性を見抜く智が重要、(4)上代に比して厳正な賞罰が必要、(5)『根本世鏡鈔』等を政道の参考にすべし（卅五106ウ）、等々の項目である。

これらの根底にあるのは、「角有ラン世ヲ治ルノ器ハ往昔ノ聖賢ノ法ノミニテハ如何ニモ治マリガタキ物也」（卅五106ウ）という認識に立ち、今の政道の課題は、主の「威」をいかに確立・維持するかにある、という主張であろう。正成の国政担当が期待され、正成自身の口から為政論が発せられ、その予備的実践ともいうべき摂津・河内での行き届いた領国経営が語られている。しかし、実のところこれらは全き環を成り立たせてはいない。いうまでもなく、正成自身は国政を論ずる際、「臣」としての立場を崩そうとしてはいなかったからである。

それでは、巻卅二を中心とする過激な正成批判は例外的な存在なのか。

二　乱世の思想――戦国時ニハ孔孟モ用ユルニ不足――

『太平記』巻二一「長崎新左衛門尉意見事」は、後醍醐帝の倒幕計画を告げる持明院殿からの使者に驚いた幕府の評議の模様を記す。「静ナル世ニハ文ヲ以テ弥治メ、乱タル時ニハ武ヲ以テ急ニ静ム。故《ニ》戦国ノ時ニハ孔孟不レ足《ラ》レ用《ユルニ》、太平ノ世ニハ干戈似《タリ》レ無《キニ》レ用《ユルコト》。事已ニ急ニ当リタリ。武ヲ以テ治ムベキ也」という考えから、後醍醐帝の遠流を中核とする強硬策を唱える長崎高資と、「『君雖《モ》レ不《ト》レ君《タラ》、不レ可《カラ》二臣以《テ》不《ンバアル》一レ臣《タラ》』ト云ヘリ。御謀反ノ事君縦《ヒ》思召《シ》立《ツ》トモ、武威盛《ン》ナラン程ハ与シ申《ス》者有ベカラズ」という立場に立って、穏便な処置を述べる二階堂道蘊との対立は、結局長崎の主張が通る。『太平記』はその結末を「当座ノ頭人・評定衆、権勢ニヤ阿《オモネリ》ケン、又愚案ニヤ落ケン、皆此義ニ同ジケレバ、道蘊再往ノ忠言ニ及バズ眉ヲ顰《メ》テ退出ス」と描いている。

これを『理尽鈔』は次のように評する。

○長崎高資異見当《テ》二尓《ソノ》時《ニ》一可也。一家ヲ栄ヘンニハ　○評云、義時、承久《ノ》兵乱ノ時、此行ヲ成《シ》テ天下ヲ奪、治マル事百余年也。急ギ如《ク》レ是スベキ也。二階堂ガ異見不可也。（中略）如《ク》レ前家ヲ栄《ヘ》ントナラバ、君ヲ可《シ》レ奉《ル》レ遷《シ》二遠島一《ニ》。若道ヲ立ントナラバ、頼朝ヨリ以前ノ如ク政道ヲ公家ヘ可《シ》レ奉《ル》レ遷《シ》。君ヲモ立テ、武家ヲモ立テントナラバ、武家ヲ亡《サン》トシ給フ君ヲバ流シ奉ルベシ。然ラバ道蘊ガ云シハ非也。（中略）又君雖レ不《ト》レ為《ラ》レ君、不《ト》レ可レ有云。百余年以前ニ出テ、義時ヲ可《キ》レ諫《ム》也。当時ニ不二相応一《セ》。長崎、戦国時ニハ、孔孟モ用ユルニ不《ト》レ足《ラ》。最《モ》可也。又文王、武王ト云。周武ノ不義ヲ誅シテ、天下ヲ理セシト、北条ガ一家ヲ栄ンガ為ニ天下ヲ奪シト何ゾ同カラン。又君視《ルコト》レ臣《ヲ》讐《ノゴトシ》ト云云。君ヲ諫《メ》テ謂ヘル成ベシ。臣トシテ君ヲ亡ボセトニハ非《ズ》。最《モ》悪シ。（二一7ウ）

傍線部に明らかなように、『理尽鈔』は『太平記』とは全く逆に、二階堂の意見を時勢に合わないと批判し、長崎の主張を積極的に肯定している。もちろん、周武と北条とを同一視はできない、「君視レ臣讐云々」というのも下剋上を勧めているのではないとのことわりはある。しかし、「戦国時ニハ孔孟モ用ユルニ不足」という発想自体は「最可」と高く評価する。この発想と、「末代不二相応《セ》一。不《ル》二相応《セ》一則バ善ニハ非ズ。」（巻卅二）という正義批判の評言とは同根のものであろう。

時勢の変化に応じた対応が必要であるという認識は、次のような論評をも生んでいる。

○当今ヲ隠岐ヘ奉《ル》レ流《シ》。時悪シ。○評云、後鳥羽院ヲ奉《ル》レ流《シ》時ハ、義時、威モ高時威モ[6]強ク、政善シ。此故日本一州皆能随フ。今高時、政悪キ故ニ威モ少カレリ。一天下ニ恨ヲ含《ム》者多シ。如レ是事ヲ分別シテ、鎌倉ニ皇居可《キ》レ定《ム》事ナルニ、如二先代《ノ》一隠岐国ヘ奉《ル》レ流《シ》事無《キ》二智謀一也。（四24ウ。七72ウにも類同の批判あり）

みるように、帝王の配流自体を悪としているのではない。巻一にはさらに率直な主張がある。

資朝・俊基両人ヲ、謀反ノ張本ト知リナガラ死罪ニ不レ行《ハ》、朝庭ニ憚リシハ、智浅キガ故ナリ。君已ニ鎌倉ヲ亡サント仕給フ。然ラバ敵ニ非《ズ》ヤ。何ノ憚《リ》カ有ラン。天子タル故ニ角謂《フ》カ。何ゾ承久ノ例ヲ思ヒ出ザラン。若先祖ノ行ヲ非道ト思ハヾ、日本国ノ総追捕使并《ニ》政道等ヲ如《ク》二往昔一、公家ヘ返シ進《ラ》セザラン。是ヲ喩フルニ、虎ノ子ヲ養テ後ニ愁ヲイダク成ベシ。（一33ウ）

ここにあるのは、名分論から解放された兵法主導の論調である。この主張は、さらに進んで驚くべき議論を提示する。

○評云、直義上洛在テ、数ノ宝物ヲ被《ン》レ引ニハ、訴コトゴトク直義ノ所レ望ノゴトクナルベシ。然バ新田朝敵ト可《キ》レ成《ル》物ヲ。臆シタル故ニ不レ上《ラ》トニヤ。然共不レ上《ラ》シテ朝敵トナリツル故ニ、天下ヲ奪ヘリ。新田朝敵トナリナバ、天下ハ新田ゾ奪ヒナン。臆病ニモ徳在リトハ、カヤウノ事カ。（十四15オ）

○評云（中略。義貞が）我、為ニレ朝ノ忠ヲ尽サバ、弥諸国ノ兵集ラント思シコトコソ越度ナレ。此故ニ亡ビヌ。又義貞ガ行ノ能ニ依テ、天下ノ士思ヒ着シト思ヒシ也。大ニ愚ナル哉。（十四24オ）

朝敵となることこそが天下を奪う条件であるとは、軍記物語になじんだ眼には想外の論評であろう。『太平記』巻十三「龍馬進奏事」における藤房の

今若武家ノ棟梁ト成ヌベキ器用ノ仁出来テ、朝家ヲ編シ申事アラバ、恨ヲ含ミ政道ヲ猜ム天下ノ士、糧ヲ荷テ招カザルニ集マラン事不レ可カラレ有ルレ疑。

という諫言には朝家を見限る武士の続出が懸念されているが、しかし、朝敵となることの有効性を直接標榜することとの間にはなお、隔たりがある。『太平記』巻十五には、洛中より敗走途中の尊氏が薬師丸に

今度京都ノ合戦ニ、御方毎度打負タル事、全ク戦ノ咎ニ非ズ。倩事ノ心ヲ案ズルニ、只尊氏混《ヒタスラ》朝敵タル故也。サレバ如何ニモシテ持明院殿ノ院宣ヲ申賜テ、天下ヲ君与レ君ノ御争ニ成テ、合戦ヲ致サバヤト思ッ也。（「将軍都落事付薬師丸帰京事」）

と命ずる場面があり、巻十六には待望の院宣を拝覧した尊氏が「向後ノ合戦ニ於テハ、不レ勝云事有ベカラズ」と悦んだことが描かれている。ただし、『太平記』巻十五前掲章段の前には

敵ノ勢ヲ見合スレバ、百分ガ一モナキニ、毎度カク被二追立一、見苦キ負ヲノミスルハ非二直事一。我等朝敵タル故歟、山門ニ被二呪詛セ一故歟ト、謀ノ拙キ所ヲバ閣テ、人々怪シミ思ハレケル心ノ程コソ愚ナレ。

という、朝敵であることに敗北の原因を求めようとする尊氏方の考えを批判する一節のあることも見逃しがたい。「朝敵」が「将軍」と相補的な関係として存立したとする佐伯真一氏は、『太平記』において将軍（尊氏）と朝敵とがイコールである場合さえあり、「朝敵」が、南朝なり北朝なりの、ある権門に敵対する勢力を指すに過ぎないものと

なっていることに注意し、「少なくとも言葉の問題として見る限り、実質的に解体してしまっている」と指摘している。(7) 前述の「天下ヲ君与レ君ノ御争ニ成テ、合戦ヲ致サバヤ」という尊氏の言葉にも、そうした従来の朝敵概念の解体の一端を見て取ることができよう。

『太平記』において揺らぎ始めていた「朝敵」を、一気に戦略上の操作概念にまで引き下げてみせたのが『理尽鈔』の議論であった。

三　武威の肯定

後醍醐の叡慮が「斉桓覇ヲ行ヒ、楚人弓ヲ遺レシニ」似ていたため、建武新政も三年と持たなかったと批判する記事（巻一「関所停止事」）に示されるように、『太平記』は覇道を否定している。武士の離反を懸念した藤房の諫言も「只奇物ノ翫ヲ止テ、仁政ノ化ヲ致サレンニハ不レ如」と結ばれていた。しかし、覇道を否定する以上、後醍醐政権に実力で取って代わった武家を肯定する論理もまた用意されてはいない。

此全ク菊池ガ不覚ニモ非ズ、又直義朝臣ノ謀ニモ依ラズ、啻《タダ》将軍天下ノ主ト成給フベキ過去ノ善因催シテ、霊神擁護ノ威ヲ加ヘ給ヒシカバ、不慮ニ勝ツコトヲ得テ一時ニ靡キ順ヒケリ。（巻十五「多々良浜合戦事」）

という一節が端的に表明するように、『太平記』は尊氏の権力取得を、尊氏の徳目の有無とは無関係な宿報としてのみ認知する。(8) また、巻廿七「雲景未来記事」には

臣殺レシ君ヲ殺レス父ヲ、力ヲ以テ可レキ争フ時到ル故ニ下剋上ノ一端ニアリ。高貴清花モ君主一人《イチノヒト》モ共ニ力ヲ不レ得、下輩下賤ノ士四海ヲ呑ム。依レテ之ニ天下武家ト成也。是必ズ誰ガ為《ワザ》ニモ非ズ、時代機根相萌シテ因果業報ノ時到ル故也。

という記述があり、「下剋上」の時代の到来をいう。しかし、ここにあるのは王法が衰微した現状の追認であり、新しい秩序構成原理として「力」を積極的に認知しようというものではない。末代邪悪の時代にあってひたすら武家を頼り「理ヲモ欲心ヲモ打捨テ御座サバ」、かえって運を開いたという持明院殿の姿は、まさに指針を失った状況の象徴である。

『理尽鈔』がその著述の中で目指したものは、こうした袋小路からの脱出の道であった。「逆ニ敵国ヲ亡シ、順ニ国ヲ治ム」（一23ウ）、「戦国時ニハ孔孟モ用ユルニ不足」（二7ウ）、「上代ニサヘ邪ヲバ邪ヲ以テ禁ズルト云事在リシ。況ヤ末代ヲヤ」（卅二34オ）等々という揚言は、その解答と見なすことができるだろう。前述の正成の為政論や以下の記述に見られる「（武）威」の重要性の主張もこの発想につながる。

○近年鎌倉中ノ人人武ヲ失《ヒ》、謀ノ道ヲ専トセザル故ナリ。代豊ナリト云ヘドモ、武ノ不レ達《セ》国ハ亡ト謂シ事、善言今以テ肝信セリトナリ。（十65ウ。正成発言）

○今日本ノ士、過半朝敵ト成ル事サラニ他事ナシ。只君《ノ》御政道《ノ》愚《カ》ナルヲサミシテ也。加様ノ時ハ武ヲ以テ威ヲ振ヒ、諸人ヲ随ル事、古今ノ良将善トスル所也。（十五61ウ。正成発言）

○末ノ世ニハ勇武ヲ先ニセザレバ無レ威。無《レバ》レ威人不レ恐。不《ハ》レ恐不レ随ト申セシハ是也。上代スラ乱タル時ニハ、武ヲ嗜《ミ》謀《リコト》シテ戦フテ打勝ヌレバ、諸国随フモノゾカシ。又和ヲ知テ和過タルマデニテ勇武ナケレバ不レ恐シテ慢《ル》モノゾ。（評云。廿一21オ）

先の正成の為政論においては「威」は威光・威儀の意味合いで語られていたが、ここでは明瞭に武力を基盤としている。この武威による統治は、次のような過酷な側面をも持つ。

正成云（中略）上代スラ道《ヲ》不《ル》レ知《ラ》国ヲ治《ル》ニハ、以レ威《ヲ》民ヲ令レ恐《レ》テ、後ニ其事ヲ行《ヘ》ト也。益テ今ノ世ヲヤ。

敵国ニ発向シテ、戦ヲ決セント欲スル時、敵ノ兵ノ事ハ謂ニ不レ及、下部三歳ノ幼童マデ、皆可キレ討ッ徳余多アリ。（八75オ）

これは「頼朝平家ノ子孫ヲ誅ス。最可ナリ」（二8ウ）と評する頼朝の行為(9)に範を仰ぐものであるが、越王が呉王を赦そうとしたことを諫めた范蠡を評して（四24ウ）、西園寺公宗遺児を赦したことを評して（「最初ノ摂政殿、守屋ガ子孫并一類ヲバ胎内ヲモサガシテ、失ヒ給ヒシ」十三18オ）、基氏が東国を鎮め得た要因として（卅四2オ）、同じく基氏が死去に先立ち将来の禍根を除くために（四十4オ）等、数ヶ所において同種の行為が称揚されている。

しかし、儀礼的な威光・威儀と、武力を背景とした「武威」とは無縁のものではない。山門攻めに失敗した尊氏に対する次の評を見よう。

最初《ソノカミ》ハ朝敵国ヲ奪ハント欲スル時ハ、帝自《ミツカラ》向ヒ給ヒテ敵ヲ亡シ給ヘリ（中略。神武・仲哀・神功皇后・継体・天武等）。然ルヲ堯王ノ徳ヲマネビ給ヒテ、明王ハ不レ動ゼシテ天下ヲ治ルトアリ。天子自朝敵退治シタマフ事、威ノ軽々敷ニ似タリ、非二仁政一ニト申者有ケレバ、次第ニ王威重クナラセ給ヒテ、自ラ朝敵退治ノ事共、臣ニ仰付ラレケリ。後ニハ摂禄ノ臣サヘ堅甲ヲ着スルハ無礼ナリトテ、為ニレ其ノ朝ニ武士ヲ被レ置カシ。（十七4ウ）

同種の評は「我朝ノ古ヘハ帝、直ニ朝敵ヲ追罰シ、自軽々敷ク諸民ノ訴ヲ聞召セシ程ハ王威強カリシ。」（廿七下15オ）とあり、武家においても、東国静謐の要因を、関東公方たる基氏が事を聞きつけるやみずから出撃したことに求めている。

覚アラケナキ政道（注。新田を族滅したこと）ト、少シモ事ヲ聞出シテゲレバ、其日ニ兵ヲ遣シ、翌日左馬頭直ニ軽々敷発向セラレシ故ニ、何ト謀ヲ回スベキ間モナカリケレバ、敵皆亡ビ果テ、東国ハ無為ニ成リニケリ。（卅四2オ）

威は重要である。正成は「政ハ悪ケレ共、威ノ強キニテ国ヲ持ツ事アリ」（九44ウ）とまで述べている。しかし、「政ノ道ニタガハザルハ最モ善ク候。然バ亡ブベキ時ノ不レ来ラ知ル物ナリ」（同）とも述べるように、「威」のみではいずれ滅びる時が来る。

四、武威の抑止

『理尽鈔』の是認する「武威」の発揚は、「周武ノ挙動」（卅一。正成批判の中の言葉）に行き着く。しかし、それは容易な道ではない。「不義ヲ誅シテ、天下ヲ理」した周武と「一家ヲ栄ンガ為ニ」天下を奪った北条義時とを同列にはできない（二17ウ）という主張はすでに見たところである。同種の批判は、公宗謀反事件の論評「周武ノ天下ヲ利センガ為ニ殷ヲ討シト、今ノ公宗、相州ノ一家ヲ再興シ傾ケ二朝家ヲ一奉テ、企テレ栄ヘント二我一家ヲ一シコト雲泥万里ノ異其間ニ有リ」（十三8オ）や、「公家ノ無道ヲ誅シテ天下ノ諸人ヲ利シ給ヘカシ」と説得する郎従の言葉を退けた新田義貞に対して、そもそも、義貞は「周武ノ君ニタクラブベキ器」ではないのだと退ける論評（十四83オ）等に見られる。しかも、周武の行さえ「不シテレ受ケレ譲ヲ報二天下ノ政ヲ一玉ヒシ事ハ強ニ不レ善キニハセ」（十三8オ）というのである。

武威の勧めとそれを抑制する厳しい条件。『理尽鈔』には二つの相反する理念が拮抗している。

巻十四における尊氏・義貞の非難の応酬に際して、正成は、＜両者を和解させるべきであり、いずれにも誅伐の宣旨を下すべきではない＞と奏上するが、＜両家共に朝敵となったとしても、朝恩を捨てて彼らに与する者はいない、尊氏を罰すべきである＞との坊門清忠の主張が通る。正成は、洞院相国に、清忠の主張は「時ト相応」せず、このままでは「天下又武家ノ有」となると訴えるが、はたして事態は正成の恐れたようになった。これをふまえ、『理尽鈔』

は「一命ヲ捨テ義ニ死シ、国ノ危ヲ扶《ク》ルハ、良臣ノ節也。楠何ゾ心ノソコヲ残セル。（中略）天下ノ一大事ナレバ、逆鱗アリ共、身ヲ捨テ可《キ》二申上一ゾカシ。」（十四31ウ）と批判をなげかける。正成は「周武ノ挙動」「邪ヲ禁ズルニ邪ヲ以テスル道」（卅二）を期待される一方で、徹底して「良臣」であることを求められてもいるのである。

その狭間で、正成父子の言動そのものは、一貫して絶対的ともいうべき「忠臣」の側に位置する。「忠臣ハ必ズ為《ニ》レ君死《スル》。此定ルノ法也」（十三17オ）・「正成ガ一代ノ後モ奉《テ》レ対《シ》二天子《ニ》一忠ヲ忘ル事ナカレ。将ハ忠ガ第一也。勇ガ根也」（廿六43オ）という正成。「正行ガ忠ニハ敵ト戦フテ打死シテ一命ヲ君ニ奉《リ》タル計ゾ」（廿六28オ）という正行。「無レ二一命、末代ト思フ小家サヘニ君ノ為ニハ惜カラズ」・「君今、正儀《ガ》首ヲ被《ント》レ召御使在リトモ、争カ君《ニ》向《ヒ》奉《テ》弓《ヲ》引、矢ヲハナサン」（卅二11オ）という正儀。

さらに、正行の討死に際しては、まだ勝利の可能性があったこと、父正成の予言の熟する時を待たなかったこと等、種々の観点から論評が加えられているが、中でも次の「評」の内容が目を引く。

君々タラズト云フトモ、臣々タラズンバ不レ可《ラ》レ有トナリ。君ノ御政邪ナルニ依テ、聖運不《ンバ》レ開《ケ》君ノ亡ビ給ヒナン時、死ヲ供ニスベキ事ニヤ。主ニ先立テ死ヲ早《フ》シ、味方ノ負ズルハ主ニ損ヲ与ルニ非ズヤ。（廿六48ウ）

この論評は、「君々タラズト云フトモ云々」という考えを「当時ニ不相応」（二7ウ）と退けた評や、「無運ノ悪王ニ与シテ家ヲ失ヒシハ小人ノ専トスル所」（卅二34ウ）という評とは明らかに異なる。

巻廿六には、正行の討死を「是聖運ノ可《キ》レ開《カル》時未《ダ》レ来《ラ》」（20オ）という観点から論評する見解や、

若又足利ノ一家亡ビ果タリ共、今ノ御政ニテハ長久世ノ無事ナル事ヤアル。是モ君ノ御禍ニシモ非ズ。王法ノ末ニ成リ、日本一州ノ悉ク魔味ノ国ト成ルベキ時至リヌト覚ル故也。（廿六72ウ）

という正行の発言がある。しかし、そうした『太平記』にも通じる時勢論は、『理尽鈔』が退けたはずのものであっ

た。

政ヨクシテ亡ル事ハナキ物ゾ。春ノ花ノサクニ道在リ、秋ノ菓ノナルニ道在リ。聖運ハ自然ナルニ非ズ。然ルニ聖運ノ可キレ開ク時未ダトレ来タラ宣シハ、世愚ノ謂ヒナルゾ。（廿二16ウ）

したがって、「悪王」をめぐる議論の相違を、巻廿六の異質性として扱うことも不可能ではない。[10] しかし、正行に関する議論を除外したとしても、「周武ノ挙動」・「邪ヲ禁ズルニ邪ヲ以テスル」ことは「富デ不レ侈ラ国ヲ不ルレ奪志」の持ち主にのみ許されるが、正成・正儀がその条件に適った人物であることは、彼らが家をも命をもなげうって「無運ノ悪王」に最期まで忠節を尽くしたことによって証される、というジレンマは残る。

『理尽鈔』は、「頼朝ノ方便ヲ専トシ給ヒテ、無欲ニ東国ヲ管領」し（四十5ウ）、「此人ヲ京都ノ将軍ニ成シ奉リタランニハ、西国ハヤガテ静マリナン」（同6ウ）と期待された足利基氏や、「君ノ威ヲ専トシテ、其身ヲ次トシ」、「無欲ニ天下ノ事ヲ計、師直以来ノ非ヲ正スニ無欲ヲ以テシ、強キ敵ヲバ和ヲ以テ欲ヲ進メテ此ヲマネキ、天下ノ小事ヲモ一身トシテハカラズ、諸大名評定衆ヲアツメテ」（四十47オ）政治を執り行った細川頼之に、正成父子に望んで果たせなかった願望の実現を見ているかのようである。頼之の施政は前述の正成の国政論（卅五）と重なるものであるし、「上宮太子ヨリ已来カヽル忠ト智ト謀ト信トヲ兼タル良臣、我ガ朝ニハイマダキカズ」（四十47オ）と絶賛されている。しかし、ここでも両者が将軍に取って代わることは論外であり、鎌倉公方（基氏）・管領（頼之）としての枠内での善政が評価の対象となっているのである。正成が「北条ガ例ニマカセテ」、「治天ノ君ヲハカラヒ（政治の場から遠ざけ）」、天下を治める（卅一）ことは現実の上でも、『理尽鈔』の理念の上でもあり得ないことであった。

武威を積極的に肯定し、邪を以て邪を禁ずる道を提示しながらも、実力・武力による権力取得の可能性については厳重な封印を施す。これが『理尽鈔』のたどり着いた地点であった。

五　封印の解除

この『理尽鈔』が足踏みをした地点から、さらに歩を進めたのが『理尽鈔』の派生書の一つである『孫子陣宝抄聞書』である。

本書については、別に概略を紹介しているが、[11] 加賀藩重臣本多政重の家臣、大橋全可の編著で、正保四（一六四七）年から寛文十二（一六七二）年の間の成立。『孫子』十三篇の内、「始計」・「九地」を各上下に分け、全十五巻。『孫子』の全章句を順次分かって掲げ、その注解をなし（『七書直解』・『七書講義』の説を批判的に引用することもあり、『孫子』以外の七書の引用も見られる）、次に、神武帝・倭武尊から大坂の陣にいたる各時代の事例を引いて具体的な説明を行う。事例は理尽鈔に共通するもの（頼朝・義経、正成・義貞・尊氏等）が多いが、『理尽鈔』と全面的に一致するわけではなく、後述のように内容的に大きく異なる部分も少なくない。「近時」の武将は謙信を始め、信玄・信長・秀吉・家康等であるが、秀吉を高く評価し、信玄には批判的な言辞が目立つ。

本書の成立した十七世紀中ごろは、「中国に対する『武国』としての日本の相対的な優秀性を強調」する「武国観念」が成立した時期とされる。[12]「武国」という用語こそ見られないものの、『陣宝抄聞書』にも同種の考えが見られる。

日本ハ神武帝ヨリ武ヲ以テ治タル国ヲ改テ文ヲ以テ治ントスル故ニ異也。文ヲバ武ノ助トスベキコト也。（中略）武道ニ於テ異国ニモ恥ザルハ日本ノ国風也。（聞書第二）

この理念は、次に引く記事が物語るように、「最初ハ朝敵国ヲ奪ハント欲スル時ハ、帝自ラ向ヒ給ヒテ敵ヲ亡シ給ヘリ…」（十七4ウ）という『理尽鈔』の認識が発展させたものであろう。

正成ガ伝云、武ヲ忘ル、ハ其家ノ滅亡ノ前表ナリト云リ。是ニ仍テ案ズルニ、上代ノ帝王ハ皆名将ニテ、自ラ将トシテ朝敵ヲ退治シ玉フ。然ルニ中比ヨリ、帝位侈リ玉ヒテ、政道ヲバ摂政ニユヅリ、武道ヲバ武家ニワタシ玉ヒテ、遊興女色ヲ事トシ玉フ故ニ、摂家ノ威、帝王ニ越タリ。又、頼朝ヨリハ天下ヲ我力ヲ以テ治スル故ニ猶々威ツヨク成テ、天下ヲ掌ニ入タリ。（聞書第一）

また、傍線部に見るように、ここには実力・武力をもって権力を掌握することに対する、『理尽鈔』が払拭できなかったためらいは、もはや影を潜めていることに注意したい。その逡巡からの解放は

主ハ、国主人君ノ道ナレバ、国政ノ道ノ善悪ヲ計クラブルノ義也。譬バ、新田義貞ト足利尊氏トハ此道イヅレニアルゾ。尊氏ニハ此道アリ。義貞ニハナキゾ。此故ニ義貞ハ負ケ、尊氏ハ勝テ天下ヲ治也。或問云、義貞ト尊氏ハ国政軍法トモニ義貞マサレリ。何ヲ以テ国政ナキト云ゾ。答云、頼朝ヨリ以来、武家ハ日々ニ盤昌シ、公家ハ年々ニ衰フ。是公家ニハ国政ノ道ナク、武家ニハ国政ノ正キ道アル故也。然ルニ義貞ハ道ナキ公家ニ与シテ道ヲ失ヒ、尊氏ハ武家ノ棟梁トナリテ、自然ニ道ニ備レリ。是尊氏ニ道アルニ非ズヤ。（聞書第一）

という、結果から逆算した事態の合理化を生み出している。こうした尊氏肯定も

足利尊氏、勇猛ナル所ハ、義貞ニヲトリタレドモ、智ヲ以テ戦フ故ニ、度々ノ戦ヒニ負ルトイヘドモ、天下ノ諸将尊氏ニ与シケレバ、始終ノ勝アリ。是天下ノ心ヲ得タル故也。義貞ハ勇猛ナリトイヘドモ、時ニ応ズル智ナキ故ニ、天下ノ心ヲ失。（中略）尊氏京ノ合戦ニ打負テ尋常ノ将ナラバ、関東ヘ下リ大軍ヲ催シ攻上ルコトナルニ、九州ヘ落行ハ智ナリ。（聞書第四）

という、尊氏の戦略の積極的評価も、『太平記』『理尽鈔』には決して見られなかったものである。[13]

北条時政ガ、実朝ニ奢侈ト歌鞠ノ両道ヲ媒シテ天下ヲ吾ガ有トセシハ、極悪ノヤウナレドモ武略ノ至レル也。是

ニ仍テコソ末世ノ今ニ至ルマデ名政ノ誉レヲ残スハ、武ノ一徳ナリ。（聞書第九）

この時政評にも「下剋上」に対する葛藤は見られない。こうして時政や尊氏に対する倫理的批判が姿を消すならば、正成の討死はどのように論じられることになるのか。『孫子』作戦篇の「故ニ知ルレ兵ヲ之将ハ、民之司命、国家安危之主也」という章句に対して、次の注解がなされている。

言ハ、兵法ヲ知ル将ハ、民ノ命ノ親、国ノ安全危亡ノ主ナリト云リ。小松重盛ハ、平家ノ亡端ヲ兼テ知テ、早世ヲ熊野ニ祈リ、楠正成ハ、天下尊氏ガ掌ニ入ンコトヲ鑑テ、討死ヲ湊河ニシテ、天下足利ニ定リシハ、イヅレモ武道ヲヨク知リタル将ゾカシ。是等ハ天下ノ安危、重盛・正成ガ一身ニカヽルト可レ言。如レ此未来ヲ不ンバレ知、民ノ命親トモ、安全危亡ノ主トモ云ガタシ。日本ハ神国ナレバ、武道ノ智カシコキ国ト也。（聞書第三）

ここでは重盛と正成の行為が、未来を見通す力の確かさというレベルで同一視されている。『理尽鈔』における正成の討死が、尊氏・義貞を天秤に掛けた結果としての、すなわち戦略としての苦渋の選択であったことは、まったく捨象されている。

屈伸ノ利トハ、カヾミテヨキ時ハカヾミ、ノベテヨキ時ハノベ、其利害ヲ詳ニスルヲ云也。正成、元弘ノ戦ニハ（中略）天王寺ニテハ公綱ガ勇ニ畏レテ不レ戦シテ引退ク。此外身命ヲ惜シコト尋常ノ将ニシテハ、臆病ノ至リト云ツベシ。又建武ノ乱ニハ、後醍醐天皇ノ叡智ノ浅ク、義貞ガ軍法拙シテ戦ヒニ怠ルヲ知テ、死センコトヲ喜トシテ、湊河ニテ思ヒ設ケタル討死ヲトゲタルハ、誠ニ屈伸ノ利害ヲ知タル弓矢ノ長者、末代ニモアリガタカルベシト也。故ニ子孫ノ栄名生《イケ》ランニハマサレリ。」（聞書第十三）

この一節も、一個の武将として将来に見切りをつけ、死に時を誤らなかったというにとどまる。

おわりに

『陣宝抄聞書』は、加賀藩に『理尽鈔』を伝えた陽翁の一番弟子といってよい大橋全可の代表作である。本書の成立した十七世紀中ごろは、それまでの『六韜』『三略』重視から『孫子』へという、日本における兵書受容の転換期ともほぼ重なり、『理尽鈔』に対抗意識をもつ『太平記評判私要理尽無極鈔』が刊行されてもいる。[11]その『無極鈔』は、『孫子』をはじめとする『七書』の章句をふんだんにちりばめていることを特色の一つとしている。『理尽鈔』の側にあって、そうした新潮流に対応することを目的のひとつとして生み出されたのが『陣宝抄聞書』であったと思われる。それは『理尽鈔』にとって、『孫子』を取り込むという、装い上の問題にとどまらず、右に見てきたように、『理尽鈔』の抱えていた問題を新たな次元に押し進めるものであった。しかし、同時に『理尽鈔』世界の平板化でもあった。『陣宝抄聞書』においても相変わらず正成は中核的存在である。再度しかし、分量的な比重にもかかわらず、

武田信玄ハ信州一国ノ退治三十年余リカヽリテ治メ玉フハ、謀アル良将トハ云カタシ。是謀攻ヲ不レ用シテ戦法ヲ専トシ玉フ故也。信長ニハ遙ニヲトリタル所多シ。（聞書第四）

という天下統合の巧拙を問題にする議論の前に、正成の存在理由はもはや無い。

全可の説は大橋家の家学として細々ながら幕末まで続くし、[14]『理尽鈔』及びその末書は江戸時代を通じて刊行され、広範な影響を与えてもいる。しかし、末代・乱世における政治理念を探る歴史的課題の中では、正成の、そして『理尽鈔』の実質的な命脈は、『陣宝抄聞書』への変貌そのものによって尽きていたといえよう。

注

（1） 拙稿「『平家物語』と『太平記』—合戦叙述の受容と変容—」（『平家物語　受容と変容』所収、'93・10）。ちなみに、『理尽鈔』の兵法論議を、たとえば『甲陽軍鑑』等と比べれば際だった相違が認められる。この点については別に論じたいが、赤坂・千破剣城での抵抗戦が主要な戦歴である正成と侵略・拡張を事とした信玄との相違が、両者の兵法論議の性格を大きく規定したといえる。

（2） 拙稿『『太平記』の受容と変容—『太平記評判秘伝理尽鈔』「伝」の世界—』（国語と国文学72-6　'95・6）。なお、佐伯真一「合理的政治論としての『理尽鈔』」（軍記と語り物33　'97・3）が、「評」の世界の概観を試みている。

（3） 「伝云、古ヨリ和朝ニ成程ノ智仁勇ヲ備ヘタル男ナシ。先数箇所ノ新恩ヲ給ヒシニ…」とある内、傍線部は「評」にあたり、その具体例を以下「伝」として語るという関係にあると見なされる。このように、伝・評は截然と区分されるわけではなく、必要に応じ「伝」にも言及する。

（4） 兵藤裕己『太平記〈よみ〉の可能性』（講談社選書メチエ61　'95・11）122頁。

（5） 巻一巻頭にも「本朝ノ古、一国一人ノ国司ヲ補セラレ、其国ノ政道ヲ司ドラシム。（中略。人事の活性化、政治の澱み・国司の国主化の防止のために）国司ノ職、五箇年ヲ不レ過シテ改補ス。何ゾ子孫ニ伝領センヤ。（中略）又如何ナル才智有レドモ、一人ヲ以テ、同ジク二箇国ノ司ニ不レ補セ。」という主張がなされている。

（6） 島原図書館松平文庫蔵本（113—6）等「高時ヨリモ」とする。〃後鳥羽院配流当時は、義時の威が、現在の高時の威よりも強大であり〃の意。

（7） 佐伯真一「「将軍」と「朝敵」—『平家物語』を中心に—」（軍記と語り物27　'91・3）

（8） 拙稿「太平記形成過程と「序」」（日本文学25-7　'76・7）
『太平記評判秘伝理尽鈔』「評」の世界

(9)『平家物語』巻十二に、頼朝が平家の子孫掃討を命じたことが記されている。

(10)『理尽鈔』は時に、(1)評云（時政批判）、(2)又評云（時政弁護）、(3)又或人ノ評云（前評(1)批判）、(4)非ナルカ（(3)批判）と、複雑な議論を展開している（一23ウ）。このように「評」を、複数の視点から設定している場合のあることも念頭におく必要がある。

(11)拙稿「『無極鈔』と林羅山—七書の訳解をめぐって—」『太平記評判書及び関連兵書の生成に関する基礎的研究』（文部省科研費研究成果報告書　'98・3）所収。

(12)前田勉「近世日本の「武国」観念」『日本思想史　その普遍と特殊』（ぺりかん社　'97・7）所収。

(13)尊氏肯定ひいては足利政権の正当性を語ること自体は、『梅松論』や『源威集』に、より明瞭な形で存在する。しかし、「九州ヨリ御帰洛以後、景仁《ママ》院（光厳院）重祚アリテ仏法王法昔ニ帰リ、天下于今治リケルコソ当御代ノ眼目」（寛正本。新撰日本古典文庫）と語る『梅松論』、「家高ク皇ノ御代ノ堅メ」たる源家の歴史を語るべく、祖神八幡大菩薩に遡り、後光厳帝を奉じての二度にわたる京都奪還の記事をもって巻を閉じる『源威集』（平凡社東洋文庫）等と異なり、『陣宝抄聞書』には、朝家（具体的には持明院統）との関わりによって権威の正当性を主張しようとする意識は皆無である。『聞書』の行っているのは「武」の純粋な評価であり、であればこそ次に示すような北条時政の評価も現れる。

『理尽鈔』は持明院統関係記事にほとんど筆を費やすことはない。巻五「持明院殿御即位事」、巻十五・十六の尊氏の院宣拝受関係記事、巻十九「光厳院殿重祚御事」、巻廿五「持明院殿御即位事」、巻廿七「大嘗会事」、巻卅二「茨宮御位事」等々の章段が「無評」と目次にあるのみ、もしくは関連する記述を持たない。その結果、尊氏・足利政権を、持明院統との関係において擁護する余地を無くすと共に、乱世における武威の重要性をそれ自体として意義付ける道筋を、種々の角度から切り開くことにもなっている。上述の『聞書』の発想もこうした『理尽鈔』を土台とすることによって生み出されたと考える。

『理尽鈔』の史的価値は、『聞書』のような、武の自立的な価値評価の先鞭を付けたことにある。

(14) 拙稿「加賀藩伝来『理尽鈔』覚書」(日本文化論叢4 '96・3)

近世文芸における『太平記』の享受
——太平記的な世界の形成——

大橋正叔

一　はじめに

近世の文学作品の中で『太平記』を思い出させるものを一つ挙げよと問われれば、多くの人は『仮名手本忠臣蔵』を思い浮かべることであろう。周知のように『仮名手本忠臣蔵』は赤穂浪士の吉良上野介邸討入りの一件を扱った、寛延元年（一七四八）八月初演の人形浄瑠璃芝居であるが、時代を『太平記』巻第二十一「塩冶判官讒死事」に借りて事件を脚色しているからである。

『仮名手本忠臣蔵』が何故「塩冶判官讒死事」を時代背景に選んだかは、既に『仮名手本忠臣蔵』の成立史の考察によって言及されている。[1] 赤穂事件を取り上げた芝居の流れで言えば、この事件を塩冶判官の一件によって仕組んだものと、小栗判官の一件によって仕組んだものがあり、前者は竹本座の流れに、後者は豊竹座の流れに乗る。そして、竹本座の流れは宝永七年（一七一〇）上演と推定される[1]近松門左衛門作『兼好法師物見車』『碁盤太平記』の連作へと遡って行く。これらの作は無論『太平記』の話自体を伝えるのではなく、その話が別の一件を覆うのに都合が良いために『太平記』を利用したのである。それは『太平記』中の一事件が別の意図のもとに換骨奪胎され、近世に再生されたと言えるが、これも『太平記』の享受を示す一つの形である。

『太平記』の享受という視点から近世初期文芸の様相を見た場合、原則的にそれらは『太平記』の内容を要約、あるいは、抜き取ったりして紹介することに重点が置かれていた。(2) しかし、多種の『太平記』の版本が出版され、『太平記』の本文が広く知られるようになった元禄期以降は、『太平記』の作者がそこに込めた、政治批判や治乱興亡の中に生きた人々のその生き方への批評等を受け止めて、現代を生きる人間の教訓や鑑として、『太平記』を読み解こうとする傾向が強く現われてくる。そうした視点の導入には太平記読みと称された人々からの影響も大きかったと思われる。何故なら、太平記読み達が用いた講釈の種本『太平記評判秘伝理尽鈔』（以下、「理尽鈔」と略称）等の評釈書に記された「伝」や「評」は、正に『太平記』の作者の意図を汲み取り、時代と人とを批評するものであったからである。この『太平記』の特色を取り立てて利用し、『太平記』の話を変容させることによって、『太平記』をとりわけ当代に広めたのが歌舞伎や浄瑠璃芝居であった。そして、形成されたのが『太平記』に寄りかかりながら、江戸時代の現実や思考を混ぜ込んだ「太平記的な世界」とも言うべき虚構の世界である。『太平記』享受の変形とも言うべき「太平記的な世界」は、『太平記』がどのような形で享受されることによって形成されていったのかを、近松の浄瑠璃を中心に見ていき、近世文芸における『太平記』享受史の一端を窺うこととする。

二　太平記読み

近世における『太平記』の享受を考える場合、出版の盛行による読者層の増大ということが当然指摘し得るが、識字層の問題から見て、耳学問による享受もまた考えなければならない。そこに耳学問の場としての芝居の存在が浮び上ってくるが、加えて、人立ちのする場所で、『太平記』を読み、語った太平記読みの存在も無視することはできない。太平記読みについては既に言及されているが、江戸期には、武士層相手の「理尽鈔」等による軍書講釈と庶民層相手に『太平記』中の場面を仕方話で語る太平記講釈との二種があった。(3)

武士の間での軍書講釈の様子は、新井白石が『折たく柴の記』に記した、幼時期に自らも傍聴した自邸における父達の太平記評判（理尽鈔）講釈の話に窺うことができる。しかしそれも、『太平記神田本』添付の理尽鈔講釈相伝者一壷斎養元が記した「覚」に見られるように、

光政公（筆者注　備前岡山藩主池田光政）、不佞半分ホド被レ成二御聴一候。養元（同注　一壷斎父）ニ二返半御聴候故、肝要之所能御覚候間、随分念ヲ入講談仕候ヘト被レ仰候。池田信州公（同注　光政二男池田政言）三分一ホド、同丹州公（同注　光政三男池田輝録）少々御聴候。

と、元和偃武以後に生れた太平の世の武将には軍書講釈も興味の薄いものとなっている。

慶安事件を起した由井正雪が楠木流軍学者を名乗ったことは著名なことであるが、『太平記』を軍書として扱い、太平記流や楠木流を名乗る軍学者は安定した幕府体制下では名を著わす機会も少なくなっていく。そうしたものの崩れた形が『人倫訓蒙図彙』（元禄三年刊）が載せる、庶民を対象とした太平記読みの姿である。『人倫訓蒙図彙』は

太平記よみての物もらひ、あはれむかしは畳《たたみ》の上《うへ》にもくらしたればこそ、つづりよみにもすれ、なまなかかくてあれよかし。（句読点・清濁は筆者）

と、いかにも零落した浪人などのその日暮しの糧の為の業を伝えるが、中には近松と組んで堺（大阪府堺市）の夷島で太平記講釈をしていた原栄宅（栄沢）のように、専門講釈師として成り立っている者もいた。(4) しかし、多くの者は糊口を凌ぐための勧進読みでしかなく、そうした者達は元禄末年（一七〇三）頃には、

数年《すねん》かやうの御開帳の場《ば》へ罷出。太平記を講談仕りますれ共。近年はわかい衆は申におよばず。おさない子共さ

ま方迄。ひらがなの太平記又は枕本など申ス。よみやすい本共に御たよりなされ。或《あるひ》は十五遍廾へん程づゝくりかへして御覧なされ。講釈仕る私よりはようおぼへてござりますゆへ、綱目（筆者注　太平記綱目）や大全（同注　太平記大全）などで講釈仕りましたぶんでは。中〳〵御がてんなされませぬゆへ。御人立もござりませぬ。[5]

と、宝永二年（一七〇五）四月刊『役者三世相・京之巻』に記されるように、影の薄い存在となり、太平記読みの名はやがて「昔ありて今はなきもの」（滝沢馬琴著『燕石雑誌』）の中に数えられるようになる。そして、専門の講釈師は『太平記』に限ることのない軍書講釈として命脈を保つ。なお、右の記事は『太平記』自体が、平仮名交り本や横本形態の簡便な本などの種々の出版[6]によって、よく読まれていたことを伝えるが、その背景について、宝永五年刊『役者色将棊大全綱目・京之巻』は、

（太平記の本が）かふぢきにうれるも理り。今の人なべてこびたる世なれば。太平記のそよみして。あかさかちわやかつせんの所をはなせば、物しりのやうに云人、せけんにおほし。それをよろこぶ人、せじやうにたくさんあるゆへ尤なり。

と述べている。『太平記』が教養を誇る書としてだけでなく、一種流行の書であったことを物語っている。太平記読みの具体的な活動については長友千代治氏や加美宏氏による紹介があるが[4]、庶民相手の太平記読みについては加美氏の指摘にもある通り、また、右の引用からも、楠正成を中心とした話がなされていた。楠正成は近世以前から『太平記』中の人物では最高の軍略家として評判高い人物であるが、江戸期に入って正成の評価をさらに高めたのは徳川光圀による「嗚呼忠臣楠子之墓」の建立であった。

三　嗚呼忠臣楠子之墓

軍略家正成の面目は、「理尽鈔」等の軍書講釈師達が楠流軍学者と名乗ったことや、また、軍学者山鹿素行の序をもつ『楠一巻書』や『桜井之書』『楠兵庫記』『恩地左近聞書』等の正成に仮託された偽書に見ることができる。一方、南朝の忠臣として正成を顕彰する契機をなしたのは、徳川光圀の『大日本史』編修の過程で校訂された『参考太平記』である。即ち、そこでは『太平記』は史書と位置づけられ、その歴史記述と事実とが照合され、その解釈に当ってどのような歴史認識を持つかが問われ出したのである。『参考太平記』は元禄四年二月に刊行もされるが、摂津国兎原郡湊川の東に「嗚呼忠臣楠子之墓」が建立されたのも同年であった。この影響を受けて『太平記』を過去の治乱興亡を綴った歴史書と識者達は見るようになり、その視点から正成を評価すれば、軍略家ではなく南朝の忠臣としての正成像が強く浮かび上ってくる。錦里先生木下順庵も「楠公」と題する五言律詩（『錦里文集』巻六）で、

独木支二天下一　有レ誰攀二厥喬一
一心存二北闕一　三世護二南朝一
遺愛借二河内一　余冤激二浙潮一
忠魂儼如レ在　楚些不レ須レ招

と、南朝への忠節を称揚する。この詩は江村北海が「一心存北闕　三世護南朝」を「二聯巧警と謂ふ可きなり」と『日本詩史』（巻之四）で評したことで名高い。また、『錦里文集　巻十八』には「楠正成訓子図」と題する詩もあり、桜井宿での正成・正行親子の別れの絵に「是父是子　克孝克忠」と賛している。正成・正行親子については、安積澹

泊も「楠正成伝の賛」(『大日本史列伝賛藪』巻之三下)で、

其(筆者注　正成)の忠義の心、天地を窮め、万古に亘りて滅す可からず。(中略)正行は遺託を受けて、能く義旗を建つ。始終、節を一にして、死を以て国に報ぜしは、忠孝両全と謂ふ可し。

(訓読は日本思想大系『近世史論集』所収本文による。以下同)。

と、順庵と同様の理解を示している。木下順庵門下には俊秀が輩出するが、新井白石もその一人である。白石と『太平記』との結び付きは既に述べたように幼時から深い。白石の史論『読史余論』は政権交代の過程に、「本朝天下の大勢、九変して武家の代となり、武家の代また五変して当代におよぶ」とする、独自の区分をたて、多くの評論を付す点に特色を持つが、その叙述に当って『太平記』、それも『参考太平記』が用いられたことは、「読史余論草稿残簡(闕)」(天理図書館蔵)から指摘されている。(7) この書における正成の評価は「功臣におゐて正成を以て第一とすべし」「此人、かく王家の御ために勲労なからましかば、新田・足利・赤松等の人々も、そのこゝろざしをたつる事かなふべからず」(後醍醐帝中興御政務の事)と高い。「忠臣」という語は見えないが、白石が南朝を正統な皇統と考えていたことは、同書で「(北朝を)まさしき皇統とも申しがたければ、或は偽王・偽朝などもその代にはいひしとぞみへたり」(南北分立の事)と述べていることより窺い知ることができるので、正成への評価は順庵や澹泊と異なるところはない。ところで、南朝を正統な王朝とする捉え方は、徳川光圀の命によって編纂された『大日本史』の三大特筆、(8)

一　『日本書紀』において天皇紀に入れられている神功皇后を皇后としたこと。

一　『日本書紀』には大友皇子の即位は記されていないが、即位していたとして、皇子を天皇歴代に入れたこと。

一　南朝を正統な皇朝としたこと。

の一つであり、この『大日本史』編纂に初代彰考館総裁となって尽力した安積澹泊は白石と昵懇の間柄である。澹泊宛白石書簡（『新井白石全集　第五巻』所収）には『太平記』の記事についてのやりとり（卯七月十二日付等）も見られる。

こうした関係を思えば、楠正成親子を忠臣と顕彰する背後には南朝正統論の思潮があり、水戸学のその思想を直接に一般の人々に伝えたのが「嗚呼忠臣楠子之墓」であった。地誌『摂陽群談』（元禄十四年刊）は湊川のその碑図や碑の裏面に刻まれた朱舜水の撰文を掲載するが、その碑文にも「正成者忠勇節烈国士無双」「父子兄弟世篤ク忠貞節孝萃ル於一門ニ」とある。安積澹泊は水戸彰考館総裁の立場からして、足利尊氏を「廃主の命を奉じて、叛臣の名を免れ、光明院を擁立して、以て正閏の分を乱す。（中略）罪悪貫盈し、人神共に憤る所。（中略）尊氏の不臣の罪は、勝げて計ふ可ならず」（『大日本史列伝賛藪』巻之四）と糾弾する。しかし、白石は尊氏よりも弟直義に奸謀と積悪を見ており、尊氏については「すべてみづから正しからざりし故に、人を正す事かなはざりしによれる也」（『読史余論』）の評語で止めている。無論、白石には白石なりの歴史観があっての言であるが、このように正成を中心に見た識者達の思潮は、史書『太平記』から南朝を正統とする歴史観を打ち立て、正成の顕彰に走ったものとすることができる。この流れは『太平記』に新たな読み方を示唆することとなり、『太平記』を教養書として流行させると共に、楠正成への人気をも煽ったものと思われる。それが一般にどこまで理解されていたかは明らかにし難いが、近松の浄瑠璃が描く「太平記的な世界」を探ることによって、庶民の中に根付いた『太平記』に基づく歴史理解の様子はある程度窺い知ることができるであろう。

四　事の道理は太平記

近松作『大経師昔暦』（正徳五年春）中之巻にも貧之浪人の太平記講釈師赤松梅龍が登場する。その講席を聴聞して

帰る出家交じりの老若男女に、

なんと聞事な講尺、五銭《せん》づゝにはやすい物。あの梅龍ももう七十でも有ふが。一りくつ有顔付《かほ》、ァ、よい弁舌《べんぜつ》。楠《くすのきみなと》湊川合戦《かつせん》おもしろいどう中。仕方で講尺やられた所、本の和田の新発意《しんぼち》を見る様な。いかひ兵でござつたの。

と語らせている。やはり楠正成に関わる場面が聞かせ場であったのであろう。ところで、この作の中之巻に、梅龍が身元保証人となっている姪の玉が、おさん・茂兵衛の不義の仲立ちをしたため、大経師以春の手代助右衛門が玉の身柄を梅龍に預けに来る場面がある。その時の助右衛門の無礼な振舞に対して、梅龍が一理屈をこねるが、そこで近松は次のように言わせている。

国本では人なみに武士《ぶし》のまねして。鉢坊主《はつちぼうず》の手の内程米も取た此梅龍。預ヶ者には請取渡しの作法が有。此家わづか三間にたらぬ小借屋《じやく》。めぐりにほそ溝《みぞ》ほるやほらず、薄壁《うすかべ》ひとつぬつたれ共。身が為の千早《ちはや》の城郭《じやうくはく》。六はらの六万騎《ぎ》にも。落されまいと思ふ所に、どこ見ぐるしいかご昇《かき》がどろずね。サァ改《あらため》て渡せと、弁舌は講尺、事の道理は太平記。かたちは安東《あんどう》入道が理屈《りくつ》をこねるもかくやらん。

その姿を例えた安東入道は『太平記』巻第十「安東入道自害事付漢王陵事」に記される北条方の忠義を貫いた勇士であるが、近松は『相模入道千匹犬』（正徳四年以前）でも、武門の義を守る剛直の武士として登場させている。安東入道のことはしばらくおき、「事の道理は太平記」とした近松の意味するところを考えてみたい。もっともこの場面でのこの語句を、痩浪人の意地張った理屈に対する揶揄的な表現と取ることも可能であろうが、しかし、太平記講釈師が用いた「理尽鈔」や『太平記評判私要理尽無極鈔』（以下「無極鈔」と略称）、さらにこれら先行の評釈書を大成した『太平記大全』『太平記綱目』に載る「伝」や「評」には、後世から歴史を見たが故に語ることのできる、乱世の中にも貫かれた世の道理や人の行動の規範について、即ち、「事の道理」が述べられている。近松のこの語句には『太平記』が含み持つ、そうした事柄を意識しての発言ではなかろうか。近松自身も『国性爺合戦』（正徳五年十一月）第二で、和藤内が鷸蚌の争いから軍法の奥義を悟る場面で、和藤内に次のように言わせている。

本朝《ほんてう》の太平記《たいへいき》を見るに後醍醐《ごだいご》の帝。天下に王として蛤《はまぐり》の大口開《ひらき》し政《まつりごと》取しめなく、相模入道といふ鴫《しぎ》、鎌倉《かまくら》に羽《は》たゝきし。奢《おごり》の觜《くちばし》するどく。吉野千早《ちはや》に塩《しほ》を吹《ふか》せ申せしに。楠　正成《くすのきまさしげ》新田《につた》義貞《よしさだ》二つの貝に觜を閉責《とぢせめ》られ。むしり取たる其虚《きよ》に乗《のつ》てうつせ貝。蛤共につかみしはいち物の高氏《たかうぢ》将軍、武略《ぶりやく》に長ぜし所也。

『太平記』から得た近松の歴史解釈でもあろうが、無為《ぶい》の代に治り行く世の流れの道理を『太平記』に近松も見ていたことを伝えている。ただし、『大経師昔暦』に即して見た場合、助右衛門を追い返した後、梅龍は玉に「塩冶判官讒死事」を例に出し、玉の行為は塩冶の妻と高師直との仲介に働いた侍従に相当すると言い、おさんと茂兵衛との不義を証拠立てするような行動はするなと諭し、潔く死ぬことを説く。玉に覚悟を決めよとの申し渡しである。この計らいが、おさん・茂兵衛は死罪に処せられることを予測して、玉に罪を負わせ、免罪を得ようとする意図であったことは後に知れる。この愁嘆の場面には、自らの責任を知る玉の、おさんを自らの死をもってでも助けたいと思う願いと、また、そうすることが主従の間の道義であるとする梅龍の思いが、「事の道理」のごとく扱われている。近松は先に『兼好法師物見車』で「塩冶判官讒死事」を題材に用いており、そこでは侍従は師直の命に背いた咎で手討ちにあっている。玉はむしろ茂兵衛と結ばれるはずであった身であり、被害者ともいうべき者であるが、玉をこのような役廻りにしたのは、この作の題材となった現実の事件では、おさん・茂兵衛は磔、玉は獄門の刑に処せられたことによる近松の脚色であろう。下之巻で梅龍は自らが討った姪玉の首を役人に差し出し、おさん・茂兵衛の命乞いをするが、それが独り勝手な誤った判断であると指摘され、助右衛門に切り掛って自らの死場所を求める手際の悪い態を見せる。これなどは、太平記講釈師の理屈ばった雄弁とその行動とが世間的な常識から外れていることを、近松が皮肉って描いているようにも取れるが、梅龍にあったのは、前述のように、侍従が塩冶夫妻の落命の因を導いたように、主人の不義の因が玉にもある限り、玉の命に代えても主人の命を助けるのが、いずれ死ぬ玉の心を活かすことにおいても、主従の義理を果すことにおいても、最良の方法であるとする思いであった。梅龍のこの道理は活かされなかったが、『太平記』では「塩冶判官讒死事」の最後を次のように結ぶ。

　ソレヨリ師直悪行積《ツモッ》テ無《ナク》レ程亡失《ホロビウセ》ニケリ。利《リスル》レ人ヲ者ハ天必ズ福《サイハヒシ》レ之ヲ、賊《ソコナフ》レ人ヲ者ハ天必ズ禍《ワザハヒス》レ之ヲト云《イヘ》ル事、真《マコト》ナル或《カナ》ト覚《オボ》ヘタリ。

『大経師昔暦』では高師直に相当する人物は大経師以春であるが、近松は東岸和尚によるおさん・茂兵衛の助命を劇的な結末とすることで救いを与えて、以春への応報は描いていない。しかし、現実ではこの作の上演時には大経師意春（実名）家は取り潰しにあっている。その因が妻の密通事件とは関係しないことであっても、(10)『太平記』が記した師直と同じような運命を意春は辿ったこととなる。現実の意春と「昔暦」の以春とは同一にはならないが、玉を死に追いやった以春は相応の報いを受けたような錯覚に陥る。近松がそこまで意図していたかどうかは不明であるが、『太平記』が記した道理は現実の意春には示めされたと言うことができる。そう考えれば、「事の道理は太平記」という語句は、『大経師昔暦』の内容にも適用できることとなる。また、この語句は梅龍の言葉ではあるが、近松自身の『太平記』の読解のあり方を示唆するものである。この「事の道理」ということを近松がどのように考えていたかを、「安東入道が理屈」を描いた『相模入道千匹犬』からさらに探ってみる。

五　近松の政道批判と『太平記』

『相模入道千匹犬』は、『太平記』巻第五「相模入道弄二田楽一事并闘犬事」を題材に、闘犬にふける相模入道高時を五代将軍徳川綱吉に引き当てて、綱吉の発した生類憐みの令への批判を当て込んだ作である。憐みの令は上演以前の宝永六年に廃止されていたが、『太平記』巻第十一「五大院右衛門宗繁賺二相模太郎一事」の宗繁を宗重とし、生類憐みの令を勧めた護持院隆光（宝永四年隠退）と貨幣改鋳を推進した勘定奉行荻原重秀（正徳二年九月失脚）とを合わせたような役廻りの敵役で登場させるなど、際物的な面も強い。また、新井白石を想起させる白石《しらいし》と名付けられた猛犬を善者の味方として活躍させ、宗重を食い殺させるのは、荻原重秀の悪貨政策を批判し、意見書「改貨議」を提言した新井白石の政治改革の方向を支持することに外ならず、政治色の濃い作となっている[11]。

浄瑠璃としての見せ場は、新田義貞の弟脇屋義助がお犬様を殺した罰で入牢させられ、犬並みに扱われ、闘犬による犬責めの処刑に課せられるが、懐《なつ》く猛犬白石《しらいし》に助けられ共に逃げのびる場面にあり、聞かせ場は義助の恋人絵合の父安東左衛門聖秀の自害の場面にある。安東入道は先に述べたように『太平記』巻第十「安東入道自害事付漢王陵事」に登場する。北条方の武将聖秀は新田軍に敗れ、自害せんと鎌倉に戻るが、姪である義貞の北の方より、義貞に味方するようにとの手紙が届けられる。それを見た聖秀は漢の王陵の故事を引き、女の心から出たことにしろ、義貞の心から出たことにしろ、義貞は信頼するに足らぬと、恨み怒り、使者の眼前で切腹する義士である。『相模入道千匹犬』の聖秀は『太平記』が描くその人物像を受けて作られるが、義貞との関係は、聖秀の娘を登場させ、義助と結婚させることによって導く。この婚姻に絡んで、聖秀の政道批判と娘への慈愛が描かれる。相模入道高時の闘犬にふける様子を苦々しく思う聖秀は、娘を宗重の嫡子の嫁にとの高時の命に逆らい、娘を勘当し、娘の慕う義助と夫婦になることを暗に許し、自ら蟄居謹慎する。その娘が義助と共に新田軍への勧誘の使者としてやって来る。聖秀は二人の申し出に対して、北条家の滅亡は目前のことと悟った上で自害し、

此時を見て聖秀が数代の恩賞《おんしやう》。忠義を水の淡《あは》となし。源氏の味方にくだらんとは。生ながら釜で煮《に》られ車ざき。身は醢《しゝひしほ》に成とても、あつとはえこそ申まじ。又義貞の心ざしも無にならず。所詮返答《しよせんへんたう》いらざる物と思ひ切ては候へ共。なふ男も女も弓矢の家に生れて。ケ様の使仕損《しそん》じては其身一生のふかくぞと。使者の貌ばせ見るに付、いたはし共悲し共。いく程もなき命何かせん、数ならぬ。一命を引出物一分たてゝやりたさに。お使者の為の自《じ》害《がい》ぞや。

と、忠義と子への慈愛に「二君につかへぬ」武士の本懐を貫くのであった。『太平記』の聖秀は、近松によって江戸時代の人々に、再び武士の見本のような生き方を見せたのである。こうした型の人物像は近松の浄瑠璃にはしばしば登場するが、しかし、子への慈愛を内に包み込んで、武士の本道を貫く聖秀の古武士的な生き方が強調されればされるほど、本作に込められた政道批判は一層強く伝わることとなる。これは『太平記』序の、

蒙竊《モウヒソカニトツ》採《テ》二古今之変化《ヲ》一、察《ミル》二安危之来由《ライイウ》《ヲ》一、覆而《オホウテ》無《キハ》レ外《ホカ》天之徳也。明君体《ティシテ》レ之《ニ》保《ツ》二国家《ヲ》一。載《セテ》而無《キハ》レ棄《ツルコト》地之道也。良臣則《ノットツテ》レ之《ニ》守《ル》二社稷《シヤシヨク》《ヲ》一。若《シ》夫《レ》其《ノ》徳欠《クル》則《トキハ》雖《モ》レ有《リト》レ位不《ズ》レ持《タモタ》。

とある政道の規範を求めた精神に通じる。敢えて言えばその浄瑠璃化と言い得よう。高時が闘犬の御遊に耽るさまを批判して、聖秀に「君は四海を手ににぎり六十余州の武士の司《つかさ》。御遊とならば笠懸《かさかけ》犬追物せめ馬などこそ有べきに。舞馬闘鶏《ぶばとうけい》に国を失ひし乱国の端。不吉とや申さん、無道とや申べき。われらが目には墓原《はかはら》に死骸《しがい》をあらそふごとくにて御遊とは見へ申さず。国士のついへ、諸人のくるしみ。狗彘《てい》人の食をくらへ共制《せい》することあたはずと云。聖人の詞

あたれる哉」と言わせているのは、『太平記』での高時への批判「智アル人ハ是《コレ》ヲ聞《キイ》テ、アナ忌々《イマイマ》シヤ、偏《ヒトヘ》ニ郊原《カウゲン》ニ尸《カバネ》ヲ争フニ似タリト悲《カナシ》メリ」と承けての表現であるが、これはそのまま生類憐みの令への批判でもある。当代の政道が施政者の悪政によって人々を苦しめている状況を『太平記』の聖秀を借りて言わせたのは、『太平記』が太平の世をもたらすためには政治を預る立場の者がどのように行動しなければならないかを記しているからである。誤った政道が世の中にどれほどの混乱をもたらし、多くの不幸な人々を作るかを『太平記』が描いているからである。綱吉の生類憐みの令によって、人々が被った害悪を自身の目で見た近松は、太平記の時代を借りた虚構の中で、失われた政道に対して求められるべき道理を聖秀の口を借りて言わせたのである。話の趣きは異なるが、政道を司る者の規範を『太平記』の話に求めた例は、井原西鶴の『武家義理物語』（貞享五年〈一六八八〉二月刊）にもある。

六　西鶴と『太平記』

『武家義理物語』巻一の一「我《わが》物ゆへに裸《はだか》川」は次のような物語である。

青砥左衛門尉藤綱は、滑川に落した十銭足らずの金を、捨て置けば国の費えであると、三貫文をかけて人足を雇い探し出させる。その夜、思わぬ銭儲けをした人足達は金を出しあい酒盛りをなす。その席で、青砥が落した銭は簡単に見付けることはできぬと思い、代りに所持する銭を出して、青砥ほどの賢者を騙してやったと自慢する者がいた。皆感嘆する中で、一人の男だけは、「人の鑑ともいうべき青砥の心を踏み躙ったとんでもない奴だ。自分は老母を養うのにこの得た金はありがたい金であるが、今の話を聞けば天の咎めも恐ろしく、受け取るわけにはいかない」と、その男をなじって帰っていった。このことは自然と青砥の耳にも入り、青砥はその不届きな男を捕らえて、罰として毎日川浚えをさせ、秋から冬にかけて九十七日目に落した銭を全て回収させた。また、帰った男を密かに尋ね出し、千馬《ちば》之介の後裔の者であると知り、さすが侍の志を失わない立派な者であると、北条時頼に推挙して仕官の道を開いてやる。

青砥左衛門が滑川に落したわずかの銭のために大金を投じてその銭を回収させた話は『太平記』巻第三十五「北野通夜物語事付青砥左衛門事」に載る著名な話である。西鶴は『日本永代蔵』(貞享五年正月刊)巻五の四にも取り上げている。

西鶴も『太平記』の読者であったろうことはこれらの作品や俳諧からも知り得る。

『西鶴大矢数』延宝九年(一六八一)刊

第二　因果経万事みな〳〵夢ぞかし

　枕わらして楠が胸

第十　相手自堕落無礼講なり

　恋はみな乱れ軍のはじまり

右の俳諧の付合に詠まれている、「第二」の例は『太平記』巻第三「主上御夢事付楠事」、「第十」は巻第一「無礼講事付玄恵文談事」を踏まえて句作りされたものである。また、『俳諧大句数』(延宝五年)では楠正成を詠んでいる(第五)。さらに、太平記読みにも興味を示しており、天神の甫水(『難波の皃は伊勢の白粉』『武家義理物語』巻二の二)、道久(『好色一代女』巻五の四)の名を挙げている。西鶴にも『太平記』は身近な書であった。その西鶴が『武家義理物語』の冒頭に青砥左衛門の話を持ち出しているのは、どのような狙いがあったからであろうか。

『武家義理物語』巻一の一の話で西鶴が付け加えたのは、青砥の裏をかく世智賢い人足を登場させたことであるが、その世智賢さを非難し、武士の頑な道理を主張し、施政者青砥の面目をも立てさせて、題名にふさわしい内容に話はまとめられる。『武家義理物語』については、そこにどのような武家の義理が描かれているかではなく、描かれている義理に関わった武家の意識や心情を西鶴がどのように捉えていたかを読むべきであるとする、谷脇理史氏の適切な指摘がある。(12) 確かに、「我物ゆへに裸川」には武家の義理として強調しなければならないようなものは描かれてはいない。敢えて言えば、前述した施政者である武士の持つべき心構えを描き、「侍のこゝろざし」と町人的な合理主義とを対比させることによって、武士たる者の「人の鑑」たるべき姿を西鶴は求めたと言えよう。千馬之介の後裔某は青砥の行動の正統性を、再び近世の武士の立場から確認する役を持つ。『日本永代蔵』で「青砥《あをと》左衛門が松炬《たいまつ》にて鎌《かま》倉《くら》川をさがせしも世の重宝《てうほう》の朽捨《くちすた》る事を惜《をしみ》ての思案《しあん》ふかし」と述べたのも同じ立場での批評である。『太平記』は青砥の行動を「天下ノ利」を考えてのことと評するが、西鶴も『武家義理物語』で落した銭が見付け出された時に、青砥をして「これ其《その》まゝ捨置《すてをか》ば。国土《こくど》の重宝《ちやうほう》朽《くち》なん事ほいなし」と言わせている。趣意は『太平記』も『武家義理物語』も同じである。なお、青砥が千馬之介の後裔を時頼に推挙したのは、「理尽鈔」の「評云」に、

此人（筆者注　青砥）ヲ角見知召出ソ、天下ノ事ノ奉行セサセシ時頼ノ才智コソ猶末代ニハ難レ有人ゾカシ（中略）
主タル者ヨク郎徒並ニ諸人ノ賢愚ヲエラビ知ベキ事ニヤ

とある、青砥自身が推挙されたことも脳裏にあってのことであろうが、この話なども『太平記』の記した施政者に求められる、政道の道理を布衍したものと見ることができ、西鶴が『武家義理物語』の冒頭にこの話を据えた意図も、天下の利を計ることが武家の最も大切な義理（＝道理）であるとする思いがあったからではなかったかと考えられる。

青砥左衛門は『太平記』中の人物ではあるが、武将として活躍する人物ではない。しかし、政道を預る者として「理ノ当ル処」を求めた清廉・実直な行動は、庶民の立場から求める理想的な施政者の姿であった。それ故に、江戸

時代にはよく話題にされる人物である。紀海音作『忠臣青砥刀』（正徳末年から享保初年頃）では、その子青砥五郎藤次を登場させ、『太平記』に記す、夢想によって青砥に所領を与えようとした相模守時頼に、その非を述べ、所領を返進した話を、時頼を今川了俊に代えて利用している。『太平記』の作者が政治のありように深い関心を示し、特に、政治を預る者の心得を説いている場面は本文の所々にある。そうした『太平記』の教訓的な面が武士達にも強く受け入れられていったことと思われるが、そうした道理に従った政治を切望していたのは庶民達である。その実践を示した青砥左衛門に多くの者が関心を持つのは当然のことであろう。この点からも青砥は江戸期に持ち上げられるべき人物であった。

七　太平記的な世界

『太平記』を鎌倉末期から室町初期までの歴史を綴った書とする『参考太平記』の刊行や、『大日本史』編修を通して、南朝正統論が呼び起こされたことは先に略述した。しかし、前述した近松や西鶴の作品例では、『太平記』から人倫の道や施政の道を読み取って利用しようとするものであり、南北朝に対する近松や西鶴の歴史観を云々しなければならない程の主張はなかった。おそらく、一般の『太平記』を教養書として享受する立場の者は、『太平記』を史書と見ていても、その記述を認めるだけであり、安積澹泊や新井白石のように、歴史のあり様に対して評価し、独自の史観を持つには到らなかったことと思われる。まして、浮世草子や芝居にあっては、登場人物を善悪や正邪に分けることはあっても、歴史の流れそのものを批判するようなことはない。何故なら、歴史家とは立場が異なるからである。浄瑠璃に限っても、人の心を慰める娯楽であり、人々に「三教の道」や「人情」を舞台を通して教えることはあるが、歴史の解釈に対して一方的な立場を押し付け強制することはない。『相模入道千匹犬』に見た政道批判も、生類憐みの令が廃止され、人々がその愚かさに対する共通の見解を持った時点であったがゆえに、舞台に乗せることができたのである。

『太平記』の中に政道批判や人の生き方の手本を見ることは早くからなされており、浄瑠璃もそれを学んできたわけであるが、浄瑠璃におけるその活用は早く、その語り物が草子として刊行されていたことは、万治四年（一六六〇）二月十三日の『松平大和守日記』に見られ、『太平記』の中の種々の話を題材とした作の書名が挙っている。また、元禄九年正月から宝永四年正月の間に遂次刊行された読み本浄瑠璃『太平記』『追加太平記』各七巻のような、『太平記』四十巻の内容を「語り本的粧ひを強く意識しながら書かれた」（同書所収『古浄瑠璃正本集第七』解題）江戸版の要約本もある。こうした時期の作は、万治頃刊行かとされる『後醍醐天皇』（仮題、『古浄瑠璃正本集第二』所収）のように『太平記』巻第九「六波羅攻事」迄の後醍醐天皇の動静を語りながら、『太平記』には記されない児島高徳の活躍を創作して加えたものも見られるが、多くは『太平記』の内容を変えることなく、本文を適宜省略流用し、浄瑠璃の形式にまとめたものである。この読み本浄瑠璃『太平記』『追加太平記』は、劇的な構成への配慮はなされているが、『太平記』の内容から外れた脚色はしていない。楠正成についても、智仁勇を兼備した名将と賛美するが、南朝の忠臣として殊更過褒するといった独自の解釈は加えられていない。しかし、南朝正統論が言われ、楠正成の忠臣像が顕彰される風潮が強くなってくれば、その影響もまた作品の上にすぐさま現われてくると言えるであろうか。

近松にも楠正成を、主人公ではないが、登場させた宝永七年上演[13]『吉野都女楠』と題する浄瑠璃がある。主に利用されているのは『太平記』巻第十六「正成下向二兵庫一事」「正成兄弟討死事」「小山田太郎高家刈二青麦一事」「正成首送二故郷一事」であるが、かなりの脚色がなされている。第一は、進言を坊門宰相に斥けられ、兵庫に出陣する正成は正行と桜井の宿で親子の別れをし、湊川合戦で弟正季と共に討死する。第二・第三は、新田義貞の身代りとなった小山田太郎高家を北条方の武士に変え、妻やその父を登場させて、親子・夫婦の恩愛と愁嘆の場を見せる。また、獄門に晒された義貞（高家）の首をめぐって勾当内侍と高家の妻とが首を争う見せ場を設ける。第四の前半は、足利高氏に内通する坊門宰相の館に幽閉された後醍醐天皇を、酒売りに化けた名和長年と勧進比丘尼に化けた高家妻が救出する。後半は、母に教訓され、正行が長年と共に天皇を守り、追手の大軍を策略によって大敗させる。第五は、吉野内裏へ三種の神器を運ぶ途中、三輪の里で神器を奪取せんと計る坊門宰相や大森彦七が宝剣の威力などで討たれ、一同した義貞や高氏等は南北両朝の和睦をなす。というのが荒筋である。この五段を繋ぐ敵役として、勾当内侍を手に入れようと、坊門宰相と謀る大森彦七を暗躍させ、義貞（実は高家）の首をも討せる。善人側では和田新発意を活躍させるなどの趣向を加える。なお、右に指摘した本作の題材となった『太平記』の章を含め、楠正成の『太平記』における活躍の章の全てを『太平記』の本文のまま抜き出しまとめた、仮名草子とも言うべき『楠物語』五巻五冊（寛文元年刊）がある。楠正成に関係した『太平記』の内容を知るに便利な書であるが、こうした書による正成伝の伝播も、『吉野都女楠』などの上演を促すことになったのであろう。

本章で問題にしたいのは第五の場面である。第五の梗概を述べれば、

吉野内裏の後醍醐天皇のもとに三種の神器を運ばんと、京都から勾当内侍、高家の妻や二人の公家が吉野へ向う途中三輪の里に到る。三輪の鳥居の所に覆面をした十人程の者が待っており、神器を運ぶ手助けをしたいと頼み、覆面は神器に息がかかるのは畏れ多いので御免と言う。そこへもう一人、覆面をした大男が現われ、仲間に加わりたいと頼む。先の者達は断るが、大男は和田新発意源秀であり、坊門宰相とその家来達が化けた覆面の者達を追い散らし、逃げる宰相の後を追う。その後に大森彦七も勾当内侍を奪わんと現われ、内侍を縛り、神鏡を入れ

た櫃を開けようとするが、時に雷光天地鳴動して、手をかけた雑兵達は悶死する。なお、内侍を連れて逃げようとする彦七に、宝剣が鞘を放れて飛び、追い廻す。北畠親房・新田義貞・楠正行三人は神器を迎えに来る途次、三輪山の震動に驚き慌てて駆けつける。足利高氏も霊夢の導きで駆けつけ、対立する両者が顔を合わせる。そこへ宰相の首を討って戻った源秀が間に割って入り、南北両朝の成立と両者和睦のための使者であることを告げる。折から雨宝童子も示現し、量仁親王を新帝とし、高氏は京都を守り、後醍醐天皇を院の御所として義貞に守護するようとの神勅を与える。彦七の首を貫いた宝剣も飛び帰って鞘に納まり、めでたく天下一統源氏一統の太平国と御代は治まる。

右の場面の中で、源秀が義貞に向って言った、

> 高氏卿朝敵のとがをひるがへし申為。量仁親王を御位に立、京のだいりとあがめ。後醍醐の天皇を吉野のだいりとうやまひ。新田足利わぼくして帝をしゆごせしむべきとの願ひ。げんゐ法印の取次、我らは其お使

との口上を、源秀はその前に覆面の連中にも言っており、また、示現した雨宝童子が与えた神勅でも同様のことが告げられている。近松の願望か、虚構のこと故か、近松は一つの場面で三度も同じことを述べさせているのである。量仁親王は北朝初代の光厳天皇のことであり、『太平記』巻第十六「日本朝敵事」に、足利尊氏が持明院統の光厳院の院宣を得たことによって、「威勢ノ上ニ一ノ理出来テ、大功乍《タチマチ》ニ成ンズラント、人皆色代申レケリ」と記すように、尊氏が朝敵の名を逃れるために得た院宣の主でもある。また、雨宝童子は天照大神の下生の御姿とされるので、この神勅は皇祖の神勅という、最も厳粛なものとなる。史実にはあり得ないこの時点の南北両朝和睦を導くために、雨宝童子を持ち出したのであろうか。これは『太平記』を史書と見た水戸学や白石の立場からすれば、歴史を矮曲するにも程があるということになろうが、逆にこのことは、芝居は歴史の事実を題材にしても、歴史そのものを伝え、再現

するものでないことを証左している。坊門宰相を敵役にするのは、『太平記』巻第十六「正成下向兵庫事」に記すように、正成の進言を退け、正成を死地へ追やった張本人であるからではあるが、坊門宰相には既に「理尽鈔」の「伝ニ云」で、正成の言として、

　尊氏ト打死センヨリハ清忠卿（筆者注　坊門宰相）ノ面顔二ツニ切破テ後、自害シタラント子度思ヘドモ、返テ不忠ノ名ヲ得ベシト思テ心中ニ籠テサテ止ミヌ。最口惜キ事カナ。

と伝えられており、真実のほどはともかく、こうした記事がその元になっていたかと思われる。これらのことを考え合わせれば、『吉野都女楠』で近松が描いたのは、『太平記』を、或いは、『楠物語』のような書を題材に取り、楠正成を特に顕彰することもなく、そこに記される楠正成に関わる人物や諸々の話などを、浄瑠璃の展開に添って組合わせた虚構の太平記的な世界であったと言えよう。『吉野都女楠』という外題からしてそうである。『太平記』そのものの享受とは異なる、その影響とも言うべき「太平記的な世界」が芝居では作られており、言うなれば、歴史的事実や歴史解釈を優先させないあいまいな形での『太平記』の理解と享受が芝居を通じての『太平記』への接触であったと言える。このことは『吉野都女楠』に限らず、既に取り上げた全ての作についても言うことができる。しかし、そこには、繰り返し述べてきたように、『太平記』の作者が太平の世を望むために求めた、世の道理や人としての生き方がしっかりと受け止められており、『太平記』の庶民的な享受のさまが窺われるのである。

九　おわりに

『仮名手本忠臣蔵』が赤穂浪士達の事件を浄瑠璃化するために、『太平記』の『塩冶判官讒死事』を利用したのは、

浄瑠璃史の流れがあるとはいえ、塩冶判官の話の中に忠臣蔵の話の中に流れるものと共通するものがあったからである。その共通するものとは、政道への批判、施政者への批判である。それぞれが作品の何に、誰に当るかは紙数も尽き敢えて言及しないが、二作共に世の道理をそこに求めてそれぞれの事件が描かれている。この最も大切なもの、近松の言葉で言えば「事の道理」を『太平記』から受け止めてきたことは、『太平記』の内容が正しく読まれていたことを証している。浄瑠璃史の近松以後の流れはこの読み方を踏襲しており、『仮名手本忠臣蔵』も、また然りである。無論、その受け止め方は、『太平記』の内容をそのまま紹介することによって語るといった素直なものではなく、浄瑠璃の様式や芝居の枠に合せて変えられてはいる。しかし、その変容が、虚構を含みながらも、『太平記』中の人物だけでなく、『太平記』の作者が求めた、太平の世を作るための政道と人道を取り込んでの変容であるならば、『太平記』は正しく浄瑠璃の中に受け入れられていると言えよう。そして、この浄瑠璃のもつ時代背景を、歴史的な事実に反することがままある故に、「太平記的な世界」と呼んでみたが、芝居用語としては、「太平記の世界」と言うのが普通の呼び方である。敢えて「的な」としたのは近松の時代ではまだこの二字を外すほど、芝居用語の「世界」に応じる程の認識はできあがっていなかったと考えるからである。(14)

近世文芸における『太平記』の享受という表題からは、取り上げた作品が近松の浄瑠璃に片寄ってしまったが、『太平記』を自らの読書で享受する層よりは、芝居を通じて知る層の方がはるかに多かったのではなかったかと想像する。そうした享受は、自らの読書による享受とはどのように異なるのか、また、軍書・史書として扱われた『太平記』の享受のあり方とはどう関わりあうのか、そういった問題についても不十分ながらふれてみた。

注

（1）祐田善雄「『仮名手本忠臣蔵』成立史」（『浄瑠璃史論考』昭和50・8所収）
土田衛『浄瑠璃集』解説（新潮日本古典集成　昭和60・7）

（2）後藤丹治「太平記の影響作品」（『戦記物語の研究』昭和11・1所収）
拙稿「太平記読みと近世初期文芸について」（『待兼山論叢　第5号』昭和47・3）

（3）亀田純一郎「太平記読について」（『国語と国文学』昭和6・10）
加美宏「近世太平記読みの形成」（『太平記の受容と変容』平成9・2所収）

（4）中村幸彦「太平記の講釈師たち」（『中村幸彦著述集　第十巻』昭和58・8所収）
長友千代治「『紀州藩石橋家家乗』読書記事」（『近世の読書』昭和62・9）

（5）評判記の引用は『歌舞伎評判記集成』所収本文によるが、句読点・清濁は私に加えた（以下同）
注（3）加美宏論考

（6）日東寺慶治「太平記整版の研究」（長谷川端編『太平記とその周辺』平成6・4所収）

（7）益田宗「読史余論　解題」（日本思想大系『新井白石』昭和50・7所収）

（8）中村孝也『大日本史と水戸教学』（昭和16・11）

（9）頼山陽は『日本外史』の「足利氏論賛」（巻之九）で、白石が足利義満に対してなした評、「世態すでに変じぬれば、その変によりて、一代の礼を制すべし。これすなわち変に通ずるの義なるべし」（『読史余論』下）以下を要約引用し、「噫、是れ足利氏を助けて虐をなす者なり」（引用・改訳岩波文庫）と批判する。このことに対し、尾藤正英氏は、白石が事実上においで足利氏を皇室に代わる新しい君主と認めたことに対し、山陽は君臣上下の秩序を絶対化し、白石の主張を道徳に反するものと批難するとされて、「伝統的権威が人心に作用する非合理的な力というべきものを、山陽が政治的支配のための不可欠の要素として重視したことを意味し、白石が歴史の動きを全く道徳の理法のみによって左右される合理的なものとみていたのと比べると、対蹠的である」と解説（岩波文庫解説）される。

（10）諏訪春雄「大経師昔暦の実説」（『近世文芸　22』昭和48・7）

（11）内山美樹子『相模入道千疋犬』と『娥歌かるた』」（『浄瑠璃史の十八世紀』平成元・10所収）

（12）谷脇理史「『武家義理物語』への視点」（『西鶴研究序説』昭和56・6所収）

（13）山根為雄氏は宝永四年上演説をとる（「『吉野都女楠』をめぐって」『国語国文』昭和63・5）

（14）拙稿「近松門左衛門と『世界』」（園田学園近松研究所編『近松研究の今日』平成4・3所収）

本稿での『太平記』本文の引用は日本古典文学大系『太平記』を用いた。また、近松の浄瑠璃の本文引用は岩波書店刊『近松全集』によったが、文字譜を省略し、私に句読点・清濁をも加えている。

近世の政治思想と『太平記』

若尾政希

一　はじめに

本稿のタイトルから、多くの人がまず連想するのは、おそらく、天皇の尊厳性の観念を掲げ天皇への忠誠・恭順を説く尊皇（尊王）思想であろう。事実、尊皇思想に関する代表的な仕事である尾藤正英氏の「尊王攘夷思想」でも、「軍記物語『太平記』の普及にともない、南朝の忠臣楠正成を景慕し礼賛する風潮」が「社会的な拡がりをもった」と論じているし、[1] 松浦玲氏も『日本人にとって天皇とは何であったか』において、軍記物語（とりわけ『太平記』）が「語りもの」であったが故に、「普及力が強」く、語りを介して尊皇思想が「国民の心に染み透っていった」と論じている。[2] 確かに、『太平記』を尊皇の書として読む読み方は、戦前の教科書（修身・国史）に楠正成が忠臣を体現した人物として描かれ、また『太平記』が「国民精神」を鼓吹するものと位置づけられていたこと[3]を思い起こすとき、それは一般化しており、そのような連想は妥当かとも思われる。しかし、『太平記』は尊皇の書としてしか読まれてこなかったのであろうか。あるいは、今後も（可能性として）そのような読み方しかできないのであろうか。

実は、近世において、尊皇の書として読む読み方が出てくる以前に、まったく別の読み方があった。慶長末から元和にかけて、大運院陽翁（一説では永禄三〈一五六〇〉?～元和八〈一六二二〉?）という『太平記』専門の講釈師が世に出て、『太平記』中の人物や事件を批判・論評する『太平記評判秘伝理尽鈔』の講釈（以下、『理尽鈔』の講釈及び講釈師を「太平記読み」と呼ぶこととする）を開始した。[4] 陽翁が、唐津藩主寺沢広高や金沢藩主前田利常らに『理尽鈔』講釈を行ったことからも明らかなように、「太平記読み」は、上層の武士、為政者層を対象にしたものであり、そのなかみは後に述べるように、政治・軍事論を真面目に語ったものであり、特に政治論では、指導者像や政治のあり方を鋭く提起していた。筆者は、この「太平記読み」が近世の国家・社会においてどのような役割を果したのか考察し、『「太平記読み」の時代――近世政治思想史の構想――』[5] をまとめている。本稿ではこの拙著によりながらこれまでの研究の成果を総点検するとともに、今後の研究に向けての展望を掲げて、当分野に多くの研究者を誘おうとするものである。

二　「太平記読み」思想史の現在

1　中世から近世へ――政治思想の基軸の転換――

中世史研究者の平雅行氏が、「古代中世の宗教とは政治・経済・文学・芸能といったあらゆる領域に浸潤しており、当該社会の人間活動のすべての領域に影を落としていると言っても過言ではあるまい」[6] といい、佐藤弘夫氏も「中世では支配―被支配の関係や身分関係は、みな宗教的な外被をまとって現出していた。支配のイデオロギーもまた宗教を離れてはありえなかった。中世的支配が宗教的支配にほかならないことは、すでに多くの論者が指摘するところである」[7] というように、中世の政治思想の基軸をなしていたのは宗教である。そのなかでも、天台宗・真言宗・南都諸宗ら顕密仏教こそが、社会的勢力としても宗教的な権威としても、さらに思想的な影響力においても中世において圧倒的な位置を占めたと主張したのは、黒田俊雄氏であった(8)。これは、鎌倉新仏教に対する「旧仏教」として研究の首座からはずれていた顕密仏教について、その歴史的位置の全面的な見直しを迫ったのみならず、新たな中世国家・社会論を提起するものであった。すなわち顕密仏教が中世の国家と結びつき、領主層・思想家・民衆の政治意識・思想に決定的な影響を与え、そのイデオロギーの役割を果たしていたとして、そのありかたを顕密体制と意義づけたのである。顕密体制論が、一九七五年の提起以来今日まで、中世政治思想を考える際の枠組みとして、その枠組みが妥当か否かの検討を含めて、黒田氏個人を越えて、多くの研究者を刺激し数々の成果をうみだしてきたのは、周知のとおりである(9)。

さて南北朝の動乱期を対象とした中世の軍記物語である『太平記』に目を移すと、そこには寺社勢力なかんずく顕密仏教諸派が重要な役割を果たしていることに気づかされる。『太平記(10)』の筋に沿ってその一端を述べれば、後醍醐天皇の倒幕運動に際して、山門大衆は「王法仏法相比」と仏法王法相依論（仏法と王法〈世俗権力〉との関係を相資相依に説く主張）を論拠にして「尽《ス》二報国之忠《ヲ》一」「宜《ク》レ専《もつはらニス》二朝廷扶危之忠胆《ヲ》一」といい、王法擁護のために軍事的役割を担った（『太平記』巻八）。親政（建武新政）もつかのまに崩壊し、尊氏方により京を追われた後醍醐は山門（延暦寺）を頼る。一方尊氏方は寺門（三井寺）に拠り、山門・寺門はそれぞれの軍事的拠点としてまた軍事力として戦局を左右した（巻一四、巻一五）。後醍醐方は一時京を奪回するものの、尊氏が光厳上皇（持明院統）の院宣を得て九州から東上すると、再び山門に拠る。山門は後醍醐支持を南都興福寺に「仏法王法《ノ》盛衰、豈《ニ》非《ズ》二今日《ニや》一乎」と呼びかけている（建武三年〈一三三六〉六月、巻一七）。武家政権（幕府）成立後、康永四年（一三四五）には、山門大衆は天龍寺造営・落慶供養をめぐる嗷訴を行っている（巻二四）。これは武家政権（室町幕府）と密接に結びつき社会的勢力となりつつあった禅宗（夢窓疎石派(11)）への攻撃であり、顕密仏教のみが「国家護持」者である――「国家之安全者《は》、在《リ》二山門之護持ニ一」――と強く主張した。天龍寺破却・夢窓配流の要求は実らなかったが、勅願寺の停止を勝ち得た。他方、武家政権の要人に対しては、暦応三年（一三四〇）、佐々木道誉の妙法院焼討を抗議して山門が嗷訴。その結果、道誉は流刑となった（巻二一）。貞治三年（一三六四）には斯波高経の越前河口荘押領に対して春日社神人・興福寺大衆が春日神木を担いで嗷訴した。しかし「時ノ権威ニ憚テ是ヲト申沙汰スル人モ無リケル」という状況で、嗷訴はすぐには裁許されなかった。貞治五年、高経は、道誉ら諸大名との権力闘争に敗れ越前国へ逃走。「越前ノ国河口ノ庄南都ニ被二返付ケ一シカハ、神訴忽《たちまち》ニ落居《らくきよ》シテ、八月十二日神木御帰座」云々と、あしかけ三年にして南都は要求を貫徹した。『太平記』は高経の没落を、「終ニ身ヲ被レ失ケルモ、只春日大明神乃冥慮《みやうりよ》也ト覚ヘタリ」と論評し、顕密寺社勢力の呪術力を承認している（巻三九）。このように『太平記』中の寺社勢力は、社会的基盤（経済的基盤〈寺社領〉と軍事力）を保持し、それを背景に武家政権に対して自己主張し得る力を有する存在として描かれているのである。

ところで、「太平記読み」は、『太平記』を題材にしながらも、そこに描かれた寺社勢力のありようを徹底的に批判している。顕密仏教の①軍事力、②呪術力、③国家護持者としての正統意識、④経済的繁栄を、また新興勢力禅宗の①政治への参画、②経済的繁栄を、真っ向から口をきわめて非難する。にもかかわらず、「太平記読み」によれば、「仏法」は「王法」と「相比」する存在である。「凡仏法ハ国家太平ノ端タリ」（巻二四）と、「仏法」は「国家安穏に寄与し得る存在だという。だが、その寄与の仕方は、呪術力、軍事力、政治への参画等のいずれでもなく、民衆に対する護国の教化・教導によってであった。しかも顕密仏教だけでなく、「何ノ宗ニモ在レ、其祖師ノ教ヘノ如ク帝ヲ仰キ給ソニハ、国家安穏ナルヘシ」と、諸宗すべてが護国に寄与できるとされた。「仏法は王法の外護」と、表現は同じだが、実質は全く異なる。「太平記読み」にとって「仏法」は、「王法」に従属し「王法」による治国に奉仕すべきものである。「太平記読み」は、顕密仏教の自己主張の論理であった「王法仏法相比」の論を換骨奪胎しているのである。

さて、このように「太平記読み」により仏法王法相依論が読みかえられ、しかもそれが為政者層を対象にして語られたという事実が、中世政治思想の基軸をなしていた顕密仏教が近世にはすでにその座にないことを端的に示している。では顕密仏教にかわって、近世政治思想の基軸となったのは何か。黒田氏がいうように、朱子学[12]なのか、あるいは別のものか。

結論的にいえば、近世において、領主層・思想家・民衆の政治意識・思想に決定的な影響を与え、国家のイデオロギーの役割を果たしていたのは、ほかならぬ「太平記読み」であった。『理尽鈔』の講釈「太平記読み」こそが近世政治思想の基軸となったのである。

2 「太平記読み」と領主の思想

『理尽鈔』講釈は、大運院陽翁やその弟子が行う講釈を、厳粛な態度で受講・伝受するものであった。その広がりについては、今後の調査をまたねばならず、よくわかっていないが、研究の現段階では、金沢藩の藩主（前田利常・光高）・重臣（本多政重・前田貞里ら）や岡山藩の藩主池田光政、幕閣の板倉重宗・稲葉正則らが『理尽鈔』講釈と深くかかわったのは確実である。

このうちここでは池田光政（慶長一四〈一六〇九〉～天和二〈八二〉）について述べよう。岡山藩の藩政改革を主導した藩主であり、研究史上、「天下の三賢侯・寛永の四君子の一人と称せられた典型的な初期大名」と評価され[13]てきた、この光政の政治及び政治思想については、従来、熊沢蕃山（元和五〈一六一九〉～元禄四〈九一〉）とのかかわりのみが注目され、儒学がそのバックボーンをなすといわれてきた。ところが、光政は、『理尽鈔』の講釈師横井養元（天正六〈一五七八〉～寛文七〈一六六七〉、藩医二五〇石）を抱えており、『光政公御筆御軍書』（『理尽鈔』からの抜粋集）や『恩地左近太郎聞書』（『理尽鈔』といっしょに伝来する書物で、『理尽鈔』の政治論を踏襲敷衍したもの）を自ら書写し、しかもその言動からは「太平記読み」の影響を確かにうかがうことができる。仁政思想、私欲の禁止といった政治の理念的側面から、評定制の導入、評定制と君主直仕置きの両立といった政治制度とその運用の側面、さらには光政が折に触れて行う家臣教諭の一言一言までもが、その多くを「太平記読み」に負っていた。例えば、蕃山との仲が険悪になった寛文末年頃に、蕃山の言動にまどわされないように重臣に教諭した一文のなかで、「只今ノ仕置、我等作意にて無之候。楠正成ノ仕置にて候」（「御書付」）と、評定制を根幹とした政治は、正成の政治を模範としたのだと発言している。正成とは、いうまでもなく『太平記』中の最大のヒーローである。しかし『太平記』では、正成は、後醍醐に忠誠を尽くす武将、智謀あふれる武将であって、決して模範的な「仕置」を行う為政者として正成は描かれない。このような正成が登場するのは、ほかならぬ『理尽鈔』・『恩地左近太郎聞書』であり、そこでは正成は領民に仁政を施してその信服を得るといった農業政策に精通し、また家臣に対しても硬軟両様を使い分けてその信服を得て彼らを自由に使いこなす、卓越した政治能力をもつ指導者「明君」であった。光政のこの発言から、光政が「太平記読み」が造型した「明君」＝正成像を継承して、それを模範として政治を行ったことがわかるのである。さらに光政にとって正成は先祖でもあった。というのは幕府の『寛永諸家系図伝』編纂に際して、光政は、正成―正行の子孫とする楠胤説を採用した自家の系図を提出している（寛永一八年）。この楠胤説の典拠は、実は、『理尽鈔』と、『理尽鈔』の影響下で作成された『恩地左近太郎聞書』なのである。光政は、「太平記読み」が創出した明君＝楠正成像を自らのものとして、『理尽鈔』及び『恩地左近太郎聞書』に描かれた先祖正成の政治を念頭に置いて、「明君」を演じていたといえる。

こうして岡山藩における光政による藩制、支配のしくみの確立にも、『理尽鈔』の政治論が大きな影響を与えたのである。岡山藩の藩政改革は、研究史上、寛永末年の全国的飢饉を契機とした支配体制の危機を打開するための初期藩政改革の典型として挙げられてきた。これに『理尽鈔』講釈が関与したのである。近世初期の領主層は、現実の政治の場で、家臣・領民との葛藤の中で、いわば試行錯誤で政治のあり方を模索する、そうした場にいやおうなく投げ込まれた。このような先の見えない混沌とした時代において、政治の理念なり具体策なりをわかりやすく教える「太平記読み」がもてはやされたのではなかろうか。元和・寛永期における武士層を対象とした『理尽鈔』講釈の流行を、ひとまずこのように意義づけておきたい。

3 「太平記読み」と近世の政治思想

『理尽鈔』は、本来、繰り返し講釈を受けいわば免許皆伝の証《あかし》にようやく書写を許されるものであった。ところが、今日、各所に残される『理尽鈔』の写本を見ると、陽翁が唐津藩主寺沢広高（永禄六〈一五六三〉～寛永一〇〈一六三三〉）に伝授した旨を記す伝受証文を末尾に付けた寺沢本『理尽鈔』の書写本がいくつも残されていることがわかる。たとえば島原藩主松平忠房（元和五〈一六一九〉～元禄一三〈一七〇〇〉、島原藩への転封は寛文九〈一六六九〉）の蔵書中にある『理尽鈔』は末尾に寺沢広高への伝受証文を付けた寺沢本であり(14)、また彦根藩（井伊家）の藩校の蔵書中にも寺沢本があるというように(15)、寺沢本は書写され広まっている。

では寺沢本はどのような経緯で書写されたのであろうか。その詳細は不詳であるが、一説では（中村幸彦氏蔵「太平記理尽抄由来」によれば(16)）、正保四年（一六四七）に寺沢堅高（広高の子、二代藩主）が自殺し改易になったときに幕府「老中ヨリ」「理尽抄ヲ御文庫江可納」ということで、老中松平信綱が「請取」り、「是ヨリ寺沢家ノ本ハ御文庫ニ入タリ」という。またこれ以前にも「加賀家、寺沢両家江日応〔陽翁〕ヨリ伝授ニ付、加賀本、寺沢本トテ、写本二通リ」あるのを、「諸大名ニ不限、此道ヲ好ム者、皆々伝手々々ニ縁ヲ求メ、才覚シ写」したともいう。これが事実かどうかは今後の検証が必要である。しかし寺沢本が講釈の伝授を要件とすることなく書写されることによって、より多くの人々がそれを享受できるようになっていったのは確かであろう。

さらに、この寺沢本は――その経緯は未詳であるが――一七世紀に日本史上初めて登場した出版業者[17]の手に渡り、一七世紀半ばには、寺沢広高の伝授証文を付けたまま出版された[18]。これにより、それを享受できる層は飛躍的に拡大した。厳粛な対面口承による伝授を経ることなく、不特定多数のものが書物を読むこと、〈読書〉を通して、その「秘伝」を享受できるようになったのである。たとえば、山鹿素行は、『日記』[19]によれば、「今夜読二理尽抄第二十五一」（承応一年〈一六五二〉正月十日）、「大雨、在宿、読二理尽抄三十三一」（同年三月二十六日）と『理尽鈔』を読み、さらに『理尽鈔』を中心に『太平記』『恩地左近太郎聞書』からも抜き書きして『理尽抄抜萃』（万治二年〈一六五九〉四月五日）なる読書ノートまで作成し、さらに『山鹿語類』にもそれをふんだんに引用・利用している。こうして素行は、「太平記読み」が造型した「明君」＝正成像を受容しており、素行の学問・思想形成に「太平記読み」は大きな影響を与えたのである。

この素行の事例が端的に示しているように、一七世紀初めに「太平記読み」により提起された新たな指導者像（「明君」＝正成像）は、山鹿素行や熊沢蕃山といった当代の著名な学者までをも巻き込みながら、いわば一七世紀の思想界を席巻し、一般（常識）化していったのである。

4　「太平記読み」と民衆の政治意識

「太平記読み」はそのタネ本の刊行により、大きな変化を余儀なくさせられた。一七世紀の前半には、読み聞かせという口誦による知（知識・知恵）、オーラルなメディア（情報媒体）による知であった『理尽鈔』講釈が、一七世紀後半には書物による知、出版メディアによる知へと大きく変質させられた。その享受層も、前者では口誦の場を共有した限られた人々、よって特権的な階層の人々（上層武士）を対象としたのに対し、後者は、「都鄙貴賤此書〔『理尽鈔』〕ヲ信ジ、世挙《こぞっ》テ好ミ用ル」（小林正甫編『重編応仁記』発題、宝永三年〈一七〇六〉）[20]と、地域・階層を越えた広い層に受容されていった。本来武士層を対象としたものが、なぜ地域・階層を越えてもてはやされたのか。政治論・軍事論を要とする「太平記読み」は、民衆にとってどのような意味があったのであろうか。

　河内国石川郡大ヶ塚の上層農・富商であった河内屋可正（壺井五兵衛、寛永一三〈一六三六〉～正徳三〈一七一三〉）が書きつづった『可正旧記』は、それを考える絶好の史料の一つである。『可正旧記』を詳細に分析すると、これまでまったく指摘されてこなかったが、可正は『理尽鈔』やその関連書（例えば安藤掃雲軒著『南木武経』等）を通して、「明君」＝正成像を受容していた。「我等ごときの庶人」（「序」）と自称する可正にとって、「太平記読み」は何であったのかというと、可正は、まず、「家をとゝのへ、身を治、心をたゞしうするよすがにせん」と、それを民の修身（自己形成）と斉家（家をととのえ治めること）の論に読みかえ、子孫への教訓を展開している。と同時に、可正は、郷村の民を治める指導者として強い自覚を持ち、受容した「明君」＝正成像を自らのものとして、あるべき村役人像と仕置きのあり方を説いている。「太平記読み」の政治論は領主層だけでなく、村役人層にまで、いわば下降化し、その結果、武士層から民衆の上層までに、共通の指導者像が形成・定着したといえるのである。さらに『可正旧記』によれば、可正は「人々集りて夜話の折」に「軍書を引て和漢両朝の名将勇士のはたらき」から「仏法（中略）、其外神道・歌道・荘老孔孟のをしへ迄、取集めて」講釈をしていた。民衆の間に、村の読書人を中心にして、その「読み」「語り」を聞く場が形成されており、出版メディアによる知は、そうした村に形成されたオーラルなメディアを介し、中下層農民へと流通していった可能性もあるといえよう。

以上のように、「太平記読み」の政治論は正成像というわかりやすいかたちで、もともとの対象であった武士層を越えて、思想家や民衆にまで大きな影響を与え、指導者像や政治のあり方に関する社会の共通認識（常識）の形成に寄与したと推定される。すなわち「太平記読み」を基軸にすえることによって、武士層や思想家の政治思想から民衆の政治意識・思想までを歴史的かつ総合的に把握することが、はじめて可能となった。「太平記読み」こそが近世政治思想の基軸なのである。

三 「太平記読み」思想史の展望

1 『理尽鈔』の生成

「太平記読み」を基軸とした政治思想史を構想したことによって、新たに、多くの課題が生み出された。[21] ここでは、三点指摘して、今後の研究を展望しておきたい。

第一に、『理尽鈔』がそのような画期的な意義を持つとすれば、なおさらのこと、『理尽鈔』がいつどのように成立したのか、問題となる。陽翁は、一説によれば、永禄三年（一五六〇）に生まれ、小早川隆景・秀秋、池田輝政、寺沢広高・前田利常に仕えたという。陽翁は、まさに統一政権が形成されていく戦国末期に、思想形成を遂げたことになろう。戦国大名の領国支配や統一政権の支配が達成したものと『理尽鈔』の主張とは、寺社勢力批判や法観念（後述する）など、一致するものがあり、今後も両者のかかわりを精緻に考察していく必要があろう。

これに関連して、最近、『理尽鈔』〈伝〉部の楠家臣団の伝承が、戦国末期の河内地域の動向（石山一向一揆や反織田信長闘争）を踏まえて造型されたという興味深い指摘（樋口大祐氏）[22]がなされた。陽翁も「河内国ニ先祖ヨリ持伝タル城アリ。城主ハ法印ノ伯父トゾ」（『陰符抄』再三篇巻一）[23]と、河内とかかわりが深いと伝えられており、「太平記読み」の思想的土壌としての河内は、今後の研究の焦点となるであろう。

また、陽翁が法華宗の僧であったことも注目される。僧を民衆に対する護国の教化・教導役に編成していこうという主張が、ほかならぬ僧の口から語られたのである。陽翁だけではない。禅僧鈴木正三（天正七〈一五七九〉～明暦一〈一六五五〉）も、まさに同時期、同様の主張をしていたことは大桑斉氏が指摘しているとおりである（いわゆる正三の「僧侶役人説」「仏法治国論」[24]）。大桑氏によれば、元和・寛永期の「仏教復興乃至復古をめざす僧侶群の活動」（第一期仏法復興運動）の一環として、正三は僧侶役人説を形成したという。とすれば、陽翁の講釈もこのような運動の一環であった可能性もあるといえよう。

加えて、当時の法華宗は、世俗権力の弾圧により宗派存亡の危機的状況にあった。法華宗の主流派は、それを乗り切るために不受不施派を切り捨て、従来の強義折伏・法華独尊の態度をやわらげ、天台学中心の広学的態度をとる京都長老派のイニシアティブのもと、近世統一政権に随順することによって自宗の復興を目指していた。[25]「太平記読み」による、「仏法」は「王法」の治国に奉仕すべきだという主張は、まさに転向した受不施派の主張と重なっているのである。

このように『理尽鈔』の形成過程の解明は、今後、さまざまな側面から行わなければならない。

第二に、『理尽鈔』がどのように受容されたのか、その実態についてもさらなる調査が必要である。ただし受容と一口にいっても、受容の仕方や受容層についていくつかのレベルがある。以下、四つに区分けして述べておこう。

2　『理尽鈔』の受容

①武士層を対象とした『理尽鈔』講釈は、金沢藩や岡山藩を越えてどの程度の広がりをもったのであろうか。これについては、さしあたり二つの方向から研究を進めることができよう。すなわち、一つは『理尽鈔』を講釈する「太平記読み」の探索、もう一つは講釈を受けた武士層の探索である。前者については、専任の講釈師として知られる大橋善可・富田覚信（初代・二代）・北条安兵衛・松井孫太夫・横井養元（初代・二代）らの講釈にかかわる史料を丹念に掘り起こさなければならない。後者については、武士層の蔵書の調査を行うことによって、『理尽鈔』の写本や、『理尽鈔』を書き抜きした書籍を、一つひとつ掘り起こすことから始めることができよう。たとえば、筆者の調査では、徳川御三家の一つ名古屋藩の初代藩主徳川義直（慶長五〈一六〇〇〉～慶安三〈五〇〉）は、写本の『理尽鈔』[26]を所蔵しており、義直の著作『軍証志』[27]には、「評曰」と『理尽鈔』が何度も引用されている。このような掘り起こされた事実から、さらに、「はたして義直は専任の「太平記読み」を抱えていたのかどうか」などという疑問が沸き、考察を深めることができるのである。

②一七世紀半ばに『理尽鈔』が出版されると、『理尽鈔』及びその末書類が広範に流布し、それらの読書により「太平記読み」が受容されるようになった。興味深いのは、たとえば小浜藩主酒井忠直（寛永七〈一六三〇〉～天和二年〈八二〉）が、家臣の橋本才兵衛に『理尽鈔』の「講書」をさせそれを聞いたように[28]、「読み」の伝統が脈々と受け継がれていることである。こうした「侍講」「侍読」を通しての『理尽鈔』受容の実態についても、精力的に掘り起こ

していかなければならない。また、たとえば、山形藩主堀田正虎（寛文二〈一六六二〉～享保一四〈一七二九〉）は、刊本『理尽鈔』を所持するとともに、元禄二年（一六八九）に腰山久左衛門尉に命じて『理尽鈔』『太平記』の抜粋集『南木記』を作成させている。(29) このような『理尽鈔』の書き抜きや読書ノートも全国各地に残されている可能性があり、調査していかねばならない。

③『理尽鈔』は出版されたことにより、地域・身分を越えた広い層に受容されることとなった。被支配層における『理尽鈔』受容の実態とその意義については、河内屋可正や安藤昌益（元禄一六〈一七〇三〉～宝暦一二〈一七六二〉）の事例をあげたが、今後も多くの事例を掘り起こしていかなければならない。またこうした在村・在町知識人、読書人が担ったオーラルメディアについても、政治・社会等を教える教育的役割を念頭におきながら、検討していく必要があろう。実は一八世紀半ば頃から各地で作られる百姓一揆物語にも、内容から形式・表現様式まで、「太平記読み」の影響を看取することができ、在地のオーラルなメディアを介して百姓一揆物語が形成され、そして語られていったと推定することができる。(30) 近世の後期までを射程に入れつつ、『理尽鈔』が果たした役割を跡づけていきたい。

④『理尽鈔』講釈と、芸能者太平記読みとのかかわりについても、明らかにしなければならない。芸能者太平記読みが、「太平記読み」の盛行、『理尽鈔』関連書籍の流行を受けて、登場したことは確実である。しかし「太平記読み」と太平記読みとの関連如何や、太平記読みの講釈のなかみと『理尽鈔』との関連如何、等々、まったく謎に包まれたままである。これを解明すべく史料を掘り起こさなければならない。

3　なぜ『太平記』だったのか

第三に、『理尽鈔』が思想史上、画期的な書物であることを強調すればするほど、大きくなる疑問は、「なぜ『太平記』だったのか」ということである。近世社会を律することになる新しい政治思想を語り出すときに、他の書物でなく『太平記』に拠りつつそれがなされたのはなぜだろうか。たんなる偶然だったのか、あるいは何らかの理由があったのか。この大きな疑問に答えるのは小稿の任ではないが、展望の最後に、今後の研究がおそらくたどるであろう道筋を素描して、結びにかえたい。[31]

まず、『理尽鈔』が形成された時代において、『太平記』がどのような位置を占めたか、問題となろう。毛利元就の次男吉川元春（享禄三〈一五三〇〉～天正一四〈八六〉）が出雲の富田城攻めに出兵中に、自ら『太平記』全巻を書写したり、あるいは島津義久の家老上井覚兼（天文一四〈一五四五〉～天正一七〈八九〉）が宴席で、島津義弘らに『太平記』を読み聞かせたという事例[32]は、戦国武将の間に『太平記』が流布していたことを教えてくれる。では、こういった武将たちにとって『太平記』とは何だったのであろうか。『太平記』享受史研究の開拓者である加美宏氏は、これについて、「『太平記』から歴史や政道や軍略を学ぼうとしたり、一族一家の武勲・軍忠を読みとろうとしたりするような、いわば実用的な受容ではなく、つれづれを慰め、当座の興を催すといった、いわば楽しみとしての享受」であったと位置づけているが、はたして妥当であろうか。

ここで全面的に検討する用意はないが、筆者の見通しを述べておこう。従来、戦国武将の政治思想に関して、①戦国武将の間に天道思想が流行したこと[33]、また、②戦国武将の発布した戦国法において「理を破る法」という法観念が強調されたことが指摘されてきた。[34]実は、興味深いことに、『太平記』でも、「序」で君は「天之徳」を体現すると述べ、巻一で後醍醐天皇が飢饉に際して「帝徳ノ天ニ背ケル事ヲ嘆」いたと記述している。また「政道ト云ハ治レ国憐レ人、善悪親疎ヲ不レ分撫育スルヲ申也」（巻二七）とも記しており、為政者にそのような「仁政」を要請する「天」の思想を、『太平記』中に見出すことができる。他方「理を破る法」についても、『太平記』に「凡破二道理一法ハアレドモ法ヲ破ル道理ナシ。況ヤ有道ノ法ヲヤ。一人ノ科ヲ誡ルハ万人ヲ為レ助也」（『太平記』巻三三）と見える。これは偶然の一致であろうか。いな、戦国武将の政治思想に『太平記』が与えた影響は、かなり大きなものではなかったかというのが、筆者の見通しである。今後、戦国武将の『太平記』受容の事例を掘り起こし、彼らにとって、『太平記』とは何だったのか、精緻に考察していきたい。

次に、天道思想や「理を破る法」という法観念が、実は（拙著ですでに分析したように）「太平記読み」の政治思想の重要な論点であったことから、『太平記』とは何だったかという問題が浮上してくる。『太平記』に、どのような政治思想が込められており、それはいかなる歴史的意義をもつのだろうか。

すでに紙数も尽きたので、論点のみを整理しておこう。為政者は民を「撫育」すべきだという撫民・仁政の思想は、確かに『太平記』の作者のものでもあった[35]。有名な「北野通夜物語」（『太平記』巻三五）には、撫民・仁政の思想に拠りつつ当代の政治への厳しい批判が語られている。ところが、「北野通夜物語」は、厳しい政道批判を展開したその果てに、「加様ノ仏説ヲ以テ思フニモ、臣君ヲ無《なみ》シ、子父ヲ殺スモ、今生一世ノ悪ニ非ズ。武士ハ衣食ニ飽満テ、公家ハ餓死ニ及事モ、皆過去ノ因果ニテコソ候ラメト典釈ノ所述明ニ語リケレバ、三人共ニカラ〳〵ト笑ケル」と、顕密仏教の因果業報観を持ち出して物語を結んでいた。長谷川端氏が、「作者は、武士は衣食に飽き（中略）、土民百姓は片端から財産を奪われ、訴訟しようとすれば必ず賄賂をとられる、といった現実社会を直視することを避け、この乱脈を極めた現実社会を何とか肯定しようとする見方にまで一挙に堕落している」と論評したのは、的確であろう。撫民・仁政の思想は、現実社会・政治を把握する基本的視点として貫徹しておらず、最後のところで、顕密仏教の「楽観的因果業報観ですり換えて」しまっているのである。撫民・仁政の思想がいわば顕密仏教の呪縛から解き放たれ、自立するにはまだ長い時間が必要だったというべきであろうか。

といっても、『太平記』の作者のこの思想が、中国の儒学の直輸入であり社会的基盤をもたなかったと見るのも誤りであろう。玉懸博之氏が明らかにしたように、すでに鎌倉執権政治において、撫民・仁政の思想が標榜され、為政者の自己正当化論としても機能していた[36]。他方、在地でも、一三世紀半ば以降、惣村が形成され、土民百姓が一揆を結び領主層に訴状を提出し、容れられないときには逃散するほどの実力をもつようになった。そして一五世紀には、勝俣鎮夫氏が「百姓にこそ徳政を要求する権利があるという主張」が「日本の歴史上はじめて表面化した[37]」と意義づける徳政一揆の時代が到来している。すなわち『太平記』が描かれた一四世紀後半は、撫民・仁政の思想が、社会的基盤をもちつつあった時代と位置づけることができよう。逆にいえば、そうした時代だからこそ、『太平記』の作者は撫民・仁政の思想を掲げることができたのではないか。『太平記』の時代は、いわば近世において満面開化する新しい政治理念（撫民・仁政の思想）が胚胎した時代であり、近世の政治思想が『太平記』を通じて語られたのは、決して偶然ではなかったというのが、現時点での筆者の見通しである。

「はじめに」で述べたように、尊皇思想の長い呪縛からようやく自由になって、『太平記』の政治思想史研究はまさにはじまったばかりである。各地域の史料を掘り起こす地道な作業からはじめなければならない。多くの人々が関心をもって、この研究の進展に寄与して下さることを期待するものである。

注

（1）尾藤正英「尊王攘夷思想」（岩波講座『日本歴史』一三、岩波書店、一九七七）。
（2）松浦玲『日本人にとって天皇とは何であったか』（辺境社、一九八三新装版、初版は一九七四）。
（3）たとえば、秋山明「日本尊皇思想上に於ける太平記の位置」（『立正大学論叢』歴地篇、創刊号、一九四二）。

（4）作者は未詳であるが、最初の『理尽鈔』講釈師である大運院陽翁が編纂にかかわったと推定される。刊年不明。『理尽鈔』といっしょに伝来する『恩地左近太郎聞書』には正保二年（一六四五）の刊記があり、一七世紀半ばには刊行されたと推定される。

（5）『理尽鈔』の思想史的・歴史的意義を明らかにしようとする研究は、筆者により一九八〇年代の末から始められたものであり、それ以前にはまったく顧みられなかった分野である。二十世紀の最後の十年に登場した研究動向を、本叢書に入れるよう御配慮下さった長谷川端氏には感謝申し上げたい。なお本書の性格上、本稿では新たな個別実証研究を展開するのではなく、筆者の研究の到達点と残された課題・展望をわかりやすく提示することにつとめた。よって細部の論証は、拙著『「太平記読み」の時代――近世政治思想史の構想――』（平凡社、一九九九）他に譲りたい。

（6）平雅行『日本中世の社会と仏教』（塙書房、一九九二）。

（7）佐藤弘夫『神・仏・王権の中世』（法蔵館、一九九八）。

（8）黒田俊雄『日本中世の国家と宗教』（岩波書店、一九七五）。

（9）荘園制的支配イデオロギー論（顕密仏教が民衆支配のイデオロギー機能を果したとする）を提起した平氏の研究や、顕密仏教の自己主張の論理であった仏法王法相依論の歴史的位置づけを行った佐藤氏の研究は、その一部である。

（10）以下、『太平記』からの引用は、流布本系の日本古典文学大系『太平記』一〜三（岩波書店、一九六〇〜六三）による。

（11）当代の夢窓派禅宗の動向について、黒田俊雄氏は「五山派の禅寺が幕府丸抱えの新型の寺社勢力として登場してきた」と論じ、それを「再編された顕密体制」と位置づける（同『寺社勢力――もう一つの中世社会――』岩波新書、一九八〇）。『太平記』の寺社勢力の描写はかなり実態に即したものだといえよう。

（12）黒田氏は、「幕藩権力は、絶対的権威を失墜した顕密主義に代るものとして、朱子学を据え、儒学は国家権力に最も直接するイデオロギーとなった」（前掲『日本中世の国家と宗教』）と述べている。

(13) 谷口澄夫『池田光政』（人物叢書、吉川弘文館、一九六一）。

(14) 島原市立島原図書館松平文庫蔵。本書には、松平忠房の蔵書印「尚舎源忠房」「文庫」が押されている。

(15) 滋賀大学附属図書館教育学部分館蔵。藩校設立以前、どこに収められていたか未詳である。

(16) 『日本庶民文化史料集成』第八巻〈寄席・見世物〉（三一書房、一九七六）。

(17) 今田洋三『江戸の本屋さん—近世文化史の側面』（日本放送出版協会、一九七七）等。

(18) 写本『理尽鈔』には、伝授証文に年記（元和八年五月三日）があるものが多いが、それに対し刊本『理尽鈔』の伝授証文からは年記が削除されている。

(19) 素行会編輯『山鹿素行先生日記』（東洋図書刊行会、一九三四）。素行が読んだのが、写本か刊本であるか未詳。素行は、『理尽鈔』の写本を所持していた金沢藩士関屋政春を門弟としており、政春を通じて写本『理尽鈔』を入手することは可能だったが、それを裏付ける史料は残っていない。

(20) 東北大学附属図書館狩野文庫蔵、宝永八年刊。

(21) 詳細は、前掲拙著終章参照。

(22) 樋口大祐「『太平記評判秘伝理尽鈔』の楠党伝承と十六世紀世界宗教」（日本文学協会第一八回研究発表大会、一九九八年七月五日、於近畿大学）。長谷川端氏の御教示による。のち、同「『太平記評判秘伝理尽鈔』とキリシタン——池田教正をめぐって——」（『國語と國文學』七七—三、二〇〇〇）。

(23) 『陰符抄』再三編巻一、金沢大学附属図書館蔵。なお当史料は、今井正之助氏がすでに紹介している。今井「加賀藩伝来『理尽鈔』覚書」（『日本文化論叢』四、愛知教育大学日本文化研究室、一九九六）。

(24) 大桑斉『日本近世の思想と仏教』(法蔵館、一九八九)。
(25) 宮崎英修『不受不施派の源流と展開』(平楽寺書店、一九六九)、他。
(26) 尾張徳川家の蔵書を伝える名古屋市立蓬左文庫には、『理尽鈔』は現存しないものの、尾張徳川家の蔵書目録(義直の代の)には『理尽鈔』の名が記されている。
(27) 『軍証志』三巻三冊、名古屋市立蓬左文庫蔵。
(28) 藤井譲治「近世前期の大名と侍講」(横山俊夫編『貝原益軒――天地和楽の文明学――』平凡社、一九九五)参照。
(29) 堀田正虎は、初期綱吉政権の大老堀田正俊の次男であり、父の刺殺後、下野大宮藩主・福島藩主・山形藩主を歴任した人物である。『理尽鈔』及び『南木記』は、現在、千葉県立佐倉高校鹿山文庫に所蔵されている。なお『南木記』については、今井正之助氏が紹介している(「『南木記』・『南木軍鑑』考――『理尽鈔』に拠る編著の生成――」〈『日本文化論叢』二、愛知教育大学日本文化研究室、一九九四〉)。
(30) 拙稿「百姓一揆物語と「太平記読み」――百姓一揆物語研究序説――」(岩田浩太郎編『民衆運動史』二、青木書店、一九九九)参照。
(31) すでに紙数が尽きたので、詳細は別稿に譲りたい。
(32) 戦国武将の『太平記』受容に関する研究の現状については、加美宏『太平記享受史論考』第二章第六節「『上井覚兼日記』――戦国武士の『太平記』読み」(桜楓社、一九八五)参照。
(33) 石毛忠「戦国・安土桃山時代の倫理思想――天道思想の展開――」(『日本における倫理思想の展開』吉川弘文館、一九六七)他。
(34) 勝俣鎮夫「武家家法」(日本思想大系『中世政治社会思想』上、岩波書店、一九七二)、藤木久志「大名領国制論」(峰岸近世の政治思想と『太平記』

純夫編『大系日本国家史』二、東京大学出版会、一九七五）、勝俣鎮夫「戦国法」（岩波講座『日本歴史』八、一九七六）他。

（35）長谷川端「北野通夜物語にあらわれた政道観」（『太平記の研究』汲古書院、一九八二）、大森北義『『太平記』の構想と方法』（明治書院、一九八八）他。

（36）玉懸博之「鎌倉武家政権と政治思想」「室町政権の確立・完成と政治思想」（『日本中世思想史研究』ぺりかん社、一九九八、なお両論文とも初出年は一九七六年）。また入間田宣夫「守護・地頭と領主制」（『講座日本歴史』3中世1、東京大学出版会、一九八四）参照。

（37）勝俣鎮夫『一揆』（岩波新書、一九八二）他。

天皇制下の歴史教育と太平記

――塗り直された正成像――

中村　格

はじめに

敗戦による皇国史観の消滅とともに、楠木正成・正行父子の名も我々日本人の精神世界から遠退いてしまった感があるが、戦前・戦中の人々にとってこの二人は、天皇制国家における最高の倫理「忠君愛国」の鑑であり、人間としての生き方を学ぶ手本でもあった。

もちろん、学校教科書にも頻繁に登場し、児童をして「天皇陛下の御為に一身を捧げて忠を尽くし、大義を全うするの覚悟を深くせしめ、之を日常生活に具現せしむる」（『尋常小学修身書』一九四一年・文部省）ための教材として重視されてきた。

しかし、教科書に描き出されたこの二人の映像は、中世に生きた太平記のそれではなく、天皇のもとに国内統一を急ぐ明治政府が「臣民教化」のために塗り直した、いわば「虚像」であり、この「虚像」が敗戦に至るまで、国民の手本として仰がれ、学校教育にも君臨してきたわけである。

以下、その実態を、近代学校教科書――とくに、本稿では小学校の歴史教科書を中心に検証し、日本人のメンタリティーに深く投影してきたこの父子像をめぐる諸問題について、私見の一端を述べてみたい。

㈠「南朝忠臣」と明治政府

周知のごとく楠木正成の実像は明らかでない。しかし、太平記に登場する人物の中では早くから人気を博してきたことは確かで、とくに桜井の駅での父子訣別や湊川での最期の場面は感動を喚ぶ。また、赤坂・千早の城に拠っては大敵を翻弄し、悩ませる、その智謀・武略の深慮・奇抜さも読者を惹きつける……。太平記の記事がそのまま史実とは思えないが、成立当初から敵対する北朝方の朝臣の間にも読まれていたというから、正成の名は早くから普及しつつあったに違いない。

江戸時代に入ると、兵法家の権威としても唱導されるようになり、楠木流なる兵法や政道に関する書物、あるいは正成父子にかかわる偽文書も出回るといった具合で、庶民層にも人気が高まり、講釈や芝居のヒーローとして喝采を博す。特に、奇策を用いて幕府軍を翻弄する正成の合戦譚は、上方はもちろん維新前後の江戸・東京でも大衆に大受けの講釈ネタであったという[1]。正成説話は武家官僚制度に束縛された民衆ルサンチマンの捌け口でもあったらしい。

庶民向きの読みものとしては『南朝太平忠臣往来』といった往来物や、老幼婦女子向きの『絵本楠公記』などが出回り、後者は明治になっても幾種類かの安価な流布本として翻刻され、流布した。外にも、この種の幼稚低俗な江戸期の楠公ものが、一八八〇年代から九〇年代にかけて、多数翻刻されている[2]。正成は底辺層にも根強い人気を持ち続けてきたのである。

一方、知識層の間でも、朱子学が主流を成した江戸時代では南朝正統論が有力で、太平記は武家の教養書として広く享受された。徳川光圀編纂の『大日本史』も、南朝正統の史観から太平記に依拠して編纂されており、南朝護持に死力を尽くして戦う正成とその一族の行動を景仰的に詳述する。また、幕末から明治初年にかけてのベスト・セラーであった頼山陽の『日本外史』も格調高い文章で楠木一族の誠忠を躍動的に描き出し、変革期の青年層に深い感動を与えてきた。

やがて、朝廷対幕府の関係が緊迫化し、西国諸藩に尊王討幕の機運が高まってくると、南朝正統論が反幕的な性格を帯びてくる。維新革命を〝建武の中興〟とダブらせ、徳川幕府も武家政権という点では足利幕府と同罪と見なされたわけである。

かくて、正成らの「尽忠至誠」は、これを崇敬する志士たちの行動理念として作用するようになり、やがて討幕によって打ち建てられた明治新政府の指導理念「尊王愛国」として受け継がれていく。維新後の新国家形成過程においては「開国進取・文明開化」といった啓蒙思想とともに、国学思想家たちによる「尊王回天」の思想もまた両輪を成す推進力であった。

正成をはじめとする「南朝の忠臣」たちへの贈位や、彼等を祀る神社の創建、社格の制定など、その顕彰が明治政府の政策として矢継ぎ早に実行されたのもそのためである。一八六八年（明治元）には、早くも正成奉祀の御沙汰書が下され、七二年には最初の別格官幣大社として正成を主神とする湊川神社が創建されている。

もちろん、学校教育の場でも喧伝され、小学校教科書として文部省が編纂した最初の国語教科書『小学読本』巻四（那珂通高他撰。一八七三年）には、早くも太平記を原拠とする桜井の訣別や正行の母の訓戒など、後の楠公教材の濫觴をそこに見ることができる。

以後、修身・歴史・唱歌の各教科でも楠公父子は「尊王愛国」「忠孝両全」の教材として採り上げられることになるが、いま試みに、一九〇四年（明治37）に始まる国定教科書から敗戦に至るまでのそれを通覧してみると、正成をはじめ正行、正行の母、新田義貞、児島高徳、村上義光、足助重範、名和長俊、北畠親房、同顕家、菊池武光、桜山茲俊、瓜生保の母等々、太平記が伝える南朝忠臣の、学校教科書にかかわる比重のいかに大きいかに驚かされるであろう。

けだし、昭和前期までの国民大衆の大半が小学校程度（高等科を含めて）の教育で終了していたこと（板倉聖宣氏の調査〈注25参照〉によれば一九四四年〈昭和19〉の時点においても中等学校卒業者は誕生年度を同じくする人口全体の二一・二％に過ぎない）、特に戦前・戦中の学校では教科書を絶対視する風が強かったこと、加えて、当時の、それほど潤沢でないマス・メディアの実態等々を考え併せるとき、学校教科書こそ国民大衆の思想的基盤を養うに最も力のあったメディアというべきであり、従って、正成をはじめ「南朝の忠臣」ら太平記関連教材の「国民思想」涵養に及ぼした影響には計り知れないものがあったと想像される。

すでに一八九九年（明治32）、岡山県下の小学校で、児童に対して「各自の模範となすべき人物」を調査したところ、「楠木正成」が第一位で二六％、二位が「天子様」で二二％、三位が「先生」で約二〇％であったと報告されている。[3] 小学児童にとって、正成には天皇以上の存在感があったらしい。

(二)　歴史教科書と楠公父子

ところで、国定歴史教科書としては第一期の『小学日本歴史』（一九〇四年）以来敗戦までに二期修正版を入れて七種が発行されているが、このうち国定第三期の『尋常小学国史』（一九二一〜二三年。以下、三期『国史』と略称する）を採りあげ、その楠公父子教材について検証してみよう。本書は、いわゆる南北朝正閏問題で、急遽「修正」を余儀なくされた国定二期の修正版『尋常小学日本歴史』（一九一二〜二〇年）の後を承けて一九二一年（大正10）四月から使用された歴史教科書であるが、特にこれを採り上げたのは次の理由による。

(1) その使用期間が十三年と、他期の国定歴史教科書に較べて断トツに長いこと。なお、これに次ぐ国定四期『尋常小学国史』（一九三四〜三九年）は、本書の文語体記述を口語体のそれに改めたもので、内容はほとんど変っていない。従って、両者を合わせれば、同じ内容の教科書が通算十九年間の長きにわたって使用されたことになり、国定教科書としては他に例をみない。

(2) それまでの国定歴史教科書に較べて、ページ数及び挿絵・図が倍増して記述も詳しくなり、それだけに、当局側の編纂趣旨がよく分かる。因みに、太平洋戦争を戦った日本将兵のほとんどは、その学童期をこの教科書で学んだ世代であるが、このことについては後で触れたい。

『尋常小学国史』という名称にも注目しておきたい。第一次大戦後、いわゆる大正デモクラシーの風潮と、それに伴う自由主義の教育が盛んになってくると、当局はそれに対処すべく、一層「国民精神」や国家思想を強調するようになり、歴史の教科書名も従来の「日本歴史」から「国史」に改められる。以後、この国粋主義的な名称は敗戦に至るまでの歴史教科書名として引き継がれ、更に、教科名もまた「歴史」から「国史」に改められることになるが、その名称の示すごとく、「国史」科は「修身」科とともに、「国民精神」作興のための、教学的な色合いの濃い教科として、公教育に重きをなしてきたのである。

この三期『国史』の特色は、著名な人物の事蹟を紹介することによって、児童の歴史的関心を引き起こすべく編纂されている点にあるが、反面、その時代の社会の仕組み、時代の変遷といった問題には余り立ち入っていない。従って、どのような人物を採り上げるかが歴史教育の性格を決めることになるが、本書の編纂趣意書によると「人物中心ノ実ヲ挙ゲ」るためには、「殊ニ国体ノ特異、皇室ノ尊厳、順逆ノ甄別ニハ最モ意ヲ致シ(4)」たとある。つまり、「国史」教育に採り上げられる人物は、万世一系の天皇による統治の正当性と、それに帰属する臣民の恭順・尽忠・献身といった観点から評価・甄別されていたわけである。

太平記所伝の正成・正行父子の物語は、それに恰好の教材として利用された。ここでは、例えば、桜井の駅での父子訣別の情景や、湊川合戦に敗れた正成が弟正季と七生滅敵を誓いながら刺し違えて死ぬといった場面を、あたかも史実であったかのように記述して、児童の心情に直接的に訴えようとする。

まず、本書上巻「第二十三　楠木正成」の一節を抄出してみよう。

正成は、一時賊の勢を避け、其の衰ふるをまちて、一挙《いっきょ》に之をうち滅すべき謀を建てたれども、用ひられず。よりて部下の兵をひきゐて京都を発し、桜井《さくらゐ》の駅《えき》に至りし時、かつて天皇より賜はりし菊水《きくすゐ》の刀を、かたみとして其の子正行《まさつら》に授け、「此の度の合戦《かっせん》、味方《みかた》の勝利おぼつかなし、われ戦死の後は、世はまた足利氏のものとなるべし。されど汝必ずわれに代りて、忠節を全うせよ。これ汝が第一の孝行なり。」と、ねんごろに諭《さと》して河内にかへしやりたり。

（国定第三期『尋常小学国史』・一九二一～二二年）

正成が湊川合戦に向かう途中、桜井の駅で、わが子正行に遺訓して別れたというこの話は、太平記巻十六「正成下二向兵庫一事」にみえるが、史実であるか否かは未だに定説がない。しかし、『日本外史』が誇大に喧伝したこともあり、また画題としても多く用いられ、詩歌にも詠じられて、江戸時代から日本史上最大の美談として知られてきた。

近世末期の浄土真宗では該話が唱導のための譬喩談としても用いられていたというから、(5) 巷間にかなり滲透した物語であったろう。

学校教科書としては前述の『小学読本』（一八七三年）や、欽定修身書ともいうべき『幼学綱要』（元田永孚編・一八八二年）などに、太平記をもとに詳述した該話を載せるが、歴史教科書のいずれにも登場してくるのは、やはり一八八〇年代末から九〇年代にかけて、つまり、国家統制の強化される検定教科書時代に入ってからである。(6) むろん、それ以前の歴史教科書のうちにも、例えば『小学日本史略』（伊地知貞馨編・一八七九年）や『新編日本略史』（笠間益三編・一八八一年）など、該話を略述する教科書もあるが、一方、『小学国史紀事本末』（椿時中編・一八八三年）のように、全くこれを載せない教科書もある。後者は「聖武ノ惑溺」「後醍醐ノ失政」といった項目も立て、天皇政治の批判に及ぶなど、「尊王愛国」思想に捕らわれぬ、史実中心の編集方針に特徴がみられるが、こうした編集方針からすれば、夙にその史実性を疑われていた該話などは、必ずしも必要とはされなかったのであろう。

それにしても、すでに江戸初期以来、その史実性について論議のあるこの桜井訣別の説話が「修身」などの訓育教材としてならともかく、なぜ、歴史教材のチャンピオンとしてもて囃されるようになったのだろうか。

㈢「史実」と「教化」

歴史学者重野安繹《しげのやすつぐ》（一八二七〜一九一〇年）は、該話が実録諸書に見えないことや太平記が伝える正行の年齢の相違、河内金剛寺文書に残る正行自筆文書の筆跡、官位などの実証的見地から、桜井の遺訓・湊川の殉節、いずれも「拵話（こしらえばなし）」と断じて、その史実性を否定した。

桜井の訣別について重野は「正成の戦死を期せし事を華々敷書んとて子別れの一段を設け、幼少ならでは不都合なるに因り十一歳となし」た「拵話」とし、遺訓にいう決死の覚悟についても「己必ず死して子孫に遺志を継せんと欲せば、何ぞ死せずして自ら為さざるや、楠氏の賢明豈に斯る愚昧の事あらんや」と、その矛盾を衝いている[7]。正成ほどの深略・堪忍の士が、幼い我が子に興復の大事を託して、みすみす負けるとわかっている戦に出かけて行くとはおかしな話だというわけだ。正成の最期を、あらかじめ覚悟したものではなく、不慮の戦死とみる重野は、当時、『梅松論』も伝えるように、正成の死を惜しむ声がすでにあったので、それを一層全美にせんがため、太平記の作者が子別れの一話を創作したと推定する。

重野だけではない。「太平記は史学に益なし」と、その史料的価値を否定した久米邦武《くめくにたけ》（一八三九〜一九三一年）もまた重野と同じく、該話を「例の構造談」（同氏『南北朝時代史』）として退けている。

重野は当時、臨時修史局編集長、後に帝国大学文科大学教授兼編年史編纂掛委員として活躍した碩学。久米もまた帝国大学文科大学教授も兼任した史学界の長老。この二大権威による否定論は、学界はもちろん、一般知識層の間にも大きな反響を喚んで、賛否両論が沸騰した。「否」とする大方の意見は、歴史の事実を糺してその謬を辨ずるは、忠臣・孝子の事蹟を消滅して、名教を扶け愛国心を厚くする効用を失うことになりはしないかという懸念であった。

一九〇八年（明治41）東大教授兼史料編纂掛事務主任であった三上参次（一八六〇〜一九三九年）は「桜井駅の訣別の話は間違が多いとしても、只それだけのことであの話を全然抹殺して仕舞ふ事は出来ない。加之《しかのみならず》、縦《も》し桜井駅が多少の間違を太平記によって伝へられて居るのみならず、全然虚構の話であったとしても、此話が数百年の間、日本人の性格を形造るに与ってどれ程力があったか」（同氏『没後の楠木正成』）と、史実より精神感化の面に深い意義を認めているし、徳富蘇峰（一八六三〜一九五七年）もまた、「仮に事実でないとしても、その時分にさういふ話が伝はったといふことは、正成としてはかくあるべきものであらうと、その時代の人が考へたからこそ、あゝいふ話が伝はったのであるからして、当時の時代の精神が正成の心をよく写してゐるもの」（同氏『日本精神と大楠公』）として、実否如何はともかく、伝承こそ時代の精神を反映するものであることを強調している。

三上の意見も蘇峰の考えも、恐らく当時の良識を反映するものであったろう。前者は該話の教育的感化の効用を強調するものであり、後者は歴史学における実証万能主義に対する批判である。「史実と伝承を打って一丸としたものこそ歴史の真実」[8]とするなら、蘇峰のこの意見は歴史学の方法論としても傾聴すべきものがあろうし、教育感化の効用を説く三上説は、歴史教育の場において、子どもたちの歴史的関心をいかに喚び起こすかという局面で無視できないものがあろう。

しかし、問題は、それが公権力の拠って立つ特定の歴史観で色づけされ、特定の教育目的実現のための教化の手段として装置されたところにある。『尋常小学国史』が採った人物中心主義の記述は、確かに児童の発達段階からすれば受け入れ易い方法であろうが、それは歴史教育を通じて「国体ノ大要ヲ知ラシメ、兼テ国民タルノ志操ヲ養フ」[9]ことに目標があり、該話の場合も具体的には、これを通じて未だ頑是ない学童たちに「忠孝一致」「忠君愛国」の思想を注入・感化せしめることにあった。しかし、古来、桜井訣別の話が人口に膾炙し、語り継がれてきたのは、そうした冷い理念の「教化」にのみ因るものであったろうか。[10]

(四) 公権力と歴史教育

もっとも、歴史教育がその社会における支配的な歴史観あるいは歴史認識に大きく左右されるのは、古今・東西に共通する現象であろう。とすれば、公教育における歴史教育が、それを支える公権力の是認する歴史観に規制されるのは、むしろ必然というべきかも知れない。

我が国の近代初等教育における歴史教育も例外ではなかった。対外危機に抗して富国強兵の国家体制を創り出すべく、その一環として発足した小学校であったが、それだけに、国家がこれにかけた期待は大きく、なかでも歴史教育は「修身」とともに、国民思想の根底にかかわる教科として、支配層は厳しくこれに眼を光らせたのである。

一八八一年（明治14）、初等科教育の整備を急ぐ政府は改正教育令（一八八〇年）に基づいて教育課程の準則たる「小学校教則綱領」を公布し、歴史の教育内容を初めて明文化した。

歴史ハ中等科[11]ニ至テ之ヲ課シ日本歴史中ニ就テ建国ノ体制、神武天皇ノ即位、仁徳天皇ノ勤倹、延喜天暦ノ治績、源平ノ盛衰、南北朝ノ両立、徳川氏ノ治績、王政復古等緊要ノ事実其他古今人物ノ賢否ト風俗ノ変更等ノ大要ヲ授クヘシ。凡ソ歴史ヲ授クルニハ務メテ生徒ヲシテ沿革ノ原因結果ヲ了解セシメ殊ニ尊王愛国ノ志気ヲ養成センコトヲ要ス。

（『小学校教則綱領』第十五条）

この規定が示す歴史教育の方針は、以後、敗戦に至るまでの歴史教育に通底するが、ここで特に注目されるのは、歴史教育を通じて「殊ニ尊王愛国ノ志気ヲ養成」することが強調されている点である。

もちろん、ここでいう「尊王愛国ノ志気」が、その前に言う「建国ノ体制、神武天皇ノ即位……王政復古等緊要ノ事実」、つまり比類なき国体、歴代天皇の善政、その天皇を中心とした国家の発展といった歴史概念と呼応するものとして記述されていることは指摘するまでもあるまい。この点を更に敷衍して、当時の文部省当局者は学事諮問委員会においてつぎのごとく説明している。

歴史ハ主トシテ本邦建国ノ体制又ハ聖主ノ蒼生ヲ愛シ忠臣ノ王事ニ勤メタルノ事跡等ヲ授ケ人民ノ休戚ハ常ニ皇家ノ隆替ニ伴フコトヲ暁ラシメ以テ尊王愛国ノ志気ヲ振起セシム（云々）

（学事諮問会と文部省示論）

つまり、比類なき国体と天皇の仁政、それに応える人民の「尊王愛国」といった図式で君民一体を説き聞かせる、そうした人民「教化」のための（つまり、社会科学としての学問とは切り離された）教科として、歴史はまず位置づけられたわけである。

この時期、とくに「尊王愛国」が、なぜ歴史科で強調されねばならなかったのか……。周知のように、日本の近代学校制度は一八七二年（明治5）制定の「学制」に端を発するが、公教育の目標は国民大衆の知的水準を高めるとともに、新政権に対する庶民各層の支持・協力を調達するところにあった。列強の外圧に心を砕く明治新政府は、内側からも自由民権運動に象徴される反政府的内圧に悩まされていたのである。

そのため、公教育においても、新政権に順服する「国民教育」の涵養が急務とされたが、その根底には、幕末・維新以来、新政府確立の柱心的精神として機能してきた「尊王愛国」の理想があった。支配層は、それをイデオロギーとして国民大衆に普辺化させることにより、人民大衆をして天皇と国家に帰属すべきことを教え込む……そのための教科として「歴史」科はまず構想されていたわけである。

「教則綱領」第十五条（前掲）が規定するこの歴史教育の内容は、以後の歴史教育の性格を決定づける基本方針として注目されるが、これが成案化される過程において、明治天皇の内覧に供され、その内意を反映するものであったこと、及び、その背後には、一八七〇年代後半に入って、いよいよ活発化してきた自由民権運動に対する宮中保守派の恐怖意識もあった[12]ということは明記しておくべきであろう。「殊ニ尊王愛国ノ志気ヲ養成」するという歴史教育の背景には、民心反乱に対する危機感と、これを収攬しようとする天皇の意志が反映していたのである。

「教化」型の教育が一段と明確に位置づけられていくのは第一次伊藤内閣の文相森有礼（一八四七〜八九年）に始まる国家主義的学校制度・教育体系整備の過程においてである。森は、立憲制を支えるに足る強力な国家主義体制の構築を望む伊藤に応えるべく「国家富強ハ忠君愛国ノ精神旺実スルヨリ来ル」とする認識から、「忠君愛国」精神の養成煥発をもってその教育政策の基本目的とした。

「教則綱領」に強調する「尊王愛国」を、あえて「忠君愛国」とした森の発想は、これまでの儒教主義的教育を「奴隷卑屈ノ気」を養う教育として退け、新しい合理的・機能的な国家観を土台にした自立的国民の養成を主眼とするその文政方針と無関係ではあるまい。けだし、名分思想に由来する「尊王」には身分制モラルとしての「忠君」はあっても、近代国家としての「愛国」の精神、「独立」の思想に欠ける嫌いが有る。「国家富強ノ長計ヲ固フセン」がためには、まずもって人民大衆の「奴隷卑屈ノ気ヲ駆除」せねばならず、そのためには、儒学思想では不十分だとする森の認識は、立憲制施行を目前にしたこの時期、かなり一般的な認識でもあったという[13]。

しかし、未だ「立国ノ何タルカヲ解セザル者多シ」という現状において、民衆の国家意識の形成を何によって期待するか、それが民権運動を圧倒し得た明治政府の直面する緊急課題であった。この点について、森は一八八七年の夏に起草したと見られる「閣議案」[14]で、次のように述べている。

教育ノ準的ハ果シテ何等ノ方法ヲ以テ、之ヲ成遂スルコトヲ得ベキ乎。顧ミルニ、我国万世一王、天地ト与ニ限極ナク、上古以来威武ノ耀ク所、未ダ曾テ一タビモ外国ノ屈辱ヲ受ケタルコトアラズ。而シテ人民護国ノ精神、忠武恭順ノ風ハ、亦祖宗以来ノ漸磨陶養スル所、未ダ地ニ墜ルニ至ラズ。此レ乃チ一国富強ノ基ヲ成ス為ニ無二ノ資本、至大ノ宝源ニシテ、以テ人民ノ品性ヲ進メ、教育ノ準的ヲ達スルニ於テ、他ニ求ムルコトヲ仮ラザルベキ者ナリ。蓋国民ヲシテ忠君愛国ノ気ニ篤ク、品性堅定、志操純一ニシテ、人々怯弱ヲ耻ヂ、屈辱ヲ悪ムコトヲ知リ、深ク骨髄ニ入ラシメバ、精神ノ嚮フ所、万派一注以テ久シキニ耐ユベク、以テ難キヲ忍ブベク、以テ協力同心シテ事業ヲ興スベシ。

（中略）

庶幾クハ忠君愛国ノ意ヲ全国ニ普及セシメ、一般教育ノ準的ヲ達シ、最下等ノ人民ニ迄要スル所ノ品位ヲ一定ナラシメ、国ノ全部ヲ挙ゲ、奴隷卑屈ノ気ヲ駆除シテ餘残ナカラシメ、而シテ国本ヲ鞏固ニシ、国勢ヲ維持スルニ於テ裨補スル所必多カラン（云々）。

（森有礼「閣議案」――中内敏夫編『ナショナリズムと教育』所収）

つまり、森は民衆の国家意識形成の核として、「万世一王」の伝統と、「人民護国ノ精神、忠武恭順ノ風」すなわち「忠君愛国」の精神を措定し、この二つこそ「一国富強ノ基」を為す最大無二の「資本」・「宝源」とする基本認識において、国民大衆の教育目標をそこに据えたのである。

「忠君愛国」は、やがて教育勅語に昇華して国家主義・軍国主義教育の基本理念となり、それを支える「忠孝一体」とともに、国民倫理の最高に位置づけられることになるが、後醍醐天皇のために一身を抛って尽くす楠公父子をはじめ「南朝忠臣」の物語は、それを教えるに恰好の教材として利用された。むろん、歴史科だけではなく、「修身」・「国語」はもとより、「唱歌」の分野にまで、それは幅広く採用されており[15]、これに旧制中学・高女・師範など中等諸学校までを視圏に入れると、戦前の教科書で、太平記ほど多く使われた教材はないと断言してよい。

「忠君愛国」の精神が国民大衆の間に一気に根づいた契機は日清戦争（一八九四〜九五年）にあったという[16]。けだし、その勝利と戦後の「三国干渉」、それにうち続く「臥薪嘗胆」の世情が民衆の日常生活にも「国家」を意識させ、軍事力に乏しい国家の悲哀が更なる力の信奉を促したのである。この時期、新聞は玄武門一番乗りの原田重吉や、死んでもラッパを口から離さなかった白神源次郎[17]の奮戦振りなど、愛国心を鼓吹する忠勇美談をセンセーショナルに報道して戦意を煽り、巷では「雪の進軍」「勇敢なる水兵」など軍歌が盛んに謳われたが、それに併せて「四条畷」（大和田建樹作詞）や「南朝忠臣の歌」（落合直文作詞）などのように楠公父子の忠誠、建武の中興の精神が歌唱を通じて高揚されたことにも注目しておくべきであろう。

かくして「忠君愛国」は「国民精神」として普及し、日清・日露の両戦役を戦った兵士たちの、そして、その家族を含めた国民大衆の行動理念として大きく機能する。とくに、日露戦争（一九〇四〜〇五年）では莫大な犠牲を強いられただけに、その辛勝体験は国民大衆に天皇制国家との運命共同体を自覚させた。そのため、「忠君愛国」も、ただ上からの押しつけというだけでなく、下からもまた内発的に昂まる結果をもたらし、その「鑑」として仰がれた楠公精神は、国民大衆の間にあまねく敬仰実践されることになったのである。

巷には落合直文作詞・奥山朝恭作曲の唱歌「〽青葉茂れる桜井の……」（「大楠公─桜井の訣別」）が大流行し[18]、湊川神社は日露戦争に出征する将兵たちの参詣で賑わった。また、当時の新聞によれば、ある地方では誰言うとなく、正成の画像のお守りは「荒火矢除け」の霊験あらたかとの言い伝えがあり、出征兵士の妻や母が競ってこれを絵師に求め、シャツや腹巻などに縫い込んでやったが、その甲斐あってか、この部隊には死傷者が極めて少なかったという[19]。真偽はともかく、広く民間に正成崇拝熱の拡がっていたことを示すエピソードとみてよいであろう。こうした風潮をも反映しながら、正成は国民「教化」のこよなき教材に仕立てられていたわけである。

(五) 歴史教科書の正成像

ところで、その正成像を教科書はどのように描き出しているのであろうか。

太平記が伝える桜井の駅訣別の話には、つとに加賀藩主前田綱紀が狩野探幽（一六〇二～七四年）に描かせた「楠公訣児図」（尊経閣文庫蔵）があり、爾来、該話を画題とする絵画も多く、明治以降の教科書にも多く採られてきた美談であるが、史実か否かについてはいまだ定説がない。しかし、たとえフィクションであったにせよ、蘇峰が言うように（二七六ページ参照）、そこに時代精神の反映をみることは許されてよいであろう。足利方の史書『梅松論』が正成を評して「遠慮の勇士」「賢才武略の勇士」とし、「敵も御方も惜しまぬ人ぞなかりける」と絶賛しているのもそれを裏づける。正成の死後、楠木一族の足利氏に対する久しい抵抗も正成の遺訓をそのまま実現した感があるし、そうした点から言えば、この説話は「充分に国民的伝承としての価値がある」[20]と言わねばなるまい。

しかし、それはそれとして、国定歴史教科書は果たして太平記が伝える正成像を正しく伝えてきたであろうか。

例えば、太平記が描く桜井訣別の場面は、我が子正行への壮烈な遺戒のあとを「是ゾ汝ガ第一ノ孝行ナランズルト、泣ク泣ク申含メテ各〻東西へ別レニケリ。」と結ぶが、ここで、この「泣ク泣ク」の一句がもつ意味は重い。君臣の大義が親子恩愛の情に優越することを幼い我が子に説く一方、世の行く末を憂え、愛別離苦の情にほだされる正成の人間的苦悩を端的に写し出しているからである。古来、この場面が人々を惹きつけてきたゆえんであろう。ところが、三期『国史』は該部分を、ただ「ねんごろに諭《さと》して河内へかへしやりたり」（二七四ページ参照）とするため、正成のそうした内面的葛藤は消されてしまい、ただ、君臣の大義をのみ説諭する、あたかも戦前の〝校長先生〟といった父親像だけが浮かび上ってくる。該書は「泣ク泣ク」を女々しいとして退け、ただ忠節一筋の謹厳な人物像を描き出そうとしたのであろうか。

別れに際して、正成が帝から拝領の刀を形見として我が子に授けるというくだりは、太平記諸本の中でも天正本にのみ見られる話であるが、それには「正成、主上ヨリ賜リタル菊作（注・きくづくり）ノ刀ヲ形見ニ見ヨトテトラセケル」とある。もちろん、『大日本史』もそれによって「所レ賜菊作ノ刀」とする。

ところが、該教科書では、これを「天皇より賜はりし菊水の刀をかたみとして其の子正行に授け」（二七四ページ参照）たとし、以後、敗戦に至るまでの国定「国史」教科書（三期〜六期）は、すべてこれを継承して、天皇から頂いた「菊水の刀」とする。

該話を天正本に拠りながら、当本にいう「菊作ノ刀」を、あえて「菊水の刀」と変えた教科書編集者の真意がどこにあったのか測りかねるが、あるいは、天正本を除く諸本の巻十六「正成首送ニ故郷一事」に「父ガ兵庫へ向フトキ、形見ニ留メシ菊水ノ刀（注・天正本は「菊作ノ刀」）ヲ、右ノ手ニ抜持チテ」とあるので、それに合わせたのであろうか。但し、そこでは特にこの刀を恩賜の刀と断っているわけではないし、また、これら天正本を除く諸本の場合、桜井の訣別に賜刀授与のエピソードは添えられてない。

してみると、国定「国史」教科書は桜井訣別の場面については、賜刀の件を入れるために天正本に拠りながら、しかし「菊作ノ刀」は他本にいう「菊水の刀」に合わせて変更したということになろうが、なぜ、そのような操作をしたのであろうか。

いうまでもなく「菊水ノ刀」とは菊水紋を刻した刀の謂いであろうが、太平記で菊水紋とは、その巻三・廿五・卅八にもあるように楠木氏の紋所である。それを刻した刀である以上、ここでは楠木氏重代の刀とみるのが順当であろう。むろん、この「菊水ノ刀」を帝よりの賜刀とした伝本はない。つまり、天正本以外の諸本にいう「父ガ兵庫ヘ向フトキ形見ニ留メシ菊水ノ刀ヲ」とは、勝算なき戦場に赴く正成が、形見として菊水紋の入った楠木氏重代の刀を正行に授けたわけで、そこには興復の大事を我が子に託す正成の熱い期待を読みとるべきであろう。

一方、天正本に言う「菊作ノ刀」とは菊花紋を刻した刀で、太平記巻十七「隆資卿自二八幡一被レ寄事」及び『承久記』にそれぞれ「御所作」、「御所焼」とあるのがそれ。後鳥羽院が刀工を御所に召して作らせたので、この名があるという。別称を「菊ノ御作」とも。

正行に授けたその刀が、倒幕に挫折して空しく隠岐に果てた後鳥羽院作の宝刀であったということ、その死後、院の怨霊が噂され、天下に変事あるごとに、その祟りが連想されていたということ[21]、その御霊を祀る水無瀬宮がこの桜井の里に近いことなどを考え併せると、「菊作ノ刀」を授けたという天正本の該話には、何か暗い、おどろおどろしい物語性も髣髴し、それはそれなりに興味深いが、しかし、皇国史観に拠って立つ「国史」教科書は、そうした暗さを嫌ったのだろうか。それとも、つとに通俗的な物語性の増大付加を指摘されている天正本自体の性格が歴史教科書にふさわしくないと考えられたのであろうか。

しかし、それはともかく、教科書が「菊水ノ刀」、つまり楠木氏重代の刀をあえて「天皇より賜はりし」宝刀と改変したことにより、そこに君恩の忝けなさと、それに報ゆべく粉骨砕身する正成父子ら楠木一族の尽忠至誠といった「君臣一体」の構図が、より鮮明化されてくることは確かであろう。

さて、湊川合戦における正成最期の場面について、太平記は次のごとく記す。

正成座上ニ居ツヽ、舎弟ノ正季ニ向ツテ、「抑《そもそも》、最期ノ一念ニ依テ、善悪ノ生ヲ引クトイヘリ。九界ノ間ニ何カ御辺ノ願ナル。」ト問ヒケレバ、正季カラ〳〵ト打笑ウテ、「七生マデ只同ジ人間ニ生レテ、朝敵ヲ滅サバヤトコソ存ジ候ヘ。」ト申シケレバ、正成ヨニ嬉シゲナル気色ニテ、「罪業深キ悪念ナレ共我モ加様ニ思フ也。イザヽラバ同ジク生ヲ替ヘテ此本懐ヲ達セン。」ト契ツテ、兄弟共ニ差シ違ヘテ、同ジ枕ニ臥シニケリ。

（巻第十六「正成兄弟討死事」・日本古典文学大系）

「臨終の一念によって善悪の生を引くというが、汝は来世、九界のうちのどこへ生れ変りたいか」と問う正成に対し、「七度までも、ただ同じこの人間界に生れ変って朝敵を滅したい」と答える正季の固い決意は、江戸中期以後、楠木一族の不屈の尽忠精神を物語る美談として称揚されるようになるが、しかし、怨敵覆滅の妄執として七生までの復讐を誓うのは、何も正季だけの専売特許ではない。

例えば、太平記巻卅三では、矢口の渡しで敵の陥穽に落ちて憤死する新田義興は「安カラヌ者哉。日本一ノ不道人共ニ忻《タバカ》ラレツル事ヨ。七生マデ汝等ガ為ニ恨ヲ可《キ》レ報《ズ》者ヲ」（同「新田左兵衛佐義興自害事」）と忿怒して自害し、同じく巻廿一では、高師直の横恋慕のため、妻子を失う破目になった塩谷高貞が「時ノ間モ離レガタキ妻子ヲ失ハレテ、命生キテハ何カセン、安カラヌ物哉。七生迄師直ガ敵ト成ツテ思ヒ知ラセンズル物ヲ」（同「塩谷判官讒死事」）と、馬上で腹を切り、まっ逆様に落ちて死ぬ。

いずれも強烈な恨みを呑んでの憤死である。だから七生、すなわち、衆生の転生し得る七度までもこの人間界に生れ変って復讐を遂げんとするのは当然といえば当然だが、とくに中世武士の間には、自分だけが甘んじて殺されたり、簡単に自殺したりすべきではないとする強い「心がけ」があったという千葉徳爾氏の説をも想起しておきたい。たとえ負け戦になっても、目指す敵将をどこまでも追い求めて刺し違え、自分も死ぬが相手も斃す、つまり相討ちが目標であったというのだ。(22)

しかし、情況がついにそれを許さなくなり、敵手にかからぬためにも自害せざるを得なくなったとき、彼は七生までの復讐を死後の自分に誓うほかない。

事実、憤死した新田義興は怨霊となって現れ、自分を騙し討ちにした相手を取り殺すし、塩谷高貞の場合もその一念が通じてか師直は程なく亡び失せ、太平記はこれを「賊《ソコナフ》レ人者《ハ》天必《ズ》禍《ワザハヒス》レ之《ヲ》ト云ヘルコト、眞《マコト》ナル哉ト覚エタリ」と批判している。

正成も同様に、現世ではついに果し得なかった朝敵（つまり尊氏）討滅への妄執が「罪業深キ悪念」となり、その「悪念」のために怨霊は「千頭王鬼ト成ツテ、七頭ノ牛ニ乗」って現れ、世を乱すべく、しばしば怪異を現ずることになる（巻廿三「大森彦七ガ事」）。

もちろん、以上は太平記という作品の中の話であって、とくに正成の怨霊出現はフィクションとしか言いようもあるまいが、そうした「七生滅敵」の気概が当時の武士たちの心情を反映するものであったことは確かであろう。してみると、正季が返答した「七生マデ只同ジ人間ニ生レテ……」にも、ただ朝敵討滅を誓う「不屈の精神」をみるだけでなく、それが我執と瞋恚に燃えたつ怨敵呪詛のことばであることも見落してはなるまい。したがって、それに我が意を得た正成の「ヨニ嬉シゲナル気色」も「カラ〳〵ト打笑ウ」正季の表情も、決して晴やかなものではなく、それは青白い魔性の「気色」であり、怨念と呪いのこもる不気味な「笑い」でなくてはなるまい。むろん、そこに不屈の尽忠精神とみることにやぶさかではないが、なお注目すべきは、終生変ることのなかった後醍醐天皇への「忠節」が、最期には「罪業深キ悪念」と化さざるを得なかったとする正成兄弟の悲劇性であろう。

ところが、三期『国史』では、これを、

正成弟正季《まさすゑ》に向って、「何か最後の願なる。」と問ひけるに、正季、「たゞ七度《なゝたび》人間に生れて朝敵を滅さんことを願ふのみ。」と答へければ、正成うちゑみて、「われもさこそ思ふなれ。」といひて、遂に兄弟刺しちがへて死せり。

（国定第三期『尋常小学国史』・一九二一～二二年）

と単純化し（ここでは、もはや「七生滅敵」を「罪業深キ悪念」とする意識は消し去られている）、正季の、死に臨んでの潔い態度、不屈の精神、その言に共感し、欣然と行を共にする正成の忠節、といった尽忠美談に染め直して、児童に教え込ませたのである。

参考までに、右の波線部を、後継の国定「国史」教科書がどのように記述しているか、挙げてみよう。

正成は、いかにも満足さうににっこり笑ひ、「自分もさう思ってゐるぞ。」といって、兄弟互に刺しあって死んだ。

（国定第四期『尋常小学国史』・一九三四～三九年）

正成はにっこり笑ってうなづきながら、「自分もさうだ。」と言ひ、つひに兄弟刺しちがへて壮烈な戦死をとげた。

（国定第五期『小学国史』・一九四〇～四一年）

正成は、さもうれしさうにいひました。「自分の願ひも、その通りである。」兄弟は、にっこり笑って、刺しちがへました。家来もみな、続いて、勇ましい最期をとげました。

（国定第六期『初等科国史』・一九四三〜四五年）

これらの記述に見られるとおり、いずれにおいても我執と怨念の渦巻くどす黒さは打ち消される反面、従容莞爾として死につく正成兄弟、その後に続く家来たちの勇ましい最期……といった工合に「死」が明るく美化されて語られるのであるが、それは「少国民」に対する潔い「戦死」賛美の教育に他ならなかった。

正成兄弟最期の誓いは、桜井訣別の遺訓とともに、国定歴史教科書の一貫して力説するところであり、やがて十五年戦争下によく叫ばれた「滅私奉公」「七生報国」という国家への絶対的忠誠を鼓吹するスローガンに発展して、国民を戦争協力に駆り立てていく。

例えば一九四三年度より使用の『初等科国史』（国定第六期）では、その上・下巻を通じての結語に「私たちは楠木正成が、桜井の里で、正行をさとしたことばを、よくおぼえてゐます。」とした上で、正成の遺訓を、ほぼ太平記の原文どおりに引用し、その最後を「私たちは一生けんめいに勉強して、正行のやうな、りっぱな臣民となり、天皇陛下の御ために、おつくし申しあげなければなりません。」と結んでいる。

そして、更にその教師用書[23]では、この点についての「指導上の留意事項」として、

楠公父子桜井の訣別のくだりは、歴史の実践的意義に於て、大東亜戦下の現実と緊密に関連する場面であり、よって初等科国史上・下を通じての結びとしたほどであるから、取扱に当っては、特に力を注ぐ必要がある。

正成兄弟の湊川七生報国の誓ひも、前項同様の重大性をもつものであるからこれが取扱の際、その忠魂が後の世に甦って尊皇思想の原動力となる脈絡に、あらかじめ触れておく方がよい。

とする。つまり、「天皇陛下の御ために」喜んで死ねる人間をつくる、それが「国史」教育の究極目標であった。桜井訣別の情景も、湊川での兄弟誓いの場面も、元はと言えば、恐らく重野のいうように「拵話」であったろう。しかし、「国史」ではそれがひたすら天皇に尽くす「臣民」として国家目的に副うべきその「実践的意義」において「史実」でなければならなかったのである。が、そこに登場する正成父子や正季らの映像は、太平記の、すなわち、彼等が生きた、あの強烈な我執、矛盾と対立に湧き立っているかのような荒々しい動乱の世界のそれとはかなり異質な、言わば、公権力によって抽象化され、歪曲化された空疎な偶像にほかならなかった。

㈥　楠公教材と「天皇の軍隊」

以上、主として国定歴史教科書を対象に、公教育に登場する正成父子を中心に、それが太平記の原像からいかに歪められ、「尊王愛国」・「忠君愛国」の理念啓培に奉仕させられてきたか、その実態の一端について検証を試みたが、先にも触れたとおり、正成父子の登場は「国史」科においてだけではない。敗戦に至るまでの国定教科書には、この父子をはじめとする「南朝忠臣」教材が、「修身」・「国語」から「唱歌」に至るまで幅広く採用されており、いわゆる「国民精神」振作の教材と目されてきた。

その内容は、後醍醐天皇と正成を中心に、㈠討幕計画の露見による後醍醐と、その廷臣たちの受難・辛苦。それに味方して力を尽くす正成や新田義貞らの義勇。㈡敗北を覚悟の上で湊川合戦に赴く途中、桜井駅での正行との訣別。弟正季と七生滅敵を誓い合っての壮絶な最期。㈢父正成の遺訓と母の戒めを守って勤王の将と成長した正行の吉野参内と四條畷での悲壮な最期……といった三つの山場に、ほぼ限られてくるが、そこに共通する教育目標は、子どもたちをして「天皇陛下の御為に、一身を捧げて忠を尽くし、大義を全うするの覚悟を深くせしめ、之を日常生活に具現せしむる」[24]ところにあった。正成兄弟は「忠君」の、正行は「忠孝」の、そして、その母は「賢母」の鑑として喧伝され、「臣民教化」の基を成してきたのである。

明治以来、政府当局がこうした教材を、とくに小学校段階で重視し、「修身」「国史」「国語」「唱歌」といった多くの教科で採用したのは、この小学校卒（高等小学校を含めて）程度の学歴層こそ「天皇の軍隊」の最大の供給源であったことと無関係ではあるまい。

いま、試みに、太平洋戦争下における日本将兵の学歴を推測すべく、終戦の年、すなわち、一九四五年に満二〇歳から満四〇歳だった人の学歴構成を板倉聖宣作の図表[25]をもとに表示すると、次のとおりである。

＜生年＞	＜終戦時年齢＞	＜尋常小学校卒＞	＜高等小学校卒＞	＜中等学校卒＞	＜当年の学齢人口＞
一九〇五年生れ	（四〇歳）	九一万（八〇・五％）	三八万（三三・六％）	九万（八％）	一一三万
一九一五年生れ	（三〇歳）	一二九万（九二・一％）	七九万（五六・四％）	二一万（一五％）	一四〇万
一九二五年生れ	（二〇歳）	一六一万（九五・三％）	一二四万（七三・四％）	三五万（二〇・七％）	一六九万

※この世代が使用した歴史科の国定教科書は、右から順に、(1)国定第二期『尋常小学日本歴史』（修正版。一九一二～二〇年）(2)同第三期『尋常小学国史』（一九二一～三三年）、(3)同第四期『尋常小学国史』（一九三四～三九年）で、後二者はその記述に文語体と口語体の違いはあるものの、内容はほとんど同じ。なお、尋常小学校において歴史は、第五・六学年で履習することになっていたから、上記教科書のうち、(2)を履習した学童は、終戦時に大体34歳～22歳、同じく(3)の場合は21歳～19歳に達していたことが分かる。つまり、太平洋戦争を戦った日本兵士のほとんどは(2)、あるいはそれと同じ内容の(3)を履習

した世代であった。

この表によれば、例えば一九一五年生まれ、すなわち終戦の年に三〇歳だった壮年層のおよそ九二・一%が尋常小学校卒（残りの七・九%は未就学者か中途退学者）。高等小学校卒でさえ五六・四%で、それらのうちから更に進んで中等学校を卒業した者はわずか一五%に過ぎない。つまり、この層の大多数は尋常及び高等小学校までの初等教育段階で終わっていたことが分かる。もっとも、この表は男・女併せての数値であるから、男子のみに限って言えば、高等小学校卒、中等学校卒の、それぞれのパーセンテージは表示より、少し上昇するはずであるが、しかし、それにしても男子の大半が高小卒までの学歴であったことは歴然としていよう。[26] 因に、一九三六年（昭和11）度の、尋常小学校から中等学校への進学率は約二一%、高等小学校へは六六%、全く進学しない者一三%であったという。[27] つまり、一九三〇年代半ばに至っても、まだ、就学児童の八〇%近くは、初等教育終了の段階で社会に出ていったわけである。

これらの数値からしても「天皇の軍隊」の最大の供給源が小学校卒（高等小学校を含めて）の学歴層であったことが分かるが、吉田裕は、とくに、高小卒程度の学歴層が「天皇制イデオロギーの、地域における末端の担い手」であったとし、日露戦争後の、つまり、一九〇七〜九年ごろの徴兵検査では、この高小卒業程度[28]に甲種合格者が最も多く、この層を中心に、より高学歴、あるいは低学歴になるほど、合格率は低くなる傾向にあり、一方、意識調査の結果においても、この高小卒業程度に「国体観念」の滲透度が最も高かったことを明らかにしている。[29]

つまり、政府や軍部は、この高小卒業程度の学歴層を、近代戦を戦える最低の知識と学力を持ち、かつ、国家や社会に対して批判的でない、従順な層とみて、そこに「忠良なる兵士」の戦力を期待したのであろう。

ところで、この層は一般に貧しく、マス・メディアも、まだそれほど発達していなかった当時の社会状況からして、彼等の習得した知識・教養のほとんどが小学校教育を介しての成果であったろうし、加えて、戦前・戦中の小学校では教科書を神聖視・絶対視する風の強かったことを考え併せると、この「忠良なる兵士」の思想的基盤が、すぐれて学校教科書にあったとしても過言ではあるまい。

その教科書の中で、正成父子の物語は、一貫して「天皇陛下の御為に、一身を捧げて忠を尽くし、大義を全うする覚悟を深くせしめ」（前出）るための教材として、公教育に君臨してきたわけである。

注

（1）兵藤裕己『太平記〈よみ〉の可能性』（講談社選書メチエ61）

（2）例えば、伴源平編『絵本楠公記稚話』（二冊・一八八四年、大阪忠雅堂発行）下田惣太郎編『楠公三代記』（一冊・一八八五年、東京隆湊堂発行）『絵本楠公三代記』（一冊・一八八八年、京都今井七太郎発行）『絵本楠公記』（一冊・一八八八年、京都内藤彦一版）ほか。

（3）玉城肇『日本教育発達史』（三一書房）

（4）『尋常小学国史上巻編纂趣意書』（一九二一年。仲新他編『近代日本教科書教授法資料集成』第十一巻所収・東京書籍）

（5）加美宏『太平記享受史論考』（桜楓社）

（6）拙稿「天皇制教育と正成像――『幼学綱要』を中心に――」（『日本文学』第卌九巻・一号）

（7）重野安繹「大日本史を論じて歴史の体裁に及ぶ」（『東京学士会院雑誌』第九編・三号）

（8）植村清二『楠木正成』（中公文庫）に付された丸谷才一の「解説」より。

（9）『尋常小学国史上巻編纂趣意書』（一九二一年。仲新他編『近代日本教科書教授法資料集成』第十一巻所収・東京書籍）

(10) 例えば、この場面を歌った「青葉茂れる桜井の　里のわたりの夕まぐれ……」（落合直文作詞・奥山朝恭作曲「大楠公」一八九九年）は、戦前最高の国民唱歌として親しまれてきたが、それも「君臣の大義」とか「尽忠至誠」といった大層な教訓としてよりも、むしろ、その哀調を帯びたメロディーで綴られる親子恩愛・愛別離苦・思郷の念といったヒューマンな苦悩が庶民感情をひき付けたからであろう（拙稿「『太平記』と小学唱歌」―『国文学解釈と鑑賞』第五六巻・八号参照）。森崎和江『からゆきさん』（朝日新聞社）には、明治の末年、朝鮮に売り飛ばされて玄界灘を渡る貧民の娘たちが、船中で亡くなった仲間の少女を弔うのに、この歌を泣く泣く歌いながら遺体を海に投げこんだという哀話を伝えている。

(11) 「小学校教則綱領」（一八八一年）によれば、当時、小学校は初等科（三ヶ年）、中等科（三ヶ年）、高等科（二ヶ年）に分かたれ、歴史は地理・図画・博物・物理・裁縫（女児）とともに中等科、つまり、現在の学年でいえば四年〜六年に指定されていた。

(12) 江木千之翁経歴談刊行会編『江木千之翁経歴談』　武田清子・中内敏夫「天皇制教育の体制化」（岩波講座『現代教育学5』）　唐沢富太郎『教科書の歴史』（創文社）

(13) 安川寿之輔「学校教育と富国強兵」（岩波講座『日本歴史』15「近代2」）

(14) 森有礼が井上毅（一八四四〜九五年）に委嘱して起草させたとみられる意見書で、教化政策に乗り出す森文相の姿勢と、その具体的構想がうかがえる。中内敏夫編『ナショナリズムと教育』（海後宗臣他監修『近代日本教育論集』1・国土社）所収。

(15) 拙稿「教材としての太平記――天皇制教育への形象化――」（『日本文学』第卅一巻・一号）　同「天皇制教育と正成像――『幼学綱要』を中心に――」（『日本文学』第卅九巻・一号）　同「『太平記』と小学唱歌」（『国文学解釈と鑑賞』第五六巻・八号）

(16) 生方敏郎『明治大正見聞史』(春秋社)

(17) 成歓の戦——一八九四年七月二十九日、朝鮮牙山東北の高地成歓で起った日清両陸軍の最初の本格的戦闘——で、死んでもラッパを口から離さなかったという軍国美談のヒーロー。後に、白神は木口小平の人違いと分かり、第一期国定修身教科書(一九〇四〜〇八)では「コヘイハ、ラッパヲクチニアテタママデ、シンデキマシタ。」ということになった。

(18) 本曲は日清戦争後、大和田建樹作詞の「地理教育鉄道唱歌」(一九〇〇年)〽汽笛一声新橋を……とともに大流行し、「実に天下挙ってこれを歌い、小学校に於ても万年教材として王座を占め、ために洛陽の紙価を高からしめた」(日本音楽教育会『本邦音楽史』)という。当時、山村の小学校にも普及しつつあったオルガンによる唱歌教授とあいまって全国津々浦々にまで拡がり、民衆をして楠公敬仰の情を起こさしむるに一役買ったことは疑うべくもない。詳しくは、拙稿「『太平記』と小学唱歌」(『国文学解釈と鑑賞』第五六巻・八号)を参照されたい。

(19) 土橋真吉『楠公精神の研究』(一九四三年・大日本皇道奉賛会)

(20) 植村精二『楠木正成』(至文堂)

(21) 『後鳥羽院御霊託記』(『続群書類従』第三十三輯上) 魚澄惣五郎「水無瀬御影堂の信仰」(同氏『古社寺の研究』星野書店)

(22) 千葉徳爾『たたかいの原像』(平凡社選書)

(23) 文部省編『初等科国史上』教師用(一九四三年)

(24) 文部省編『尋常小学修身書・巻六』教師用(一九三九年)の、正成を採りあげた「第三 忠」の指導目的。

(25) 板倉聖宣「図表にみる日本の教育——生年別に見た小・中・高校・大学の入学者数と卒業者数の移り変わり——」(週刊朝日百科『日本の歴史』一〇三号)によって概算した。

(26) 因みに、右表（注25）によると、日露戦争（一九〇四〜〇五年）当時の兵士で、尋常小学校（当時は四年制）卒業している者は半数にも達していないことが分かる。

(27) 伊藤隆監修・百瀬孝著『昭和前期の日本――制度と実態――』（吉川弘文館）による。もっとも、この数値も男・女併せてのそれであるから、男子に限っていえば高小・中等学校への進学率は、これより少し高くなるはず。しかし、それにしても、当時の国民の大半は尋常小学校卒程度の学歴で終ったと推測される。因みに、この一九三六年度の尋常小学校卒男子児童は終戦時（一九四五年）には満二〇〜二一歳。すでに兵役年齢に入っていた。

(28) 但し、この当時の対象壮丁が受けた小学校教育は尋常科四年（義務教育）、高等科四年で構成されていた。尋常科が六年制（義務教育）になったのは一九〇七年から。

(29) 吉田裕「日本の軍隊」（岩波講座『日本通史』第十七巻「近代2」）

（一九九九年・二月七日）

太平記享受史年表（中世・近世）

加美宏
田中正人

まえがき

本年表は、中世・近世における『太平記』の流布・享受・研究等に関する諸史料を年代順に掲出したものである。年表の性格上、年代の確定または推定できる史料であることを原則とした。その史料は、大別して、日記・記録・典籍の類に載せられた『太平記』に関する記事と、『太平記』写本・刊本の奥書・識語・刊記等であるが、原則として公刊・紹介されたものに拠っている。

採録の基準は『太平記』と明示されているものであるが、それ以外に、『難太平記』のような批判書、『太平記抄』『太平記賢愚鈔』などの注釈書、『太平記評判秘伝理尽鈔』『太平記評判私要理尽無極鈔』などの評判書、『太平記大全』『太平記綱目』などの集成書、『参考太平記』のような研究書、或いは「太平記読み」に関する記事なども、『太平記』の享受・研究に密接に関わるものとして収載した。ただ近世期の草子・小説、演劇・芸能、随筆・日記、紀行・地誌、詩歌・俳諧などについては、調査不充分と紙幅の都合上、ほとんど収録できなかった。近・現代篇とともに他日増補を期したい。

本年表の作成にあたっては、数多くの資料、先学の諸業績を参照、摂取させていただいたが、とりわけ、

福田秀一氏「太平記享受史年表中世」（「成城文芸」35号、昭39・3、のち日本文学研究資料叢書『戦記文学』昭49・9、有精堂に収録）

市古貞次氏『中世文学年表』Ⅱ平家物語・軍記（平10・12、東京大学出版会）

の二労作には、形態・内容ともに踏襲させていただいたところが多い。また山下宏明氏「平家物語享受史年表近世」（国語国文学研究史大成『平家物語』所載、昭35・3、三省堂）、川瀬一馬氏『増補古活字版之研究』（昭42・12、A・B・A・J）、長坂成行氏「太平記の伝本に関する基礎的報告」（「軍記研究ノート」5号、昭50・8）、高橋貞一氏『太平記諸本の研究』（昭55・4、思文閣出版）、武田昌憲氏「『太平記』整版本―刊記本と絵入本、重量、厚さ等についての覚え書き―」（「茨城女子短期大学紀要」18集、平3・3）、日東寺慶治氏「太平記製版の研究」（『太平記とその周辺』所載、平6・4、新典社）をはじめ、高木武氏・亀田純一郎氏・後藤丹治氏・釜田喜三郎氏・増田欣氏・鈴木登美恵氏・長谷川端氏・青木晃氏・石田洵氏・今井正之助氏・小秋元段氏・若尾政希氏らの『太平記』やその関連書研究の成果からも少なからず教示をうけ、摂取させていただいた。歴史学や書誌学などの諸研究・諸史料をふくめ、すべて先学の貴重な研究成果に負っていることを記して感謝申しあげたい。

なお本年表は、中世・近世全般については加美が、近世の一部については田中が、それぞれ担当した。中世の記事の点検に助力を得た谷村知子さんに御礼を申しそえたい。

（加美）

応安七年（一三七四）

五月三日　伝聞、去廿八九日之間、小島法師円寂云々。是近日翫天下太平記作者也。凡雖卑賤之器、有名匠聞。可謂無念。

（洞院公定日記）

永和三年（一三七七）

二月七日以前　太平記永和本（巻三十二のみ）書写か（裏面書写の『秋夜長物語』の奥書に「永和丁巳仲春七日書写了」とあり。高乗勲氏「永和書写本太平記（零本）について」〈国語国文昭30・9〉による）。

九月二十八日　兼又、太平記二帖慥返進仕候。

（東寺百合文書　フの49）

永和四年（一三七八）

五月以前　私云、太平記廿九、井原石窟ノ下ニハ四王院、朱雀院御願ト有。

（叡岳要記）

（叡岳要記宮内庁書陵部本の奥書に「永和四年戊午五月日、於石占井宿所、以円光寺上人乗空御本、令交合畢」とあり。群書類従本は永和五年とする）

明徳元年（一三九〇）

十月　太平記巻三十二（永和本）識語

于時明徳元年十月日　玄勝律師相伝

主玄心之

応永元年（明徳五年、一三九四）

是年以前　太平記ハ鹿薗院殿ノ御代外嶋ト申シヽ人書之、近江国住人。

（興福寺年代記）

（文科大学史誌叢書所収。「鹿園院殿」は足利義満。将軍職在位は応安元年＝一三六八から応永元年まで。後藤丹治氏「解説」〈『日本古典全書　太平記　一』昭和36・1〉による。）

応永九年（一四〇二）

二月　難太平記（今川貞世＝了俊）成る。

奥書

応永九歳二月日　于時七十八歳 徳翁

太平記多レ謬事

六波羅合戦ノ時、大将名越按尾張守平高家討レシカバ、今一方ノ大将足利殿按云尊氏、先皇按後醍醐帝ニ降参セラレケリト、太平記ニ書タリ、返々無念ノ事也、此記ノ作者ハ、官方深重ノ者ニテ、無案内ニテ押テ如レ斯書タルニヤ、是又尾籠ノ至ナリ、最切出サルベキヲヤ、総テ此太平記ノ事、誤モ空言モ多キニヤ、昔シ等持寺ニテ、法勝寺ノ慧珍上人、此記ヲ先三十余巻持参シ給テ、錦小路殿ノ御目ニ懸ラレシヲ、玄慧法印ニ読セラレシニ、多ク虚事モ、訛《アヤマリ》モ有シカバ、仰ニ云、是ハ且ク見及ブ中ニモ、以外違目多シ、追テ書入又切出スベキ事等アリ、其程外聞アルベカラザルノ由仰セアリシ後ニ中絶也、近代重テ書続ケリ、次ニ入筆共多ク所望シテ書セケレバ、人ノ高名数ヲ不レ知ト云リ、去ナガラ随分高名ノ人々モ、唯勢揃計ニ書入タルモアリ、一向略シタルモアルニヤ、今ハ、御代モ重往テ、（按了俊著ニ此書一時已四代将軍義持時）此三四十年以来ノ事タニモ、跡形モナキ事ドモ、我意ニ任セテ申スメレバ、哀々其代老者ドモノ在世ニ、此記御用捨アレカシト存ズルナリ、平家ハ多分後徳記ノ慥ナルニテ書タルナレドモ、ソレダニモ、少々違目アリトカヤ、増テ此記ハ十ガ八九ハ作事ニヤ、大方ハ違ベカラズ、人々ノ高名等ノ偽多カルベシ、正ク錦小路殿ノ御前ニテ、玄慧法印談シテ、其代ノ事ドモ旨ト彼法勝寺上人ノ見聞給ヒシニダニ、如レ斯虚言アリシカバ、唯押テ難ジ申スニアラズ、（難太平記）

（力石忠一編『校正難太平記』〈貞享三年〉による。本書には右記の「太平記多レ謬事」の外に、「従ニ尊氏九州退陣一人数漏ニ於太平記一事」「尊氏篠村八幡宮願書時事」「可レ入ニ太平記一落書事」「細川今川異見事」「青野原合戦事」「範国欲レ使下ニ貞世一刺中清氏上事」の六項目に太平記関係記事がある）

応永二十七年（一四二〇）

十一月十三日　諸物語目録
一、太平記三帖第三第四第五
一、太平記一巻第九半書残之
（看聞日記応永二十八年一月十二日紙背文書）

（『図書寮叢刊　看聞日記紙背文書・別記』昭和40・7、による。看聞日記＝看聞御記）

応永二十八年（一四二一）

是年七月以前　応永十九年（一四一二）以後、是年七月以前に西源院本の原本書写か（西源院本第二十九巻末尾付載の足利幕府執事管領職補任次第の最後に、細川道観＝満元の応永十九年就任を記し、応永二十八年七月の管領職辞任を記さないことから推測したもの―鷲尾順敬氏「西源院本太平記解説」〈『西源院本太平記』昭11・6〉による）。

応永三十年（一四二三）

是頃　醍醐枝葉抄成るか。

西山谷堂事太平記載之
伊予守義信（親カ）ノ嫡子延朗上人造立ノ霊所也。此上人幼稚ノ昔、自ラ武略累代ノ家ヲ出テ、（後略）

西山浄住寺仏舎利事太平記
戒法流布ノ地、律宗作業ノ砌也。此寺ノ仏舎利ハ釈尊入滅ノ刻、（後略）

被籠篠村八幡宮将軍家尊氏公御願書疋田妙玄草
敬白祈願事
夫八幡大菩薩者
聖代前例之宗廟
源家中興之霊神也（中略）
元弘三年五月七日　　源朝臣高｜《氏》敬白
疋田ノ妙玄鎧ノ引合ヨリ矢立ヲ取出シテ筆ヲ引テ書之。
（後略）　　　　　　（醍醐枝葉抄）
（本書は応永三十年を下らぬ頃の成立か〈群書解題第二十二、昭41・8による〉）

永享四年（一四三二）
是年　太平記吉田本（天理図書館蔵）の原本成るか。
（吉田本巻二十八の末尾に「先代滅亡以来至永享四年百歳也」とあることから推測したもの。長坂成行氏「天理図書館吉田文庫蔵『太平記』覚書」〈軍記と語り物19号、昭58・3〉による）。

永享八年（一四三六）
四月六日　自内裏太平記十一帖被借下、畏悦。　（看聞御記）
四月二十八日　太平記九帖自内裏被下。　（看聞御記）
五月六日　太平記第一予読。女中聴聞、重仲候。（看聞御記）
五月七日　雨降、双六有打勝、予、宮御方、南御方、春日、源宰相、行豊朝臣、重賢、行資、重仲等打、南御方勝、所課則面々申沙汰有盃酌、南御方自明後日断酒之間、予続瓶取大飲、太平記源宰相読。　（看聞御記）
五月十二日　自内裏太平記一部可被書写之由被仰下、自是面々分配可書之由承、御料紙薄白、且被下。（看聞御記）
五月二十日　永基朝臣内裏為御使参、太平記被下、書写事委細被仰下、人々可被頒書云々。　（看聞御記）
九月十日　太平記廿五帖書写之分被出、為表紙申出了。（看聞御記）
九月十六日　太平記表紙付、上下切そろゆ、廿六帖先出来、是禁裏御双子也、令奉行。　（看聞御記）
九月二十六日　太平記廿九帖内裏先調進、残分書写未出来。（看聞御記）

文安三年（一四四六）
五月以前　壒嚢鈔（行誉）成る。
ウツホト云字ハ何ソ此字巳来ノ沙汰也㞗籠簶ハ常ニ用フ同躰ノ物ナレ共日本ニテ搆《ヘ》出ス物ニヤ文字不レ慥爰楠多聞兵衛正成アマタノ字ヲ作ル一宀《ニハ》冠ノ下ニ川ノ字ヲ書テ下ニ平木ヲナスト云宲《ウツホ》是只片仮名ノウツホ也一ニハ竹冠ニ賦ト云字ヲ書ト云䈆是竹ニテクム故矢賦ト云物竹ナルカ故ト云也慥ナル字モ无カ故ニ太平記ニモ色々ニ書用ユ或ハ韆或ハ箙又ハ靫ト書テ共ニウツボトヨメリ靫ハヤカラ也其使ニ依テヨムカ（後略）。　（壒嚢鈔　巻一の六十三「韆事」）

（正保三年版本『塵添壒囊鈔・壒囊鈔』所収。右のほかに、巻一の六十六、巻三の二十九・三十六・三十九・四十一、巻十一の七・十七にも「太平記ニモ」といった箇所あり。また『太平記』と明記せず、『太平記』に拠るかと思われる箇所もあり。―高橋貞一氏『太平記諸本の研究』昭55・4参照。『壒囊鈔』の成立は文安二年＝一四四五・十月（巻一）〜文安三年五月（巻七））

宝徳元年（文安六年、一四四九）

八月　太平記梵舜本（尊経閣文庫蔵）巻三十九奥書（長享三年八月二十日条より続く）

写本云、此写本者奉借自細河右馬頭殿令書之。其間纔十五ヶ日也。然者尽言於諸方同友分巻、於数輩群客而終全部之功畢。因茲不撰筆迹、善悪无正、文字実否、定而誤可多歟。唯是為知公武之盛衰、欲弁時代之転反而已。

宝徳元年八月日　　但馬介日下部宗頼

（文禄三年五月十一日条に続く）

九月六日　晴、為番祇候内裏。入夜自室町殿御絵三盒被進。為被御覧云々。一盒咸陽宮四幅月山筆。十二類絵三巻、義経絵十巻也。先十二類絵被御覧。菅宰相読詞。可謂希代御絵也。後咸陽宮御覧、彼是重宝近比見事。殊更咸陽御絵一段御物也。驚目斗也。太平記明徳記等被御覧。御不予猶々次第御成由医師申入間珍重外無他云々。（中略）後聞自室町殿被進御絵共、自禁裏為御慰被申云々内々伝奏使者持参。菅宰相申次目六相副也。　（綱光公記）

（綱光公記は接綱御記ともいう。国立歴史民俗博物館蔵本による）

宝徳三年（一四五一）

八月十四日　太平記目六（ママ）不撰出、若進置候哉、又遊仙窟引見度事候、先可返給候、尚御用候者、亦可進之候、恐々謹言。

八月三日　　業忠

権大外記殿進上　業忠（表書）　（康富記）

十一月二十九日　太平記宝徳本（国会図書館蔵）巻一奥書

宝徳三年辛未仲冬晦日書功畢。

十二月八日　同宝徳本巻二奥書

宝徳三年辛未季冬仏成道日功畢。

十二月十八日　同宝徳本巻四奥書

宝徳三年辛未季冬十八日功畢。

享徳元年（宝徳四年、一四五二）

一月二十三日　太平記宝徳本（国会図書館蔵）巻八奥書

一校了宝徳四壬申正月廿三日功畢。

文正元年（寛正七年、一四六六）

閏二月六日　江見河原入道為レ慰二客寂一、読二太平記一、益翁依二浴困一而懶睡耳、可レ知二睡隠称一レ之、亀泉自牧又睡二于座隅一耳、漸欲レ報二午浴一也、葉山三郎并上月六郎来而聞二太平記一也、赤松入道円心有二軍功之事一、尤為二当家名望一、聞レ之為レ幸也、太平記人名字曰二大仏一、或曰二人見一、尤今世所レ聞為レ稀也、

（蔭涼軒日録）

閏二月七日　江見河原以下為二閑寂一之故上読二太平記一、

（蔭涼軒日録）

五月二十六日　向成仏寺聴聞談儀法華経、次読太平記禅僧也、次参三十三間御堂、自去春比開帳也、

（後法興院記）

応仁元年（文正二年、一四六七）

十月　応仁略記成るか。

下巻

そのかみ人王九十五代後醍醐の天皇東夷の意をやめん為に、綸旨の大言に告文を載らる。（中略）読尽させければ、目くれ鼻血垂て、読果ずして退出し、其日の中に血を吐て死にけり。時澆季に及んで道塗炭に落すといへども、君臣上下礼を違ふ時はさすが仏神の罰もありけりと人皆懼恐れけりと太平記には書たり。（後略）（応仁略記）

下巻

愛宕山へ比叡山比良山大天狗を召請するの事。太平記にも此先蹤あり。去し寛正六年九月十三夜、流星の告ありて、いくばくならず、愛宕の山の太郎坊両天狗を召請す。（後略）（応仁略記）

（本書の巻頭に「干時応仁元年丁亥十月日これを誌す」とあり。ただし現存本は文明二年＝一四七〇年十二月の記事をふくむので、それ以後の成立か）

応仁二年（一四六八）

七月四日　抑雖不思寄事候、太平記御所持本借賜候ハヽ、可悦入候。自難去方申子細候間、乍憚令申候。無相違恩許者、可為本望也。

（経覚私要抄）

文明二年（一四七〇）

八月二十六日　太平記評判秘伝理尽鈔巻第四十奥書

龍集文明二年八月下旬六日

今川駿河守入道心性在判

謹上名和肥後刑部左衛門殿

文明三年（一四七一）

八月十九日　自一乗院有書状、西南院ニ令借用太平記、至廿帖先可借賜之由、被申送。

無殊題目之間、細々不申通、心外相存候。随而西南院太平記被召置哉。聊令一見度事候。自一巻至廿借賜候者、殊ニ可為喜悦候。軈々可令返進候。尚々無相違者本望候也。恐々謹言。

八月十九日　　　教玄

　安位寺殿

西南院へ相尋可遣之間、自是御返事之由仰遣了。（経覚私要抄）

八月二十一日　自一乗院又給人之間、太平記廿帖遣了。但第五帖無之。仍十九帖遣了。（経覚私要抄）

八月二十三日　一乗院遣書状。昨日依有物忩事、令忘却不引付。

　御状先以為本望。雖事次之様候、先師旧好異他事之間、細々雖可申事候、老屈追日尩弱之間、乍思事多様候、仍久不申候。千万遺恨無極候。兼又太平記事承之間、自一至廿帖進候。西南院本端者五六帖候はす候間、比興候へ共、所持本副進候。但第五帖候はす候間、十九帖進之候。借用物候へハ、御用過候者早々可返賜候。他事追可申候也。恐々謹言。

　八月廿二日　　経覚

　　一乗院御房　（経覚私要抄）

閏八月五日　自一乗院有芳礼。

　太平記慥以返進候。無相違借賜之条、為悦之至候。随而先日者御礼之旨、御懇示給事、本望此事候。自然乍御次以御見参申承心中計也。恐々謹言。

後八月五日　　教玄

　安位寺殿

太平記返賜了。立御用条本望由、以状令返事了。（経覚私要抄）

文明六年（一四七四）

二月十日　入夜於宮御方被読太平記第一。主上同有出御。一卷読了。（親長卿記）

二月十八日　於燈下被読太平記二・三。（親長卿記）

二月二十一日　於御前読太平記四初。（親長卿記）

二月二十二日　同前、四読了。（親長卿記）

二月二十九日　入夜於御前読太平記第十、仰云、此番数日、御番粉骨不便之由有仰。（親長卿記）

三月十七日　入夜読申太平記第十六巻。（親長卿記）

三月十八日　入夜読太平記十七。（親長卿記）

三月十九日　太平記十八読之。（親長卿記）

三月二十二日　可参之由有仰、参御前。可読太平記之由有仰、第十八・十九・廿初読之。（親長卿記）

三月二十四日　読太平記廿三四五。（親長卿記）

三月二十五日　太平記如日々。（親長卿記）

文明七年（一四七五）

四月二十四日　詣善法寺亨清法印許閑談、聞太平記。

四月二十九日　於南隣太平□〔記脱〕第十八読之。終日無事。　（親長卿記）
（実隆公記）

文明八年（一四七六）

三月五日　太平記評判私要理尽無極鈔（近世初期刊本）序文識語
文明八年丙申三月五日　洛外之隠士桃翁染筆。

文明十五年（一四八三）

九月十二日　興福寺五ヶ関・春日貝菜関・当門跡二ヶ所関、此等ハ河上之本関也。見太平記一巻。此外ハ停止之。（大乗院寺社雑事記）

十二月下旬　中書王物語（一条兼良）成る。
中務卿尊良親王の事、太平記に見及たりしかは、その詞をあらためて、一巻の物かたりにかきなし侍り、比興々々、いまた清書に及す。（中書王物語）

文明十七年（一四八五）

十月十五日　太平記十二、書写之事、今日被仰之。（実隆公記）

十月十七日　自堀川局被恵贈、太平記通世可書進之由被仰下、愚老可書進之由申了。（十輪院内府記）

十月十七日　自禁裏被下太平記廿四巻一帖可書進上也。（吉田家日次記）

十月十九日　自内裏太平記一帖被仰書進之由。（後法興院記）

十月二十一日　参禁裏太平記之内書様聊有不審事之間持参之、以民部卿備叡覧委細被仰下了。此項厳重申出了。（吉田家日次記）

十月二十三日　太平記有落丁歟之由申入之。（十輪院内府記）

十月二十四日　彼記可被尋他本云々。（十輪院内府記）

十月二十五日　入夜於御前太平記目録等事被仰談之。又所々読申、及半更了。（実隆公記）

十月二十七日　参内、太平記事申入了。（十輪院内府記）

十月二十八日　無殊事、太平記被下一帖。（十輪院内府記）

十月二十八日　太平記一巻剣巻依仰令書進上。（後法興院記）

十月二十八日　参内、依召也。予書写太平記今度被仰人々被新写也少々改直之。此外剣巻可読進之由有仰、読了。書誤之処付注紙了。（親長卿記）

十一月九日　以山科宰相言国卿被下太平記剣巻、此内神書事等有之、文字已下有相違事為可直進者被副下御硯了、余披見此巻之処不審繁多也。三種神器事一向引入仏法書之、不可説事也。文字等誤已下少々直之進上了。三種神器事以外相違之由申入了。（吉田家日次記）

十一月十日　太平記剣巻内御不審事今日注無之拝紙、
復天《マタアマ》ノハヱ切《キリ》ノ剣

復ハ詞字也、日本紀云、天蠅斫剣ハ剣ノ名也、ハヱ為正義畢、古語拾遺ニハ天羽《ハ》之斬《キリ》ト有之、両説如此。
（吉田家日次記）

十一月十五日　今日当番参内、教国・俊量等祗候、於御前太平記校合。
（実隆公記）

十一月十六日　太平記十二終書功。　（実隆公記）

十一月十七日　早旦太平記校合。拾遺入来。則少々改之令進上了。　（実隆公記）

十一月十九日　太平記進上之。叶叡慮云々。祝著多端々々。
（十輪院内府記）

十一月十九日　予期参内、以民部卿進上太平記第廿四巻、今度被行諸家所書進也。余第廿四巻一帖書之。（中略）今朝所書進上大平記《ママ》被下之、於番衆中可令校合也、重治朝臣公夏代与予至半更校合了。　（吉田家日次記）

十一月二十日　入夜於常御所有盃酌、民部卿申沙汰云々。其後太平記校合。　（実隆公記）

十一月二十五日　太平記校合、及深更。　（実隆公記）

十一月二十八日　入夜滋野井太平記十三校合。　（実隆公記）

十二月十五日　自禁裏太平記重而被下之、被仰之旨有之、可書改之由也、申入子細之処、然者不可改之由被仰出之。
（十輪院内府記）

十二月十六日　重而返上太平記之次、纛字余以片仮名タウト付了。然而被改トク之由、仍披見韻書等、上声皓員、去声号員入声沃員ニ入了、上去ハタウノ声、入声毒ノ声也、然者可随読習歟、御即位《ヲシヨクヰ》有此強《ママ》、即中、タウノハタと申ヤ之由申入了。　（十輪院内府記）

是年か　太へいき大に（勧修寺経熈）かゝせられ、まきにも又ふわけ候はず候。あなたよりかやうにしるし候てまいらせられて候。よくみまいらせられて候て、わろき所なをされ候て、まいらせられ候べく候よし申とて候。かしこ
（実隆公記文明十八年三月二十三日至二十六日紙背文書）

是年か　又太平記余之段令授候間、彼是不得寸暇候間、不被参拝候、心底無疎略存候。（中略）
五月廿九日御報　顕□
（晴富宿禰記文明十八年正月晦日紙背文書）

文明十八年（一四八六）

二月十七日　たいへゐきのめゐ、侍従中納言にかゝせらるゝ。　（御湯殿の上の日記）

二月　あさての御月なみめづらしく御れんくにせられたく候。（中略）又太へいき一でうつかはされ候。しるしがみの所なをされ候べく候よし申とて候。かしこ（後略）
（切封ウハ書）侍従中納言どのへ

（実隆公記文明十八年十月十五日至二十五日紙背文書）

三月十二日　慈祥佩道栄老居士至。栄七十六歳、当寺本旦越道富之披官、道恩居士之子也。栄頗有倭学、太平、明徳之二記等諳之云々。　（庶軒日録）

三月十五日　当番及晩参内。有十炷香、太平記第一読申。

（実隆公記）

四月二十七日　閑院、故我〔久〕、花山、謂之三家、大臣家以下、宗住云、兄弟左右ノ大将、ツントノキホノ㕝也、日本開闢以来、只四人也、（中略）マサ門朝敵タシ時、平将軍貞盛・田原藤太秀郷・ウチノ民部卿忠文・承平年中、マサ門トハ米カミヨリゾキラレケル田原藤太ガ謀□〔ニテ脱〕キヨ原ノシゲフヂ二人、〔ママ〕サネ東伐、カツラ原ノ親王ノ后代ハマサ門也。太平記ニ出之。マサ門八ケ国打取、称平親王、朱雀院ノ御時之㕝也。（中略）此㕝宗住語之。　（蔗軒日録）

是年か　このたいへゐきつかはされ候。めゐをあそばしてまいらせられ候はゞ、よろこびおぼしめし候はんずるよし申とて候。かしこ

（実隆公記文明十八年九月六日至八日紙背文書）

長享二年（一四八八）

七月　太平記梵舜本（尊経閣文庫蔵）巻一奥書

本云、長享二年七月書之。

（文禄三年三月十七日条に続く）

九月　同梵舜本巻三奥書

本云、長享二年九月書之、交了。

（文禄三年三月二十日条に続く）

九月　同梵舜本巻五奥書

本云、長享二年九月書之、交之。

十月　同梵舜本巻六奥書

本云、長享二年十月書之、交之。

（文禄三年三月二十二日条に続く）

十一月　同梵舜本巻九奥書

本云、長享二年十一月書之、交了。

（文禄三年三月二十二日条に続く）

延徳元年（長享三年、一四八九）

一月二十六日　太平記梵舜本（尊経閣文庫蔵）巻十三奥書

本云、長享三年正月廿六日書之。

（天正十五年五月十七日条に続く）

二月十九日　同梵舜本巻十七奥書

写本云、長享三年二月十九日、以余暇書写之畢、交了。

（文禄三年四月二十一日条に続く）

二月二十四日　同梵舜本巻十六奥書

本云、長享三年二月廿四日、余暇書写之畢、交了。

（天正十四年六月五日条に続く）

二月二十八日　同梵舜本巻十八奥書

長享三年二月廿八日、以余暇書写之訖、交了。

（文禄三年四月二十三日条に続く）

三月二日　同梵舜本巻十九奥書

本云、長享三年三月二日、以片時余暇書写之訖、交了。

四月十二日　同梵舜本巻二十一奥書

長享三年卯月十二日、以勤行余暇之時分、任本書置訖。

（文禄三年四月二十五日条に続く）

四月十九日　同梵舜本巻二十二奥書

長享三年卯月十九日、以余暇書写之訖、交了。

四月二十二日　同梵舜本巻二十三奥書

本云、長享三年卯月廿二日、以余暇書留訖、交畢。

（天正十四年四月二十四日条に続く）

五月十二日　同梵舜本巻二十四奥書

長享三年五月十二日巳尅、馳禿筆訖、交了。

五月二十七日　同梵舜本巻二十八奥書

本云、長享三年五月廿七日、以余暇書写之訖、交了。

六月九日　同梵舜本巻二十九奥書

本云、長享三年六月九日書写了、交了。

（文禄三年四月三十日条に続く）

七月一日　同梵舜本巻四十奥書

本云、長享三年七月一日書写之訖、交了。

（天正十四年六月十日条に続く）

七月八日　同梵舜本巻三十二奥書

長享三年七月八日書写之畢、交了。

（天正二十年四月十日条に続く）

七月十二日　同梵舜本巻三十三奥書

本云、長享三年七月十二日書写訖、交了。

（文禄三年五月二日条に続く）

七月十八日　同梵舜本巻三十一奥書

本云、長享三年七月十八日、拭老眼書写畢、交了。

（天正二十年四月九日条に続く）

七月三十日　同梵舜本巻三十五奥書

本云、長享参年七月卅日、以余暇書写畢、交了。

（天正十四年六月二日条に続く）

八月七日　同梵舜本巻三十六奥書

本云、長享三年八月七日書写了、交了。

（天正十四年六月四日条に続く）

八月十一日　同梵舜本巻三十八奥書

長享三年八月十一日書写之畢、交了。

（文禄三年五月十日条に続く）

八月二十日　同梵舜本巻三十九奥書
長享三年八月廿日書写之訖、交了。
（宝徳元年八月条に続く）
十月八日　同梵舜本巻二十二奥書
同十月八日再三［ママ］了。
（文禄三年四月二十六日条に続く）
十月九日　同梵舜本巻二十四奥書
同十月九日再校了。
（文禄三年四月二十七日条に続く）
十月十四日　同梵舜本巻二十八奥書
改元延徳元　同十月十四日、以異本再校了。
十月十六日　同梵舜本巻二十六奥書
本云、延徳元年十月十六日書写之訖。
十一月十七日　同梵舜本巻二十六奥書
同十一月十七日交合了。
（文禄三年四月二十七日条に続く）
十二月十二日　同梵舜本巻二十七奥書
本云、延徳元年十二月十二日書写之畢。膜所労之中以推量写之。同夜於燈下交合之畢。
（文禄三年四月二十八日条に続く）
延徳二年（一四九〇）
五月十七日　参入江殿、承久物語・太平記一両冊読申之、及晩帰宅。
（実隆公記）
六月六日　参入江殿、太平記自第一至第四読申、連々御所望之間所参入也。
（実隆公記）
八月十四日　参入江殿、太平記第五読申之。
（実隆公記）
十一月三日　帰路参入江殿、有朝膳、太平記自第六至第九読申之、及晩陰帰宅。
（実隆公記）
延徳三年（一四九一）
五月十六日　参詣誓願寺。先之参詣烏丸観音堂談義。其次件知識読太平記聞了。
（親長卿記）
明応二年（一四九三）
八月一日　太平記二十九抜書有、略之。
（蓮成院記録）
閏四月下旬　金言和歌集成る。
序の部分
（前略）いにしへよりかくつたはるいさかひも、右衛門佐義就か時よりそひろまりにける。（中略）これよりさきの弓矢をしるしてなん太平記となづけられたりける（後略）。
（金言和歌集）
明応八年（一四九九）
三月十一日　一昨日従武家飯河彦九郎被借用太平記本間、不所持之由令返答処、今日又何ニテモ物語双紙可借給之由有

其命、狭衣・ツレ〱クサ等所持之由令申処、ツレ〱クサ可借給云々、仍進上了。　（後法興院記）

文亀元年（明応十年、一五〇一）

六月十日　太平記外題中納言所望染筆。　（実隆公記）

永正元年（文亀四年、一五〇四）

七月十日　太平記今川家本（陽明文庫蔵）巻二十一奥書

永正元年甲子七月十日

八月二日　同今川家本巻三十九奥書

永正元年甲子八月二日書畢。

永正二年（一五〇五）

五月二十一日　太平記今川家本（陽明文庫蔵）巻一奥書

永正二年乙丑五月廿一日　右筆丘可老年五十四

〔別葉識語〕右此本、甲州胡馬県河内南部郷ニテ書写畢。御所持者、当国主之伯父、武田兵部太輔受領伊豆守実名信懸、法名道義斎、名臥竜ト号、書籍数奇ノ至リ、去癸亥之冬、駿州国主今川五郎源氏親ヨリ有借用、雖令頓写之、筆之達不達歟、又智之熟不熟歟、損字落字多之、誂予一筆令為写。年既及六十、眼闇手疼、辞退千万、雖然依難背貴命、全部書之訖。雖然烏焉馬之謬猶巨多也。然処爰伊豆之国主伊勢新九郎、剃髪染衣号早雲庵宗瑞、臥龍庵主与結盟事如膠漆耳。頗早雲庵平生此太平記嗜翫、借筆集類本糺明之。既事成之後、関東野州足利之学校令誂学徒、往々糺明之。豆州還之、早雲庵主、重此本令上洛、誂壬生官務大外記、点朱引読僻以片仮名矣。実我朝史記也。臥竜庵伝聞之借用以又被封余也。依応尊命重写之畢。以此書成紀綱号令者、天下太平至祝。

五月二十二日　同今川家本巻二奥書

永正二年乙丑五月廿二日

五月二十三日　同今川家本巻三奥書

永正二年乙丑五月廿三日

五月二十四日　同今川家本巻四奥書

永正二年乙丑五月廿四日

五月二十五日　同今川家本巻五奥書

永正二年乙丑五月廿五日

五月二十六日　同今川家本巻六奥書

永正二年乙丑五月廿六日

五月二十七日　同今川家本巻七奥書

永正二年乙丑五月廿七日

五月二十八日　同今川家本巻八奥書

永正二年乙丑五月廿八日

五月二十九日　同今川家本巻九奥書

永正二年乙丑五月廿九日
六月一日　同今川家本巻十奥書
永正二年乙丑六月一日
六月七日　同今川家本巻十一奥書
永正二年乙丑六月七日
六月　同今川家本巻十二奥書
永正二年乙丑六月□□
六月十一日　同今川家本巻十三奥書
永正二年乙丑六月十一日
六月十三日　同今川家本巻十四奥書
永正二年乙丑六月十三日
六月十四日　同今川家本巻十五奥書
永正二年乙丑六月十四日
六月十五日　同今川家本巻十六奥書
永正二年乙丑六月十五日
六月十七日　同今川家本巻十七奥書
永正二年乙丑六月十七日
六月十九日　同今川家本巻十九奥書
永正二年乙丑六月十九日
六月二十日　同今川家本巻二十奥書
永正二年乙丑六月廿日

永正四年（一五〇七）
十月上旬　永正四年丁卯初冬上幹之比得之、本来是慈父兼守法師之持者也。次第之相伝末代重宝也。輙外見不可許歟。秘蔵々々。重祐（銘肝腑集鈔奥書。天理図書館蔵銘肝腑集鈔は太平記巻一冒頭部分の抜書を載す）

永正六年（一五〇九）

十一月八日　太平記御本内々申出之。進上室町殿了。

（実隆公記）

太平記御本被申出度候。若未被返上申候はゞ此者可渡給之由、可得御意候也。

（十一月八日付、左京権大夫足利義尹宛阿野季綱書状、実隆公記永正六年十一月十日至十二日紙背文書）

永正八年（一五一一）
四月十一日　真生法師来、目薬恵之。太平記不審之事少々答了。
（実隆公記）

永正十四年（一五一七）
八月一日　宗観借送太平記一部四十冊廿二巻欠、閑日可一見云々。
（宣胤卿記）
十一月二十七日　太平記四十冊、今日一見畢。此内第四巻宣明卿奉預後醍醐四宮八才事、当流面目也。其段詞事所書抜別紙也。又宝篋院殿義ｌ《詮》御上洛之時、御借住同御宿所、彼卿御記分明也。太平記無此事、可謂無念。彼御記応仁乱紛失、彼私宅者至余居住、応仁乱焼失了。八代之旧宅也。令切妖者給御太刀之切目有シ。又今所持之屏風和歌并御遊等絵、其年号不審之処、太平記第四十巻貞治六年三月廿九日中殿御会人数等分明也。此屏風其時節物歟、古物也。絵ハ当時《先年於山門感》絵所《得之》光信朝臣先祖光行書之由、光信朝臣先年称之。詩歌者為秀卿御手跡歟之由、為広卿演説之。為秀卿ハ貞治之御人数也。此中殿御会、此度以後無之。抑中殿御会、年々其例不快之由、各雖申之猶被行《廿九日》云々。《当日申剋》天竜寺焼失、同四月廿八日、鎌倉左馬頭基氏（将軍御弟）逝去《廿八歳》、同十二月七日、征夷大将軍義詮卿薨《卅八歳》給、又同年八月十八日、被行最勝講之処、於禁庭南都北嶺衆徒喧嘩出来及合戦、両方衆徒多以被打了。是以来此講演無之。件度狼籍之衆徒及堂上之処、高祖父宣ｌ《方》以高灯台追下、名誉之由世語伝之。（宣胤卿記）

十二月十日　資定太平記五冊返之。又五冊遣之。（宣胤卿記）

十二月二十六日

資定状到来、勘付返了。

近日御床敷存候。仍《返給了》太平記八帖、長々恩借、畏存候。唯今返上候。（宣胤卿記）

永正十五年（一五一八）

一月二十八日　秀房朝臣、年中行事本持来。（中略）太平記第十三巻借遣之。藤房卿事有之故也。抑彼宣房卿ト申ハ、吉田大弐資経卿孫、藤三位資通之子也。（後略）（宣胤卿記）

二月一日　年中行事（中略）返遣《右中》秀房朝臣、（中略）此次太平記返。（宣胤卿記）

四月二十九日　太平記抜書一巻遣駿河《今川》守護。（宣胤卿記）

六月十日　入道内府奉状、太平記内、光厳院御事一段書抜奉令見之。又彼太平記内、宣ｌ《明》卿元弘元年ニハ中納言トアリ。数年後ニハ宰相トアリ、伝紛失不審之間、公卿補任如何之由尋之。返事在左。元弘元年比ハ未給卿位歟。如此物語、予書極官者、大納言ト可有歟。（宣胤卿記）

六月十一日　抑此山国の昔、か様に被抄出候。真箇感慨不少候。凡太平記万之眼目、此両皇御対談ニ極候由、古来申来候歟。今更動感情候。加電覧返進候。返々恐悦候。（後略）

六月十一日　尭空

中御門殿

（同永正十五年紙背文書）

七月二十八日　太平記三十九冊返遣宗観入道了。（宣胤卿記）

八月六日　卯月廿六御札具令拝見候。先以畏入候。（中略）兼又太平記内名字候所、被遊抄候て被下候、過分之至候。当家異于他致忠節候。其支証于今所持仕候。太平記ニハ普通之様載候。惣別以草者私、さ程無忠節家も抜群之様書載之

由申、錦小路殿御座之時、被読候て被聞食、殊外相違事共候間、可致改之由被仰候けると、了俊俗名貞世委書置物共候。今申候ても無益事候へ共、以次申入候。（後略）

八月六日　　氏親

中御門殿

田中殿　　（同永正十五年紙背文書）

是年　（前略）（仍歟）何此太平記御本則写返進申候、是又畏入候。

（同永正十五年紙背文書、同記二月一日記事と関わるか）

大永元年（永正十八年、一五二一）

是頃　太平記聞書、延徳二年（一四九〇）以後、永正年間頃までに成るか（亀田純一郎氏『太平記』〈岩波講座日本文学、昭7・7〉による）。

天文六年（一五三七）

是年　東勝寺鼠物語成るか。

諸侍の子息達手習学文のために登山あるへき時俄に事を闕ぬ様にとて坊主の求置れし物本共、（中略）宝元平治平家太平記明徳記応仁記（後略）　（東勝寺鼠物語）

天文十一年（一五四二）

六月八日　波切殿《ナキリトノ》伊勢ノ国人（中略）大佛《ヲサラキ》ノ奥州ノ守太平記ニアリ、大佛ト只ヨムハ悪也　（多聞院日記）

天文十二年（一五四三）

十月五日　太平記少々見之了。　（多聞院日記）

十一月上旬　太平記賢愚抄奥書

天文十有二龍集癸卯冬十一月上旬

江州住侶乾三作之

天文十三年（一五四四）

十月　太平記今川家本（陽明文庫蔵）巻二十四奥書

天文十三甲辰小春吉辰

十月　同今川家本巻三十四奥書

天文十三甲辰小春吉辰

天文十四年（一五四五）

二月十六日　従禁裏中御門被申候太平記四十一帖被出了。則持罷向渡了。　（言継卿記）

四月四日　中御門被来。水打紙被持来。於此方被打了。則予かり結沙汰之。太平記被仕立。中御門姉遠州守護代あさいな妻之用也。今日十二冊結了。一盞勧了。　（言継卿記）

四月九日　中御門へ罷向、太平記之料紙二束しめし了。　（言継卿記）

五月四日　中御門来談、太平記料紙仮結十五冊調遣了。晩天可来之由有之、罷向一盞了。　（言継卿記）

六月六日　中御門太平記二冊校合候了。中御門姉所望にて被仕立候。　（言継卿記）

六月七日　中御門・高辻等来談。太平記又二冊校合了。（言継卿記）

六月八日　中御門被来。又太平記一冊校合了。干飯勧了。（言継卿記）

六月九日　中御門太平記料紙残仮結、今日皆調、九冊之分遣了。（言継卿記）

天文十八年（一五四九）

八月二十四日　是日、竜安寺大休宗休没（太平記西源院本第一冊はその筆跡と伝えられ、他の諸冊もほぼ大永天文の頃の書写と思われる。鷲尾順敬氏「西源院本太平記解説」〈『西源院本太平記』昭和11・6〉による）。

天文十九年（一五五〇）

是年頃　太平記武田本（国学院大学図書館蔵）書写か。（巻二十六に「天文十九マテ応永四年二百七年也」の書込みあり。〈「国学院大学図書館貴重書解題目録㈠」平3・3〉による）

天文二十一年（一五五二）

是年　太平記黒川真道蔵本書写（関東大震災で焼失）。

天文二十三年（一五五四）

十月八日　太平記玄玖本（尊経閣文庫蔵）存在か（巻一末に「為形見奉送玄長医王者也　甲寅十月八日　玄玖（花押）」の識語あり、「甲寅」はこの年が相当か。鈴木登美恵氏「玄玖本太平記解題」〈『玄玖本太平記（影印本）㈤』昭50・2〉による）。

弘治元年（天文二十四年、一五五五）

十二月中旬　太平記神宮徴古館本巻四十奥書

弘治元年臘月中旬於寂照半作之蝸舎写独清再治之鴻書凡此愚本有職則尋有職之家武勇亦伺武勇之館而以終書功畢恐可謂證本歟　法印弁叡記之

（永禄三年十一月条に続く）

（長谷川端氏「神宮徴古館蔵太平記の位置について」〈中京大学文学部紀要11の3、昭和52・3〉による）

是年　太平記天文本（佐々木信綱旧蔵、お茶の水図書館蔵）書写か（巻六本文中に「元弘三年壬申閏二月三日」と傍書あり。天文廿四迄二百廿七 亀田純一郎氏『太平記』〈岩波講座日本文学、昭7・7〉による）。

永禄三年（一五六〇）

十一月下旬　太平記神宮徴古館本巻四十奥書

（弘治元年十二月条より続く）

永禄三年仲冬下旬奈林学士以右愚本不違片画書写給畢此業為菅儒之裔以吉筆之繆作善言之書則所望足耳

法印証之

欣賞　古経堂

（長谷川端氏「神宮徴古館蔵太平記の位置について」〈中京大学文学部紀要11の3、昭和52・3〉による）

永禄四年（一五六一）

閏三月二日　同日ニ、太平記、隆元様常ノ御茶之湯之間にて、一芸ヲ召シテ読侍ル。

（毛利元就父子雄高山行向滞留日記―大日本古文書『毛利家文書之二』所収）

永禄六年（一五六三）

閏十二月　太平記吉川家本（岩国吉川家蔵）巻一奥書

永禄六年癸亥潤十二月　日　元春

永禄七年（一五六四）

一月　太平記吉川家本（岩国吉川家蔵）巻二・巻三・巻七奥書

永禄七年甲子正月　日　元春

一月　同吉川家本巻四奥書

永禄七年甲子正月　元春

一月　同吉川家本巻五奥書

永禄七年正月　元春

二月　同吉川家本巻六・巻十奥書

永禄七年二月　日　元春

三月　同吉川家本巻八・巻九・巻十一奥書

永禄七年三月　日　元春

六月　同吉川家本巻十二〜十四奥書

永禄七年六月　日　元春

七月　同吉川家本巻十五奥書

永禄七年七月　元春

七月　同吉川家本巻十六奥書

永禄七年七月　日　元春

八月　同吉川家本巻十七〜十九奥書

永禄七年八月　日　元春

九月　同吉川家本巻二十・巻二十一・巻二十五奥書

永禄七年九月　日　元春

十月　同吉川家本巻二十三奥書

永禄七年十月　日　元春

十一月　同吉川家本巻二十二・巻二十六奥書

永禄七年十一月　日　元春

十一月　同吉川家本巻二十四奥書

永禄七年十一月　日

十一月　同吉川家本巻二十八奥書

永禄七年霜月　日　元春

十二月　同吉川家本巻二十七・二十九奥書

永禄七年拾二月　日　　元春

永禄八年（一五六五）

四月　太平記吉川家本（岩国吉川家蔵）巻三十奥書

永禄八年卯月　日　　元春

五月　同吉川家本巻三十一・巻三十二・巻三十四・巻三十五
奥書

永禄八年五月　日　　元春

六月　同吉川家本巻三十八奥書

永禄八年乙丑　六月　日　　元春

七月　同吉川家本巻三十三・巻三十七・巻三十九奥書

永禄八年乙丑　七月　日　　元春

八月　同吉川家本巻三十六・巻四十奥書

永禄八年乙丑　八月　日　　元春

永禄十年（一五六七）

十月十日　太平記相承院本（尊経閣文庫蔵）巻四十奥書

本云、右一部息女依所望書写了。同及仮名処也。誤所後日
可直付者也。

于時永禄十年十月十日、宗哲御判アリ。

（天正五年四月十日条に続く）

永禄十一年（一五六八）

二月以前　三ケ国悉く靡旌旗ニ候事、当家之高運、御一身之名誉、京鎌倉迄も無其隠候処ニ、引替て悪名を天下之人口ニ落シ候する事、歎てもかなしみても余有子細ニ候歟、満気なとの御覚悟も専一ニ存候、大《ママ》平記ニ六本杉之天狗之やくたく、此時と存合候、当福者なにきちししやとやらんにて御座候、彼御一人ニ諸僧万民を召思《ママ》かへ、殊ニ我不義悪名を御おほえなく候、か様之申事、九牛之一毛にても候はね共、御承引も不存候、（後略）　（島津日新《忠良》自筆書状）

（大日本古文書『島津家文書之二』。右の書状の日付は「二月廿日」。書状の筆者島津忠良は、永禄十一年十二月に没しているから、書状は同年二月以前に書かれたもの）

元亀三年（一五七二）

七月二十五日　一、太平記何ニても第一より先五冊ばかりづゝ可申候。不悉子細候。

（澄空より邦輔親王あて書翰。伏見宮御記録享四―大日本史料十の九）

天正二年（一五七四）

三月十八日　香観房語ゝ、人ノバカ也ト云文字ハ馬鹿コレ也。（中略）サテハ臣威ニ随ト見テ国王ヲホロボス、是ヲバカ也トハ云習也。太平記ニ在之事也。王臣可尋記之。

（多聞院日記）

八月二十七日　太平記相承院本（尊経閣文庫蔵）巻二奥書

天正二年甲戌八月廿七日極楽寺月影弟子書功了。同仮名朱点
等校合了。

天正三年（一五七五）

四月十三日　泰〔ママ〕平記三巻見申候。　（上井覚兼日記）

六月十九日　太平記東京帝大本（関東大震災で焼失）留蔵跋
文。

九月　太平記豪精本（龍門文庫蔵）巻十奥書
天正三歳乙亥九月日早々　肥之後州木山腰之尾道場之住
妙智房豪精（印）

天正四年（一五七六）

五月二十一日　太平記相承院本（尊経閣文庫蔵）巻二十六奥
書
于時天正四年丙子五月廿一日校合了。
寿福寺慶印《桂蔭》庵憑了　鶴岡相承院常住也。

六月四日　竹内兵太平記内不審之字共尋之間、和玉篇三冊携
之罷向。同康雄等暫雑談了。　（言継卿記）

六月十三日　竹内左兵ニ太平記一・三巻令借用了。　（言経卿記）

六月十五日　竹内左兵へ太平記巻一返之、二巻借用了。　（言経卿記）

六月二十四日　竹内兵へ太平記二・三巻返之、同四・五巻令
借用了。　（言経卿記）

六月二十五日　竹兵へ太平記四・五巻返之。　（言経卿記）

六月二十六日　竹兵ニ太平記六・七巻令借用了。　（言経卿記）

七月十二日　竹兵へ太平記六・七巻返之。　（言経卿記）

七月十三日　竹兵ニ太平記八・九令借用了、後刻返之。　（言経卿記）

八月十二日　太平記相承院本（尊経閣文庫蔵）巻三十一奥書
干時天正四年甲丙子八月十二日草案了重而書改尤候。
一校了　相承院長山

八月二十八日　同相承院本巻三十三奥書
于時天正四年丙子八月廿八日草案了落字多カラン、
於後日可被書直者也。　鶴岡相承院長山（花押）

九月五日　同相承院本巻三十四奥書
于時天正四年丙子九月五日書功了。
鶴岡相承院為後世草案了。

九月二十四日　同相承院本巻三十五奥書
天正四年丙子九月廿四日草案了。
鶴岡相承院長山（花押）

十月二日　同相承院本巻三十六奥書
于時天正四年丙子十月二日草案了重而可有清書。
鶴岡八正寺供僧相承院長山（花押）

十二月一日　同相承院本巻三十七奥書
　于時天正四年丙子十二月朔日令草案了重而可有清書也。
　　相承院中納言元与授与了。
　　　　　　　　　　　　長山（花押）
十二月四日　竹兵ニ太平記十二・十三令借用了。（言経卿記）
十二月八日　竹兵へ太平記十二・十三等巻返了。又十四・十五
借用、到来了。（言経卿記）
十二月九日　竹兵へ太平記十四・十五巻返了。（言経卿記）
十二月十日　竹兵ニ太平記十六・十七巻令借用、到来了。（言経卿記）
十二月十二日　竹兵へ太平記十六・十七巻返了。（言経卿記）
十二月十三日　竹兵ニ太平記十八・十九巻令借用之、到来
了。（言経卿記）
十二月十八日　竹兵へ太平記十八・十九巻返了。廿・廿一巻
令借用了。（言経卿記）
十二月二十七日　竹兵へ太平記廿・廿一巻返之。（言経卿記）
天正五年（一五七七）
二月二十八日　太平記相承院本（尊経閣文庫蔵）巻三十八奥
書
　于時天正五丙〔ママ〕丑二月廿八日書功了。
　　　　　同校合了。

四月十日　同相承院本巻四十奥書
　（永禄十年十月十日条より続く）
　于時天正五年丙〔ママ〕丑四月十日世田谷御本借用申草案了或
筆憑或以自筆書留者也。
　　　　　　融元（花押）
十二月二十三日　太平記豪精本（龍門文庫蔵）巻十一奥書
　天正五年丁丑師走廿三日
天正六年（一五七八）
一月十九日　太平記豪精本（龍門文庫蔵）巻十三奥書
　于時天正六年戊寅正月十九夜筆依急用者也。
肥後木山道場居住之砌妙智房豪精令所持畢。
　あらざらむのちまで人のあはれともみるべき筆の跡なら
ばこそ
二月三日　同豪精本巻十四奥書
于時天正六年戊寅二月三日早々　所持妙智房豪精（印）　肥
後州益城郡木山腰尾道場居住之刻也。
二月　太平記野尻本（内閣文庫蔵）各巻（巻八・巻三十七を
除く）奥書
此書即往代旧記興亡先蹤也、尤為季世訓摸、仍今出雲国三
沢庄亀嵩之麓於草亭、自国造千家義広借四十二巻、一旬之
間写之、以伝子孫、永貽千載、庶幾後覧之倫諒察焉。
　　　　雲州三沢之住野尻蔵人佐源慶景

于時天正六戊寅仲春日書之

十月　太平記豪精本（龍門文庫蔵）巻十六奥書

天正六年戊寅十月日　所持豪精

十二月十日　同豪精本巻二十一奥書

天正六年戊寅十二月十日肥後木山道場居住之刻　妙智房豪精

十二月二十一日　同豪精本巻二十二奥書

天正六年戊寅十二月廿一日　木山道場居住之刻　妙智房豪精

十二月二十四日　同豪精本巻二十三奥書

天正六年戊寅十二月廿四日肥後木山道場居住之刻　妙智房豪精

天正七年（一五七九）

一月四日　太平記豪精本（龍門文庫蔵）巻二十四奥書

天正七年己卯正月四日早々　肥後木山道場居住之刻　妙智房豪精（印）

一月十七日　同豪精本巻二十五奥書

天正七年己卯正月十七日早々肥後木山道場居住之刻　妙智房豪精（印）

一月二十二日　同豪精本巻二十六奥書

天正七年己卯正月廿弐日急々

四月上旬　同豪精本目録奥書

太平記全部之目録為令達心中之望、一筆ニ急候令書写者也、後昆之哢無念々々。

于時天正七年己卯卯月上旬肥後木山腰之尾道場住居之刻　妙智房豪精（印）

四月　同豪精本巻四十一奥書

太平記四十有余之内、依便宜ノ数奇東西馳走之透一筆ニ令書写訖。

寔貽後覧之嘲者也　肥後木山腰之尾道場住居之刻

于時天正七年己卯卯月吉曜　妙智房豪精（印）

五月　太平記益田兼治書写本（国学院大学図書館蔵）巻三奥書

以口羽通良本藤兼被成御写候。其御本申請書写畢。

天正七年己卯仲夏吉日兼治

（長谷川端氏「新出太平記二種覚書―日置孤白軒書写本と益田兼治書写本と―」〈芸文研究55号、平1・3〉による）

十二月七日　太平記豪精本（龍門文庫蔵）巻十二奥書

天正七年己卯師走七日夜成就畢　肥後国木山腰之尾道場居住之刻　所持妙智房豪精（印）

天正八年（一五八〇）

一月十日　太平記豪精本（龍門文庫蔵）巻十五奥書

天正八年庚辰正月十日ノ夜成就畢、一筆之内此巻依為他筆後ニ書加者也。

肥後木山腰之尾道場居住之砌　　妙智房豪精持之

天正十一年（一五八三）

一月二十三日　此夜月待候。読経など終候てより聴衆など候儘、太平記二三巻読候。（上井覚兼日記）

五月十一日　太平記十巻読終。（兼見卿記）

五月十四日　喜介遣京、近衛殿へ太平記十巻返上、次之巻又十冊申請了。以書状申入了。（兼見卿記）

五月十五日　太平記十一巻読之。（兼見卿記）

五月中旬　太平記織田本（尊経閣文庫蔵）巻一奥書

織田左近将監ながもと　天正十一年癸未五月中旬書之。

五月中旬　同織田本巻二奥書

天正十一年癸未五月中旬書之　織田左近将監長意（巻三以下も巻末に同一の奥書あり―高橋貞一氏『太平記諸本の研究』による）

五月中旬　同織田本巻四十奥書

天正十一年癸未五月中旬満書之者也。

八月二日　楠甚四郎へ罷向了、白粥有之、次太平記一巻半分程読了。（中略）太平記一巻竹内ニ令借用了。（言経卿記）

八月四日　太平記一巻奥分、甚四郎可聞之由有之間、読之。（言経卿記）

八月七日　竹内刑部卿へ太平記一之巻返之。（言経卿記）

天正十二年（一五八四）

五月二十八日　御崎寺講読ニ御越也。如例、善哉坊昨日より越候、（中略）茶被持候、御酒参合候、物語之次太平記望候間、一巻読候て聞せ申候也。（上井覚兼日記）

七月二十三日　雨中にて候間、然と罷居候。休世斎など終日御物語申候。野村大炊兵衛尉召寄、唄いはせ申候て承候、太平記など一二巻、休世斎へ読候て聞せ申候。（上井覚兼日記）

十月十日　於拙宿合志殿寄合候。座躰、客居親重・税新・合志対馬守、主居伊集院美作守・拙者・松尾与四郎、種々戯言など酒宴也。座過候て碁などにて慰也。伊作州太平記求候とて被取寄候。見申候て菟角候処ニ、麟台・忠棟為談合御出也。従夫太平記一巻拙者読候而、各へ聞せ申候。（上井覚兼日記）

天正十三年（一五八五）

閏八月二十六日　参近衛入道殿御対面、暫祗候之中、御方御所御出、御退出之間、御供申、御方御所へ祗候畢。雲庵召具遊功（由己）、此人、殿下懸御目、天満宮之社僧ニ被仰付也。祇候也。即御対面被下御盃了。遊功云、今度関白官位参内次第記之、懸御目、遊功読之、文筆等聞事也、太平記之類也。同紀州雑賀へ御出陣之様悉書之、其文聴聞了。（兼見卿記—桑田忠親氏『大名と御伽衆』昭12・7による）

是頃　多胡家訓（多胡辰敬）成るか。

多賀（胡）家訓（内閣文庫蔵）

道ヲ行トテ、下ラフ闇ノ夜ニ鳥目十銭飛渡リヘヲトス。（中略）其時カマクラノ奉行通ルトテ是ヲキク。タイマツヲカハセテ手ゴトニ持セ、此銭ヲ尋レドモ更ニナシ。其時カヾリヲタカセ大勢ニテ此ミゾヲホリアゲ、チリアクタヲアラヒアゲテ此銭ヲ尋出ス。（中略）タイヘイキニ有事ナレドモ、今又書入ナリ。（多胡家訓—寛泰彦氏『中世武家家訓の研究』昭42・5による）

天正十四年（一五八六）

四月二十二日　太平記梵舜本（尊経閣文庫蔵）巻六奥書

（文禄三年三月二十二日条より続く）

天正十四年卯月廿二日ニ写之　重而不審字解。

四月二十四日　同梵舜本巻二十三奥書

（長享三年四月二十二日条より続く）

天正十四年卯月廿四日写之。

（文禄三年四月二十六日条に続く）

四月二十九日　同梵舜本巻三十奥書

天正十四年卯月晦日写之　五冊之内壱清書之。

（文禄三年五月一日条に続く）

五月一日　看経等別而仕候。衆中各被来、閑談共也。此日雨中にて候間、碁・将碁にて終日慰候也。太平記一二巻読候て、各へ聞せ申候。　（上井覚兼日記）

六月二日　太平記梵舜本（尊経閣文庫蔵）巻三十五奥書

（長享三年七月三十日条より続く）

天正十四丙戌年六月二日書之。　梵舜

（文禄三年五月八日条に続く）

六月四日　同梵舜本巻三十六奥書

（長享三年八月七日条より続く）

天正十四丙戌年六月四日書之。　梵舜

（文禄三年五月九日条に続く）

六月五日　同梵舜本巻十六奥書

（長享三年二月二十四日条より続く）

覚乗房老眼ニテ書継申候。

天正十四丙戌年六月五日ニ太田民部烝壱清写之畢。

（天正二十年四月二十八日条に続く）

六月十日　同梵舜本巻四十奥書

（長享三年七月一日条より続く）

天正十四丙戌年六月十日此本之内七冊書之訖。

（文禄三年五月十一日条に続く）

天正十五年（一五八七）

三月十日　金勝院足煩見廻ニ久被語了。太平記自一至五并字抄一帖・年譜品二地一帖、金勝院ヨリ借給了。（多聞院日記）

三月十六日　太平記一ヨリ十マデ一返見了。（多聞院日記）

三月十九日　太平記十五迄見テ返了。（多聞院日記）

三月二十六日　太平〔記脱〕廿一ヨリ借用、廿二ハ本来無之見タリ。（多聞院日記）

四月十日　太平記卅マデ見了。（多聞院日記）

四月廿六日　太平記一返荒増見了。（多聞院日記）

五月十七日　太平記梵舜本（尊経閣文庫蔵）巻十三奥書

天正十五年五月十七日重而以余本加朱点了。

（長享二年一月二十六日条より続く）

六月四日　同梵舜本巻二十五奥書

天正十五年六月四日以他本朱点付了。

天正十六年（一五八八）

四月四日　十後へ見廻了。太平記一部見事被仕立了。浦山敷〳〵。（多聞院日記）

十一月十八日　新田殿・泥蟠斎御出仕也。（中略）其後御鷹屋にて大へいき御らんし被成候。（伊達天正記）

是年頃　太平記前田家本（尊経閣文庫蔵）書写か（巻八末に「天正十六年丁亥」とあり）。

天正十七年（一五八九）

五月以前　尚々細字ハ存外之御事、驚目候、我等式ハちとハ年少ニ候へ共、よミかね申候、仰天申候、寔そら事の様ニこそ候へ、御神慮迄候、此以前之事者、むしつらぬきのようにて候つる、此後御事ハ大平記よミ一人めされ出し候まてニて候、めでたく社候へ〳〵、御社参之時重而可申述候、かしく、（山城守就長書状）

（『広島県史　古代中世資料編Ⅱ』厳島野坂文書のうち。書状の日付は「五月廿四日」。増田欣氏「太平記研究、現在の話題と将来像」〈国文学解釈と鑑賞、昭56・5〉によると、書状の宛先「棚守左近将監房顕」は天正十八年正月に没しているから、書状は、その前年天正十七年五月以前に書かれたものという。）

天正十八年（一五九〇）

是年　先生八歳頴悟不㆑常頗知㆓俗字㆒有㆓一浪人㆒曰㆓徳本㆒常来㆓理斎信時宅㆒読㆓太平記㆒　先生傍聞諳誦人皆異㆑之。（羅山先生年譜―『林羅山詩集』下巻所収）

是年　先生幼志不㆑群《ナラ》粗識《々ル》㆓通用《ノ》俗字《ヲ》㆒、甲州《ノ》亡人徳本偶在《々テ》㆓京

師《ニ》一屢《々》読《リ》二太平記《ヲ》于理斎信時宅《ニ》一、先生側《ニ》聞《テシ》多レ所レ諳《スル》焉、時《ニ》八歳人以《テ》異《ナリトス》レ之《ヲ》

（羅山先生行状―『林羅山詩集』下巻所収）

是年　爰に南方と申て両宮御座候、これは太平記の比、位争の御門の御末也、何様天下を一度御望有て、御兄弟吉野のおく北山と申所に一の宮は御座候、二の宮はかはのゝ郷と申所に御座候。

（赤松記）

（群書類従合戦部所収。本書は天正十六年の成立）

天正十九年（一五九一）

十月十八日　申刻民部法印使者而云、自殿下仰也、太平記一冊廿九紙数五十枚、三日之中令書写之可進上之旨仰也。使者小性也。令対面云、予此間煩眼中此体也。仰他筆、御本書写可参之由申訖。

（兼見卿記）

十月十九日　関白様より大平〔ママ〕記被仰付、三日之内ニ出来候様ニと御意候間書申也、民部法印より金六殿御使也。

（北野社家日記）

十月二十二日　今日大平〔ママ〕記書済申候、民部法印へ持参仕候也。

（北野社家日記）

十一月十七日　今日又関白様より大平〔ママ〕記禅永・禅祐・我等両三人ニ被仰出書申也。我等へ参候は此先ハ第四ニて候つる、今度者四十番めニて候。

（北野社家日記）

十一月十七日　自民部法印、太平記廿九巻一冊令書写可進上之由持来、徳大寺殿ヨリ持給了。去月一冊令書写折節、相煩眼中之間、仰幽斎筆者長次書之、二日之中出来、即民部へ持遣也。今度又同前之同巻也。

（兼見卿記）

文禄元年（天正二十年、一五九二）

一月二十九日　幽庵被来了。太平記十一ヨリ十五巻マデ持来了。令借用了。

（言経卿記）

二月十五日　幽庵へ太平記十一・二・三巻等返之。

（言経卿記）

二月二十五日　太平記梵舜本（尊経閣文庫蔵）巻十四奥書

或以本重而加朱点校合了。

天正廿年二月廿五日

二月二十八日　幽庵太平記一・二・三巻持来云々。

（言経卿記）

三月九日　太平記天正本（彰考館蔵）巻一奥書

于時天正廿暦終春第九天書之畢。

三月十二日　太平記梵舜本（尊経閣文庫蔵）巻三十七奥書

天正廿年三月十二日　以或本朱点校合畢。

（文禄三年五月九日条に続く）

三月　同梵舜本巻二奥書

重而朱点又脇小書以或本是付畢。

天正壬辰廿年三月吉日　梵舜

（文禄二年三月十八日条に続く）

四月一日　幽庵ヨリ太平記一巻ヨリ五マデ借給了。右近本也云々。（言経卿記）

四月四日　西御方へ可来之由有之間、罷向診脈了。酒有之。後刻又罷向了。御灸治也。太平記一・二・三之巻読之。（中略）幽庵へ太平記一・二之巻返之。（言経卿記）

四月六日　西御方へ罷向診脈了。（中略）次太平記四・五之巻読之。次夕飡有之。（言経卿記）

四月七日　幽庵来了。太平記二・四・五巻返之。又七ヨリ十三之巻マデ持被来了。（言経卿記）

四月九日　太平記梵舜本（尊経閣文庫蔵）巻三十一奥書

（長享二年七月十八日条より続く）

重而以類本朱点校合以下了

天正廿年四月九日　梵舜

四月十日　同梵舜本巻三十二奥書

（長享二年七月八日条より続く）

以或本脇小書并朱点等付畢。

天正廿年卯月十日　梵舜

四月十三日　西御方へ可来由有之間罷向了。白粥有之。太平記七・八・九之巻読之。（言経卿記）

四月十五日　西御方へ罷向。酒有之。太平記十一・二之巻読之。（中略）幽庵へ対顔了。太平記七・八・九巻返之。又十四五巻借用了。（言経卿記）

四月十七日　西御方へ夕飡ニ可来之由有之間罷向。太平記十二巻半冊程読之。（言経卿記）

四月二十日　西御方へ罷向。白粥有之、下間少進法印妻振舞也。次太平記十二巻少読之。（言経卿記）

四月二十一日　西御方へ可来之由有之間、御児御方ヨリ御振舞有之。済々儀也。次太平記十二巻ヨリ同十三巻半分程読之。（言経卿記）

四月二十一日　太平記梵舜本（尊経閣文庫蔵）巻七奥書

以或本重而朱点脇小書付畢。

天正廿年卯月廿一日　梵舜

四月二十二日　同梵舜本巻八奥書

以重而證本朱点脇小書付畢。

天正廿年卯月廿二日　梵舜

（文禄二年四月二日条に続く）

四月二十四日　西御方へ可来由申間罷向。灸治也。太平記十三・十四之巻読之。（言経卿記）

四月二十六日　太平記梵舜本（尊経閣文庫蔵）巻十二奥書

重而類本ニテ朱点脇小書等付畢。
天正廿年卯月廿六日　梵舜
（文禄三年三月二十八日条に続く）
四月二十八日　同梵舜本巻十六奥書
（天正十四年六月五日条より続く）
重而以類本朱点脇小書等付畢。
天正廿年卯月廿八日　梵舜
五月三日　同梵舜本巻十五奥書
重而以類本朱点脇小書付并又奥此目録ヨリ書入。棟堅奉入将軍事無之写本ニ無之故書。
天正廿年五月三日　梵舜
五月九日　西御方へ罷向。太平記十五之巻読之。（中略）幽庵へ罷向。酒有之。太平記十之巻ヨリ十五之巻ニ至テ返了。
（言経卿記）
五月十日　幽庵ヨリ太平記音訓并十七・八・九・廿之巻持借給了。
（言経卿記）
五月十六日　西御方へ罷向。太平記十七之巻読之。
（言経卿記）
五月十七日　西御方へ罷向。診脈了。煎薬三包進了。太平記十六之巻三四枚程読之。
（言経卿記）
八月二十八日　西御方ニテ太平記十八之巻読之。（言経卿記）

十月五日　幽庵へ三愛記・太平記音訓・同十七之巻等返了。
（言経卿記）

文禄三年（一五九四）
三月十七日　太平記梵舜本（尊経閣文庫蔵）巻一奥書
（長享二年七月条より続く）
右朱点以梅谷和尚本重而写了。
文禄三甲午年三月十七日　梵舜
三月十八日　同梵舜本巻二奥書
（天正二十年三月条より続く）
朱点又重而以梅谷和尚〔本脱カ〕写之并校合了。
文禄三甲午年三月十八日
三月二十日　同梵舜本巻三奥書
（長享二年九月条より続く）
朱点重而以梅谷和尚本写了。
文禄三甲午三月廿日　梵舜
三月二十一日　同梵舜本巻四奥書
朱点梅谷和尚以（ママ）本写了。不審字解也。
文禄三甲午三月廿一日　梵舜
三月二十二日　同梵舜本巻六奥書
（長享二年十月条より続く）
朱点以梅谷和尚本写之。

文禄三甲午年三月廿二日

（天正十四年四月二十二日条に続く）

三月二十二日　同梵舜本巻九奥書

（長享二年十一月条より続く）

右朱点重而写之。重而不審字解。

文禄三甲午年三月廿二日

三月二十四日　同梵舜本巻十奥書

右朱点以梅谷和尚本写了。重而不審字読解也。

文禄三甲午年三月廿四日　梵舜

三月二十八日　同梵舜本巻十一奥書

以或本加朱点校合了。

重而以梅谷和尚本校合了。

文禄三甲午年三月廿八日　梵舜

三月二十八日　同梵舜本巻十二奥書

（天正二十年四月二十六日条より続く）

以梅谷元保和尚本校合朱点等写畢。

文禄三甲午三月廿八日

四月二日　同梵舜本巻七奥書

（天正二十年四月二十一日条より続く）

以梅谷和尚本校合了。

文禄三甲午年卯月二日

四月二日　同梵舜本巻八奥書

（天正二十年四月二十二日条より続く）

朱点校合等梅谷和尚以本写了。

于時文禄三甲午卯月二日

四月二十一日　同梵舜本巻十七奥書

（長享三年二月十九日条より続く）

朱点校合等以梅谷和尚本写畢。不審字解也。

文禄三甲午年卯月廿一日　梵舜

四月二十三日　同梵舜本巻十八奥書

（長享三年二月二十八日条より続く）

以梅谷和尚本重而朱点校合者也。不審字読解也。

文禄三甲午年卯月廿三日　梵舜

四月二十三日　同梵舜本巻十九奥書

（長享三年三月二日条より続く）

以梅谷和尚〔本脱カ〕朱点校合畢。

文禄三甲午年卯月廿三日　梵舜

四月二十五日　同梵舜本巻二十奥書

以梅谷和尚本朱点校合畢　不審字解也。

文禄三甲午年卯月廿五日　梵舜

四月二十五日　同梵舜本巻二十一奥書

（長享三年四月十二日条より続く）
右朱点以梅谷和尚本写畢。不審字解也。
文禄三甲午年卯月廿五日　梵舜

四月二十六日　同梵舜本巻二十二奥書
（延徳元年十月八日条より続く）
右朱点以梅谷和尚本写畢。不審字解也。
文禄三甲午卯月廿六日　梵舜

四月二十六日　同梵舜本巻二十三奥書
（天正十四年四月二十四日条より続く）
右朱点以梅谷和尚本写畢。
文禄三甲午年卯月廿六日

四月二十七日　同梵舜本巻二十四奥書
（延徳元年十月九日条より続く）
右朱点以梅谷和尚本写了。
文禄三甲午年卯月廿七日　梵舜

四月二十七日　同梵舜本巻二十六奥書
（延徳元年十一月十七日条より続く）
右朱点以梅谷和尚本写了。
文禄甲午年卯月廿七日　梵舜

四月二十八日　同梵舜本巻二十七奥書
（延徳元年十二月十二日条より続く）
右朱点以梅谷和尚本写畢。
文禄三甲午年卯月廿八日　梵舜

四月二十九日　同梵舜本巻二十八奥書
（延徳元年十月十四日条より続く）
右朱点校合等以梅谷和尚本写了。
文禄三甲午年卯月廿九日　梵舜

四月三十日　同梵舜本巻二十九奥書
（長享三年六月九日条より続く）
右朱点校合等以梅谷和尚本写了。
文禄三甲午年卯月卅日　梵舜

五月一日　同梵舜本巻三十奥書
（天正十四年四月二十九日条より続く）
右朱点校合等以梅谷和尚本写了。
文禄三甲午年五月朔日　梵舜

五月二日　同梵舜本巻三十三奥書
（長享三年七月十二日条より続く）
右朱点校合等以梅谷和尚本写了。
文禄三甲午年五月二日　梵舜

五月六日　同梵舜本巻三十四奥書
右朱点校合等以梅谷和尚〔本脱カ〕写了　不審字解也。

文禄三甲午五月六日　　梵舜

五月八日　同梵舜本巻三十五奥書

（天正十四年六月二日条より続く）

右朱点校合等以梅谷和尚本写之。不審字解也。

文禄三甲午年五月八日

五月九日　同梵舜本巻三十六奥書

（天正十四年六月四日条より続く）

右朱点以梅谷和尚本写了。

文禄三甲午年五月九日

五月九日　同梵舜本巻三十七奥書

（天正二十年三月十二日条より続く）

右朱点重而以梅谷和尚本校合了。

文禄三甲午年五月九日

五月十日　同梵舜本巻三十八奥書

（長享二年八月十一日条より続く）

右朱点校合等以梅谷和尚本写了。

文禄三甲午年五月十日　　梵舜

五月十一日　同梵舜本巻三十九奥書

（宝徳元年八月条より続く）

右朱点校合等以梅谷和尚本写了。

文禄三甲午五月十一日　　梵舜

五月十一日　同梵舜本巻四十奥書

（天正十四年六月十日条より続く）

右朱点前南禅梅谷元保和尚以自筆本写了。先年天正十四歳比、四十冊全部遂書功者也。

文禄三甲午年五月十一日　梵舜四十二歳

慶長元年（文禄五年、一五九六）

四月　太平記（天理図書館蔵）巻一奥書

此物語全部於花洛求之、東山大仏在旅之刻、以類本一校早。

文禄五年乙未〔ママ〕孟夏日　正木前左近大夫平長時　法名雄峯玄英

（天理図書館稀書目録による）

八月　太平記（花巻市雄山寺蔵）巻十三〜十五奥書

太平記物語　巻第十三（十四・十五）

南部尾張守

慶長元稔丙申捌月吉日　　信愛　花押

慶長二年（一五九七）

五月二十四日　性応寺ヨリ朝飡ニ可来由、兼而申間、罷向了。予・空心・性応寺・城堯等相伴了、精進也。次太平記不審共書出、空心相尋之間、返答了。

（言経卿記）

慶長三年（一五九八）

四月十八日以前　太平記毛利家本（彰考館蔵）、毛利輝元から

興正寺昭玄へ授与か。（参考太平記凡例によれば、本書巻末に、「太平記四十本、安芸大納言大江輝元、所授興聖寺権僧正昭玄也。」とあるという。輝元の権中納言在任は、文禄四年一月六日から慶長三年四月十八日まで）。

八月朔日　慶長三戌正ヨリ八月朔日読終之者也。
（太平記北畠文庫旧蔵本識語）

八月三日　門跡（光昭室）御ウヘヘ罷向、川芎調散二十服進了、同御乳人へ同十服遣了、太平記（ヘ脱）□（一之カ）巻読之。（言経卿記）

八月八日　門跡御ウヘ罷向、太平記二・三之巻読之、夕飡有之。（言経卿記）

八月十日　門跡御ウヘヘ罷向了。太平記四之巻読之。（言経卿記）

八月二十六日　門跡御ウヘヘ罷向了。太平記五之巻読之。（言経卿記）

八月二十九日　門跡御ウヘヘ罷向了。酒有之。次太平記五・六・七巻読之。（言経卿記）

九月三日　門跡御ウヘヘ罷向了。太平記八之巻読之。（言経卿記）

十月二日　門跡御ウヘヘ罷向了。太平記九之巻読之。末八九枚残了。（言経卿記）

是年　大《たい》《はなはだ》―平《へい》《たいらか》―平記《へいき》《くしるす》　（落葉集―耶蘇会板）
（落葉集本文及び総索引による）

慶長四年（一五九九）

四月四日　懃行如前、天気能候。水屋神楽在之。六上候。給人同道ニテ候。太平記持読候間、出候。大酒夜ニ入候テ帰。
（多聞院日記）

慶長五年（一六〇〇）

十月二十六日　幽斎ヨリ使来、太平記二冊読之。至夜一冊読。
（舜旧記）

慶長六年（一六〇一）

八月上旬　太平記相承院本巻二十八奥書
于時慶長六年辛丑仲秋上旬之候於鎌倉雪下僧室依師主相承院御房御誂乍悪筆書継之了。　右筆生国相州頼元

慶長七年（一六〇二）

五月八日　備前守（多忠季）へ立寄了。茶子有之。太平記廿一冊借用了。
（言経卿記）

五月二十五日　備前守へ通リサマニ太平記廿一冊返之。
（言経卿記）

九月　太平記両足院本書写か。
源敬様御書物
太平一覧古写本　卌九冊
諸本ヲ以テ訂セシ太平記ニシテ目録箇条本文トモ流布ノ

版本トハ大ニ違ヘリ第廿二巻モ欠シママニテ取繕ハス
奥書ニ此四十冊依戸田重勝所望銃子卓筆而弥月終而予亦加筆而已略雖令校正恐有焉馬誤矣率以諸本不一揆齟齬非以孰為是也茲有一本文章有理治文字無紛乱以部全書写畢矣後来可為証者乎慶長七年壬寅九月吉辰滴翠東逋書トアリ
御本ノ表紙ニ両足院筆トアリ
（蓬左文庫蔵『御文庫御書物便覧』―長坂成行氏「尾張藩士の『太平記』研究」〈青須我波良29号、昭60・6〉による）

十一月四日　松勝右向予曰、太平記之点無之。予ニ点之ヨト云。無異儀領之。本書四十巻。印本四十巻。合八十巻。予僕ニ担頭帰去。　（鹿苑日録）

十一月二十九日　自朝未明ニ赴松勝右。太平記朱点出来故持参。則対顔。四十冊相渡。同本四十冊渡。合八十冊分渡。対予謝語。則受用斎退。　（鹿苑日録）

是年　太平記無刊記古活字本（五十川了庵刊）刊行。
〔参考〕「慶長六年了庵従細川興元赴豊州小倉、羅山作詩餞行、数月而旋洛、明年壬寅了庵初刻太平記於梓、便於世俗」
（鵞峯林学士文集所載「老医五十川了庵春意碑銘」）

慶長八年（一六〇三）

三月十六日　太平記片かな古活字本刊記
慶長癸卯季春既望　富春堂　新刊

六月十一日　興門（興正寺昭玄）ヨリ太平記一ヨリ十マデ借給了、倉部約束也。　（言経卿記）

是年　其比、今の道春法印いまだ林又三郎信勝とて若年なりしが、稽古のため新註の四書を講談つかまりて見ばやと申されしまゝ、いとよろしかるべき事なりと申侍し。遠藤宗務法橋は太平記講談せらる。（徒然草慰草―松永貞徳自跋）

是年　其後道春初て論語の新註をよみ、宗務太平記をよみ…　（戴恩記）

是頃　清水宗雅いなは堂にて、太平記をよまれけると聞て、ゆきければ、其日はさしあふこと有て、よみ侍らす、と人々帰りける時よみける
立別いなはたうなる太平記よむとしきかはいま帰りこむ
（狂歌之詠草）

慶長十年（一六〇五）

二月十六日　平野部右衛門より太平記見ニ来、次従山科黄門（言経）、諸家伝借寄、令一覧。　（慶長日件録）

九月上旬　太平記片かな古活字本刊記
慶長十年乙巳九月上旬日

慶長十一年（一六〇六）

六月二十二日　（賢門）同内大進被来之間、太平記十冊言伝了、（昭玄）興門
へ返了。　（言経卿記）
慶長十二年（一六〇七）
正月十五日　太平記片かな古活字本刊記
慶長十二丁未年上元日
五月　太平記賢愚抄片かな古活字本識語及び刊記
天文十有二龍集癸卯冬十一月上旬
江州住侶乾三作之
慶長十有貳丁未暦仲夏如意珠日
於医徳堂以乾三正本刊行
慶長十四年（一六〇九）
十月十六日　太平記平かな古活字本刊記
慶長己酉陽月既望存庵跋　　才雲刊之
慶長十五年（一六一〇）
二月上旬　太平記片かな古活字本刊記
慶長十五暦庚戌二月上旬　春枝開板
是頃　太平記抄・太平記音義古活字本刊行か。無刊記（川瀬一馬氏『増補古活字版の研究』〈昭42〉に、「慶長十五年刊本太平記と同種活字を以て同時に印行せられし事、安田文庫蔵本を以て證せらる。」とあり）。
慶長十九年（一六一四）
二月二十六日　太平記抄八冊、著者世雄坊日性死ス。
（時慶卿記）
元和元年（慶長二十年、一六一五）
三月八日　本屋、太平記・拾芥集持来候、買置候、価銀子四十目也。　（泰重卿記）
慶長年間　太平記抜書（国字本きりしたん版）刊行。
（天理図書館善本目録による）
慶長年間　太平記無刊記片かな古活字本刊行。
元和二年（一六一六）
七月上旬　太平記片かな古活字本刊記
時丙辰歳次元和二孟秋上旬日
元和四年（一六一八）
九月上旬　太平記日置本（中京大学図書館蔵）巻四十奥書
此一部五十二天之星霜ヲ戴書写之訖、悪毫ト云老眼ト云一トシテ可叶様無之、然共数十年来異本及二十部見ニ之誤所多、有先達争有如此乎、可謂書写転伝之所為歟、今以数部集ニ書之諸本誤所其一冊々ノ奥ニ以細字理ヲ記ス、予未練知智ニシテ如何ナレ共其眼ニ見出ス所如斯。
越前敦賀沓見住人日置孤白軒
久栖叟（花押）
于時元和四年无射上旬

元和五年（一六一九）
　八月十二日　次関戸勝兵衛来、太平記不審字読已下解了。
（舜旧記）

元和八年（一六二二）
　五月三日　太平記評判秘伝理尽鈔（大阪府立中之島図書館蔵本・小浜市立図書館蔵本・島原図書館蔵本）奥書
　元和第八季暦　仲夏上澣三蓂　大運院大僧都法印陽翁
　十二月　太平記片かな整版本刊記
　此太平記元和五年秋令開板畢或曰庶幾其姓名云故今集之而已
　　于時元和八壬戌臘月吉辰
　　洛下三条東洞院諏訪町
　　　　　　　　　　　　杉田良庵玄与 印

元和九年（一六二三）
　十一月八日　予息女(うめ)女院(中和門院前子)御所へ進上申候、…午時予伺公申候、御番倉橋頼申候、入夜うめ御前召、御盃被下候、其以後太平記一巻よミ申候、御聴聞之事、珎重也。（泰重卿記）
　十一月十四日　従女院御所召、伺公、太平記仕候。（泰重卿記）
　十一月十六日　従女院御所召之由奏聞、伺公可仕候由仰、則伺公、宝寿院殿御てん御上候、太平記一巻よミ候。
（泰重卿記）

寛永元年（元和十年、一六二四）
　八月下旬　太平記平かな古活字本刊記
　　于時寛永元年南呂下旬　開板之

寛永五年（一六二八）
　九月二日　松平隠岐守太平記・源平盛衰記、松平土佐守豊隆貝桶を献ず。
（常憲院実記）

寛永八年（一六三一）
　正月上旬　太平記片かな整版本刊記
　　寛永辛未年孟春上浣鐫梓広之
　正月十五日　家珍草創太平記来由（横井養元）成る。
　夫此書者、草案之元本也、嘗為二博陸豊臣秀吉公之蔵書一矣。（中略）乃賜二是於木下宮内少輔利房一、伝至二於長子淡路守利当一、予嘗蒙二利当之眷遇一、時侍レ席、或時利当語レ予、以二此書之来由一、且曰、乃翁者、太平記専門之宗師也予従二大運院一、伝二授太平記理尽抄一来、故云爾、（中略）公侯之典籍、今落二於吾手一、（中略）故紀二其梗概一、以為二亀鑑一而已。
　　旹重光協洽寛永八歳孟春之望
　　　　　　　　備之前州岡府医生
　　　　　　　　　　　　自得子
（家珍草創太平記来由）

正保二年（一六四五）

八月下旬　太平記評判秘伝理尽鈔に合付して刊行された恩地
左近太郎聞書刊記
正保二乙酉稔仲秋下旬開板之也

慶安三年（一六五〇）

二月　貞徳文集（松永貞徳）成る。
第一〇一条
厥已居、不レ得二寸暇一疎遠之至候。仍伽之者一両人抱置度候。謡・鼓方存者歟、又者灣・医師・八卦占仕者歟、或太平記・東鑑等、仮名交之草子読者歟、或禅僧落坊歟、嘉様之媚者仁而、然不レ賤人御尋出候而、御馳走頼申候。
（後略）

五月　太平記平かな古活字本刊記
慶安三年庚寅五月吉日　荒木利兵衛開

十月以前　太平記評判私要理尽無極鈔刊行（神宮文庫蔵版本の四十冊目裏表紙見返しに、今月に本書が神宮文庫へ寄付された由の識語が見え、今月以前に無極鈔が刊行されていたことが知られる。関英一氏『太平記評判無極鈔』と赤松満祐」〈国学院雑誌88の6、昭62・6〉による）。

慶安四年（一六五一）

七月二十六日　由比正雪自殺（慶安事件）。
正雪元来駿府素性之者幼少之時臨済寺に有之読物抔仕其後江戸へ罷出七書抔講釈仕太平記の評判読となり自分にも平家物語評判抔作り軍学之弟子数多取候て方々名を発したる由に候。
（由比正雪召捕次第）

十月以前　太平記理尽図経成るか。
太平記理尽図経之跋（金沢市立図書館津田文庫蔵）識語
従四位上行羽林兼周防太守
慶安四稔初冬吉旦　　源重宗
（今井正之助氏「太平記評判書の転成―巻十二『河内国逆徒ノ事』を事例として―」〈愛知教育大学研究報告43、平6・2〉による）

承応元年（慶安五年、一六五二）

一月十日　今夜理尽抄第二十五を読む。（山鹿素行家譜年譜）

三月二十六日　在宿して理尽抄卅三を読む。
（山鹿素行家譜年譜）

明暦元年（承応四年、一六五五）

五月　太平記系図・在名類例鈔刊記
明暦乙未年　五月吉旦　板行

明暦二年（一六五六）

十二月中旬　太平記理尽図経刊記

明暦二丙甲暦極月中旬
中野是誰梓行
是年　太平記評判秘伝理尽抄（尊経閣文庫蔵三十一冊、内閣文庫蔵八冊）書写。

万治二年（一六五九）
五月　太平記大全版本刊記
万治弐己亥年
仲夏吉辰板行之

万治三年（一六六〇）
十月　太平記片かな整版本刊記
万治三庚子歳初冬吉辰
谷岡七左衛門板行

寛文元年（万治四年、一六六一）
二月十三日　上るり……太平記…大森彦七…相模入道…三井寺合戦…高氏…ごだいご…太平記の中いろ〳〵…
（松平大和守日記）

寛文二年（一六六二）
正月一日　太平記巻三、主上御夢事附楠木事等を読み且つ筆録す（山鹿素行略年譜―山鹿素行全集第一巻〈昭17・5、岩波書店〉による）。
六月二十七日　難太平記を読む。昨日淺野長治主に借与せらる。
（山鹿素行家譜年譜）

寛文三年（一六六三）
是年　太平記秘伝理尽鈔（金沢市立玉川図書館加越能文庫写本、巻三十九を除く）書写か（今井正之助氏「加賀藩伝来『理尽鈔』覚書」〈日本文化論叢4号、平8・3〉による）。

寛文四年（一六六四）
九月　太平記片かな整版本刊記
寛文四甲辰暦九月吉日
野田庄右衛門開板
十月十五日　余登城、与尚庸相語、既而与執政談、忠秋・正則・広之列坐、忠秋曰、頃聞或人所語有曰、園台（ママ）記者希世之旧記也、子亦聞之否、余曰、可是園大（ママ）暦乎、広之曰、然、忠秋莞爾曰、我偶聞以為珍書、未歴数日誤其名、抑其園大暦者何等書哉、余曰、中園大相国公賢日記也、故曰園大、其書全部二百余巻、記伏見院以来、後醍醐以後、見太平記者往往見目録、然全書亡而甘露寺家所抄出五六十巻今猶存矣。
（国史館日録）
十二月　太平記理尽図経伝授。
石川県立歴史博物館蔵本奥書
右五巻者太平記理尽抄之枢要也因茲口決秘決不残一語令
相伝畢武家至宝不可有此外者也

大橋全可　　　　　　　　　　　貞清（花押）

寛文四年極月吉日

井村源太夫殿

（今井正之助氏「加賀藩伝来『理尽鈔』覚書」〈日本文化論叢4号、平8・3〉による）

寛文六年（一六六六）

是年　和漢書籍目録刊行か。

軍書

廿一冊　太平記

十冊　同鈔

四十一冊　同仮名

四十一冊　同大字

五十二冊　同評判

四十五冊　同新板

五十冊　同大全

五冊　同図経

三冊　同系図

（和漢書籍目録）

寛文八年（一六六八）

三月二十七日　（前略）秉燭小田原拾遺書至、曰、北条泰時政□東鑑外見於何書、答曰、太平記第三十五北野通夜物語及沙石集粗有之。然政務趣詳東鑑、自元仁至仁治皆是泰時之政也云云。

（国史館日録）

三月二十八日　今日、薩州島津図書助久通寄旧写本大（ママ）平記全部、曰、此与尋常本有異、故備一見云云。正月自薩州出今日到着、海陸之遠、其志可喜焉。

（国史館日録）

五月六日　太平記綱目序

（前略）洛下人原氏友軒、嘗読㆓太平記㆒、復似㆑有㆑快㆓々于茲㆒矣。一日撫㆘討㆓論此書㆒者数十篇㆖、芟㆑繁存㆑正幾以為㆑篇、名㆓言太平記綱目㆒。若㆓此書㆒則曲尽㆓人情㆒、博明㆓事実㆒、読者何得㆑不㆓暁々㆒焉。

寛文戌申仲夏甲辰日

洛下　村田通信序

五月　太平記綱目凡例

一、是編太平記正文、大書為㆑綱、以㆓諸名家之評隲㆒、細書為㆑目。（後略）

寛文戌申仲夏

洛下　原友軒題

七月二十一日　古本太平記自京都来。今者薩州家老寄借旧本太平記。多於尋常本故、取寄在京本也。乃使安成・賀璋対校之。則薩本稍多。因命高・賀逐一校。其所不足可別写之、而副京本云云。

（国史館日録）

七月二十二日　安成・賀璋対校太平記、而使諸生写補其新本所不足。

（国史館日録）

八月五日　安成・賀璋太平記対校至十六巻。（国史館日録）
八月二十八日　安成・賀璋校了太平記。薩州本・古本・俗本三部相対考而終功。第一巻薩州本稍多、其余大概古本同、俗本良、稍有漏脱、且年月亦誤。（国史館日録）
九月八日　朝、遣状於島津図書久通、返太平記。（国史館日録）
九月九日　其後見今川了俊難太平記、便于改補之事也。
（国史館日録）
九月　太平記補闕（内閣文庫蔵）第二十丁裏識語
此一帖以薩州本補之。
寛文戊申九月　林学士
十一月十五日　改補貞和三年十月、而付評判所載楠正行襲京始末、且依諸書異同而其弁議甚長、故纔終一月之事。
（国史館日録）
十二月八日　万覚書（寛文九年正月の項参照）の内
太平記評判
殿様就レ被二聞召一、御傍ニ被二召置一候。秘伝之品々聞書等、致二他言他見一間舗候。但文字ヨミ一通之儀ハ可レ有二免許一事。右之趣於二相背一者左ニ申降神罰冥罰可二罷蒙一者也。
寛文八年十二月八日　横山
小原惣左衛門殿

（万覚書―今井正之助氏「加賀藩伝来『理尽鈔』覚書」〈日本文化論叢4号、平8・3〉による）
寛文九年（一六六九）
正月　万覚書（大橋全可、太平記評判に関する覚書）成る。
覚
但是者本多安房家来大橋全可申上る覚書之留也。
一、奈和正三伝慥知不申候。
一、法花法印伝、覚書仕置候間、相尋可指上由申候。
（後略）　（万覚書）

二月二十一日　改補貞治六年了。又終応安元年、自貞治四年併之為第九百（ママ）四十四巻。太平記已終、自是記事不詳。

（国史館日録）

六月十三（二）日　頃間令安成考江源武鑑、此書江州佐々木家日記、然大半虚妄不足取焉。其中十之一実事亦交之、故先令彼内見之。凡太平記以後倭字書、近世多偽作、其用捨不可不擇之。

（国史館日録）

寛文十年（一六七〇）

一月　見物所堺町吹矢丁見セに遣之、（中略）

操
一、肥前芝居　上るりきおんの本地
一、小源太夫芝居　よるりさとうせめ

一、大源太夫芝居　太平記　次　（松平大和守日記）

四月四日　侍読平治記叡山物語及大平記《ママ》叡山開闢　（紀州藩石橋家家乗）

四月九日　侍読太平記解脱上人射化鳥　（紀州藩石橋家家乗）

六月二十九日　侍読太平記竜馬進奏藤房遁世与宝剣也　（紀州藩石橋家家乗）

六月三十日　侍読太平記　（紀州藩石橋家家乗）

七月一日　侍読太平記　（紀州藩石橋家家乗）

七月二日　侍読太平記　（紀州藩石橋家家乗）

七月三日　侍読太平記　（紀州藩石橋家家乗）

九月　増補書籍目録刊行

軍書

二十一冊　太平記　大字平仮名　中字首書　細字　玄恵法印撰

五十冊　同評判

四十五冊　同法華法印評判

四十五冊　同平仮名

五十冊　同大全　西道智作　抄評判入　系図　伝記　図経

六十冊　同綱目　原尤軒

三冊　同系図

同伝記

五冊　同図経　（増補書籍目録）

（寛文十一年六月刊「増補書籍目録」、延宝三年四月刊『古今書籍題林』、貞享二年一月刊『改正広益書籍目録』もほぼ同内容。元禄五年刊『広益書籍目録』では、難太平記・太平記要覧・参考太平記などが増補されている）

寛文十一年（一六七一）

三月　太平記片かな整版本刊記

此太平記元和五年秋令開板畢或曰庶幾記其姓名云故今隼之而已

于時寛文十一辛亥年季春吉辰　新刊

十月四日　侍読太平記抄一　（紀州藩石橋家家乗）

十月十二日　持太平記評判而使於精舎先生云此書也近世好事者妄作之其中典故不足信用焉云云　（紀州藩石橋家家乗）

寛文十二年（一六七二）

二月二十日　御灸之間侍読太平記評判三十之巻　（紀州藩石橋家家乗）

三月十六日　太平記綱目後序

夫太平記起二元応初年一終二貞治六年一、其間四十有九年、国家治乱璨然如レ直レ目、読者考二賢否得失之実一、以為二格レ物究レ理之助一則其益不二亦大一。（後略）

寛文壬子春三月既望操二毫于尾陽之旅館一。　原友軒

四月五日　侍読大(ママ)平記評判恩地巻終終　（紀州藩石橋家家乗）

八月二十七日　侍読太平記書写山行幸　（紀州藩石橋家家乗）

十月二日　侍読大《ママ》平記并徒然　（紀州藩石橋家家乗）

延宝元年（寛文十三年、一六七三）

三月二十五日　侍読太平記竜馬宝剣　（紀州藩石橋家家乗）

四月五日　灸給膏肓三里之間侍読太平記剣巻等也　（紀州藩石橋家家乗）

七月七日　侍読大《ママ》平記鬼切鬼丸　（紀州藩石橋家家乗）

十月　太平記補闕（内閣文庫蔵）巻末奥書

右十三枚以或本補之或本亦可為薩州本乎。

延宝元年癸丑十月　林学士

寛文頃　太平記平かな整版本刊記（尾題下）

此一部筆者里兵衛書之。

延宝二年（一六七四）

二月十一日　夜侍読太平記三巻与大塔宮熊野落也　（紀州藩石橋家家乗）

三月十七日　侍読太平記竜馬進奏藤房遁世紀州軍同二度軍賀茂神主与湖水乾也　（紀州藩石橋家家乗）

三月二十日　侍読太平記潜幸芳野高野与根来不和比叡山開闢与大森彦七也　（紀州藩石橋家家乗）

延宝三年（一六七五）

二月二日　侍読太平記塩冶　（紀州藩石橋家家乗）

延宝四年（一六七六）

五月　太平記片かな整版本刊記

延宝四丙辰暦五月吉日

下立売通西橋詰町

川崎治郎右衛門板行

延宝五年（一六七七）

五月二十二日　侍読大《ママ》平記一　（紀州藩石橋家家乗）

延宝六年（一六七八）

四月十日　侍読太平記自吉野城至三月十二日軍　（紀州藩石橋家家乗）

四月十二日　侍読大《ママ》平記自持明院行幸至仲時最後　（紀州藩石橋家家乗）

延宝七年（一六七九）

二月五日　幸若庄大夫同弥兵衛来舞大塔宮熊野落先是庄左衛門太平記作新曲五曲此外資朝最後俊基最後与吉野城軍也庄大夫等借五番是其一也客退後復命両人使舞湊川合戦　（紀州藩石橋家家乗）

三月五日　夜雨　膏肓御灸之中侍読太平記九巻　（紀州藩石橋家家乗）

延宝八年（一六八〇）

正月　太平記片かな整版本（頭書）刊記

延宝八庚申歳正月吉辰

大坂本町五町目御堂筋角

小浜屋七郎兵衛板

六月十六日　侍読大《ママ》平記十三　（紀州藩石橋家家乗）

天和元年（延宝九年、一六八一）

七月九日　侍読太平記二十四　（紀州藩石橋家家乗）

七月十七日　侍読太平記二十七　（紀州藩石橋家家乗）

十一月　太平記片かな整版本（新刻）刊記
于時天和元歳　丸屋源兵衛開
辛酉霜月吉辰　金屋長兵衛板

是年　書籍目録大全刊行。
た　儒書（伊呂波わけ目録）
廿一　太平記　玄恵法印　廿五匁
廿一　同細字　廿匁
廿一　同大字　廿五匁
四一　同仮名　百廿匁
十　同抄　世雄坊　拾八匁
四十五　同評判　法華法印　百六拾匁
五十二　同古評判　百廿匁
四十三　同仮名評判
五　同図経　八匁
三　同系図　三匁
十五　同大全　西道智　百八十匁
十六　同綱目　原友軒
……
廿一　太平記首書
……

廿一　太平記中本　（書籍目録大全）

天和二年（一六八二）
七月二十二日　今日堺町木挽町見物芝居見せに遣　中村勘三郎、上るりごぜん十二段を三番継狂言、（中略）山村長太夫ハ太平記二番継　（松平大和守日記）

天和三年（一六八三）
是年　難波の㒵は伊勢の白粉（井原西鶴）刊行か。
巻二　鈴木源太郎
平八にはおさ〳〵おとるまいと見ぬさきより天神の甫水が太平記の評判にくちばしる。（難波の㒵は伊勢の白粉）

貞享元年（天和四年、一六八四）
正月　太平記片かな整版本（新刻）刊記
太平記四十巻終　此太平記元和五年秋令開板畢或日庶幾記其姓名云故今隼之而已
于時貞享甲子年孟春吉辰

貞享二年（一六八五）
四月十六日　雨　侍続太平記十七　（紀州藩石橋家家乗）
四月二十二日　侍続太平記青野原　（紀州藩石橋家家乗）
四月二十三日　侍読太平記青野原　（紀州藩石橋家家乗）

貞享三年（一六八六）
六月中旬　好色一代女（井原西鶴）刊行。

巻五

長けれど只なら聞物、越後なべが寝物語、道久が太平記。

（好色一代女）

八月二十八日　与松田氏如李氏聞宇都宮彦四郎講太平記主上御夢与正成下向兵庫也彦四郎大坂住出羽芝居之間於新堀舌耕云

（紀州藩石橋家家乗）

八月　太平記片かな整版本（新刻）刊記

此太平記元和五年秋令開板畢或曰庶幾記其姓名云故今隼之

而已

于時貞享三丙寅暦仲秋日

勵学堂　摂陽順慶町心斎橋筋角 河内屋善兵衛彫刻

九月六日　公聞宇津宮彦四郎之講天王寺出張未来記又後聞加茂神主　出羽座浄瑠理巴款冬咨気物語木曽義仲若盛　狂言セリフ　小栗千光五郎兵衛似公曲太鼓獅子舞独道成寺五郎兵衛　太平記講田楽参籠　時政江嶋熊野落

（紀州藩石橋家家乗）

九月二十四日　太平記読彦四郎逐電云

（紀州藩石橋家家乗）

九月二十八日　去二十九日ヨリ太平記始剣之巻ヨリ次第読之　別所掃部

（紀州藩石橋家家乗）

十月一日　侍読太平記大全比叡山開闢

（紀州藩石橋家家乗）

十月十三日　借難太平記今年貞世作水戸儒臣貞享年中校之

（紀州藩石橋家家乗）

貞享四年（一六八七）

四月　武道伝来記（井原西鶴）成る。

巻五　㈣火燵もありく四足の庭

為右衛門は今は西の京大将軍に戸川友元といふ医者の庵に身を隠して用心ふかく致せ共、夜は粮もとめんため太平記を素読して今霄も出べしといふにまかせて堀川を上へあがれば…

（武道伝来記）

元禄元年（貞享五年、一六八八）

正月　太平記片かな整版本（新刻）刊記

此太平記元和五年秋令開板畢或曰庶幾記其姓名云故今隼之

而已

于時貞享五戊辰年孟春吉辰　新刊

重而加校正畢

正月　太平記片かな整版本（後印）刊記

此太平記元和五年秋令開板畢或曰庶幾記其姓名云故今隼之

而已

于時貞享五戊辰年孟春吉辰　新刊

重而加校正畢　寺町通二条下町 中村五兵衛

正月　日本永代蔵（井原西鶴）刊行。

巻五

其後、つら〳〵世上を見るに、色々に成行さまこそおかしけれ。書物好の権六は、神田の筋違橋にて太平記の勧進読。

（日本永代蔵）

二月　太平記要覧（岸友治）刊行。

二月　武家義理物語（井原西鶴）刊行。

巻二　(二)御堂の太鼓うつたり敵

出羽義大夫か浄るりのはてくち。又大夫が舞を聞人、竹田がからくりの見物。甫水が太平記をよめる所、其外浜芝居の小見せ物。水茶屋の客まで吟味して…。

（武家義理物語）

元禄二年（一六八九）

八月十一日　己巳紀行（貝原益軒）のうち南遊記事成る。

楠正成、千早城より前にこもりし赤坂の城は下赤坂成べし。其故は太平記に「彼赤坂の城と申は東一方こそ山田の畔重々に高く、少難所のやうなれ、三方は皆平地につゞきたり」とあり。（後略）

（南遊記事）

是年冬　参考太平記巻末識語

嚮我

相公、命臣弘済校讎保元平治物語及盛衰記太平記諸本、并存異同、旁捜群書、以為修史之助、弘済未終功而歿、再命臣貞顕重校焉。

元禄己巳之冬書成、共冠以参考二字、但恐採摭未博、疑惑尚多、姑蔵之館、備他日之考耳。

水戸府下内藤貞顕謹識

元禄三年（一六九〇）

七月十九日　自南都北嶺行幸至俊基再関東下向　与根来氏窻（窓）誉寺聞栄沢講太平記

（紀州藩石橋家家乗）

元禄四年（一六九一）

二月二十五日　参考太平記刊記

武江書肆富野治右衛門勝武

元禄四辛未年二月廿五日　寿梓

京兆書林茨城多左衛門方道

二月中　太平記年表（河原貞頼）刊記

元禄四辛未春分日

東武書肆万屋清兵衛岡部三郎兵衛寿梓

七月　太平記片かな整版本（新刻）刊記

此太平記元和五年秋令開板畢或曰庶幾記其姓名云故隼之而已

元禄四年辛未文月日

大坂平野町三丁目

磯野三郎右衛門

元禄六年（一六九三）

二月九日　侍読夜太平記処々及剣巻

（紀州藩石橋家家乗）

元禄八年（一六九五）

正月頃　座敷ばなし刊行か（元禄十年五月再版）。

巻五

扨はなしをきく人の年ころはひといふは、臨機相応の事也。（中略）六十以上のおやぢたちも、おばゞたちとおなじおもむきながら、それにハ太平記・源平盛衰記・甲陽軍□□（鑑のカ）たぐひをまぜたる軍法ばなしが、よくあたるもの也。（座敷はなし）

十二月二十二日　今朝従宗知、昨日拝領之列女伝・万葉集・平家物語・太平記・同評判・後太平記・続太平記・信長記・太閤記・王代一覧・列仙伝ノ十一部ノ後書籍来ル。（新井白石日記）

元禄九年（一六九六）

正月　古浄瑠璃『楠軍記』七巻刊行（この後、その同文覆刻版が『太平記』と改題して刊行さる）。

十二月五日　侍読太平記（紀州藩石橋家家乗）

十二月九日　侍読太平記（紀州藩石橋家家乗）

十二月十日　侍読太平記（紀州藩石橋家家乗）

十二月十四日　侍読太平記（紀州藩石橋家家乗）

元禄十年（一六九七）

一月十一日　侍読太平記（紀州藩石橋家家乗）

十一月　太平記平かな整版本刊記（一冊目表紙見返し）

元禄十丁丑歳陽復吉日

難波津書林文言堂版

（同書巻末刊記）

元禄十丁丑歳十一月吉日

摂城大坂心斎橋筋

書肆　保武多伊右衛門梓

元禄十一年（一六九八）

一月十一日　太平記平かな整版本（絵入）刊記

元禄拾壱年戊寅正月十一日

洛陽書林等開板

元禄十二年（一六九九）

六月　口三味線返答役者舌鞁（音羽二年三郎）刊行。

よしつね一代記十五番つゞき。五日替りはよくおもひつかれた。太平記十番続が大あたりまつこれが座本の知恵だけじや。（口三味線返答役者舌鞁—鳥井フミ子氏『近世芸能の研究—土佐浄瑠璃の世界—』平元・4、による）

元禄十五年（一七〇二）

三月　役者二挺三味線（音羽二郎三郎）刊行。

正月は先年大坂にてせられし、太平記五日替りの、大塔の宮熊野おちの芸。村上彦四郎に成ての籠やぶり、当地にては兼平に成ての芸、難波にて大きにあてられたる芸程有てもちろんよし。（役者二挺三味線—鳥井フミ子『近世芸能の

研究―土佐浄瑠璃の世界―』平元・四、による）
十二月十四日　赤穂事件
何茂（細川越中守預りの赤穂浪士十七人）徒然の時分の為とて平家物語太平記出し申候、老人衆は我等に眼鏡所望被致候まま早速調さて候て致持参候。
（堀内伝右衛門覚書―偽書？）

宝永二年（一七〇五）
一月二十一日から八月十日までの間に、太平記綱目を読む―北可継日記
（市古夏生氏「正徳期における武家の読書―『北可継日記』を通して―」〈『近世初期文学と出版文化』第七章、平10・6〉による）

宝永三年（一七〇六）
六月　太平記片かな整版本刊記
宝永三丙戌六月吉
武江日本橋南川瀬石町
書肆山泉堂
山口屋須藤権兵衛蔵版

宝永四年（一七〇七）
正月　追加太平記（浄瑠璃版）一之巻刊行。（以後、宝永五年正月に二・三之巻、同六年正月に四・五之巻、同七年正月に六・七之巻刊行）
九月十五日　太平記理尽抄由来書（尊経閣文庫蔵）成る。
太平記理尽鈔者、北国加州ニ盛ン也。其来歴ヲ問ニ、慶長元和ノ比、九州肥前唐津ノ城主寺沢志摩守広高拾二万三千石領ヲ城下ニ法華宗ノ僧、法印陽翁ト号。寺務ノ閑暇ニ勤仕ノ侍衆ヲ集メ、太平記本文ノ素読ヲナシテ、是ヲ聴シム。（中略）評辞ハ記者ノ心、其是非誰カ争レ之。伝文ノ如キハ時代ノ事。近年御編輯参考大《（ママ）》平記ノ如キ、実説集ムルニ至テハ、評判、大全等不レ足レ論ト有ルヲ以テ、可レ知レ之。予、理尽抄ニ於テ取捨ヲ用如レ此。
于時宝永第四暮秋仲日　加陽処士
有沢永貞
（太平記理尽抄由来書）
九月十五日　太平記秘伝理尽鈔（金沢市立玉川図書館加越能文庫蔵写本）巻三十九を補写。
同写本最終冊（第十七冊）巻頭の識語
太平記理尽鈔ハ余幼年読書理学ノ最初也。家厳俊澄老年ノ比、官暇閑隙ノ節、関屋政春ノ書写シ置所ノ評判ヲ貸テ見レ之、予ヲシテ太平記ヲ読シムル。于時十三歳也。
（中略）
于時宝永丁亥暮秋中日　有沢永貞

宝永六年（一七〇九）

十一月十六日　正的筆記（前田綱紀）成る。

一、或日光高公のたまひけるは、評判は能軍書也。其作者之分際汝計る事ありや。予申す。此書之本致愚案候に、正成・長利・高徳等が軍記可レ在。是を求得て太平記四十巻に書面を令配分、猶私慮を以て闕略をおぎなひ、潤色して全部となしたるものと存候。如何様重宝之軍書にて可在御座と申。御前にも其ごとく思食よしにて、其後道春に此通被仰たり。是も又左様に存候。（後略）

（正的筆記）

正徳元年（宝永八年、一七一一）

七月　鸚鵡ヶ杣（竹本義太夫）序

序

げにも文言章段のしなによりていかなる名人もかたり得がたき事有べし堅《かた》から人とすれば太平記のごとく艶《みやび》ならんとすれば源氏物語のこと端手《はて》ならんとすれば当世好色双紙のかる口に似て各《をの〳〵》浄るりにあらず。（鸚鵡ヶ杣）

正徳二年（一七一二）

五月　陰徳太平記（香川宣阿）刊行。

巻五「相合就勝謀反付生害之事

如性城一、其弟子城賢恕一、其弟子明石角一、此角一は高の武蔵守師直に、鵺を語りて聞せたりしかは、菖蒲の前か事より、師直あらぬ心出来て、塩冶判官高貞を討たる由、太平記に見えて候。

春夏の間　読史余論（新井白石）草稿成る。

上巻　七変　北条九代陪臣にて国命を執りし事

異本太平記に、故院の叡旨更に御嫡流本院の御孫登極の事を止申され、中院の御一流をのみ皇統たるべしとは定申されけり。…（以下、中原章房の事など、異本太平記よりの引用、三箇所あり）

上巻　八変　後醍醐天皇復位の事

太平記等の物語にも、持明院殿は大果報の人にて、将軍より天子を給らせ給ひしなど、世の人いひもてはやしけるとみへたり。（以下、太平記よりの引用、十二箇所あり）

中巻　中世以来、将師の任、世官世族となりし事

難太平記に、義家の御置文に、「我《ガ》七代の孫にわれうまれかはりて天下を取べし」とみえしよしをのす。（以下、難太平記の引用、九箇所あり）

（読史余論）

正徳三年（一七一三）

四月上旬　太平記補闕評判蒙案鈔（太平記無極鈔の批判書、小野木秀辰、徳島県立図書館蔵）成る。

正徳五年（一七一五）

正月　大経師昔暦（近松門左衛門）刊行。

中之巻　岡崎村の段　赤松梅龍内の場

京近き、岡崎村に分限者の、下屋敷をば両隣、中に挾まるしょげ鳥の、浪人の巣の取葺屋根、見る影細き釣行灯、太平記講釈、赤松梅龍と記せしは、玉がためには伯父ながら、奉公の請に立ち、他人向にて暮しけり。講釈果つれば聞手の老若、出家まじりに立帰る。なんと聞事な、講釈五銭づゝには安いもの、あの梅龍ももう七十でもあらうが、一理屈ある顔付、アヽよい弁舌、楠湊川合戦、面白い胴中、仕方で講釈やられたところ、本の和田の新発意を見るやうな、いかい兵でござつたの、いづれも明晩々々と、散り〴〵にこそ別れけれ。（中略）二親もないやつ、やう〳〵伯父が太平記の講釈、暮六つから四つ時分まで口をたゝいて、一人に五銭づゝ、十人で五十銭の席料をもつて露命を繫ぐ。（中略）弁舌は講釈、事の道理は太平記、形は安東入道が理屈をこねるもかくやらん。

（大経師昔暦）

十月十一日　正徳乙未十月十一日自狛近寛（伯耆守）伝来

太平記卅八冊卅二巻闕与板本少々相違然トモ非元本又有闕巻而無禅閤之奥書故還之今所到来者第一第卅九之二本也雖為写本非近代之物且奥書非凡筆仍写留之。

右此記者四十帖歟之内廿二与四十者元来闕之云々又十七廿六卅九各有本末後此合四十一帖有之或云十八巻迄者賢恵法印作相残者同子息伊牧書続之云々此奥書之桃叟者一条大閤御事云々両度之御校無双之名本也雖為門跡御不出之本新禅院善秀依懇望被許拝見之次誂同朋書留之致校合訖雖似老後之造作無益貢（奢カ）者不久盛者必衰之道理如昨夢聞之豈非厭離穢者傾（土欣カ）求浄土之縁哉

愚眼之所及是永正之比之筆跡歟此記之巻数此記之作者玄恵之子息為其一証者也乎

（桑華書志見聞書七十四）

十月十一日　乙未十月十一日自京都到来古本太平記之抄出狛近家所差下也闕巻及禅閤之序無之ニ付相返之但初巻与冊（卅カ）九巻二冊来也（後略）

（南朝実録資料）

（以上、十月十一日の両記事―鈴木登美恵氏「太平記の成立と本文流動に関する諸問題―兼良校合本太平記をめぐって―」〈軍記と語り物7号、昭45・4〉による）

享保元年（正徳六年、一七一六）

八月二十一日　左之通可差上旨御書付、近江守殿御渡被成、

有馬兵庫頭殿へ差上之候、

廿四番　太平記抄　「十二月十五日下ル　九冊内、音義二冊（付札ニ、音義共十冊御座候、）

五十七番　太平記抄　十冊御用ニ付、上リ切リニ罷成候、

（後略）

八月廿一日　高階半次郎

（幕府書物方日記）

八月二十六日　去ル廿一日上リ候御書物共御下、加納近江守殿御渡し被成、請取御蔵に納申候、右之内、太平記（抄カ）二通リハ御留置被成候由、近江守殿被仰聞候。（後略）

八月廿八日　高階半次郎

（幕府書物方日記）

十月四日　折たく柴の記（新井白石）起筆（序文）

上巻

戸部の家人に富田とて、生国は加賀国の人と聞えしが、太平記の評判といふ事を伝へて、其事を講ずるあり。はじめは小石衛門某といふ。後には覚信といひし人也。夜ごとに我父など寄合ひつゝ、其事を講ぜしめらる。我四五歳の時に、つねに其座に侍りて、これをきくに、夜いたくふけぬれど、つひに座をさりし事もなく、講畢ぬれば、其義を請問ふ事などもありしを、人々奇特の事也といひき。

（折たく柴の記）

十二月十五日　有馬兵庫頭殿被仰渡、左之御書物共、御下ケ被成、相改受取、無相違候故、元々之御簞笥へ納置申候。

二十四番
太平記抄　十冊内音義二冊　（後略）

十二月十五日　堆橋主計

（幕府書物方日記）

十二月十八日　北条対馬守殿御呼出、罷出候処、

三（参）考太平記

右之御書物、御蔵ニ在之候ハヽ、差上可申之由、被仰聞候ニ付、御蔵へ罷越、御目録吟味いたし候処、無之候故、其段申上候処、猶又明日御蔵吟味可申由被仰聞候ニ付、明朝罷出、詮議可申与存候。

十二月十八日　堆橋主計

（幕府書物方日記）

十二月十九日　昨日対馬守殿被仰渡候通、今朝罷出、御蔵吟味申候処、三考太平記と申御書物弥無之候ニ付、其段申上候得者、対馬守殿被仰聞候者、已前より御書物御買上ケ之義承候義在之候哉と、御尋ニ付、表御用ニ御買上ケ之義、同役共承候事無御座候。御先代様御小納戸御用御買上之義承候義在之候由、申上候得ハ、左候ハヽ、三考太平記と申書物、御書物屋へ申渡、遂吟味、明日・明後日之内差上可申由、被仰渡候。（後略）

十二月十九日　堆橋主計

（幕府書物方日記）

十二月二十日　昨日北条対馬守殿被仰渡候参考太平記、白

水・伊右衛門方に早々申遣、有合候判（板）本両所より差越候ニ付、則二通共ニ対馬守殿之掛御目候処ニ、伊右衛門方より差出候本、宜敷相見え候間、御買上申付、落丁等致吟味、明日差上可申旨、被聞仰（ママ）候付、則伊右衛門方之其段申遣候。
（後略）

十二月廿日　堆橋主計

（幕府書物方日記）

十二月二十一日　昨日申付候参考太平記、山形屋伊右衛門方より全部相揃、落丁等致吟味差出候付、則今日対馬守殿え差上ケ申候処ニ、御留置被成候由ニ御座候、定弥御買上ニ罷（ママ）可成与存候。

十二月廿一日　堆橋主計

（幕府書物方日記）

享年二年（一七一七）

正月　書言字考節用集刊行。

四　人倫

琵琶法師其長曰二検校一次曰二勾当一、濫觴未レ詳、今按太平記載二覚一検校一、是則如一検校法眷也、蓋如一以来之官乎。

（書言字考節用集）

二月二日　御用之儀有之候間、致登城候様ニと、青山備前守殿被仰候由、御目付中より手紙来候ニ付、罷出候所、主計殿差上候参考太平記落帳（張）壱枚有之候。類本之内ニて壱枚入候様ニ、被仰渡候ニ付、則山形屋ニ申付候。（後略）

二月二日　平井五右衛門

（幕府書物方日記）

二月三日　右之落丁入申候ニ付、今北条青山備前守殿へ差上申候所、紙之色白ク上下も少々そろい不申候ニ付、類本有之候者、致吟味差上候様ニ、備前守殿被仰渡候。右之段、山形屋へ申渡候。

二月三日　平井五右衛門

（幕府書物方日記）

二月七日　右之太平記、山形や方ニて致吟味候所、類本無之候段、北条対馬守殿へ申上候。右太平記ニ重丁有之候間、山形屋ニてぬき置申候。紙之色相応ニて御座候哉と申上候へハ、先御留置被成候。京都ニてすらせ申候へハ、四十日ほとニて下着仕候由申上候。対馬守殿被仰候ハ、当分御前之御用差つかへ不申候間、京都ニて御すらせ被成候とても、御いそきの御事ニも無御座候間、重而可被仰渡由、被仰候。

二月七日　平井五右衛門

（幕府書物方日記）

二月二十七日　太平記抄　十冊

右、御用ニ付、上リ切リニ罷成候由、有馬兵庫頭殿被仰渡候。（後略）

二月廿七日　平井五右衛門

（幕府書物方日記）

六月十三日　三考太平記御払代金四両、山形屋伊右衛門へ相渡、請取證文新御蔵御簞司へ納置申候。（後略）

六月十三日　浅井半右衛門

（幕府書物方日記）

享保三年（一七一八）

九月二十日　太平記読初　（北可継日記）

九月二十一日　太平記読　（北可継日記）

九月二十二日　太平記読　（北可継日記）

九月二十五日　太平記読　（北可継日記）

九月二十六日　太平記読　（北可継日記）

九月二十七日　太平記読　（北可継日記）

九月二十八日　太平記読　（北可継日記）

九月晦日　太平記読　（北可継日記）

十月六日　太平記読　（北可継日記）

十月八日　太平記読　（北可継日記）

十月十六日　太平記読　（北可継日記）

（北可継日記の記事は市古夏生氏の御教示による）

享保四年（一七一九）

八月　太平記演義（岡島冠山）刊行。

序（守山祐弘）

訳二吾邦名史太平記一為二演義一。其書若干巻。直題二太平記演義一。…

（太平記演義）

是年　町人嚢（西川如見）刊行。

巻五

太平記時代より、日本武家・町人の風俗大に悪敷成て、盗賊殺害甚だ多く、…

（町人嚢）

享保五年（一七二〇）

正月　浮世親仁形気（江島其磧）刊行。

一之巻　㊂野郎を楽しむ男色親仁

その後女房も果てければ、なお〱今日を暮しかねて、無念ながら北野の御縁日に出て太平記を読み、または楊枝・耳かきの突き付け売りして、食はぬ日も多かりしに、…

（浮世親仁形気）

七月二十一日　太平記三部之義、先達而七三郎・百助可申上と存候。三部ともに虫喰大破仕候御本ニ御座候而、御用ニ立不申候間、御目録ニ除キ候様ニ同役共申談候、然所、二部ハ御目録と冊数相違無御座、一部ハ御目録と冊数大ニ相違仕、不足本ニ御座候。（後略）

（幕府書物方日記）

七月二十三日　太平記抄、今日改見申候処、二部共音義二冊ツヽ相添有之候。御目録ニも、一部ニハ音義之事書付、一部ニハ抄ト計有之故、今日林氏へ申遣候。
（幕府書物方日記）

七月二十四日　太平記三部之虫喰端本・武経七書之取集本五冊、兵庫頭殿へ差出候所、直ニ御逢候て、御目録と相違之訣其外御聞、右之四部御請取置、追而御あいさつ可被成由御座候。
（幕府書物方日記）

七月二十六日　此間差上候武経七書之半本・太平記之半本三部、兵庫頭殿御渡、右、書本も有之候、板本とちかひ不申候哉、三部共ニよミ合、ちかひ候はは、付札いたし差出可申旨、被仰聞候故、今日少々よミ合申候。明日も可被仰付候。委細与四右存罷有候。御聞可被成候。（幕府書物方日記）

七月二十七日　今日、太平記よミ合。
二・五・七　此分よミかけ、下札いたし置候。
第一・卅八・卅九　相済申候。
七月廿七日　浅井半右衛門
（幕府書物方日記）

七月二十八日　今日、太平記よミ合。
二・五・七・十五　相済申候。
六・十　此分よミかけ候所迄、付札いたし置候。
右之通御座候、相済候分ハ尤別帳印置申候。
七月廿八日　堆橋主計
（幕府書物方日記）

七月二十九日　今日、太平記読合。
六・十　相済。
廿二・廿三・廿四　此分、指札迄読かけ。
七月廿九日　浅井半右衛門
（幕府書物方日記）

七月三十日　太平記読合、左之通ニ御座候。
二十四、読合相済候。
二十二・二十三　指札迄読かけ置候。
七月卅日　堆橋主計
（幕府書物方日記）

八月一日　太平記読合。
二十五　よミ合済。
二十二・二十三　よミかけ、指札いたし置候。
八月朔日　松田金兵衛
（幕府書物方日記）

八月二日　太平記読合。
廿三・廿二・三十二・三十七・廿九
右之通、読合相済申候。

八月二日　堆橋主計

（幕府書物方日記）

八月三日　太平記読合。

三十八　よミ合相済。

三十・三十四　よミかけ、付札いたし置候。

八月三日　浅井半右衛門

（幕府書物方日記）

八月四日　太平記読合相済候。

八月四日　松田金兵衛

（幕府書物方日記）

八月五日　書本之太平記、付札相改之。不宣付札致かへ申候。板本二部之太平記も所々見合申候。指而相違之義相見へ不申候。今日兵庫殿に指出可申候得共。右改隙とり、晩景ニ成候ニ付、明差出可申と存候。

八月五日　堆橋主計

（幕府書物方日記）

八月六日　太平記板本拾九冊之方読合。

第九・第十八上下共・第廿五　相済申候。

太平記板本拾四冊之方読合。

第五・第二・第四・第二十　相済申候。

右之通、今日読合、付札致候。

八月六日　堆橋主計

（幕府書物方日記）

八月七日　太平記板本拾九冊之方、

第三・六・八・二十六・七・十一・二十三　相済候。

同板本十四冊之方、

第四十・十・十二・（廿一廿二）・（十四十五）・十九・十三・廿四

右之通、読合、相済申候。

八月七日　堆橋主計

（幕府書物方日記）

八月八日　太平記板本之方、拾四冊ノ端本八、今日迄ニ読合不残相済申候。

同板本拾九冊之方、

十六・三十四・三十九・三十一　相済申候。

右之通、読合申候。

八月八日　堆橋主計

（幕府書物方日記）

八月九日　太平記板本十九冊之方、読合不残今日相済、付札等相改之候。

八月九日　浅井半右衛門

堆橋主計

（幕府書物方日記）

八月十日　太平記書本十九冊（太平記三部、丑六月三日下リ、受取之、主計）　板本十九冊　同板本十四冊
都合三部、付ケ札直又今日改、兵庫頭殿へ差上ケ候処、御請取置被成候。

八月十日　堆橋主計

（幕府書物方日記）

是年　微妙公御夜話（藤田内蔵允）成る。

微妙院様は太閤の御家風を殊之外御ほめ被遊、（中略）唯太閤の御軍法を御感被遊候。甲陽軍鑑などは且て御覧不被遊候。常々太平記・徒然草など御覧、又猿のほら抔と申草紙を御覧被遊候。東鑑かな書に為御写置、毎度御覧被遊候由、藤田氏咄。

（微妙公御夜話異本）

岡田将監御夜話に被参、（中略）将監学問咄を被申出。（中略）将監承御尤也。さりながら御前には太平記・東鑑抔毎度御覧被成、其外古筆珍敷物を被召上御覧被成、如何の御事に候と被申。夫は日本に住者は日本古代の風俗をも知たるがよしと思ふに依て見るとの御意。将監夫が学問にて無御座候哉と被申。

（微妙公御夜話異本）

（微妙公御夜話異本の成立年代は未詳。しばらくここに置く。微妙公は三代加賀藩主前田利常）

享保六年（一七二一）

五月十三日　太平記大全桜田同十五日下ル、五十冊四帖無箱

右、差上候様、戸田肥前守殿昨夕被仰聞、今朝五時差上之、取次嘉扑、肥後守殿御請取候。

五月十三日　浅井半右衛門

（幕府書物方日記）

五月十五日　太平記大全桜田五十冊四帖

右、御用相済、今日肥州より休意を以、被相渡之、受取相改修処、無異儀ニ付、前之通納申候。

五月十五日　浅井半右衛門

（幕府書物方日記）

六月三日　去年差上置候虫喰端本之太平記三部・武経七書之取集本、兵庫頭殿御渡、同役中申合候而火中ニ而もいたし候様ニ可致候、御用ニ無之御書物ニ在之処、御蔵ニ差置候茂無益之事ニ候ニ付、右之通申渡候由、御申聞、則受取之、釣台ニ先入置申候。

六月三日　堆橋主計

（幕府書物方日記）

享保七年（一七二二）

五月　太平記片かな整版本刊記

享保七壬寅歳五月吉辰
大坂心斎橋筋順慶町
敦賀屋九兵衛

十一月十八日　参考太平記綱要（内閣文庫蔵）奥書

享保七年壬寅冬十一月十八日東都
右内史臣下田幸大夫師古奉
命考訂十二月二十四日詣　闕進之

享保十年（一七二五）

八月十七日　昨晩兵庫頭殿被仰下、左之御書物、恵林ヲ以、
差上之。

同月廿日下ル、
太平記評判　三十五冊三帙（後略）
花色表紙、糸白、帙紺地純子
八月十七日　浅井半右衛門（他四人略）

（幕府書物方日記）

八月二十日　今朝兵庫頭殿より被仰下、罷出候処、左之御書
物御下ケ被成候。
八月十七日上
太平記評判　三十五冊三帙
右、請取、相改無相違付、如元納。（後略）
八月廿日　五人（浅井らの姓名略）

（幕府書物方日記）

是年　松雲公御夜話（中村典膳）成る。

一、太平記に比叡山根本中堂之常燈消申儀は、朱を指たる
如くのいたち鳩と喰合、常燈を消たる由有之候。大き成
虚説也。二条道平公之記には、地震に而ゆりこみ消申由
有之。（後略）

（松雲公御夜話）

享保十五年（一七三〇）

是年　絵本御伽品鏡（長谷川光信）刊行。

上巻
生玉くわいてつ　講釈にうそ八百を譲りうけめくら蛇《へび》か
ややハ〳〵ほしやく〳〵。（講釈師生玉くわいてつが、「太
平記かうしやく」の看板を掲げて講釈する図あり）

（絵本御伽品鏡）

享保十六年（一七三一）

是年　百姓嚢（西川如見）刊行。

巻二
又問。農事閑暇の時々は、平家物語・太平記の類、其外
軍記等、読見る事よからんや。予いハく、都て歴代の記
録軍記ハ、古今世の盛衰治乱を書記して、後の代の人の
戒めとなさしめ、国を治め家をとゝのへ、身をたもち心
を正して、上下安静ならしめんと也。一向に慰の為とお
もひてハ読べからず。たゞ本書のまゝにて、みづから読
事叶はずば、人によませて、暇ある時に聞てよろし。

（百姓嚢）

享保十七年（一七三二）

十月　駿台雑話（室鳩巣）成る。

巻四　青砥が続松

さいつころ太平記を児輩のよむを聞侍るに、北野通夜物がたりに、むかし青砥左衛門夜に入て出仕しけるに、いつも燧袋に入て持たる銭を、十文誤て滑川へ落したりけるを…（後略）　（駿台雑話）

寛保元年（元文六年、一七四一）

八月　夏山雑談（小野高尚）成る。

巻三　平家物語

平家物語は古き詞ありて耳遠き様なれども幾かへりみてもあかず。太平記は文勢もはなやかに聞ゆれども数反みにくし。況それよりのちの軍物語は二反とは見られず。何にてもふるき文おもしろき。　（夏山雑談）

寛保三年（一七四三）

四月十三日　今日、太平記講釈師原栄治ニ対話移レ刻ヲ。此人売レ薬ヲ、并軍談ノ書ヲ読得テ舌耕ス。（中略）栄治ノ父ハ栄沢、宝永年中ニ京都太平記講談ノ宗匠也。兄有リ不才也。栄治前名和平。近来在二北野七本松一、作レ家益々聴衆聚ル。　（松室松峡日記）

延享三年（一七四六）

是年　松雲公御夜話追加（中村典膳）成る。

一、太平記理尽抄之口伝小原惣左衛門家に相伝へ、微妙院様以来御代々被聞召候。陽広院様専被聞召、其節の理尽抄于今御文庫に在之、（中略）松雲院様には二代目の小原惣左衛門御前に罷出、度々口談、（中略）理尽抄口伝は大切之事に候間、外伝受無用に可仕旨御親翰を以被仰出、（後略）　（松雲公御夜話追加）

一、或時御意に、天下一統御静謐の世に候得ども、万一また太平記に在之塩谷判官を山名父子追懸申様成事、有間鋪儀にも無之候。左様の節者、馬上にて無之ては用に立不申候。一人にても馬持多く御供に被召連度事に候。（後略）　（松雲公御夜話追加）

宝暦四年（一七五四）

十一月十七日　御国御改作之起本并楠理尽鈔伝受日翁由来（「改作所旧記」附録）書写。

一、寛永三戊寅年七月十一日将軍家光公御上洛、（後略）

一、利常公御年卅四御上洛、御旅屋本国寺に被レ成二御座一候事。

一、本国寺之弟子法華法印日翁由緒書之事。

一、太平記理尽抄者、楠より赤松家に伝り、其後名和長年之家に伝りたり。非二其器一候而不レ伝。名和之末葉名和松三と云者、本国寺之近辺に居住す。理尽抄を吟読す。法印数年之執心に依而秘術を伝授す。此儀本国寺之住持利常公へ申上に付、則当国に被二召連一御咄衆に被レ成由。依

レ之理尽抄御文庫に有レ之由。法印理尽抄之弟子伊藤外記・小原惣左衛門・大橋新丞。（後略）

一、楠之軍伝書、往昔赤松家代々相伝に而曽て不レ洩二他家一故に、理尽抄之名をも知者なし。況や伝受する者なし。其後名和之家に伝へ而、名和松三と云者相伝す。京都堀川通之町屋に住し、朝暮読レ之たり。法華法印本国寺に住居し而、太平記を好而読ける。（後略）

（御国御改作之起本并楠理尽鈔伝受日翁由来）

明和七年（一七七〇）

一月　和漢軍書要覧（吉田一保）刊行。

上巻

太平記　四十巻　北畠玄恵法印撰

九十五代後醍醐天皇即位ヨリ九十九代後光厳貞治年中マテ凡四十余年ノ間ヲシルス。（中略）其合戦ノ叙事コヽニ賛セズ、其外（中略）スベテ君臣ノ得失・和漢ノ故事詩歌落書マテ洩サス記ス。

同大全（解題略）

同綱目（解題略）

参考太平記（解題略）

蓋シ太平記ハソノカミ元朝ヘ渡ス時、玄恵法師正作ノ本書ヲ増欠シテ和国ノ威ヲ飾リ筆作セリト、故ニ後世ニ至リ諸家ノ秘書ヲ探リ真偽ヲ弁撰スルノ書アマタ板行ス

○同評判　○同要覧

○同法華法印評判　○同頭書

○同理尽抄　○同難太平記

其外数品アリ必ズ書肆ニ尋テミルベシ日本軍書ノ最一ナリ。

（和漢軍書要覧）

安永元年（明和九年、一七七二）

七月以前　この月以前に常山楼筆餘（湯浅常山）成る。

巻一

元亨ノ乱ニ、菊池寂阿、探題秀時ガモトヘオシヨセケル時、（中略）英時が城ヲ枕ニシテウチ死スベシトテ、

フルサトニ今夜バカリノイノチトモシテデヤ人ノワレヲ待ラン

トヨミテ、袖ノ笠シルシニ書テ、故郷ニヲクリケル事モ、太平記ニ見ユ。（中略）楠正行四条ナハ手ニ向フ時ハ、（中略）

カヘラジトカネテ思ヘバ梓弓ナキ数ニイル名ヲゾトヾムル

ト書ヲキケルコトモ、太平記ニ見ヘタリ。（後略）

（常山楼筆餘）

巻二

カナノ軍記ノ中、其文ノ観ベキモノ平家物語ヲ第一トス。（中略）太平記ハ、言詞修飾ニ過テ、其事実ヲ失フニ至ル。（常山楼筆餘）

天明元年（安永十年、一七八一）

一月二十五日　太平記宝徳本巻一（巻頭）識語

宝徳本太平記第一騰《（ママ）》

元本神郄信九郎源忠貞本也、安永初年篤卿遊レ西帰二于京師一、得二之于西地之一寺一、全三十九巻闕十二一、別有目録一巻、但後人之補也。今不騰《（ママ）》二十二巻之目亦闕而後人補、蓋不レ下二于国初一歟、邦不レ堪二好古之情一、安永十年正月二十五日終請而繕写也。

二月七日　同宝徳本巻三（巻末）識語

安永十年二月七日以源篤卿謄写校讐了　越通邦

二月十五日　同宝徳本巻一（巻末）識語

以宝徳古写本如本写之一校了。安永十年二月十五日　越通邦

二月二十七日　同宝徳本巻二（巻末）識語

安永十年二月二十七日以宝徳古写本書写且校正了。元本即友人源篤卿家本也。篤卿甚愛此本、及邦請而写也、乃曰先人見氏子魚有言予亦思焉而卿成予志今之請非惟卿之請　予亦欲請騰《（ママ）》写之成也然篤卿即世十二日邦雖不敏請成友人之志。　越通邦

天明三年（一七八三）

是年　湯土問答（土肥経平）成る。

又高師直が平家ヲ語セ聞シ時、菖蒲ノ前ノコトヲ語リシ由太平記ニ見エタリ。（後略）（湯土問答）

天明四年（一七八四）

五月二十八日以前　伊勢貞丈没。これ以前に安斎随筆成る。

巻四

太平記作者　玄恵法師の作と云ふは誤りなり。作者不レ知レ之。偽多しと云ふ。今川了俊の難太平記に云く、六波羅合戦の時、大将名越討れしかば…（後略）（安斎随筆）

（他に太平記記事の齟齬など三項目の太平記関係記事あり）

巻二十八

太平記評判　是は那和宗三と云ふもの丶家に伝へしを宗三が加賀国の法花法印と云ふ僧に伝へたり。法印また大橋新之丞・水野内匠・小原惣右衛門に伝ふ。大橋はもと阿波守が家臣なり。昔は世の宝とせし書なり。今は板行に有りて人さのみ貴とせず。（安斎随筆）

是年　太平記万八講釈（明誠堂喜三二）刊行。

上巻　序

万八幡の御託宣にて、画双紙は袋に入、温石箱に納れる、御代をあふぎし太平記、素より大の平気にて、喜三二作之。　（太平記万八講釈）

天明七年（一七八七）

十二月　秘本玉くしげ（本居宣長）成る。

下巻

武道軍術のためには、とかく軍談の書を常々見るがよき也。それも源平盛衰記・太平記などの類はおもしろくはあれども、よほど時代ふるき故に、近世とはもやうの違ひたる事多し。ただ足利の代の末つ方の戦のやうをよく考ふべし。殊に織田豊臣の御時代の軍は、古今にすぐれてたぐひなく功者なるもの也。　（秘本玉くしげ）

寛政二年（一七九〇）

一月十六日　白石先生手簡（立原翠軒）成る。

与安積澹泊書

江戸も庄名とは存申候（中略）江戸は其庄官とは成候やらん。其後太平記に江戸遠江守と申ものは東鑑の江戸の子孫にて候や、近き頃家亡び候、北見久大夫方は太平記の江戸竹沢の其江戸の的々の子孫にて矢口の社をば避られ候家説も有レ之候。（後略）　（白石先生手簡）

与安積澹泊書

太平記の武蔵野合戦に不審少々出来候事も候。兎角宜しき絵図出来候はねばと奉レ存候。（後略）（白石先生手簡）

与安積澹泊書

小手差原事（中略）又太平記に見へ候事の不審をも別に附し呈候。　（白石先生手簡）

与安積澹泊書

昔の鎌倉道と申は府中国分の方より久米川へ懸り候由古老の図に見へ候太平記に中道と有レ之候は此事歟　（白石先生手簡）

与安積澹泊書

太平記第十一巻歟に鎌倉合戦章に小手差原入間川堀金分陪等の地名見え候。此巻は義貞朝臣の自記に候など申伝候歟。即今の地理を以て推し候に一々符合殊勝之事共実録とは見え候。第三十一巻武蔵野合戦章後人の記勿論歟。事を記し候次第も地理等も不審の事のみに候。（後略）　（白石先生手簡）

与安積澹泊書

太平記に記し候大略、文和三年閏二月十六日早旦に尊氏鎌倉を出て武蔵国に下り久米川に逗留、（後略）　（白石先生手簡）

澹泊与白石書

太平記第三十一武蔵守義宗西上野より義兵を被レ挙候時、

尊氏自将レ兵鎌倉を打立、武蔵久米川に軍を次せられ候へば、（後略）　（白石先生手簡）

与室鳩巣書

備中の丹姓の事は、太平記に備中の多治見〳〵と申す事、二ケ所迄はおもひ出し申候。此国の著姓むかしよりの事に候。（中略）

備中の庄、いかにも著姓にて、これも太平記第八に見へ候と覚候。　（白石先生手簡）

是年　瀬田問答（大田南畝編、答者瀬名貞雄）成る。

上巻

今ノ講釈師ヲ、ムカシハ太平記読ト申テ太平記古戦物語ヲノミ講釈イタシ候処、享保ノ頃、瑞竜軒志道軒ナド願ヒテ、今ノ三河風土記ナドヨミ候事始候由承伝へ候、左様ニ候哉。

答　被二仰下一候趣ニ可レ有二御坐一候。（後略）（瀬田問答）

享和三年（一八〇三）

是年　我宿草（太田道灌、偽書？）刊行。

昔藤房卿の宿へ、楠正成と、赤松円心と二人ゆきたり。（中略）藤房、

けふまでも有ればあるかの身をもちて夢の中にも夢を見るかな

といふ古歌を吟じて、涙ぐみ給ひければ、正成、偖は世をながくもおもひ給はぬにこそと、そゞろに涙をながし帰りぬと、ふるき太平記に見えたり。　（我宿草）

文化二年（一八〇五）

五月　中古戯場説（計魯里観主人、「燕石十種」第四輯）成る。

作者部類大概

江戸上古さつまぶしの頃の作者

・岡清兵衛（江戸舌耕士の祖とも云べし、一生太平記楠が軍のみ談ぜし）

（中古戯場説）

文化六年（一八〇九）

五月下旬　卯花園漫録（石上宣続）成る。

巻二

太平記理尽抄は、北国の法華法印月勝といふ僧作る。寛永の頃の人なり。　（卯花園漫録）

巻四

楠正成が事、楠正成は河内国の住人にて信貴の毘沙門のまうし子にて、その名は多門兵衛と云。即判形にも多門の字を用ひたり。其先祖は敏達天皇四世の孫、井手の左大臣橘諸兄公の後胤たり。後醍醐帝に頼まれ奉りて、軍忠を尽せし事、前代未聞のふるまひ、太平記にくわし。（後略）　（卯花園漫録）

是年　燕石雑志（曲亭馬琴）成る。

巻三
物として今大江戸に具足せざるはなし、しかれども昔ありて今なきものは、神田の勧進能、（中略）太平記よみ、街頭に立ちて太平記をよみ銭を乞ふ唄比丘尼、（後略）　（燕石雑志）

文化七年（一八一〇）
是頃　楓軒偶記（小宮山楓軒）成る。
巻一
又剣巻の古写本ありて、平家物語剣巻と題せり。故に太平記には載せられずして、参考盛衰記に載らる。予これを読むに、末の文に新田・足利に伝りたりとあれば、やはり太平記に附して宣きなり。　（楓軒偶記）

文政二年（一八一九）
九月　温故堂塙先生伝（中山信名）成る。
十二といふ年宝暦七年丁丑母をうしなひてうれへ忍ぶこと尋常ならず、これより漸東都にいでて、業を成すべき心起されしが、或人の語るを聞かれしに、当時某とかやいふもの、太平記一部を暗誦し、東都にありて諸家にいでいり名を顕はすとき〻て、大人心におもはく、太平記は全部四十巻に過ず、これをしるをもて名を顕し妻子を養ふことを得がたかるべきことかはと。こゝに至りて東都にいづるの志いと切なり。　（温故堂塙先生伝）

文政三年（一八二〇）
是年　柳亭翁雑録（柳亭種彦）成る。
ゑ入大平記《ママ》　同（近松門左衛門）作なるべし（柳亭翁雑録）
曲輪太平記（六段）
土佐掾正勝が正本なるよし鱗形屋にていひ伝ふ。按に此ほかに、太平記・義経記の類六段つゞ《ママ》にきりて如レ此三流三流にてナル段也又五流なるもあり、（後略）　（柳亭翁雑録）

文政六年（一八二三）
九月　陰符抄（理尽抄聞書）書写。
第一冊末尾奥書
文政癸未九月　福田縫右衛門藤原直渕
持月光臨書
（今井正之助氏「加賀藩伝来『理尽鈔』覚書」〈日本文化論叢4号、平8・3〉による）

天保元年（文政十三年、一八三〇）
是年　水滸太平記（溪斎英泉）初編刊行。
序
水滸伝者異朝小説之冠冕也、太平記者本邦野史之巨擘也、予生平好読レ之一繙レ袠終日不レ能二巻釈一手、永昼長夜咀嚼之余得二一書一目呼二倣忠臣水滸太平記一者、以二彼豪傑一配二我英俊一、以二我鹿島一充二彼梁山一、与二水滸伝一小同

大異而与二太平記一太同小異也。（後略）（水滸太平記―横山邦治氏『読本の研究』昭49・4による）

十月　嬉遊笑覧（喜多村信節）成る。

六上　音曲

法師の平家を伝ふもの一部十二巻に通ずるを一部平家といふ。其外に鏡剣の巻と言ことあり。―今この剣巻を「太平記」に附るは誤なり。「平家物語」に属べきなり。

（嬉遊笑覧）

九下　言語

講釈師は〔太平記〕無礼講の条に、其ころ才覚無双の聞え有ける玄恵法印といふ文者を請じて昌黎文集の談義をぞ行はせ給へるとあり、是は（中略）今軍書よみを呼で聞とおなじ、（中略）さて軍書をよむ事は太平記をよむ事むかし流行て太平記よみといふものあり、その始めは〔歌林雑話集〕に道春初めて論語の新註をよみ宗務太平記をよみ（中略）、太平記を講じたるはこれらや始ならん

（後略）　（嬉遊笑覧）

天保三年（一八三二）

五月　陰符抄（理尽鈔聞書）伝授。

最終第十八冊末尾奥書

右太平記理尽抄自初巻至末巻口訣全令伝授者也

天保三年五月　大橋貞幹

福田縫右衛門殿

（今井正之助氏「加賀藩伝来『理尽鈔』覚書」〈日本文化論叢4号、平8・3〉による）

天保八年（一八三七）

是年　偐紫田舎源氏（柳亭種彦）第廿三編刊行。

叙

楠死んで大《ママ》平記、花和尚悟て水滸伝、そも〳〵源氏も須磨明石の、月にかゝれる薄雲の、巻あたりは読者の、眠気のさす処多し。（後略）

（偐紫田舎源氏）

天保十二年（一八四一）

閏一月十八日　屋代弘賢没。生前所持の屋代本平家物語付載の「平家剣巻」末尾の跋文。

右剣巻上下二巻与印行太平記所附本対校則文章大異不能一々書写僅正誤補脱畢　源弘賢

（平家剣巻）

嘉永元年（弘化五年、一八四八）

正月　太平記片かな整版本刊記

嘉永元年戊申初春

諸書物類製本所

皇都書林津逮堂

三条通御幸町角

大谷　吉野屋仁兵衛版

文久元年（万延二年、一八六一）

秋　南北太平記図会（堀原甫）三編刊行。

凡例

夫太平記は本朝元弘建武の正邪を顕し、異国往昔の是非を引て、後昆の訓誡とせり。（中略）太平記の上梓、往古より数版あり。片仮名本、大字小字の二版、平仮名本画入一版、同大全画入一版、同片仮名大全一版、同綱目一版、同枕本画入一版、同評判一版なり。其余活字版あり、異本あり。今此数版磨滅し焼却し紛失して、一版も全備するものなし。因て数本を求め合せ考へて此冊を大成し、改めて南北の二字を標名の上に冠らしむ。（後略）

（南北太平記図会）

執筆者一覧（目次順）

大森《おおもり》北義《きたよし》　名古屋女子大学教授
兵藤《ひょうどう》裕己《ひろみ》　成城大学教授
鈴木《すずき》登美恵《とみえ》
安井《やすい》久善《ひさよし》　日本大学名誉教授
杉本《すぎもと》圭三郎《けいざぶろう》　法政大学名誉教授
中西《なかにし》達治《たつはる》　金城学院大学教授
長谷川《はせがわ》端《ただし》　中京大学教授
長坂《ながさか》成行《しげゆき》　奈良大学教授

小秋元《こあきもと》段《だん》　法政大学専任講師
青木《あおき》晃《あきら》　関西大学教授
今井《いまい》正之助《しょうのすけ》　愛知教育大学教授
大橋《おおはし》正叔《ただよし》　天理大学教授
若尾《わかお》政希《まさき》　一橋大学大学院助教授
中村《なかむら》格《いたる》　聖徳大学教授・東京学芸大学名誉教授
加美《かみ》宏《ひろし》　同志社大学教授
田中《たなか》正人《まさと》　神戸国際中学・高等学校教諭

軍記文学研究叢書9

太平記の世界

平成十二年九月二十八日発行

編　者　長谷川　端
発行者　石　坂　叡　志
整　版　中　台　整　版
発　行　汲　古　書　院
東京都千代田区飯田橋二―五―四
電　話〇三(三二六五)九七六四
FAX〇三(三二二二)一八四五
第十一回配本

ISBN4－7629－3388－0　C3393